我不代表真理
我只代表你

侯虹斌◎著

九州出版社
JIUZHOUPRESS

# CHAPTER 1

## 虽然你长得丑
## 但你想得美啊

# CHAPTER 2
## 谈论女权时
## 你们在谈论什么

# CHAPTER 3
## 年轻人的
## 早衰和庸俗

# CHAPTER 4
## 一辆车的钱背在
## 她的肩膀上

# CHAPTER 5

## 这个世界一半人不懂
## 另一半人的贫穷

# CHAPTER 6
## 思考是不需要
## 被授权的

# CHAPTER 7

## 你以为的下嫁
## 却是她眼中的自由

# CHAPTER 1 虽然你长得丑但你想得美啊

# 中国男人为什么这么丑

那些人到中年，略微有点权势有点金钱的男性，即便身着名牌，也是一副精神委顿的模样，仿佛不管外界如何花俏，他也能随身携带着一个丑陋的世界。

2014年3月，历史学界大学者史景迁去北京做讲座，我在广州无缘得见，心情澎湃。崇拜他有无数个理由，至少我认真读过他的多本著作，他对历史的洞见和才华令我的景仰之情如滔滔江水绵绵不绝。然而，不能不说还有一个理由：因为他帅。

有一期《南方人物周刊》的封面人物专题就是史景迁，封面上，史景迁雪白的头发雪白的胡子，在光影中凝视着幻灯屏幕上的中国古碑拓片，那专注的神情仿佛有圣洁的光。当时有一篇网文，题目就叫作：《史景迁：可能是历史学界里最帅的文艺青年》。除了对其学术地位和师承进行了深入浅出的描述之外，还对这位长得跟老版007肖恩·康奈利几乎一模一样的老头子的外貌来了这么一段话："我们评过最帅汉学家，史景迁毫无悬念地遥遥领先，甩开第二的卜正民和第三的安克强几个身位。至于卜正民和安克强长得什么样子，这么跟你说吧，一个是苗条版施瓦辛格一个是矮胖版布鲁斯·威利斯……"

其实，仪态万方的西方学者很多，上文提到的安克强，据说来中国的高校开讲座的时候，百来人的报告厅里，无论男女，都被其风度所深深折服。

反观我们的一些中国学者和作家呢？

这里不想谈学术成就学术影响和作品水准写作情怀，说起来太复杂了；但能否长得好看一点点，在你们的文章不忍卒读的时候，至少模样能让我们养养眼？

这方面，中国学者、作家和西方（包括日本）学者作家的差距，只怕比作品的差距还大。

不是说"腹有诗书气自华"吗？不是"书中自有颜如玉"吗？以前，我真以为多读书人自然就会漂亮一点气质好一点呢，其实完全不是这么回事。书多读一点，明理的可能性大一点（也仅仅是可能性而已），但除了让自己变成四眼妹之外，对外貌毫无裨益。坦白说吧，在老天赐予了自己一副尊容之后，要想好看一点，尤其是三十岁以后，别无他法，只有靠运动、锻炼、坚持用好的护肤品、挑贵的衣服、多跑美容院；再加上天资和好品位。

近年来的诺贝尔文学奖的西方男性获奖者，从奈保尔、库切、帕慕克、克莱齐奥、略萨等人，无不风度翩翩，各有风度撑场，个个都堪称老帅哥。并非西方人天生就一定比东方人好看，如果拿中国最出挑的那一拨影视明星来比较，只怕东方美人容貌的保鲜期还超过西方明星。这说明，只要东方人费心打扮、注重仪表，并没有先天劣势。但为什么咱们这些不靠外貌吃饭的普通人，尤其是中年以后的男人，对自己的形象如此不顾惜，丑，就让它丑到底呢？

我特意以学者和作家为例，是因为他们本该是智识的精英，有品位有文化，经济上即便不是大富大贵也断不至于匮乏；如果连他们都任由自己蓬头垢面、挺着怀胎六七个月的大肚子，穿着城乡接合部的不合身老头衫，脚踩一双一百年没有擦过油的皮鞋——那么，平常的男性就更等而下之了。

唉，你们就非得让人一点想象的余地都没有吗？

刘晓庆抱怨说，中国的女人太早放弃自己了。为了表示不放弃自己，刘晓庆使出吃奶的劲儿来捣饬自己。她不知道，中国的女人虽然已经够不注重外表了，穿着花睡裤、从不做头发就敢上街；可男人比女人还不如，他们也穿着花睡裤，不梳头就上街。是啊，怎么着，这是我的自由，你奈我何呀。

的确没有办法。现在但凡看到一个打扮精细、搭配讲究、收拾得干干净净清清爽爽，甚至还有一点清淡香水味的男性，无论长幼，总叫人疑心：这是gay吧？一打听，还往往猜对了。

由此可知，男性并非天性迟钝愚昧，并非没有审美要求，他们只不过不屑于用在自己身上。这种人，往往还缺乏锻炼；搞搞养生没问题，可越是对身材、对塑形有益的健身，他们越是无意参与。他们压根就打定主意，不会在外形上取悦女性。然而，如果他们的求偶对象是男性，忽然一切就不一样了，似乎就值得费心了，能力就恢复了。

更难以理解的是，那些人到中年，略微有点权势有点金钱的男性，即便身着名牌，也是一副精神委顿的模样，仿佛不管外界如何花俏，他也能随身携带着一个丑陋的世界；然而，就是这种人，对女性的外貌要求却极高，对年轻貌美的需求极为迫切，动辄个高肤白貌美，细腰大胸长腿。这种白日梦，即便不是大款或大官，他们也照样敢做。更可怕的是，很多时候还真能实现。

这时，我是多么希望人类能像孔雀一样、像鸳鸯一样，让雄性来负责美丽妖娆啊。可这是人类的世界，太难。这种丑陋的原因，就是男性的容貌与求偶没有相关性。在我们这个国度里，许多人安全感极度匮乏，尤其是处于弱势中的女性；所以，许多女人对男性的要求里，排名一、二、三的，分别是钱、钱、钱。

既是如此，光是弄钱他们就已经身心俱疲了，还何必有那么多臭讲究呢，美，又不能当饭吃。

而那些比我们走得早几步的西方国家，他们已度过了以果腹为目的的口唇期，即便是为了求偶，他们也必须要美；因为光是钱，光是才华，还不够，还得有性吸引力，还得看着性感。

丑陋都是相似的，美却各有各的美。正如哈耶克在《通往奴役之路》里所说的，"各个人的教育和知识越高，他们的见解和趣味就越不相同，而他们赞同某种价值观的可能性就越小。如果我们希望找到具有高度一致性和相似性的观念，我们必须降格到道德和知识标准比较低级的地方去，在那里比较原始和'共同'的本能与趣味占统治地位。"所以，在我们这种价值观具有高度相似性的地方，基于饥饿感的道德（也就是物质需求）是首要的，真、善、美，都是稀缺品。

而在这个"五色令人目盲，五音令人耳聋"的商品社会里，却唯独缺少美，是多么令人沮丧啊！

# 他们缔造了丑的世界

我们中国的中流砥柱们，这个社会的权力、财富、荣耀归于他们，这个社会发展成今天的肮脏和无耻下流也要归于他们，这样的人群，很难不丑陋。

中国男人为什么这么丑？很抱歉，这篇文章已成了一个影响颇大的公共话题，也让很多男性很有意见。确实，一两篇两千字的文章很难充分论证这个庞大的命题，题目中的全称指代也不贴切，一竹竿撂倒一船人，这我需要向"躺枪"的男士们道歉；不过，这一议题之所以能引起这么多人共鸣、吐槽，甚至攻击，而且反响还能延续一段时间，说明了这并非一个伪问题，也说明，社会的发展已到了一个节点，女性的不满显而易见了。

但对于后来衍生成为"中国男人配不上中国女人"的论题，我也不能苟同。说白了，中国男性之容貌粗俗、气质粗鄙，是与中国女性双向选择之后的结果。

如果用一句粗俗的话来说，就是：只要男人有钱，哪怕长得像猪一样，也能找到女人，这样的价值观之下，男人怎么可能不丑呢？中国的女人如此拜金、如此庸俗，她们不正好匹配那些肥头大耳的中年男吗？求仁得仁何所怨？

想必说到这一层，男性们会释怀了：中国女性总算负担起了让男性变丑的责任了，他们本来就是无辜受害的乖宝宝。

从历史上来说，男女关系也都是这样的路数：妲己害了商纣王，杨贵妃害了唐明皇，慈禧还害得清朝灭亡呢；现在的推导关系，只不过是更加彻底了而已：女性负起了这个社会的教化功能。不奇怪，两性关系当中，女性地位越低的时候，社会责任必然是越大的，看看那些心灵鸡汤一个劲地说女人对一个家有多重要就知道了。

但是，社会价值观怎么可能是由弱势一方塑造的？这是由一部分充分掌握了社会资源的人（这种权贵基本上是中老年男性）决定的，他们用自己的方式重新进行性别资源分配。

要理解这种分配，我们可以参考一下这个社会处于"高等级"的一群人。在中国的语境下，占据这个社会最多权力与资源的人一般是指一定级别以上的高官（至于什么级别才是高官，取决于你的心理定位），或许还可加上个别巨富大贾。他们的生活我们凡人无从瞻仰，但从近期的各种高官落马的新闻中可以发现，原来他们基本上都有一个爱好：通奸。他们一般有一个与他们同龄的发妻，但还会寻找多个更年轻、更漂亮的情人，实际上就是对古代一夫一妻多妾制的回温。还有另外一种相对文雅的方式，就是一次接一次地离婚结婚，妻子年龄越换越小，这种，可以称为连续型多妻制。

这里不打算探讨贪腐，也不打算探讨道德，只想说明一点：达官贵人们的婚姻结构或性关系结构，就是对年龄、向外貌的无限追求，是不断地向下兼容的。美国经济学家罗伯特·弗兰克也提出过一种"消费瀑布效应"的理论：每个人在确定消费水平时的参照对象都是比自己更富有的人群。

我仿佛听到了白居易的心声："十载春啼变莺舌，三嫌老丑换蛾眉"（当年白居易已六十岁了，嫌十八九岁的歌妓太老了每三年就要更换新人）。这显然不是个别现象。当年杨振宁娶了比他小五十四岁的翁帆，我已经听到无数人对这种关系表示了不加掩饰的垂涎。这种价值观念的影响，就如同瀑布一样，沿着社会阶层从上至下影响了每一个人，与受教育程度没有关系。

于是乎，哪怕是刚上大学的女生，只要还单身，普遍都会有"剩女"的忧虑。实际她们也就二十岁。如今的女孩子们普遍都明白，这个社会对她们的定位是什么，在她们尚年轻的时候，选择男友、选择配偶，必须优先考虑经济条件，以及是否负责任、是否适合共同养育子女、是否忠诚，等等；情感与尊严，已经变得不那么重要了；性吸引力，则更次要了。耳濡目染的社会现实也在提醒她们，必须要提高价码，以预先赎买男性对她们中年以后的背叛。

所谓女性的拜金，就是这么来的。

事实上，我也不打算为女性推卸责任。中国的许多女性长辈们，三姑六婆或者居委会大妈，他们打压起自己的同性比男性更积极、下手更狠。无论是自己过得苦大仇深还是乐哈哈的，她都会告诉你，女人一定要低人一等才是完美的世界。至于怎么个低法才能深得完美的精髓，又各有不同：可能是逼婚，可能是强调重男轻女，可能是要求你任打任骂死不离婚，也可能是压迫一切她能够得着的女性——最后一条，滋养着中国电视黄金时段里诸多博大精深的婆媳剧。最终的目的，是维护这个结构已然稳固的男权社会，她们在这种稳固中，可以获得一种安全感，有的还可以捞点别的收益。

这么说"大妈"，并不公平，因为很多年轻女孩也是这么想的。

其实，在一个社会中，没有资源的人堕落速度是最快的，因为他没有能力去抵挡。在男性对着权势、财富、美女孜孜以求的时候，比他们弱的女性就会选择迎合他们，接受他们的遴选，以更年轻、更性感、更物化的姿态来争相博取宠幸。而在上一拨女孩子芳华渐去的时候，又一茬一茬的小妖精长出来了，开出更高的价码。最终，拍死在沙滩上的，是一群出不起价的loser们。

问题是，这些中低阶层的男性也并不愿意把女性还原成人，他们只知道抱怨价格高了，认为美女们就应该便宜大甩卖，不卖就是拜金的坏女人。他们也喜欢物化女人，一点都不无辜。

说到这里，我还没有提到"丑陋"呢。没错，喜欢以权势金钱的方法去衡量和购买长期婚姻或短期性关系的男性，很难不猥琐；喜欢以贬低女性的方式来获得性别优越感的男性，很难不恶心；而我们中国的中流砥柱们，这个社会的权力、财富、荣耀归于他们，这个社会发展成今天的肮脏和无耻下流也要归于他们，这样的人群，很难不丑陋。

可怕的还在于，这种价值观的洪流滚滚倾泻而下，身在其中，很难不被瀑布所沾湿。我可以感受到，身边还有很多思维正常的可爱的人，既有男性也有女性，但最后，这种部分人共谋的结果也挤压了正常人的世界：好男孩不得不与脑满肠肥所代表的背后的权力进行竞争，好女孩年岁渐长后不得不迎接可以轻易购买的年轻的肉体的挑战，或者干脆决绝地退出市场，从此任逍遥。

真到了那个时候，再去讨论配得上配不上，都意义不大了。

# 每个人内心都有一点直男癌

是什么人会把年轻、找异性交配、生孩子这种生物性的东西无限放大呢？就是那些大脑永远关闭的人。除了大自然赋予他/她的自然特征之外，他们眼里就没有别的东西了。

两三年前，"直男癌"这个名词，由一个"不明觉厉"的新词汇，变成了几乎人尽皆知的形容词，人人皆可顺手拈来。曾有个火热的笑话描述了直男癌的形象：

"今天和实验室学姐在我们校区吃饭，一个毕业之后服从家人安排的直男癌加入了我们。得知学姐是女博士之后，他居然问：'你一个姑娘家，读什么博士啊。'他接着补充：'读博士，多辛苦多耽误嫁人生小孩啊。这是我爸妈说的，我以后可不娶女博士。'学姐：'你觉得一个女人，一辈子的价值实现就是结婚和生小孩？'直男癌：'这是大自然的安排，你要反对，就跟我不是同路人。'学姐：'大自然麻烦我通知你，它有了新的安排，像你这样的人，是没有机会把自己那么卑劣的基因遗传下去的。'"

于是，听者欢呼，还给师姐又买了一个鸡腿。

这样的男生愚蠢、蒙昧，而且嘴贱，终于被冠以了一个"直男癌"的恶名，广为传播。他一点都不冤。只可惜，这种人把"直男"的名声给坏了，要不了多久，"直男"就要被彻底污名化了。

豆瓣网友以学术派的方式解释了直男癌：直男癌是一类常见于直男的绝症，主要症状是审美为负，衣着品位恶劣而不自知，晚期常常伴有幻觉，自以为审美主流甚至衣着品位高级。我认为，要点在于，他们充满了男权意识，认为男性天然就凌驾于女性之上；习惯于用其极度贫乏的学识和经验来判断这个世界，自高自大，凡是超出他的理解范畴的，对不起，你要么不存在，要么是错的。

也因为其无知且缺乏自知之明，他们肆无忌惮地用他们卑微的原则来指导这个世界，别人都笑趴下了，他还不知道自己的牙齿上粘有菜叶。

这样的例子，大家都可以举出很多。比如认为女人不漂亮就可以去死了；认为化妆的都是婊子，穿超短裙的都是被包养的，有钱的绝对是二奶；女人到时候就应该结婚生孩子然后就是奶孩子的大妈了；认为自己才高八斗天下美女他想要谁谁就得扑上来；要是女人胆敢不接受他的追求呢，就是嫌贫爱富的拜金女……这样的人一开口，浑身就是笑点，都不知该从哪笑起。

生活中有这样的人吗？有。要不然我们的谈资哪有这么丰富，生活哪有这么活泼啊。多吗？不多。或者说，在受过良好教育的我们周围，不算很多。这个世界上，极聪明和极愚蠢的人都是少数。一个智力正常的男性，在女博士群体当中刻意贬损女博士，那不是找骂吗？所以，虽然很多人的想法与上述"直男癌"的想法一致，但蠢得当场说出来的人并不多。

极端的蠢话，现在很少人当面说了，但一旦用关心的方式流露出来的，就显得真诚了。比如说，"女生读博士多辛苦啊，应该早早嫁人回家享福"，这种情况下，并不容易判断是癌，还是良性肿瘤。或许人家真的是为了你好呢，是吧？

这样的症状，才有蒙蔽性和传染性。我深深地明白，一个充满成见的社会，并不光是由一群处于求偶期的直男，尤其是其中情商智商水平较为低下的直男建构出来的。这种根深蒂固的观念，是一代一代的传统凝固下来的理论精华，我们的祖辈，我们的父辈，乃至我们自己，都在价值观里打上了这种传统深深的烙印。

事实上，罹患直男癌的，不止直男，还有那些逼婚的父母、三大姑八大姨；那些好管闲事、喜欢催促别人结婚的人；那些劝你必须生孩子、说女人老了就不值钱、男人出轨天经地义、女人要体谅与宽容男人的人，毫无疑问，都是。奇怪的是，这种患者是不分性别、不分年龄、不分教育程度，普遍存在的。甚至可以说，这种病症也曾出现在我自己身上。我就曾经劝我的单身闺蜜尽快找个男朋友，也曾劝人早结婚早生子早享受；年龄歧视和外貌歧视，我以前一个都不缺；如今只令我感到羞愧。

现在回想起来很丢人，但在十多二十岁的时候，我也觉得女人人生的巅峰就应该是披婚纱；爱情，或曰婚姻，就是女人独一无二的经天纬地的大事；而那些三十多岁的女人，那就不算女人了，因为她们已没有性别特征。从小我在街头巷尾看到的阿姨们，不就正是这样吗，有的除了孩子、老公和打麻将之外没有任何别的话题；有的则和男人一起开着很荤的黄色玩笑，看起来只有更像男人。

为什么我后来慢慢能够改变观念了？大概是因为我早到了当初以为"已经没有活头"的年龄，却还活着的缘故。而在这漫长的时间里，我在学习，在不断地接受新的价值体系的洗礼。在广阔的世界面前，当初的那些成见，就成了笑话了。如今，五十岁的人都可以开始跑马拉松，四十岁的人可以去遍全世界的潜水胜地潜水，任何年龄都可以创业，转行，换城市，而且一个比一个活得更精彩，这个世界还有无限可能呢，谁还会在意"女人二十五岁青春就消逝了"这种破事？几根鱼尾纹，谁在意？

是什么人会把年轻、找异性交配、生孩子这种生物性的东西无限放大呢？就是那些大脑永远关闭的人。除了大自然赋予他/她的自然特征之外，他们眼里就没有别的东西了（虽然他们也许有钱有成就），自然就会视若珍宝；而且，仇视与他们意见不同的人。

这不过是一种防御机制，因为内心狭隘，理解不了这个世界，便自定义一套标准来衡量他人，试图把不同的人拉低到自己的等级上。我在网上看过一篇文章，有人说他回家乡探亲，一个与他同龄的亲戚问："你找到工作了吗？""没有。""啊，我现在月薪三千多呢。""是这样的，我开了家小公司……""钱多吗？""还可以吧。一年也就几百万，规模不大。""你没结婚吧？""结了。""你还没小孩吧？""有了。""男孩还是女孩？""女孩。""哈哈，就知道你只能生女孩，没有男孩，你钱再多有屁用……哈哈哈……你看我，生了两个男孩……"那种画面感，跃然而出，笑声至今还回荡在我脑海里。

我善意地相信，许多年轻人是和我当年一样，囿于见识的不足，中过直男癌的毒，但慢慢会在成长中痊愈。怕只怕他们早早就否定了这个世界的可能性，脑洞永远闭塞了，越老越固执，一边指点江山，一边丢人现眼。

# 知识分子的下半身

在他们的想象中，为他们奉献了一切的女人、抛弃过的女人，就是别在他们胸口上证明魅力和主宰权的勋章，会让他们更迷人呢。

很多年前，我曾经仰慕过好几位文化人。在那个时候，喜欢他们一点也不丢人，而且还显得蛮有品位的，比如说，尚未写出《文化苦旅》、尚未与名伶结婚时的余秋雨，他的《中国戏剧史》我就觉得很好；比如说，还不是妞妞的父亲、还未成为鸡汤大师的周国平，他的《尼采：在世纪的转折点上》也堪称一代人的启蒙之作。何况那时还不兴含泪，不兴抄延安文艺座谈会，他们的外貌轮廓，还没有太大的改变。

我很怕我喜欢过的作家或学者大红大紫，因为爬得高必定意味着很容易露出猴子屁股；再则，一个作家或者学者能博得大多数非读书人的喜爱，意味着他必须把自己放得很低很低，低到尘埃里，吃灰。

当然，如果低到尘埃里能赢得绝大的名利的话，那吃灰就不算事儿，还能从尘埃里开出花来。

其实，这个时代谈知识分子的节操有点太过于小清新了，因为承载不起；别人的私生活，也不宜置喙；倒是他们的公众言论，是放在阳光下的，还可以聊一聊。之所以想起这一段，是因为看到周国平又要出书了，是他谈女人、性、爱情、婚姻、孩子的文字汇编。他还把新书中的几段文字放上了微博，不承想，就是这几百字引起了风波。

比如说，"男人有一千个野心，自以为负有高于自然的许多复杂使命。

女人只有一个野心，骨子里总是把爱和生儿育女视为人生最重大的事情。一个女人，只要她遵循自己的天性，那么，不论她在痴情地恋爱，在愉快地操持家务，在全神贯注地哺育婴儿，都无往而不美。"

多么好喝的鸡汤啊，我还想再来一碗，"一个好女人并不自以为能够拯救男人，她只是用歌声、笑容和眼泪来安慰男人。"

"好女人能刺激起男人的野心，最好的女人却还能抚平男人的野心。"

还有呢，"一个女人才华再高，成就再大，倘若她不肯或不会做一个温柔的情人，体贴的妻子，慈爱的母亲，她给我的美感就要大打折扣。"

在招致网友的数百数千条的讽刺和批评之后，周国平删掉了微博，并把大家斥之为水军。

周老师一定无法明白，这不夸女人的吗，何错之有？为什么陆琪写这些就变成陆姨妈，他写这些就变成众矢之的？好委屈啊！

这不一样。人家陆姨妈就是靠写片儿汤挣钱的，人家想要服务的消费对象是清清楚楚明明白白的。一个没有道德包袱的文字商人，你说他见钱眼开不是骂，是夸。但一个人因为曾当过哲学家，写出这些隔夜的鸡汤，还摆起哲学家的谱来教训愚民，想象着头顶应有圣洁的光环，信徒们一路跪拜……这画面太美了，我不敢看。

这些关于两性关系的格言警句一点也不新鲜，早就充斥在各种文摘杂志上；放在微信朋友圈里，动辄点击过十万。他们赞美和讴歌女人，赞美她们的牺牲，赞美她们的伟大，赞美她们的母性，赞美她们抚慰着男人受伤的心……不过，我觉得嘛，夸一个女人是个倒贴的仆人、忠诚的保姆、免费的心灵按摩师，都在暗示着她是不值钱的货，没啥值得骄傲的。

好几年前有一位年轻的杂文家，曾是一代人的青年偶像，文章锋利、清晰、不妥协；直到我看到他写的一篇长散文，谈他的妻子如何爱他、如何伟大、如何为他牺牲，絮絮叨叨，我对这位杂文家的好感一下烟消云散。因为我从他对妻子的讴歌当中，读到的就是这样的逻辑——女："我爱你！"男："是啊，我也好爱我自己。"

妻子再好，不过是一湖池水，纳绪索斯爱上的只是湖水倒影里的自己。

知识分子的自恋真是令人发指。别的行当要追求女人，要么走心，要么走肾，什么都没有的至少还能拿出一沓钱把你拍晕；只有他们，可以靠吹牛吹出一个新世界。

我记得，上一个以歌颂女人闻名的大才子，还是唐代诗人元稹。"曾经沧海难为水，除却巫山不是云。""唯将终夜长开眼，报答平生未展眉。"这些深情款款的诗，就是献给他的亡妻韦丛的，恐怕也是两千年来最为人所熟知的悼亡诗了。

但是且慢。元稹的情诗虽感人至深，可是一点也不妨碍他在妻子病重卧床的时候，一边与名妓薛涛诗词酬唱，打得火热，一边给妻子写情诗。韦丛去世后，元稹马上纳安仙嫔为妾，生下一子一女，接着续娶另一门阀贵族之女裴氏。连元稹的好基友白居易，都在元稹的墓志铭里挖苦他"以权道济世，变而通之"。

元稹就是那个时代的精英。不过，知识分子的情感经历，往往具有强烈的修饰意味。他们需要有女人为他牺牲，需要对女人有所亏欠，这样，他才可以叹息、怜悯、缅怀，才能创造出更好的诗歌和文字。而这种忧郁，又有效地舒缓了他的道德压力，变成了一种"恩典"：我都在怀念和追忆你了，这还不是对你最好的救赎与报答吗？

所以，你才能看到元稹在自传《莺莺传》里，不断地写莺莺有多美、有多好，然后，他做了一个正确的决定：抛弃她。写莺莺的迷人，是为了映衬他的魅力，以及为这种抛弃增加美感。

所以，在中国的传统故事里，永远都是天仙爱上穷光蛋，美女献上肉身和金钱，侍奉着书生们考上状元、扬名立万，然后乖乖地离开以便书生们娶公主或相府千金。实在被挽留下来了，也要主动给他们纳妾。写仙女或狐精的美德，是为了证明书生们如何百般可为。

用贬低女性来打压女性，是一种常见的路径；但还有另一种更为有效的打压女性的方法，就是讴歌女性的忠诚、贞节、忍耐、付出，把奴性和逆来顺受吹捧为美德。当然，周老师走得更远，他为另一位学术大师写过一篇著名的悼文，把人家的成就概括为"他之所以伟大是因为他爱我"。

在他们的想象中，为他们奉献了一切的女人、抛弃过的女人，就是别在他们胸口上证明魅力和主宰权的勋章，会让他们更迷人呢。

我很烦用母性和妻性来绑架女性。女人愿意做个好母亲、好妻子、好女人，是因为有爱，是因为她能在其中感到温暖和乐趣，而不是因为她们天生就喜欢被剥夺，喜欢被奴役。很难想象现代的知识阶层，还那么喜欢代入书生与佳人的戏路当中，因为有人对自己好，变成优越感的源泉。何况，古代的社会结构里男性的确是女性的经济来源和生存依赖，他们自恋还能理解；今天还等着妻子赚钱还房贷的男性，拿什么脸来自高自大。

按道理来说，相比起其他人，知识分子本应在人的权利、平等、自由等方面有更深入的思考，他们的逻辑起点应该更高，价值观也应该领先半步才对；可是就两性问题来看，知识阶层们仍然耽迷于古代红袖添香夜读书的梦呓当中。当然，在现实中他们的名声和一些貌似是才华的东西，正被不少文艺女青年所青睐，于是，这群最不需要外在条件、最不需要付出、仅靠吹嘘和自我膨胀就可猎取女性的人，怎么肯改变这种美滋滋的现实呢？很多在其他方面还算优秀的知识分子，唯独在这个问题上简直恨不能让女人重新裹脚（可惜又养不起）；中国的知识阶层，很像一个头脑已经在往西方文明的路上跑，下半身还停留在中国的封建时代里不肯动的怪兽。

可惜的是，不要脸、从不自省、没有道德焦虑的人往往容易成功；正是这样的时代精英掌握着话语权，在扮演着给大众启蒙和炮制鸡汤的角色，实在可悲。

# 骂天鹅的癞蛤蟆

那些指着天鹅骂的癞蛤蟆：不到他的碗里来呢，他就骂你嫌贫爱富；到他的碗里来呢，他还要你百依百顺。就这一点，很多男性连贾瑞都不如。

忽然想起《红楼梦》中的贾瑞。

众所周知，贾瑞出现在《红楼梦》里，主要不是作为一个笑话存在的，而是用来衬托重要人物王熙凤的心狠手辣的。不过这个次要又次要的人物，仍然可堪玩味。

贾瑞觊觎王熙凤，不足为奇，令人啧啧称奇的是他的自信。他凭什么认为王熙凤会愿意跟他苟且？或者说，贾瑞有什么优势可以让王熙凤有所图？

首先，贾瑞貌不出众，贾府上下清俊的公子哥儿比比皆是，他肯定不在其中；其次，贾瑞是族里不入流的子侄辈，整天挨骂；第三，贾瑞家境贫寒；第四，贾瑞毫无才华。反观王熙凤呢，美艳风流，恍若神妃；精明能干，聪慧机灵，是整个大家族的管家；出身豪门大族，嫁得又好——她怎么可能冒着风险俯身于贾瑞这样的人？

穷措大追求美妇人不足为奇，不外乎就是吟诗送画、嘘寒问暖、赠予礼物，倾尽所能博美人一笑呗！但这位落魄公子，他什么都没有做，他直接就约美人上床，甚至急色急到没有认清来人就马上"亲嘴扒裤子"；后面还有一串秽词儿呢，我都没好意思抄。——又蠢又坏，被奸诈的王熙凤弄死也就不足为奇了。

就这么一个人，从小到大，都是被打击、被批评、被凌辱的角色，更是在

"猎艳"这件事上面毫无经验；就这样凭什么以为只要他招招手，美人就会任他蹂躏？为什么面对一个条件比他好千倍的女性，他仍然自信满满？

我想，贾瑞唯一自信的是他的性别。他认为有生殖器就是他绝大的优势。

弗洛伊德认为，在生长发育中的女孩都有Penis Jealous（羡慕男性生殖器）情结。弗洛伊德的学说当然有片面和过时的嫌疑，但他所谈到的这种心态，并非空穴来风——我觉得，并非是女孩有Penis Jealous情结，而是男性认为女孩有Penis Jealous情结。我们在现实生活中看到过无数的大男子沙文主义者，其实都是基于这种假想。但实际上，所谓女性"羡慕男性生殖器"，不过是羡慕这种性别所能带来的种种社会特权与优势。

不知道弗洛伊德的学说，并不影响贾瑞们感受到男性相对于女性的绝大优势。他们潜意识里相信他们胯下的枪就是武器。殊不知，当这种武器不能为他赢得社会资源、社会地位，或者是更好的教育，更高的智商、才华、能力时，枪就是废柴。他们搞错了因果关系，以为有生殖器，就推导出他们必然占有优秀女性；实际上，却是有社会特权，才能占有优秀女性（或者不止一位优秀女性）。如果一位男性在享用了性别特权之后还比不上女性，那只能说明他是双重的失败。谁会羡慕一个无能者？

所以贾瑞们向位于食物链高端的女性挑战（而非取悦）时，必然死得很惨。

以贾瑞为代表的男性为数不少。前不久，曾在某热门论坛里读到了一个热门征婚帖，带给我很大的欢乐。说的是一位体重两百多斤的离异带娃中年男，长途货车司机，技校毕业，有当地两套小房子，要求对方是年轻好看未婚的大专毕业生，必须要两套面积同等以上的房子，最好是公务员或教师，而且要温驯听话。听得令人倒吸一口凉气。

这不是孤例。我还见过一个征婚帖，那位男士受过高等教育，年薪三十万，算是精英阶层了吧？他的要求是什么呢？对方必须肤白貌美长腿大胸，名校毕业，体面工作，负责全部家务，能容忍他经常通宵打牌，包揽除了男方奉献的五百元生活费之外的所有家用……啧啧，哪来的这种优越感啊？

五百块钱你去哪找一个才色兼全的保姆兼性奴啊？

要知道，即便是真土豪，当他自以为是君临天下遴选年轻貌美的处女时，指定她们必须温柔贤惠时，旁观者一样会用唾沫把他淹死。这种人哪怕身家一百亿，还是一颗贫瘠的心。所谓的loser，并不是穷，而是心智品行道德低于社会平均值的人。本来，缺乏自知之明，好高骛远，不能算是大错；这些问题男性当中有，女性当中也存在。但这一类男性之所以看起来荒唐可笑，不在于其条件差，而在于：他们是真正有"Penis Jealous 情结"的人；自以为有男性生殖器，就是他们最大的资产和资源了，足以让远远优越于他们的年轻女性，都会主动地拜倒在他们的性器下，任他们颐指气使。

令人厌恶的是并不是那些费力地追逐、讨好、取悦白天鹅的癞蛤蟆，他们是有努力的；而且那些指着天鹅骂的癞蛤蟆：不到他的碗里来呢，他就骂你嫌贫爱富；到他的碗里来呢，他还要你百依百顺。通过贬损对方的方式来抬高自我价值。就这一点，很多男性连贾瑞都不如。

辜鸿铭说过，"男人是茶壶，女人是茶杯，一个茶壶肯定要配几个茶杯，总不能一个茶杯配几个茶壶"，这段话总是能引起很多赞同。人家知行分裂，是因为那是在新旧交替时期，情有可原；但今天还有大把暗暗惋惜婚姻制度再也回不到"一夫一妻多妾制"的男士们，就难以理喻了。他们遗憾再也不好享受齐人之福了。其实，恰恰相反，"一夫一妻"制度就是用来保护他们这些底层男性的。可以想见，一旦可以允许一夫一妻多妾，就会有许多女性宁愿去做精英阶层的妾（每月只肯出五百元家用的不在其列），也不愿做贾瑞们的妻，社会底层能娶到妻子的可能性大大减少；而中间的普通市民阶层，虽然有机会娶到妻子，但随着同一阶层女性选择的增多，他们被选中的几率会急遽减少，往往只能和比自己低阶层的女性在一起。

而婚恋市场上的被淘汰下来的男性，有时呈现出来的却是狂妄自大。其实，贾瑞未必娶不上小门小户的小家碧玉；如果付出心思好好取悦女性，也有一定的吸引力。问题在于，他们对自己所处地位知之甚少，还以为"只要我是男人"，就可以理所当然地选妃。是不是想得太美了？

# 不以出身论"凤凰男"

他们跨越了阶层，从最底层的生物链中流动到了中层甚至以上，打乱了生态平衡。

　　不知道现在的城市的上空是不是飞满了凤凰男，他们的倒影流连在玻璃幕墙和汽车尾灯之间，随时准备跃进这个美丽新世界。近些年来，我从各种影视剧里，各种知音体的网文里，读到了他们彷徨的影子，以及他们被扫射得筛子一样的坏名声。

　　什么是凤凰男？百度百科上说得很明白，"凤凰男作为一种标签是指集全家之力于一身，发愤读书十余年，终于成为'山窝里飞出的金凤凰'，从而为一个家族蜕变带来希望的男性。"能够被讨论的凤凰男，一般都是娶了城市里的孔雀女。如果凤凰男还娶了个乡下姑娘或者打工妹，那就直接打回原形，回到麻雀窝了。

　　这个命题之所以让人纠结，就是因为他们跨越了阶层，从最底层的生物链中流动到了中层甚至以上，打乱了生态平衡。而他们总归是挤占了别人的位置，吃掉了别人的鱼食；那么，他们是否适应新的食物链，吃相是否难看，能否遵从新阶层的各种守则，就成了他们能否立足的根本了。

　　如今的凤凰男被妖魔化得厉害，只举婚恋中的情形为例吧。各类热播剧里，总有类似的情节：孔雀女嫁给了凤凰男，就要为他全家负责，要接他爸妈过来住，要供他弟妹上大学，要给他的三姑六婆七小舅子介绍工作；一不留神他爹他妈住过来了，光是不冲马桶的坏习惯就让你吐血，带个孩子给教得又是随地吐痰又是满嘴乡下话，你还必须任劳任怨，否则就是不孝顺。

而你，一个娇滴滴的千金小姐把最好的时光奉献给了凤凰男，陪着他从小白领做到企业高层，甚至当专职家庭主妇熬成了黄脸婆的时候，他就和公司里年轻十岁的小妞好上了——是这样吧？这种剧情，我一天能编出十个来。

　　有没有这种情况？有，当然有。可这跟出身关系不大，跟人品关系大。真正为自己人生负责的男人，是不会让自己的家族利益损伤自己的婚姻的。如果他认为家族利益比婚姻关系重要，那他就不应该结婚，或者找一个必须事事仰仗他，所以不得不容忍他倒行逆施的女孩。人品有问题，价值观混乱，哪个阶层没有这样的蠢货，为什么非得归罪到出身呢？

　　这就好比说，穷人出身的官员比别的出身的官员更爱贪污，穷人出身的大学生比别的出身的大学生素质更低，穷人出身的人干得再好也有原罪……

　　事实上，在婚恋市场上，三条腿的蛤蟆不好找，两条腿的男人满街都是，何况如今的男多女少。各种类型的男人应有尽有，你为什么要挑凤凰男呢？爱情或许是盲目的，婚姻却是理性的。在这个城市里，大多数女人也不过是凤凰女，也同样是从小城镇小乡村通过学业改变命运的。这些女孩，不找与你相配的凤凰男，还能找谁？当然，谁都想嫁高富帅，但如果你不是白富美，又长得不算倾国倾城，人家为什么要找你？又不是做慈善。在同一阶层里，剩下的就是拼人品、拼感情、拼运气了。

　　还有一种情况，或许真有白富美排除万难，挑了个貌似潜力股的凤凰男。对于凤凰男来说，家境贫寒已经是个短板了，那他们至少有一些别的优点可资交换，或者是勤奋踏实，或者是才华横溢，或者是情商高目的性强，或者干脆就是长得帅，所以，才能得到条件比他好的女孩的青睐，能麻雀飞上枝头。交换都已两讫之后，回过来再责备人家家境贫寒就不厚道了。换句话来说，如果他的家境变得和你一样好，其他条件不变，他还会看得上你吗？

　　精虫上脑时不顾对方的品性和价值观，冷却时却指责对方没有出生在富裕家庭；这不厚道。

　　我赞成"门当户对"，并不是指家境一样，而是指两人的综合条件对等且平衡，有相似的价值观互相认同的人生理念。总而言之，人要对自己负责；总是抱怨我把青春给了你，奈何明月照沟渠，得多幼稚啊，久而久之，血管里流的都是怨妇的血了——那不就是人生不幸的蓝本吗？白眼狼固然有，不过那绝不是凤凰男的专利。一股脑地把道德水平和阶级划等号，往小了说是浅薄，往大了说是居心叵测。

至于民间大量渲染的奇葩凤凰男和悲情孔雀女的故事，其实就是把这种阶层间流动所带来的冲突扩大化，污名化，最后变成了一种禁忌。阶级固化就是这样进一步深入民心的。最后，那些胆敢逾越禁忌，抢我们的女人、抢我们的饭碗的农村青年们，就会越来越少了；然后，这个世界就高贵者永恒高贵，低贱者永远低贱，千秋万代，永世不易。

# 虽然你长得丑但你想得美啊

> 皆因"凤凰男"采取的策略是双重标准：一方面动用传统的父权和家族伦理来规劝女性，另一方面，又偷偷借用了现代的逻辑，要求未来的妻子是个独立的现代女性。

曾有一则热门的征婚帖在微博上病毒式地传播。帖子的转发很快超过两万多了，网友基本上都是一边倒地骂。

该征婚男三十岁，研究生毕业，月入八千，要求找一个高学历、收入相当的当地女孩，合伙买房子必须加上自己父母名字；如果对方已买房子他出家电，加他的父母名字；必须与他的父母同住，大姐会经常来住；女方家境要好，不能有兄弟姐妹，要保证生儿子……

发帖者似乎脑子进了一公升的水，以至于很多人对这种奇葩是否真实存在疑惑起来：这是段子手编出来骗点击的罢？关于这一点，我查找过原帖，还无聊到仔细看了几十页的评论和回复，它来自浙江金华当地的交友网站论坛，博主也是金华人，信息应该是真实的。

嗯哼，虽然你长得丑，但你想得美呀。

很显然，这很符合大众心目中的刻板印象，而且进一步地得到夸张和漫画化。这种对"凤凰男"厌弃已久的成见，是从哪里来的呢？

说来话长。我硕士时的研究方向是中国古代戏曲史，如我们所知，宋元时，杂剧和南戏已发展相当成熟了，不管哪种戏剧形式，都有大量的书生负心婚变的故事，情节都大同小异：某书生又穷又有才华，被某美女看上，两人成亲；女生砸锅卖铁、卖钗典发，供其读书；书生考上状元之后，就想另攀高枝，又碍于当时的法律反对离婚，就设计杀死妻子……这种"发迹变心"的故事，成了一代戏剧文学的时代最强音。

这种故事雨后春笋一样涌现的背景是，宋代科举考试深入人心，"朝为田舍郎，暮登天子堂"成为常态，一举成名天下知也稀疏平常。经典南戏《琵琶记》里，故事主线仍然是蔡伯喈发迹变心，所不同的是，其妻赵五娘在蔡伯喈进京赶考后，碰上饥荒年岁，公婆双亡，五娘剪发买葬，罗裙包土，修筑坟台；后来又一路卖唱进京寻夫；此时，蔡伯喈却已入赘相府，从此才子与贵族小姐过上了没羞没臊的幸福生活……赵五娘故事的结局，在不同的曲艺形式中有不同的版本，但赵五娘侍奉公婆、替夫行孝（丈夫却在外面逍遥快活）这个悲惨的文学形象，还是把中国人给震撼了。因为她的行动，已非一般地恪守妇道，而是贞烈到令人肃然起敬；别说理应得到丈夫的礼遇，朝廷也该赶紧官诰霞帔，吹吹打打地旌表一番。

可结果呢，不管哪个版本，她要么被丈夫追杀，要么得接受一夫二妻寄人篱下的现实。

理解了吧？对于"凤凰男"的警惕，是古已有之的，无论是霍小玉、任氏女、赵五娘，还是王宝钏，她们都是折在凤凰男手里的。寒窑十八年后丈夫考验羞辱你一番，还能给你一个名分，观众们就觉得阿弥陀佛皆大欢喜了。可惜，连对男性宽容到令人发指的古代，对这些凤凰男的行径都出离愤怒，连男人都讨厌这种渣男——这个群体如此深刻地丑化了他们的形象，他们害怕以后再也没有女人愿意为他们奉献和牺牲了。

另一方面，在女子必须无条件地依附于丈夫的家族、侍奉公婆天经地义的时代里，能够孤独地、忠诚地履行侍奉公婆、养老送终这一义务，竟然也能感天动地，值得立牌坊，足以说明其艰难。

所以，你认为，在一个提倡男女平等的现代社会里，你还想当蔡伯喈，网上招聘赵五娘？你凭什么以为你给别人赵五娘和王宝钏的待遇，女孩子就得感恩戴德了呢？

如果仅是遵循传统，这个征婚男还不至于激起众口一辞的反弹。皆因"凤凰男"采取的策略是双重标准：一方面动用传统的父权和家族伦理来规劝女性，他是世界的中心，女性只能是他这个"男丁"的附属品和家族的衍生物，姐妹们要为他的前途自毁前程，妻子要为他"生儿子"且供养父母姐姐；另一方面，又偷偷借用了现代的逻辑，要求未来的妻子是个现代女性，有好身材、好学历、高收入、个性独立，生活能力强，还提供全面的经济保障。对自己，是什么便宜都要占；对别人，则要求什么亏都要吃。

这种自相矛盾的背后，便是城市化进程中城乡二元结构正在瓦解、社会失序时个人身份从低到高的骤然变更所带来的认知障碍。换句大白话，就是贫穷乍富，观念还跟不上，而且很可能再也跟不上了。

那位征婚男在回复里进一步证实了：他的大姐因为贫穷四十岁未婚，二姐放弃心上人嫁给一个把她打得鼻青脸肿的瘸子，就是为了换彩礼来供他读书；他穷怕了，穷够了。显然，这个例子基本上可算是突破城乡二元对立的最典型路径。很多网友讥笑这位征婚男"月入八千"根本不配称"凤凰男"，但考虑到博主出身贫寒，不仅收入大大提高，还有机会去美国当了半年交换生，其衣锦还乡的心情，与宋代的"朝为田舍郎、暮登天子堂"何其相似。

因为缺乏资源，不得不靠吸吮父母及姐妹们的血成长起来的凤凰男，从小就被视为家族救世主；他们在家庭中特权很多，责任也很大，此时，人的心理结构难免会异化。在帖子的留言中，看到这位征婚男在网友的各种讥讽中徒劳地辩解，坚持他的愚蠢和自私，我甚至开始有点同情他了。这种山沟沟里飞出的金凤凰，很可悲，他们脆弱的凤翅下面，吊着的是整个家庭甚至半个村子的福祉。他们，不仅继承了贫穷，也继承了长幼尊卑有序的坚固的不平等结构。在城里的父母提供给孩子平等与爱，给孩子的未来进行投资，为孩子向上流动创造机会的时候，他们得到的只有无穷无尽的责任和对报恩的索求。

没有平等。只有恩义。很少有爱。

反哺家族，是凤凰男无法逃避的宿命。我听说过一些例子，有些大学生甚至是全村供养起来的。你是我们一把屎一把尿带大、凑钱读书的，你念大学了工作了生活得安逸了，乡下还是那么穷，你帮三表舅找个看门的工作，给二堂弟租个房子，四婶进城在你家里住上十天半个月，你能拒绝吗，你好意思拒绝吗？

问题是，他们对你有恩，你牺牲自己的舒适和享受，力所能及地给钱，还人情债，过一段穷日子，这是你应得的；但拉一个妹子来转嫁风险，这就是你的不对了。想通过征婚这种方式来寻找另一个可供吸血的女孩，维持甚至提高自己的生活水准，这个过程，与其说是报恩，不如说是水蛭寻找新的宿主。

一个人既要奔赴在朱门酒肉臭的大道上，又要在被割裂的现代文明和农业社会文明之间转换，身心健康、价值观正常已经是了不起的成就了。一部分人可以在后继的学习、工作和交友中修正自己的世界观，另一部分人却始终无法建立人际间的平等关系，持续地自我膨胀。于是，凤凰男令人发噱的价值观就这样修炼出来了。

当然，我们的这个时代，能提供给凤凰男逡巡的空间越来越小了。和日本一样，中国的中产早已走上了"下流化"的道路。虽然在新古典主义经济学的人力资本的视角来看，假定一个人只要聪明和努力，他就可以获得较高的社会经济地位；但在凤凰男通过个人努力跻身中产之后，他们在城市中人际资源不足的天然缺陷，注定了他们很难上升，只能向下流动。

就像宋代一样，如今也唯有娶孔雀女、更高阶层的孔雀女，凤凰男才能真正实现资本的积累。

这种情况下的婚姻，与感情无关，与家族利益有关，与社会结构有关，更像是公司的招标书。

所以，我才愈发不明白，在优质女性资源稀缺、竞争如此激烈的情况下，一个"精英"的智商要匮乏到何等程度，才能采取这种贬低女人的竞争策略呢！连身为同性的男人们都非常生气，觉得智商被侮辱了，因为司马昭之心暴露得太早，会给后来人增加竞争难度。

# 妖魔化女博士的用意

难道变平庸了，条件变差了，处处不如人了，反而会更容易找到幸福吗？

在2014年初广东的政协会议上，政协委员罗必良在参加分组讨论时说：女博士在上大学时不找对象，是很大一件事。他打比方：女孩子是一个产品，卖了二十几年，还没把自己卖出去，"从恋爱角度讲，读博士不是个增值的事，是贬值的事。"

身为政协委员，在如此郑重的场合说出"女孩子是产品""女孩子读博士会贬值"这样政治不正确的话，在一个正常的社会里，本来应该立即向公众道歉，然后辞去这个身份；苛刻一点的国家，他的公职都会因此受到很大的影响。但奇怪的是，不仅当时与会的代表纷纷同情起女博士，新闻报道也在具体讨论女博士到底是不是贬值，如何减少贬值这个问题。

由此看来，我们对在政协委员在政协会议上说出的严重歧视言论不仅宽容，而且深以为然，就更令人遗憾了。

没错，我们就是一个男权沙文主义大国，而且不管是知识分子，还是女人本身，都把男权至上视为理所当然。

既然当时讨论的议题是"女博士在恋爱角度来说是不是贬值"的问题，那么，我先不从人格尊严的角度来教育这位政协委员什么叫作"男女平等"了，只从最功利的角度来计较一下这个价值。

博士，这个身份对于一个年轻的女孩来说是增值还是贬值？毫无疑问，是增值的。良好的教育，无论男女，都是相当优越的条件。前几天还据说有调查说，百分之八十的男性都表示不愿娶女博士。且不说这调查的真伪，这话说得可真奇怪。有多少人有匹配的条件，可以娶一个女博士呢？癞蛤蟆什么时候嫌弃起天鹅了？

也有人说，世界上有三种人：男人、女人、女博士，因为女博士一般都是灭绝师太。这也就是一辈子没见过几个博士的人自己YY一下罢了；事实上，美女在博士中的分布比例，与其他行业的差别不大。当然，更多的女博士，样貌、能力、家境、经济条件都很普通，但有了博士身份这个优点，她可以选择的配偶，也会比没有博士身份时的通常会上一个档次。

把自身个性的问题、个人条件的差异，统统归结到"女博士"身上，是这个社会有意识地制造"女博士"的刻板印象。甚至让女博士自己也害怕了。刻板印象的目的，就是打压女性的信心，阻隔女性上升的空间，减少女性在事业上、在婚恋上的选择，最终让女性顺从于他们的价值判断。

另一些人说得貌似好听一些：女博士一般人配不上，不好找对象啊。这其实是另一种刻板印象，还是重复着"A男配B女，B男配C女，只剩A女和C男没人要"的老话，仿佛男博士该娶女硕士，男硕士该配女本科。这话说得可笑。总是担心着优秀了没人要；难道你变平庸了，条件变差了，处处不如人了，反而会更容易找到幸福吗？

另一个类似的议题是：女人有钱了是不是更不容易找到爱情？这个问题也没有道理。一个人在你很有钱的时候都看不上你，在你没钱的时候反而会喜欢你吗？找伴侣又不是做慈善，当然喜欢条件好的。你有钱来吸引人，至少比你连把人吸引过来的钱都没有要好。

人不是为了找对象才活着的。当你变优秀了，站得高看得远了，连高处的空气都变得清新一些呢。你是大树，又怎么会在意灌木们嫌弃你太高？

我一向很警惕妖魔化女性。切莫以为骂女人是"祸水""狐狸精"的才是妖魔化，那些总是称赞"母亲是世界上最伟大的""女人是家里最重要的角色"，也是妖魔化。这种通过赞美的方式来把某种刻板的角色形象固定下来，实际上就是希望女性永远停留在"母性""妻性"这种身份上来。而父亲的身份、丈夫的身份，反而可以游离在家庭之外了。

所以，现在的中国处于女性的地位和价值最尴尬的时候——她既要受过良好教育，挣钱养家，有情趣有爱好；还要会做家务，无微不至，知道如何照顾好孩子和孩子一样的丈夫。她既要做现代女性，又要做传统女性，两面都要讨好。每位事业辉煌的女性在接受媒体采访时，绝对绕不过"事业和家庭你是怎么平衡的"这种问题，而男性成功人士他们的采访录中这却非必须，因为他们不像女人一样，没有"母性"和"妻性"这一类重要标签。成功女性一旦离婚，便被认为是个悲剧，都怪她们忙于事业疏于家庭；而成功男士的离婚，旁观者或许还会暗暗羡慕，认为他们以后怎么玩女人都是合法的了。

这种"母性"和"妻性"是很可疑的。女博士愿意投入大量的时候来搞学术搞研究，而不是通过早早嫁人的方式来彰显"母性"和"妻性"，让许多男性难堪了。这不是他们设想中的"产品"，这种"产品"超出了他们的能力范畴，遥控不了。所以，有的通过贬损，有的通过不切实际的夸奖变相污名化，借此打击她们。

年轻女孩如何尽快找到意中人，有许多方法、技巧和途径，不管是女白领还是女博士，都值得学一学。但这些方法里，绝不会包括自我贬损，绝对不会让你把自己当作卖了二十几年卖不出的贬值的"产品"。

# 全民催婚是"维稳"

中国的传统文化中，父辈们才不管自己的孩子们喜欢怎么样的
生活，他们只要求你符合他们的期望。

百合网，是一家婚恋网站。新浪微博上曾有一个"万人抵制百合网"的活动，很快转发抵制的声音早已过万。

婚恋网站百合网之所以引起众怒，是因为它在新春期间发布的一个广告。该广告中，一位年轻美丽的女性不管是身着学士服，还是身着职业套装，或是在探病时，总是被一位老年女性追问：结婚了吗？这个女孩只好默默地想：看来我不能再挑了……于是，她穿着婚纱，拉着一位面目模糊的男性，在外婆的病床前结了婚。画外音是："因为爱，不等待。"

在这则广告中，人物形象惊悚，伦理观陈旧且有毒。本应是慈祥善良的长辈，活生生被演绎成旧社会的"狼外婆"。

百合网还有一系列类似的广告，主旨都是说，快点结婚，家人需要你结婚。这种把婚姻看成是"挥泪甩卖，卖身葬父"的一次性行为，打着要为父母、亲族负责的旗号，其实正是对自己的极端不负责。一个对自己都不负责的人，能对别人负起什么责？幸好，万能的网友们的眼睛，已经被一波又一波的傻缺们擦得雪亮的了，普遍都对这种广告嗤之以鼻。

不过，这种反对声在整个社会中到底占有多大的比重，我不敢抱太大的期望。百合网广告折射出的是主流强大的社会价值观。这里既有认为女性"干得好不如嫁得好"的歧视，更有一种"你的婚姻是爹妈的事，是亲戚的事，是所有人的事，唯独不是你的事"的慷慨大义。广告主角是女性并不是关键，因为

春节的"被逼婚"一族中，是无分男女的。男性就不会被逼婚吗？不然，那些"租个女友回家过年"的创意是从哪个旮旯里冒出来的？

我不相信那些现在逼着问"结婚了吗"的父母、亲族，不会逼着问"生孩子了吗"。

不仅父母、祖父母、外祖父母这些直系亲属会关心你有没有结婚、有没有生孩子，连七大姑八大姨也会理直气壮地关心；不仅亲戚关心，连关系稍好的老邻居也会关心；不仅熟人关心，连疏离的领导或老板想要表达自己的亲民时，也会一脸慈祥地询问。在他们看来，结婚就是为了生孩子，这是人类出厂时设定的程序，是整齐划一的，别无选择的。这个社会无时无刻不在提醒你，想要堵住这些唐僧的嘴，你只有亲自结婚，亲自生孩子，而且必须是儿子，才能让他们无话可说。

关于逼婚这件事，已有不少文章在讨论了。为何会出现这种怪诞现象，原因有很多，有的说，是因为我们这个社会中，人与人之间缺乏界限感；有的说，是因为中国的"红旗下的一代"与现代文明的彻底割裂，他们习惯于被灌输统一的思想，生怕与别人不一样……都有一定的道理。不过我觉得，最核心的原因在于，强制要求种族繁衍是父权（族权）意志的表现，从上古时代就一直延伸至今。

社会学家费孝通在《乡土中国 生育制度》一书中提醒我们："人类有能力跳出从性爱到生殖，从生殖到抚育之间的生物机能的连环。若没有社会制裁，人类既然能够脱离生物机能的连环，他们种族的绵续就失去了自然的保障；若是种族绵续是人类个体生存所必需的条件，为维持个体生存，必得另外设法保障种族的绵续了。于是我们看见不少文化手段在这上边发生出来，总称之为生育制度。"这段话用简单的语言来说，就是：生育繁殖并不是人的天性，而是社会文化所需要的，并且想办法来强制执行。

生育是人类文明的延续的必要；但永远会有喜欢孩子、享受抚育后代过程的人，人类并不会因为有人不喜欢生孩子而绝种。文明发展到了今天，像中国社会这么执着于婚姻、生育的倒真是不多了。中国的传统文化中，父辈们才不管自己的孩子们喜欢怎么样的生活，他们只要求你符合他们的期望，符合这个社会最常见的逻辑。

要求服从、要求整齐划一、消灭私生活，是中国绵延数千年的传统。孔孟之道里，就包含了社会各阶层各安其分，严守社会秩序，不允许旁逸斜出的要求。简而言之，就是温驯。比如说，已被编进广州市中小学、幼儿园的课程中、要求孩子背诵的《弟子规》里，除了像木乃伊一样陈旧腐烂的伦理观和实际操作指南，还有"亲爱我，孝何难，亲憎我，孝方贤"之类的话，仿佛越是被父母虐待，就越是幸运，因为这样才能越发显出你的孝顺。

其实，这种对父权（族权）的驯服，已经包含了父权对下一代的终身大事的绝对掌控。

或许还有一个问题：女性是不入族谱的，下一代不跟外祖父姓，与父族无关，为何催逼女性结婚也那么起劲？那是因为，生育繁殖被视为女人最重要的功能（如果不是唯一的话），如果不生育，你就完全丧失价值；所以父族亲族"为你好"，也必须逼迫你赶紧结婚，赶紧为夫族繁衍，实现你的价值——否则他们是要被人戳脊梁的。

于是乎，每个人，无分男女，私生活都被纳入了公众事务范畴；不仅父母和直系长亲，连不相关的人都有义务督促你回到正常人的轨道中来，不得扰乱社会伦理。

可悲之处就在于，不管你是叫Marie、Daisy，还是Nicholas或Jacky，平时读的是英文资料，看的是美剧，只要一过年回乡，你就必须重返一百年前的旧式逻辑，"结婚吧""成亲吧""生娃吧"，声声催断肠。而这些老一辈的人是无法说服的，他们的周围环绕着同样的观念，偏见结实得像一块铁一样；只要你有个性，就是不孝。惊悚的"狼外婆"就是这种价值观的代言人。于是乎，百合网的广告应运而生：它号准了一个广大市场的脉。

我反对把结婚生子当作人生必须负担的责任，厌恶这种父权（族权）的胁迫；正如我也反对强行限制生育，把生育权垄断在自己手里的政府强权。两者看似对立，其根源都是一样的：禁忌和服从。

而这些，正是现代文明的大敌。

# "作"是一种人格缺陷

折磨自己折磨他人，证明自己是一个需要"爱"的弱者，是一个"很可能"被抛弃被背叛的弱者，那样，在道德上就无往而不胜了。

有一则社会新闻引起了许多网友的热议。起因很简单：一位女子在家装摄像头监控男友（在卧室的玩偶里面装针孔摄像头），该男友则给手机安装了某款防查软件来躲避其不厌其烦的翻查手机。发展到后来，男友说，"她总是以拿我手机玩游戏的名义，悄悄查看我的电话号码，翻阅我的短信和微信，查看我的朋友圈。后来发展到偷偷给我的女性朋友和同事打电话，发短信。"甚至，女友还趁他洗澡的时候，用他的手机给他的一个女同事发微信，约人家出来吃夜宵。

当然，这对情侣以分手告终。

我注意到，在已有的四五千条评论当中，以女性的回复占绝大多数，意见主要集中在两个角度：一是，这个男友，你心里没鬼，怕什么查？你有夜不归宿且关机的记录谁能相信你？二是，不应该查，我就从来不查我的男友/老公，当人与人之间没有信任了，查又有什么用？

类似这样家长里短的帖子，基本上都是"月经帖"，每个月都会有掀起一两次讨论热潮，明明道理早已简单得妇孺皆知了，却还是一轮一轮地包装成新问题反复地出现。我要是情感专家，一定会无语问苍天：启蒙了几十年，石头都应该发芽了呀？

但这则新闻的意义不在于给予答案，而在于为什么会有这样的问题。女人的不安全感是从哪里来的？就是因为许多女性没有自我，哪怕同样也在工作赚钱，她们也仍然需要从旁人那里确认自己的价值。她们已丧失了在两性关系之外进行自身心理建设的能力。

像新闻里出现的这位女性，她时时刻刻处于一种警惕状态，提防着男友偏离她的轨迹。这就是常见的"作女"，实则上也是一种心理变态，需要进行心理干预。

但这样的女孩，不仅不会意识到自己的行为有问题，而且会合理化和美化自己的动机，以"爱"作为垄断男友人身自由的借口。你如果问她是否决心分手且想索要赔偿，才设局"捉奸"，她一定会茫茫然不知所措。因为她的"监控"，并不带有具体目的，仅仅是为了所谓的"安全感"："捉"到"奸"了，她会歇斯底里、无可奈何，哭泣着等着"被分手"；"捉"不到"奸"，则心有不甘，继续设更多的局，直到满足自己"被背叛了"的假想，进入上面那个循环为止。

而这种安全感，能叫作安全感吗？当然不能。这种"作"，是一种隐藏的人格缺陷，以女性发病居多。所谓的"作女"，就是她们不相信自己能拥有健康的感情和两性关系，必须用各种试探、考验、监测的手段，来证明对方对她的爱不是真的、证明对方对不起她，直到把男友吓走；这样，她们就稳稳地居于"受害者"的位置，获得了讨伐负心人的权利。——只有这个哭泣的怨妇形象，才能抵达她最安全的定位，才能让她们找到内心的平衡：看，我没说错吧，男人没有一个好东西！

因为她们觉得自己不配好东西。而且，她们都有一种"要独立、毋宁死"的大无畏精神。

当然，我不能说这个新闻中的男友就一定是无辜的，谁知道呢。但一段关系让你疑虑不信任了，分手的主动权应该在你自己手中，而不是设计圈套、营造出一个贱兮兮的受害者形象。仿佛"被抛弃"是一个特别迷人、特别有魅力的标签似的。

事实上，人群当中偶尔出现某种人格缺陷的人，并不奇怪；但这种

"作"，为何只在东方女性中特别常见？为何她们总喜欢一哭二闹三上吊？为何总喜欢当"二十四孝女友"、随时查岗？就是因为我们的社会认知里喜欢把女性定义为依附性人格，要求贤惠、懂事、柔弱。女性的"受害者"这个形象，可以获得道德优势；伤得越深，跌得越低，在道德上的势能就最大。而我们是一个"讲道德"的大国，喜欢挟道德而号令天下；所以，一部分心理无法断奶（哪怕自己能挣很多钱）的女性，找到了一个获得"安全感"的新方式：折磨自己折磨他人，证明自己是一个需要"爱"的弱者，是一个"很可能"被抛弃被背叛的弱者，那样，在道德上就无往而不胜了。

就像这则新闻中的当事人，早分手早超生。但是，问题的解决是很容易的，但消灭源源不断出现的幼稚，乃至弱智的问题产生的土壤，却是难的。

# 老男人的套路是他不会爱上任何人

这样的人是最容易成功的。甚至某种意义上,这是当下的社会成功人士的一种标配,标志着足够成熟、冷静、自私。这就意味着能干大事。

最近关于老男人的谜之自信的话题很盛,我倒是想起了几个真实或虚构的历史人物,思考了一番之后,竟然觉得这种自信是很有道理的。

一个是唐玄宗。为什么历代皇帝都有那么多的姬妾?除了能让皇帝享受福利、随心所欲地满足自己的声色之娱,并生出足够多的皇位候选人以外,还能令无数的美女互相竞争,也让男人不易对女人产生爱情,确保女人只是一个工具。即使有这样的"制度保障",唐玄宗与杨贵妃之间的故事,听起来还是有点像爱情的。总之,唐玄宗为了讨好比他小三十三岁的杨贵妃,又是"三千宠爱在一身",又是"春从春游夜专夜"。有钱人给女人钱不难,难的是给时间、给精力、给权力。

后来的事我们都知道了,安禄山之乱当中,龙武大将军陈玄礼要求杀杨国忠和杨贵妃。唐玄宗就把心爱的女人推出去当肉盾了。他的生命和他的王朝,也得到了保障。虽然后世戏曲反复吟唱这个皇帝对杨妃的思念,但我想,唐玄宗对失去皇位的哀伤,比死一个妃子大多了。

一个是易先生。王佳芝这个业余特工,本来是要刺杀他的,结果易先生一颗六克拉的鸽子蛋捧出来,王佳芝当场崩溃了,觉得"这个男人是爱我的罢"。从前面看得出来,王佳芝并没有对钱财投入太多的兴趣,但年轻美貌的她前半生太悲苦了,不要说是钻戒,给一颗糖她大概也会以为那是爱情,也会沦陷。

易先生下令杀死王佳芝，心里洋洋得意。他知道她是爱他的，非常感动；能杀死一个全心爱自己的美女，他既为自己的魅力高兴，也为自己的冷静自得，恨不得伸出一只胳膊拍拍自己的肩膀：真有你的。

我想，假如钱谦益要献出柳如是才被允许降清、侯方域要献出李香君才能取信于南明的话，他们也不会犹豫。

每个故事都不一样，但有一个核心是一样的：作为拥有地位、拥有雄厚社会资源、千帆过尽的老男人，他们聪明，而且不爱任何人。对他们来说，女人只是装饰品；如果美丽、高贵、有才华、活好不粘人，就是镶了珠宝的装饰品，值得出高一点的价钱。

我觉得五岳散人的话是有一定道理的，他在后面文章也反驳了一些挖苦与批评：假如男人是梁朝伟就有资格说"想泡的女孩都能泡到"，那"你们也是根据颜值、社会地位选人"，"你们不是平权，其实就是外卖嘛"。这话是对的。言论和行为的性质不会因颜值而改变。《红楼梦》里的贾琏、贾蓉都是帅哥，但恶心的程度并不会降低。但是，散人的话之所以犯众怒，并不是因为他长得不好看、大家不相信如他所说的"想泡哪个普通漂亮女孩就泡哪个"，而是里面深深的优越感，以及对女性的轻视。

这种优越感，不仅是来自他有点钱，有点社会阅历，更来自他的自得：我们不会爱上任何人。

这样的人是最容易成功的。甚至某种意义上，这是当下的社会成功人士的一种标配，标志着足够成熟、冷静、自私。这就意味着能干大事。

虽然散人也提到了那种聪明、不作、独立的女性值得尊敬，不过，这种女人顶多也是可以当合作伙伴的人；再说明白一点：他们认为这种女性价码不会低，不可造次。

中国文化传统里，一直就要求男人不动感情。家族里本来想过要让宝黛成亲的，看到两人像是真爱，反而认为有伤风化，有人就出面拆散他们了；杜少卿拉着妻子的手走到街上，被视为"不伦""异类"。夫妻纲常里面，是没有

"感情"这一条的，有的只是责任和义务的对举。当然，如果不是夫妻，只是阶段性的情人，"感情"就是笑谈了，就只存在着你购买服务、我负责悦人的关系：这种关系不仅包含性，还包括一定的琴棋书画的才艺烘托，以及提供假装在恋爱的幻觉。

现代社会里的中年男人，并不见得是自觉遵守这种古代的守则，没几个人有这种文化水平；但不把女性当作独立的个体，也不打算尊重，是有强大的基因。因为这是一个不言自明的男权社会，又是一个赢家通吃的社会；这一部分所谓的精英中年男性是有理由自信的，他们把女性分为，大部分根本看不上的，小部分可按不同价码购买的，极少数暂时还购买不起（不普通的漂亮姑娘）的几种。而这个社会现实，很可悲地，绝大多数都能符合他们的世界观设定。

老男人最自信的，不是他的成功，而是他的冷漠，以及对这些畸形价值观的熟练运用。

一个真正尊重他人的人，是不可能没有敬畏的。他会知道每一个人都有自己的尊严，会担心得不到自己心爱的女孩的心，会知道自己如果不够好对方会离去。退一步说，即便不是爱人、纯属炮友，他也会尊重每一个与自己分享过快乐的人。看不起与自己有亲密关系的人，本身就是一种低自尊的表现。

《红楼梦》里有一幕，是"龄官画蔷痴及局外"。贾宝玉终于意识到，并不是人人都会喜欢上他，地球不是围着他转的。虽然在这个封闭的空间里，他几乎是唯一的年轻男性主子，长相英俊，聪明机灵，非常会哄人；而龄官只是个不入流的戏子、下人，在院子里比她美的姑娘不可胜数。但就是这样谁都看不上眼的下人，她根本不把宝玉放在眼里，宁愿喜欢地位比宝玉低得多的贾蔷。知道自己不是世界中心，知道人人皆有自我，是宝玉身上人性的觉醒。

而那些迷之自信的中年精英男，缺乏的正是这种人性的觉醒。

# 人到中年，她们自卑，他们自大

中国的"成功男士"把"我想和这个世界谈谈"偷换成"我想和小姑娘谈谈"，以制造出自己还有价值的幻觉；中年女性更惨，连产生幻觉的精力都没有了。

前不久，轰轰烈烈地进行过一轮关于"老男人"的讨论。这种"老"，并不在于年龄的问题，而是中国男性在拥有了一定的经济基础和社会阅历之后，展现出来的谜之自信，一种睥睨天下，看破一切的自信；尤其是相对于年轻女孩，他们撩拨的手势已烂熟于心，知道太阳底下无新事，就像站在城墙上，"天下姑娘尽入我彀中"的豪迈油然而生。

"老司机"就是自信啊。

我也有一个疑惑。"老男人"，现在已变成一种说起来就会令人嘴角浮起诡异一笑的特殊生物。实际上，这是明贬实褒的；这意味着这个人有资源、有能力、有魅力（尽管出于政治正确，男人也会批评几句）。而与他们对应的"老女人"这个词，在任何层面上，都是极为恶毒的、单纯的诅咒。仿佛女性除了"老"之外，年龄的增长不会给她带来任何资源、能力和魅力。

"老"，这个词放在男人和放在女人身上截然不同，前者变成了褒义词，后者变成了贬义词。因为社会成见就是"男人四十一枝花，女人四十烂茶渣"。

我想起了香港许鞍华先后拍摄过的两部电影《女人四十》（1995年，萧芳芳主演），《男人四十》（2002年，张学友主演）；便生动地把人们对于女性的中年危机和男性的中年危机的刻板印象具体化了。

先从《男人四十》讲起。张学友饰演的中学语文老师，觉得自己怀才不遇；这时，班上的漂亮又多愁善感的女学生（林嘉欣饰）爱上了他；家庭的无趣和困惑，与拥有鲜嫩肉体的女学生对他的仰慕，形成了鲜明对比。他既不舍得放弃这种感觉，又无力承担过火的责任……

而《女人四十》，则完全不同。萧芳芳在影片中饰演的中年女性阿娥，面临着事业与家庭的双重压力。她先要面对懂电脑的年轻女同事对她的职位、她的工作的冲击，她时时担心失业。与此同时，婆婆去世，公公患有老年痴呆症需要照顾，儿子到了叛逆期不听话，老公宁愿游手好闲也不帮忙，甚至还要忍受旁人的指手画脚……萧芳芳忙完工作后，要照顾公公、老公和儿子，还要做完所有家务；生活重压之下，真是心酸得哭都哭不出来。

看出来了吧，传统模式当中，男女的中年危机差别在哪里？男性的理解是，我怀才不遇，我事业上进展不大，是这个世界欠了我的；解决的方式，或者说转化的方式，就是由少女来承认他的魅力；通过这种年轻漂亮女孩的认可，来确认自己的价值。当然，很多情况下这是要付出一定代价的；"中年危机"只是转移了，并没有化解，他的生活很可能会变得更复杂。

而女性的角度是，我跟不上这世界，我配不上这世界，无论我如何努力，都无法适应。更现实的是，上有老、下有小，中年女性处于一个最尴尬的年龄，对家务的操持，对家庭经济能力的担忧，对孩子的教育、老人的健康，对自己的医保的恐慌，都在考验着她。这还是不用操心房子和学位的情况下的。万一她们的丈夫也有"中年危机"，准备出轨或在出轨中，她们还要考虑婚姻的存续、家庭的解体，那简直是天崩地裂。而这些，在现实中司空见惯。

她们转化危机的方式，是诉诸改变自己以适应社会，比如整容、减肥、买包等等；因为这个世界告诉她们：如果你不好好保养，变成黄脸婆，就留不住你的丈夫。

为什么没有人告诫中年男人说：如果你们肥头大耳，不好好健身，就留不住你的老婆？何止如此，为了奖赏他的丑陋，还会给他赠送少女们的爱慕？

不是男性的生理与女性的生理有什么不同。假如反过来，萧芳芳的丈夫天天指导小孩做作业，照顾瘫痪的岳母，在上班之余负担所有家务；萧芳芳这样四十岁的女人，她的困惑或许就会变成：那个小鲜肉到底爱不爱我？爱不爱我？

这同样可以美其名曰"中年危机"。

之所以我们看到男性中年与女性中年不同，就是因为社会对他们的压力和期待不同。是，女性是有"更年期"，意味着这个年龄逐步丧失了生育能力；而男性没有。但随着生育意愿的迅速下降，城市人群的个体，对生育这件事已拥有了掌控权，在中年以后能否生育已是一件不那么重要的事（想生的人早已生过了）。现代社会里，再沿袭动物世界的"精子战争"来考虑两性关系，就偏差太大了。问题就在于，在现在普遍男女都要工作的情况下，女性仍然承担了主要的家务劳动和养育小孩、照顾老人的重任；她们早已没有精力追求事业了，甚至连思考人生、伤春悲秋的时间都不再有。

上面所举的张学友饰演的中学老师，还是"老男人"当中善良软弱的一种；只要稍微少一分恻忍，就会像孔雀一样四处开屏，力图证明自己风韵犹存，仍然有魅力。祸害少女、祸害家庭也就罢了，并且，还能非常无辜地向社会传播他的价值观：女人嘛，都是很贱的……

而与之相反，女性到了中年，却明显表现为自我萎缩，常常自认："我这辈子也就这样了。""这样"是怎么样呢？就是不再美丽，也不再打扮，觉得不会有异性来搭讪或多看一眼；老公就算有外遇也只能睁一只眼闭一只眼，因为不敢离婚；希望都寄托在子女身上，免不了时时暴跳如雷；事业上也没有追求，因为忙家里的事就够操心了，哪里应付得来升职考试或者领导新的团队？有工资发就得了。不再看小说和新书，不再听新歌，一两年都没有在手机里装新的APP了，嫌麻烦……

女性自贬的结果就是，缩进家庭生活当中（虽然有工作），把自己的勇气、能力、对世界的好奇和求知精神全丢了。

后面的几条，其实中年男性也差不多；主要特征都是故步自封，不思进取，害怕甚至敌视新事物。只不过，女性是胆小地不敢学，而男性则是胆大妄为地看不起，给自己制造一套理论依据。女性的中年危机是自卑，男性的中年危机是自大。

是的，以上对这两类人的素描，均属刻板印象。不过就算今天年轻人当中有一部分人的价值观已经刷新，还有救；但中年人群体还看不出太明显的变化趋势。尤其是男性，因为他们是这一套观念的受益者。无论他在社会上的阶层多低，始终在家庭当中还有比他地位更低的人；他们虽然对世界不满，但总以为随着日历的翻页，他那浑浊的肉身是能自动升值的。

其实，荣格对"中年危机"有过定义。它指的是人们在青年时期心理能量主要集中在追求物质性的兴趣上，而挤占了追求精神价值的空间；到了中年，在成功地适应了外部环境或事业有成之后，再无人生目标，这种心理能量由于没有了用武之地而陷入空虚；这就造成了价值的丧失和人格的荒芜。

中国的"成功男士"满世界地"作"，他们把"我想和这个世界谈谈"偷换成"我想和小姑娘谈谈"，以制造出自己还有价值的幻觉；中年女性更惨，除了工作和家事之外，还要忙于跟丈夫身边的小三小四做斗争，连产生幻觉的精力都没有了。

我不知道在中国这样浮躁的社会环境下消除"中年危机"的良方，我只知道如何让"中年危机"这件事也能平等。那就是，女性不跟这一套游戏规则玩了。得益于技术的进步，观念的进化，女性保养得好、冻龄不是难事，四五十岁了才开始跑马拉松、学潜水不是难事，现在有了冻卵、假以时日技术更成熟普及之后，消灭生理期的界线也不是难事。男性与女性基于自然生理的差异，会日趋缩小。这个时候就可以看清楚了：只要中年女性不再以"我这辈子就这样了"来自我萎缩，把空间让渡出来给同龄的男性四处"开屏"，那么，双方的责任和义务就会更趋近平等。

但是在中国这样的社会环境下，一个在年轻时都没有过天真世界观、进行过形而上思考的人，如何能在惰性重重的中年，反思自己的皮囊？能在仁波切、手串、国学、整容、买包和淑女班之外，有一些真正的心灵沉淀？这点，太难。

# 用二十亿换你的尊严，换不换

没有多少人的尊严或骄傲，值得魔鬼花大价钱来购买。能轻易恪守的道德，能斩钉截铁做出的判断，往往是因为诱惑太小。

香港豪门争产的故事，演了一季又一季。前不久，福布斯香港富豪榜排行第三（2015年）、身家一百五十亿美元的郑裕彤一病逝，关于他和他的儿子们的多位妻子、情人，以及上位未遂的觊觎者之间的故事，就已经被翻来覆去地讲了好几轮。霍启刚与郭晶晶每次晒恩爱，霍家的几房子女的恩怨情仇就必定会被翻出来；何鸿燊连同他几位太太和几房子女，三天两头上新闻；李兆基的千亿儿媳徐子淇是个生育机器，故事不多，但狗仔们捕捉的是她的钻戒、爱玛仕、笑容，据此猜测她的公公对她的宠爱有没有减少；今天这个玩具大王，明天那个纺织大亨，香港总有数不尽的豪门，加上流连在他们身边的女明星，几乎就是一个纵横交错的连连看游戏，狗血程度不输于连续剧。

这两天，以一百零九亿美元身价排福布斯香港富豪榜第六位（2015年）的刘銮雄，出了大招，在报纸上刊登与女友吕丽君分手的通告；不独如此，还接受记者访问，声称对她彻底失望，决定恩断义绝，云云。

声明中，闪闪发光的句子是："一直照顾吕丽君起居饮食，并有大量现金馈赠，身家已逾二十亿港币，已是超级富婆。"

当然，未分手的那个女友，甘比，所得必然多很多。

一时间，娱乐评论员们忙成狗，一篇接一篇的深度剖析文章，试图解释：超级富豪有两个女友，为什么是她赢了、而她输了？甘比为什么能"上位"？如何才能留住富豪的心？这些"上位"技巧里，包括如何吸引富豪注意力、如何打动富豪的"芳心",不讨要东西,不乱说话,不要逆着主人的意思等等。而吕丽君之所以"败北",就是因为她是一个名校的化学博士,不够听话啊。

这种论调也是服了。这么说来,受不了刘銮雄"一段感情里有这么多人"的李嘉欣,也是不够乖,所以未能上位啰。

其实,刘銮雄的其中一任女友王颖好更有代表性。王颖好的父亲是大法官,她二十三岁就成了英国和香港的大律师,也属于顶尖的精英阶层了。她与刘銮雄恋爱六年,分分合合,闹得不可开交;然后,出身蓝血贵族的王颖好,成了郑裕彤儿子郑家纯的情妇,与其妻并存,并为他生儿育女。

还记得之前有个叫周焯华(人称洗米华)的富豪,也经常上娱乐头条;因为他的妻子与小三轮流生孩子,这位先生,基本上就是一三五陪老婆,二四六陪情人,大房和二房都雨露均沾,一妻一妾天天隔着报纸狗仔和社交平台炫耀"他对我更好"。最终,以妻子决定离婚而中场休息,据说,洗米华要给予对方一百二十八亿天价赡养费,然而故事未完,小四又出现了……

香港这样的娱乐新闻实在太多。看香港狗仔娱乐新闻,天天碎三观,一张图可以配上几百字,标题到内容都洋溢着浓浓的人渣味,势利眼到极点。就算女星参加公开活动的照片,一会儿被解读为"出动豪乳征服小开",一会写作"攻城七十二小时",一会又是"微波出位撼动豪门",要不就从人家背的爱玛仕是不是限量版、包包是不是最新款,猜测她是不是不讨公公喜欢了。

这样的报章大卖、观众爱看,说明这种势利眼就是香港人民的平均口味。"甘比上位""嫁入豪门"正是他们内心渴望的写照。而且,"憎人富贵乞人穷",既羡慕富豪能享齐人之福,语气中充满酸意;但又热衷于看他们丢脸出丑,以平息妒意。

总的来说,内地的娱乐八卦虽然流言也很多,但这种醋味远远没有港台狗仔那么多。是因为中国读者不势利吗?未必。只是因为,香港是个老牌资本主义地区,已经产生了很多"old money",他们的豪门故事又被曝光于大众面前;而中国内地,极少数的"看不见的顶层",他们的故事是不允许为普通人所知道的,常见的"new money"级别的富豪还不够老,来不及孵化出复杂的家族；而且，他们虽豪，但仍有朝不保夕之虞；而中国的女明星们又太有钱，没必要屈就这些新土豪。

所以，再看无底线的香港富豪圈娱乐新闻，就感觉很low了。

其实，我们看到香港豪门当中自愿遵从妻妾规则的那些女性，虽然奴性十足，但享受了常人几辈子都享受不到的物质待遇，正是她们理性选择的一种人生。所反映的也是相当一部分香港人的理性。

是的，现代社会的我们看到妻妾争宠，而且是比谁跪得更低、看起来更听话的争宠，是有点毛骨悚然。如果考虑到参加竞争的甚至是事业有成的精英女性（比如化学博士吕丽君和知名大律师王颖妤），让人疑惑：她们难道不知尊严为何物吗？

这个问题看起来很容易回答。但我想，这可能是低估了人生的难度。现在，我已经越来越没有那么锐利了，能够理解这种我看不起的"势利眼"。

在我们已经不年轻的时候，有房有车，有的甚至还办好了海外移民，当然不会为十万二十万折腰，谁敢拿这点钱收买我们，完全可以把钱甩到他脸上，扬长而去。如果是一两百万，犹豫片刻后也能拒绝。如果是一两千万呢？我已经不敢打包票了。一亿两亿？十亿二十亿？一百多亿？对不起，时空已发生扭曲，牛顿定律不适用。那是跳跃进入另一个宇宙的入口，标志着你将告别你所熟悉的世界，凡人很难想象。——当然，我们这些人生已经很稳定也没有太大缺憾的人，抗拒诱惑的能力还强一点；可如果是一个十多二十岁年轻女孩，初入娱乐圈的小明星，在世界热情地在她们面前打开，人生还有无限可能的时候，是选择住屋村廉租房、天天愁交不起房租，还是从此进入一个十亿美元俱乐部、站在世界之巅？将心比心，她们会选择什么呢？更不必说，还有一个男人想方设法赢取她的芳心的那种虚荣了（不管是出于假意还是真心）。

普通人家的孩子，青春、尊严没有那么贵。扪心自问，就算你的尊严还在你身上，还没卖出去，但有多少人可以很有尊严地工作、生活、恋爱？嫁给一个没有什么钱的人就一定能得到他的尊重，相敬如宾吗？如果用青春、尊严或者忍辱负重，就能换得一个几十亿元的身家，并且像吕丽君一样进入北京市政协、做跨国生意，谈笑有鸿儒、往来无白丁，进入了另一个平行宇宙；就像《教父》里说的，"给你一个无法拒绝的价格"，换不换？

当然，这也是一场豪赌，绝大多数人是不可能有机会掷这个骰子的；一部分有机会接近富豪的女明星，也是在得到一大笔金钱，摆脱困境之后，才有机会做其他的人生选择的。

在香港那样阶级固化了几十年的社会里，市民们对那些豪门耳熟能详，天天仰望，一旦能跨进那个门，不管是当二奶还是小三，获利很可能是以亿来计算的；而且，这种路线，总有女孩前仆后继，很多人还走通了。一般人只是没有机会，一旦有机会，又有多少人可以清高地说："几亿元买不了我的尊严"？

甚至可以说，当一个人通过某种手段（比如说当小三）跨进了亿万俱乐部之后，在她的眼里、在整个社会的眼里，她通过钱能获得的尊严和地位，比当一个普通人的正妻，高太多了。

不要把我上面说的理解为，当富豪的小妾很光荣，或者做一个包容二奶的大房很正确。我也不是恨这个社会"笑贫不笑娼"。只是多想一步以后，越发觉得人生艰难，没有什么价值尺度是一成不变的。没有多少人的尊严或骄傲，值得魔鬼花大价钱来购买。

能轻易恪守的道德，能斩钉截铁做出的判断，往往是因为诱惑太小。凡人还是祈祷自己永远不要遇上这种诱惑吧。

CHAPTER 2 谈论女权时你们在谈论什么

在农村的等级排行，地位唯一比年轻女子来得低的人，便是对未来还心存志向的年轻女子。——欧逸文

# 不允许分手才可怕

越是极端的男权社会，越是强调男人不允许抛弃女人。这种意识形态，与社会上从上至下不断号召女人回归家庭的政策和导向，是非常一致的。

前些天，一位媒体女记者，在与男友分手之后，认为对方另有新欢，跳楼自杀了。这本来就是一出悲剧。

但更可悲的是，一篇名为《二百余媒体人致安徽广播电视台台长公开信》的文章广为流传，信中认为段姓女记者跳楼殉情，与其未婚夫潘某"突然、决绝的背叛和巨大刺激、打击"直接相关，并且联合两百多位媒体圈同仁签名，强烈建议安徽电视台台长开除潘某和"小三"，语言非常激烈。

1

一个现代社会里，恋爱分手，女人就自杀；我不会觉得这个女人多么看重爱情，我只觉得她自轻自贱。年轻的生命陨落，为她一掬同情之泪，也罢。但那两百多位媒体人，是哪里爬出来的大清国僵尸？还在操着古老的语言体系，对并没有违法的他人进行私刑？

想必很多人都已经明白了，为了一个"渣男"自杀，不值得。然而，同时还有很多人说，为什么自杀，而不是杀了渣男和小三？要死三个一起死。对不起，这样同样是自轻自贱；假设真有人这么做了，我不觉得这是一个烈女，不认为值得一丝一毫的同情歌颂。

现在早已不是美狄亚和霍小玉的时代了。美狄亚的刚烈可以令人扼腕叹息，是因为她付出的不仅是爱情，而且还为伊阿宋背叛了国家，国恨家仇一起清算；霍小玉之所以令人同情，是因为她虽顺从于时命、不奢望与李益结婚，但李益仍然连最低承诺都办不到，再加上多余的"好心人"插一脚，她是活活气死的。而且，那些都仅仅是传奇，是小说。现实世界里发生的，就完全是另一套评价标准了。

我看到微博上对此姑娘有一个评论：请你去了那边，替我告诉我那为情自杀的闺蜜：自从她死后，她的前男友很快就结婚了，很快生了孩子，孩子好可爱，一家人其乐融融，幸福美满；她的公司的人升职的升职，照常的照常，没有人再提起她；只有她的母亲日夜哭泣，眼都快哭瞎了……

没错，你的死，不会有人记住，你的前男友，很快就过上平静的生活，将会有他的婚姻和孩子。如果他足够"渣"，你的死，不仅不会折磨他，让他良心不安，反而成了他的勋章，锦上添花；你流的血，将会成为他的谈资："我太有魅力了，曾经让女人为我而死。"如果他稍为仁慈，你的死，只会让别人对他与你的分手达成谅解：是啊，那样偏激的女人，怎么能跟她一起生活啊，难怪要分手。

可以说，为情自杀，伤心的，只有你的父母至亲；你所痛恨的人，甚至会间接地成为受益者。以生命换来的，只是亲痛仇快，实在是太廉价了。


2

现在的社会风气中，对于"婚姻、恋爱=性的绝对垄断权"的强调，简直到了令人发指的地步。我认为这是社会文明大幅度倒退的一种标志。

恋爱了可以分手、结婚了可以离婚，什么时候才能成为我们的常识？这几个字有那么难懂吗？

确实，对于大多数恋人而言，一旦进入恋爱当中，就相当于互相签署了"性专属权"，在恋爱期间，应该只爱一个人，不与别人发生性关系。但这种不立文字的契约，很容易推翻。不管任何社会形态，均是如此。但那又如何？即便是发现了对方不能守住他/她的承诺，作为情侣，你能拥有的权利，就是中断这种关系。但不包括用生命，或用私刑，去强迫对方只爱你一个人。在这种精神绑架之下屈从的，顶多是你的囚徒罢了，不是爱。

婚姻也是同理，只不过多了一个经济的束缚。哪怕一方有过错，能惩罚的，也只有经济上的利益分配。

我们能对伴侣拥有的全部权利，也就是离开，和特定情况下的经济补偿。

感情洁癖，应该是高自尊，应该是一旦发现对方不爱自己了，马上抽身，也不再爱对方了。而不是，发现对方不爱自己了，便要把自己的生命绑在对方的"后悔"和"怀念"身上。这是低自尊。

而且，一个感情洁癖者，只能用来要求自己，而不能要求跟你毫无关系的旁人。你对自己的情侣的暧昧关系"零容忍"，很好；但一旦看到别人对她/他自己的伴侣不是零容忍，马上气得又跳又骂，就像辱骂谢杏芳的人一样，那不是有道德，那是有毛病。

两个独立人格的人，合与分，都是世间常态。只有有依附关系的，才会存在一个人对另一个人负责任。然而，现在看起来，连情侣之间的分手，都成了高危事件：不仅分手会出人命，还会有社会高调声援，觉得你分手就是渣男，再恋爱就是小三，不死不足以平民愤。在这样的声援之下，一些在感情困惑中的姑娘也许就产生了一些幻觉，以为她的生命绑架、道德绑架是很好使的，以死殉情。不能不说，这些声援死者的行为，其实才是对死者最大的蒙蔽和欺骗。

别再重复着男方是"劈腿渣男"这种陈词滥调了。退一万步说，男方劈腿渣男，与男方是好人只是我们不合适——同样只是一个分手理由而已。从来不存在说"男方是渣男所以我绝不许他分手（否则不是他死就是我死），男方是好男人我才能与他分手"这样的诡异逻辑。一个成熟的人应该明白，凡是爱情就有可能会有一天不爱了，什么理由都不重要，重要的是，他/她从你的生命里退场了。你还得接受现实，重新找到合适自己的人、合适自己的生活方式。

越是纠缠于过去，越是想证明对方是烂人、证明对方辜负了你，你的人生就越不值钱。

3

我不认为变心可怕。更可怕的是整个社会道德观现在在空前强化。

这不是对爱情的忠贞，而是对"不抛弃"的强调，是对男性必须得对女性要"负责"的传统观念的僵尸复活。

可能一般人觉得这不挺好的吗，这不是对女人的保护吗？其实不是，这恰恰是进一步把女人绑定在男人的依附地位上。从历史上，越是坚决不允许男性和女人离婚的时代，女性的地位就越低。

在汉乐府当中，还常见"闻君有他意，故来相决绝""愿得一心人，白首不相离"的歌咏，汉代朱买臣的老婆可以休夫，汉代离婚后进宫当后妃的不在少数；说明女性还是有一定程度的自我意志，对于负心郎、看不上的男人，可以分手，可以离婚。

而到了明清时期，"贞节观"被极度强调之后，女人完全丧失了性自由，男人呢？同样视离婚、出妻为大恶。陆游妻为其母所出，当时视之为"人伦之变"；士大夫有出妻者，将不齿于士林；以至于被免官，贬官者，比比皆是。对于男人来说，一旦离婚，即被认为道德上有严重的污点。

不然你以为陈世美为什么想要杀秦香莲？因为他想高攀，但又没有离婚的可能。

越是极端的男权社会，越是强调男人不允许抛弃女人，因为一旦离开了男人，女人不论是从生计上、还是道德伦理上，都只有死路一条了。为了社会的基本稳定，也必须得保护女人有合适的奴役者啊，没有主人，何谈奴役？

离婚自由，反而是社会对女性身心束缚较少、较宽容的一种表现。然而，现在倒退回去了。

现在对于所谓的出轨、变心、小三的讨伐，已经到了一个疯狂的地步。每一次明星出轨事件后面，一次又一次地刷新社交平台的纪录，人性的恶倾巢而出。你要说出轨是错的，我同意；你要说文章、陈赫、林丹是渣男，我也不反对。但是，这些事情的"恶"的程度，与它们收获的关注和恶意，是绝对不成正比的。人们对"性道德"这种东西的重视程度，已经达到对破坏马伊琍、许婧和谢杏芳的性专属权的男人或小三，恨不得食肉寝皮的程度了。可你认识她们吗？她们的性权利值得你这么拼力维护吗？她们稀罕你的维护吗？

也许你把他们的房子强拆了，他们都没有那么恨你。

同样，这两百多名传媒人，联名上书，就是把网络不署名的暴力，变成现实中的可见的私刑，妄图惩罚变心的男人和"小三"。这种手段，在20世纪七八十年代、单位文化盛行时，很常见。动不动就把家长里短的事情交给单位领导，动用行政力量来处置不听话的老婆、与别人有暧昧的老公；一旦夫妻关系不可调和了，便会在对方单位那里满地打滚，不搞臭对方绝不罢休；最好搞臭对方名声之后，对方还能乖乖地回家，保住婚姻。更有甚者，当事人不闹，别人也会帮他们打抱不平，帮他们闹。

口口声声谈道德，用别人的婚恋问题大闹单位，这两百位媒体人，也就这么点出息了吗？

从小处说，动用行政力量处置婚恋问题的，都是一群没有自尊、低价值感的人；从大处说，对于他们来说，这肯定不是小事，这是一种意识形态，这是对女人的依附地位的进一步确认。要求男人"负责"，是对女人贞节的保障，是建构性纯洁社会的必需。

这种意识形态，与社会上从上至下不断号召女人回归家庭的政策和导向，是非常一致的。

尤其想到网络上像这两百多名媒体人观念的人还很多，而且很多还很年轻，还是女孩，我就是觉得非常不安。

# 性玩笑是一种霸凌

这是一个性骚扰被视为无关紧要的通行法则。你要较真，那你就滚吧，没有你，还有一千个柳岩等着上节目呢。

明星柳岩参加包贝尔的婚礼，被新郎和伴郎团差点扔下水这件事，引得大家惊叹：没想到明星也这么low。结果更令人惊奇的是，新郎没有道歉，伴郎们没有道歉，被捉弄的受害者柳岩发布了一个视频，含泪道歉了。

这一举动，真是令大家受到惊吓了。

其实，从婚礼现场的视频上就已经看得很清楚了，以包贝尔、韩庚、杜海涛等为代表的新郎和伴郎团，把穿低胸礼服的柳岩抱到泳池边、要把她扔到水中；柳岩不停地尖叫，视频里还可以听到"谁来救救我！为什么没有人来救我"的声音；贾玲挺身而出，推开了拉扯的伴郎们，自己也被推搡，最后她坐在柳岩身上，柳岩紧紧地抱着她。这场闹剧是以贾玲开玩笑说用红包来解决、柳岩坐起来把衣服拉上而结束的。

要是经过视频逐帧来分析，还能得出来这姑娘乐在其中、在玩闹的结论，那真是服了。而且，这是明星的公开婚礼，还伴有多天的预告和多篇新闻通稿，本来就是公众事件了，不能假装没发生过。

事情如果只到这里，虽然让人觉得参与的男明星们太猥琐和趣味太低级，但一场及时而诚恳的道歉就可以弥补的。在中国的语境当中，太多人还没有树立起对女性尊重的意识；我愿意相信这是朋友之间玩过火了，并不是存心对女性进行性骚扰。如果有真诚的道歉和反省，不管是被捉弄的当事人还是旁观者，这件事很快就会翻篇了。

但是道歉的居然是柳岩。这件事情的性质就变得不一样了，值得重新审视了。

显然，这就是一种基于熟人社会当中的霸凌（bully）。这种霸凌当中的权力结构，不单纯是上下级关系，而是以群体的攻击和孤立为典型特征的：如果你不能被我们戏弄，那么就没有人愿意和你做朋友，你就在这个行当里混不下去。这同样会令人恐惧。

娱乐圈当中这种以"合群"为特征的权力结构已然存在，不想被孤立，就必须接受这种不合理的现状；弱者不得不把得不到公平对待的责任揽在自己身上。为了息事宁人，损失最小化，只能是柳岩道歉。——但就算柳岩含泪道歉了，她还是承认当时确实害怕了，那些尖叫都是真的，她不是在开玩笑。她不愿意这样被开玩笑。

但是，现在的舆论，指责的却是，大众为什么去关心人家朋友之间的私事？这样不是害了柳岩吗？这不让柳岩无法立足了吗？

这个逻辑，令人目瞪口呆。

如果把这个角色褪去明星光环，放在常见的校园霸凌当中，就看得清楚了：某女生被欺负，有人打抱不平；但这女生站出来道歉说，我是心甘情愿被欺负的，我让欺负我的人受到批评和关注了，通通都是我的错。于是，旁观群众纷纷指责，是这个打抱不平的人害了这位女生。——你们认为错的是谁？

最可笑的是说："以后谁还敢叫柳岩去婚礼？"嗯，在一个默认"受害者都是不要脸的"的社会里，指出柳岩是受害者，的确会导致这种结论出现。但在一个正常的社会里，大家得出的结论难道不是"以后谁还敢随便对女性开猥琐玩笑"？

最可笑的是说："你们生活中真的是正襟危坐、不开玩笑的人吗？"嗯，在一个婚礼上只想猥亵伴娘、老想"揩油"的社会里，除了性骚扰，真没别的趣味了。但在一个正常社会里，我们经常开玩笑，但是我们不性骚扰，也不喜欢被性骚扰，更不会把性骚扰当成有趣。

最可笑的是说："都是你们这群道德逼，害得柳岩在行业里不好混，是你们影响了她的事业。"嗯，在一个骚扰者被揭发了还没事人一样继续蹦跶的地方，受害者要含泪道歉，她当然不好混；但在一个正常社会里，混不下去的难道不是那些骚扰者吗？胁从伤害弱者的，难道不是那些保护骚扰者免受批评的声音吗？

后续的许多文章都分析了，即便柳岩经营的明星形象是以性感著称的，也不代表着她就应该承受性骚扰。这一点，我就不再多说了。不过我留意到，以柳岩为例，仅仅是通过电视转播出来的公开场合她受到的性骚扰，就有不少；各路男明星盯着她的胸部看的照片，更多不胜数。比如，有一次，男嘉宾看着她说："如果我是牛人，那你就是牛奶。"另一次，男嘉宾说："你就像刚洗完澡出来的。"

每一次，柳岩都非常尴尬，都赶紧把衣服往上拉一下，但脸上却仍然带着微笑。这两回，她穿着的礼服都很普通，都是最常规的女明星上电视节目的打扮，谈不上性感暴露——当然，即便穿得性感暴露也不意味着发放了性骚扰许可证。比起男嘉宾的荤段子，我更惊奇的是，节目竟然不介意把这种画面剪辑给观众看，男嘉宾竟然沾沾自喜于调戏女星时的幽默，想必观众们也哈哈大笑觉得好有趣啊。

类似的问题绝不是针对柳岩的，不久前的一个电视现场节目，冯小刚与范冰冰礼貌地拥抱，冯小刚说：啊，你的胸好大。——我看得尴尬症都要发作了。把性骚扰当作有趣公开传播，到底是要颂扬什么样的价值观？！

这些信息被拼凑起来，难道还不明白吗？这是一个性骚扰被视为无关紧要的通行法则。你要较真，那你就滚吧，没有你，还有一千个柳岩等着上节目呢，连范冰冰这样的"女王"都要被调戏呢。即便本人默默承受了，有旁人替她抗议，这个通行法则不仅不会检讨自己，反而会认为：你不该吸引公众注意，你害得我们被批评了，你滚吧。

而且，大众的舆论（尤其是男性），显然是站在通行法则的一边的。在一位知名影评人的评论中，我看到这样的话："……要是将之看为不尊重女性，就有点小题大做和受迫害症病发的嫌疑。……对于让自己不高兴的事……譬如柳岩本人完全可以起身之后一巴掌扇过去啊。"

这一套话语真心熟悉啊，而且有非常广泛的市场：只要你没有激烈反抗、那你就肯定没有受到骚扰和伤害。如果你受到骚扰和伤害，那只能证明你没有真正反抗，你就是有错的。我在《性审判史》当中看到西方中世纪的判强奸案的其中一种判决方式就是：如果女方有充分证据证明男性强奸，那么就当庭赔给女性一笔钱；回头让强奸犯去抢钱，如果钱抢不回来，则证明女性没有尽力保护自己的贞操，女性就要以通奸罪受罚。那个时代当中，受害人总有被指责的危险：是她们挑起性关系，或没有进行更激烈的反抗。是不是说，今天也仍然要沿袭这种思路？

我们知道，熟人社会里的性别歧视和性骚扰，是最可怕的，因为这种往往被冠以"朋友""开玩笑"的名义。大家的关注点，只会集中在被骚扰者身上，检查受害者有没有符合小圈子里的规范，而不是相反。不愿意被孤立者，唯有承受、默认这种不合理的合理性。举例来说，难道范冰冰真能一巴掌打冯小刚？

这当然不是娱乐圈才有的隐性法则。隐性法则能存在，就是多数人都认为受害者的感受是无关紧要的，但秩序却是不能破坏的。每一个揭开行业黑幕的人，不必等来行业当权者的打击报复，同行业内愤恨其"抹黑"的口水，就足以把他淹死了——哪怕这些人本身也深受其害。

令我感觉到欣慰的是，越来越多的文章都在声援柳岩，都在"多管闲事"。女性的权利意识已经在越来越多人身上觉醒了。是的，目前这种声援，可能会让当事人恐慌，因为她自身还没有这个意识，还不能对抗圈子内的隐性规则。但"多管闲事"仍然是必需的。

如果"多管闲事"有错，那是在于，在简单干预之后浅尝辄止、偃旗息鼓，没有持续地施加影响力；如果有错，那就是未能坚持到让霸凌的一方充分认识到自己的错误去改正，或者让受害者明白自己不孤单，并帮助她找到改变现状的勇气和能力；如果有错，那就是管得还不够，还没有能够营造出一个霸凌者如同过街之鼠、尊重女性成为基本共识的社会。

嗯，现在包贝尔已经出来诚挚地道歉了。至于他是否真正意识到问题所在，各位自己判断吧。

# 这样的"独立女性"只是一种优越感

这不是什么丑化"独立女性"的问题，而是一些认为自己代表光鲜亮丽的女权，看不起革命不够彻底的女性的问题，认为她们的烦恼痛苦都不值一提，认为"你也配称为独立？"的问题。

SK-II最近有一个广告"最后她们去了相亲角"，在朋友圈里得到广泛的传播。这是一个带有公益性质的广告。许多人称赞它"终于有了一个三观正确的广告""让女人更独立"，但现在，同样涌现出许多反对声音，说它是"泼向独立自信的脏水"。

为什么同样的一则公益广告，观看者会有如此截然相反的体验？

这个广告分为两部分，前一部分，是一些单身女性表示压力很大，她们的父母不停地催着她结婚，愁眉苦脸，抱怨"你也长得不好看"，女儿黯然流泪，说"也许我太自私了"。后一部分，是这些女性终于去了相亲角，但不是去相亲，而是把她们的大幅海报挂上去，昭告"我不想为结婚而结婚，那不会过得快乐"，让父母们知道，她们想要过自己独立的生活。

其实"剩女"本来就是一个伪命题，"为结婚而结婚"更像是过时的价值观，但没办法，在中国的环境下，这竟然是一个主流的态度。不管是在各种光鲜亮丽的广告中那种妈妈做饭、爸爸看报的结构永恒不变的三口之家，还是各大偶像时装剧中都视女人三十就是豆腐渣，就这样，像高圆圆那样的大美女还是为嫁一个羞辱自己没人要的丑男而百般折腾；我们看到的都是，女人，人生目的就是结婚，以及生个孩子，哪怕你再有事业。

这也是SK-II拍摄这则广告的背景。作为一个高端护肤品牌子，它的目标受众往往是有一定事业基础的都市女性。也可以说，这一人群，正是所谓的"剩女"最集中的人群。这则广告中把"逼婚"拍得这么凄惨，选择的女性演员都是普通人，很有可能会冒犯传统的价值观及普通人的审美，对于一个消费产品来说，还是承担了一定风险的。它能亮出这个"可以不为结婚而结婚"这种常识，已经算是良心了。

那些反对，甚至是对其鄙夷的声音来自哪里？他们嫌弃它把不婚的女性拍得愁容满面。女性只是还没有结婚，何必搞得那么泪水涟涟？哪有父母说女儿长得不好看，女儿还觉得对不起父母的？它完全不能代表独立自主的女性的风采，甚至是丑化了这一人群。

我认为，这种说法最大的一个问题就是：先预设了社会上每一位女性都是心智非常成熟健康的，可以不受任何外界（包括父母）影响。既然是女性早已懂得的道理，早就无须理会外界的看法而自行其是，何必你来多此一举？在这样的假设之下，这样的广告就显得毫无价值了。

确实，如今已有不少心智成熟的现代女性，与婚否没有关系，她们拥有高情商，知道自己是谁，知道自己要什么，也知道如何与各种社会压力相处。但坦白说，能达到这种境界的年轻女性，在社会中只是少数。大多数人，不仅仍然需要成长，也需要社会给予一个宽松的环境。你不能指望一个充满了繁殖癌基因的社会文化当中，忽然孕育出一代全新女性，这里，所有人都能自立自强、义无反顾地背叛这种传承。

现实就是，就算有不少年轻女性在经济上已经较为独立，但她们的观念仍然深受传统的钳制，也被父母的迂腐所深深影响，她们在自我与服从当中左右摇摆，并且感到痛苦。你以为父母用"你也长得不好看"来逼婚是匪夷所思吗？不然，通过贬低女性（包括女儿）来大促销这一手法非常常见。如果不是情商极高，有多少人能抵挡得住亲人反复的羞辱？广告就是拍给这一基数更大的人群看的，意思就是：我认同你的烦恼，但是你仍然可以坚强自立，可以不为结婚而结婚。

这不是什么丑化"独立女性"的问题，而是一些认为自己代表了光鲜亮丽的女权，看不起革命不够彻底的女性的问题，认为她们的烦恼痛苦都不值一提，认为"你也配称为独立？"的问题。

这一类思路，在许多社会新闻的分析中也常常可以见到。比如说，柳岩事件。在柳岩出来道歉后，很多人就表示了对她很失望；而后爆出来的邮件中显示她此前还把这当作一件正常的新闻通稿发，许多人就直接说"散了吧"。因为这显示出柳岩并没有意识到自己遇到了什么问题，她希望此事尽快过去以保全她在圈里的人缘和前途。

争议的声音多种多样，我已写过文章讨论了，在此不赘言；这里我想补充的一点是：有时，即便受害人本人也不一定具有正确的性别意识。柳岩的反应其实和很多女性类似：熟人间的"玩笑"，开始感觉受到了冒犯，很不舒服；但因为不想把关系搞僵，反而进一步说服自己相信这"没什么"。事实上，这正是因为我们的社会纵容这种看似"没什么"的冒犯，很多人都意识不到这就是一种冒犯，不知道要果断地"stop!"

这里又衍生出了一个更深刻的问题了：如果她本来就没有维权的意识，自己都糊里糊涂，旁人犯得着去帮她吗？

为避免多余信息的干扰，不如把这置换为一个更极端更常见的场景：如果看到有人在狠狠地殴打妻子，外人上前劝阻，妻子反而站在丈夫的一边谴责帮忙的路人，那么，这个路人的行为是对还是错？或者说，这个受害的妻子，有没有被帮助的价值？

当然，风凉话是很容易说的，比如说，一个施虐一个受虐天生一对嘛，说不定人家很享受呢。这种小聪明的话谁不会说？但此时受害人站在施暴者一方，肯定不是因为她享受这种方式，而是在现实生活中，在无助当中的无可奈何。假如她没有经济条件独立、一直生活在相信女人离开了男人就得死、执迷于孩子必须生活在完整家庭的语境当中，她就会选择忍受家暴，跟施暴者一起生活。这种女人，是愚蠢，但她的愚蠢，是基于她的小环境当中的"理性选择"；这意味着在她的狭小世界当中，离开家暴丈夫的后果比家暴本身还痛苦。

有些局限，是普通人很难突破的。如果在一个多世纪以前，如果要让一个大家闺秀不裹脚（清末时旗人也普遍缠足，只是与汉人形制不同），那简直就是父母对女儿最大的不负责任和极端轻视，意味着放弃了她、不打算给她找个好婆家；你要是穿越过去跟女孩子谈身体的自主权，让她不要裹脚，她会以为这是在陷害她。而今天，别以为中国都已经是世界GDP第二的大国了，其实我们的贫富差异不仅体现在经济上，更体现在价值观上。少数有条件的女性可以傲视群雄、开拓事业的疆土，但大量的女性，仍然很难摆脱庸俗价值观的围剿。许多看起来愚昧的女人，她们的生活圈子里就是一个又一个的价值观洼地；她们被各种各样的恶意包围着，很难看见外面的世界。就像缠足是旧时代女子融入她所在的世界的通行证一样，保持愚昧地与周遭环境一致，也是现在不少女性的自保方式。

　　所以看到欧逸文在《野心时代》中在采访之后发出感慨，"在农村的等级排行，地位唯一比年轻女子来得低的人，便是对未来还心存志向的年轻女子。"我是非常认同的。

　　还是菲茨杰拉德的那句话："每逢你想要批评任何人的时候，你就记住，这个世界上所有的人，并不是个个都有过你拥有的那些优越条件。"能够成长为一个条件优渥、心智健全、还能自认为有资格说风凉话的，很大程度上，是你的环境造就了你。如果认为一个没有坚决去抵制霸凌或者性骚扰的女性就没有资格得到声援，没有反抗家暴反而赶走声援者的女性就活该受虐，不能义无反顾地蔑视社会压力和亲人逼婚的女性就不配叫"独立"，其实，这种资格论，同样是一种"受害人有错"的推定。它假设了受害人必然是意志坚定的、立场正确的，无可挑剔地与施暴者划清界限的，才有资格得到帮助。达不到这个标准的，则是活该。这就是"何不食肉糜"了。

　　我们要意识到，即便是些缺乏性别意识的，甚至是有点愚昧的受害人，她们也仍然是受害人。即便有可能碰到像柳岩这样轻易与环境媾和的人，下次遇到了仍然值得为她们发声。这也是我认为SK-II的广告已经难能可贵的原因：不少有点软弱的女性，也已经意识到要反抗这种婚姻的传统文化了。鼓励她们更勇敢，比讥笑她们姿态不好看，有价值得多。

当然，伸出援手不意味着强迫行善举。你可以不关心，但怎么忍心盯着不幸者的瑕疵尽情讥讽，或者打压帮助者呢？

再有，所谓的帮助，并不意味着强迫他人必须接受帮助，而是尽可能地改善环境、杜绝今后的类似伤害。也许我们不能从一个认为裹脚是天经地义的大环境中勉力要求某位女孩不裹脚，但却可以推动这个社会最终废除裹小脚；我们不能从乡村中强行把郜艳敏从她的孩子身边带走，但却可以促使拐卖妇女的现象越来越少；我们不能强行要求每一位受到性骚扰甚至性侵的女孩都勇敢地站出来控诉，但却可以让行恶者都得到应有的惩罚、受害人无须恐惧二次伤害。

还有，当女性不想勉强自己结婚的时候，人们不再认为这是一件需要流泪的事情，不再去嘲笑她们在压力中哭泣。

# 谁稀罕占些小便宜，女性只想真正平等

越是把女性视为需要照顾的性别，我们就会收获越多的歧视，买一送一。

继一些城市商城停车场上出现女性专用车位后，有些地方推出了"夏季女性专车"。郑州市就有一家公交公司某路公交车，曾推出夏季女性专车，在每天的早上和下午的交通高峰时段，分别发一趟女性专车。该趟专车只让女乘客上车，此举一出，立即引来众议。

有人问我怎么看，我当然不赞成。在一些没有价值的地方对男女区别对待，只会增加性别的区隔，强化"男女不同""男女少接触"，埋下进一步歧视的种子。

都说设立女性专车出发点是好的：一方面，夏天女性穿得清凉，公共汽车上性骚扰者很多；另一方面，抢座位时女性总抢不过男性，很不舒服。现在有一辆没有性骚扰、抢座位更容易的专车，不是对女性的体贴吗？

可惜，这是个馊主意。一方面，这是浪费公共资源。上下班高峰人挤人的时候，女性坐女性专车是舒服一点；问题是挤占了大家的公共空间啊。这种情况要改善，需要的不是加开女性专车，而是大力发展公共交通，重新调配交通资源。至于说只加一辆车、不会影响别人；那么同理，只加一辆车，也不会对女性有多少帮助。

而且，一旦把"女性专车"的经验推广开去，必然导致女性在非女性专车上受到性骚扰就会有人怪她为什么不去坐女性专车，就是活该；那么，女性就只能坐女性专车，另外的车自然就变成男性专车了。

显而易见，这种性别隔离，并非是解决性骚扰频发的办法。在中国，中小学校里的各类性骚扰并不少见，是否也应该都分成男校女校隔离开来？电梯里的封闭空间狭小，利于性骚扰，是否应该分成男女电梯？办公室性骚扰也很多，是否也应该实行隔离？网络中的性骚扰形式多样，是否也要实行男性女性分别登记、只能在各自的性别区域内发言？——按"专车"的思路，其实这种保障女性安全的方法古已有之，何必那么麻烦？"男女不杂坐，不同施枷，不同巾栉，不亲授"，女子大门不出、二门不迈……都做到了，才算是保护女性免遭伤害呢。

　　这显然不科学。一方凌辱另一方，大家不是去惩罚犯错的人、不是让他不敢再犯，而是劝受害人绕道而行。这不仅是对性骚扰者的纵容，反过来还要压缩受害方的生活空间。说白了，就是在公共管理无能、法律无能之后，偷工减料地要求女性忍，美其名曰："好意"。

　　这里，不再继续"性骚扰"这个话题。其实这种争议的核心不在这里，而是在于：我们都为你们女性谋福利了，你居然说这是歧视？现在早已女尊男卑。

　　问题是，我们要的不是糖，而是平等的权利啊。这种偷换概念对女性并无好处。

　　每次看到有人说中国的女性权利比男人大多了，已经太过平等了，我就很无语。他们视之为"女性权利太多"的依据是什么呢？主要是，走路要男人拎包呀，坐下要男人帮忙移椅子呀，吃饭都是男人买单呀，女人生气了哪怕是她自己错了也要男人去哄呀……

　　这种现象当然存在。不仅存在，还往往是不少情感专栏作家所鼓吹的，要求女孩找一个能把你当成残废人一样照顾的男友或丈夫，鞋带也要男生来系，累了就要背起你；这样的人才算爱你。正是在琼瑶小说、情感专栏和"霸道总裁"电视剧的洗脑之下，有不少女性向往那种被宠溺到"生活不能自理"的"纯真爱情"，对男性寄予了不切实际的厚望；但在生活中，她们又不得不落到尘埃当中，不仅工作、家庭一肩挑，还得"且忍且珍惜"。

且不说现实当中这么"绅士"的男性凤毛麟角，极其罕有；就算有，也并不属于女权的范畴，反而正是女权者所反对的。越是把女性视为需要照顾的性别，我们就会收获越多的歧视，买一送一。道理很简单，如果女性都认为自己需要照顾，不肯像男人一样上夜班，不能像男人一样出差，那你就只能被安排到当前台、当行政人员这种不重要的职位上，工资低，没有升职机会，二十年后男女的差异就大了去了。如果女性都认为自己的主要精力都应该放在家庭当中，企业当然不愿意招聘你了，就算招了也不可能给你重要职位和任务，你就一直在低层次、可替代性强的工作岗位中待着吧。如果女性都认为自己怀孕了就应该休息一年，同理，雇用你的企业凭什么吃这个亏？

　　说句题外话，我一直认为，产假应该是夫妻双方休同等的时长；因为生育和抚养孩子不是女方一个人的事，不应该把产假视为对女性一方的福利，而是视为对生育家庭男女双方的福利；不把女性区别对待，这样才更能看清楚：女性与男性的区别其实非常小，在现代社会的绝大部分领域当中，生理差异是非常不重要的。

　　也只有减少这种男女差异，减少各种刻板印象，歧视才会消失。

　　明白这个道理，就知道，那些打着"好意"的旗号，建议女人休三年产假、建议女性享受专门的"例假假期"的人大代表，建议女性只从事妇幼、老师、保健、服务行业这类稳定工作的妇联机构，根本就是不怀好意。

　　我很能理解，减少男女的差异，会有一部分女性不满。因为性别不平等，未必没有某些对女性的利好。大而言之，女性的工作机会变差了，可以要求男人养，可以蜷缩在自己的小空间里，也不用承担那么多义务；小而言之，证明女人不如男人，可以安心享用女性专车，让男性为自己拎包、推椅子，总是让男人买单。但这些微小的享受的代价，就是进一步证实女性的无能，理所当然地，各种入学平等、工作平等、财产平等的权利也会被剥夺，最终，经济上的权利也必须被剥夺。

　　不要权利而要性别红利，不要性别平等而要占小便宜；这是最不划算的。

　　为什么现在许多人一提到"女权"就烦，除了一部分是在仇恨女人之外，另一部分人其实是把女权反对的那一部分女性行为，也算在女权的账上，结果就妖魔化成"女权既要平等又要占小便宜"。并非如此。女性要的自由与平等，不是从天上掉下来的，也不是温室的花朵用玻璃罩保护着长大的。这意味着女性在为自己负责，必须承受辛苦，接受风险；世间没有什么事是容易的。

以前有这样的一句话："这里不流行女士优先，所以没必要去帮女士提行李、为女士开门，更不要在拥挤的公交车上给女士让座，否则你会被认为不够尊重女性。"没错，这是北欧，这个世界上男女平等程度最高的地区；北欧各国政府、议会中的女部长、女议员更是占据了半壁江山。这确实是平等，而且很可能是许多中国女性并不喜欢的平等。但是，当人家女性的能力甚至体能，都跟男性相差无几的时候，她们争得了社会方方面面的公平。

讲真，比起理直气壮地掌握自己的命运、不因女性的身份而被不公平对待来说，那些拎个包、让个座之类的"宠溺"，算个什么玩意儿？

# 为什么贾平凹希望
# 一个拐卖妇女的农村永续存在

穷富之间人格是平等的、尊严是平等的、机会（包括上升通
道）也应该是平等的。但是，保证人人发一个妻子，则绝不在
基本人权之列。

贾平凹曾是我很欣赏的一位仍在积极创作的当代作家，他至少有两点令人佩服：一是，他早已功成名就，而且非常富有，但仍然保持了两年一部长篇小说的速度在认真写作。二是，他一直在关注各种社会热点，不断地挑战自己，也不断调整写作风格，这对于著名作家来说是有风险的。勇于尝试，很不容易。

然而，也正是因为写得多，写的题材宽泛，切入的又总是非常复杂而难以解决的社会问题，这位著名作家的长篇小说中，不可避免地暴露出某种局限性，特别在刚刚出版的长篇小说《极花》上。

《极花》讲述了一件发生在中国西北的妇女拐卖事件，小说的主人公胡蝶无意间落入人贩子手中，几经周折被卖到西北的一个小山村，她在那里经受了种种折磨后，被公安部门营救了。然而胡蝶的命运却因此而彻底改变，她变得性格孤僻，少言寡语，她经受着周围人的冷嘲热讽、内心的苦楚与折磨，最终她选择继续回到被拐卖的地方……

小说不长，十五万字左右，有着我们从各种拐卖事件的新闻中所看到的标准配置：胡蝶出生在一个重男轻女的家庭里，辍学让弟弟继续读书，她出来打工，被拐骗到穷困农村，关在窑里，反复殴打，用铁链锁起来，一群男人合伙

按住她让买她的男人黑亮强奸她，她激烈反抗。接着，胡蝶反复找机会逃走，都未能成功。最终，黑亮还是把她强奸了，过程中鲜血染红了整个炕，她几天根本无法下地。接着胡蝶怀孕，试图堕胎未得，最终生下了个儿子……

而村子里的其他人，也仍然是常见的情形：妇女要么是拐卖来的，要么就是以妓女从良或流亡等形式来到这个村的；长年的各种殴打简直是家常便饭；有的被拐姑娘反复逃跑，有的甚至还为逃跑付出了生命代价。这个村里的人，尤其是男人，包括村长，都自动充当了这些妇女的狱警；必要时，他们会一窝蜂地上，绑住这些买来的女人协助强奸，顺便摸两把。

所有人，不管是害人者，还是被害者，都认为这一切都是女人应得的。

当然，最后胡蝶逃走后又从世俗社会回来了，因为她在外面世界里受到的二次伤害，不比她在这个拐卖的村落里好多少。——这么看来，这和现实世界当中的郜艳敏是类似的，郜艳敏不离开，是因为整个社会不仅一直在纵容着各种拐卖，而且厌恶她揭穿了真相，恨她揭开了脓疱。

作为长篇小说，这个题材，既好写，又不好写。好写，在于这种如地狱一样肮脏、腐烂、灭绝人性的故事，简单地铺陈下来，便足以惊心动魄，足以抵达人类所能想象的罪恶的边界；不好写，则是因为我们已从近些年来的新闻报道中熟知了这一类悲惨的际遇，一个作家，是要具有超越性的，他既要超越普通读者的想象力，又要超越他们的认识和思想。这并不容易。光是呈现恶还是不够的，他必须更深层地思考恶从哪里来，将到哪里去。可惜这一点，《极花》没有做到。

我知道有一些读者在看到贾平凹的采访后，看到他对女性的不尊重，很愤怒。这里先要澄清一点，艺术作品的价值观和现实世界的伦理，并不是完全等同的。并不是说对坏人有所同情，就一定代表作家的三观不正。陀思妥耶夫斯基在《罪与罚》中的主角是穷大学生拉斯柯尔尼科夫，他杀死放高利贷的老太婆阿廖娜和她的无辜妹妹丽扎韦塔，作者对他亦有同情；但这不能推导出作者支持谋杀；列夫·托尔斯泰的《安娜·卡列尼娜》把一个出轨的女人写得百转千回，饱含深情，也不能说他赞同出轨。

中国的文学作品也如是，拿描写丑恶世界最拿手的《金瓶梅》来说，从西门庆、潘金莲、李瓶儿，到吴月娘、孟玉楼、庞春梅，以及各位亲友仆人，各种各样的淫荡贪婪、轻薄下流，作者写来却觉得无限悲凉。后人亦用"读《金瓶梅》生怜悯心者，菩萨也；生畏惧心者，君子也……"来表达对这部巨著的尊重。甚至通俗的金庸小说中，各式各样的大恶人，哪怕杀人越货，性格也是复杂的，令人可堪同情的。

这些文学常识确实很幼稚。文学作品不是生活，不是不可以同情恶人，就算是十恶不赦，你也可以创作出他让人理解的理由，心痛的理由，体谅他为恶之不得不然，把人性深处的苦难和复杂揭示得更深刻。

但不那么成功的艺术作品中，则会把这种超越性的悲悯，写成一种对罪恶的洗白。

在《极花》当中，黑亮及其整个村子犯下的这些恶行，贾平凹明确地给出了理由："他们依赖着土地能解决着温饱，却再也无法娶妻生子。"因为没老婆，所以，整个村子的人对女性做出拐卖、绑架、虐待、强奸、轮奸、打断腿等等行为，并且为了防止她们逃跑，在心灵上也竭力摧残她们。显然，这个理由，用来洗白这些恶，分量远远不够。

遗憾的是，贾平凹认为，这个村子的男人们是值得同情的。他接受了媒体的采访，对话是这样的：

媒体：你有和被拐卖的女人接触过吗？

贾平凹：这个用不着我和这个女人接触，别人和我讲过这个女孩的情况，我比较熟悉。当事人带有自己的义愤，作为局外人，可能能更客观一些。你不知道批判谁。谁都不对。好像谁都没有更多责任。这个胡蝶，你不需要怪她吗？你为什么这么容易上当受骗……

媒体：遭遇被拐卖，还要怪女性太善良？

贾平凹：我是说，要有防范能力，不为了金钱相信别人，就可能不会有这样的遭遇。这个人贩子，黑亮这个人物，从法律角度是不对的，但是如果他不买媳妇，就永远没有媳妇，如果这个村子永远不买媳妇，这个村子就消亡了。

（见北京青年报专访《贾平凹：我想写最偏远的农村与最隐秘的心态》）

这种想法在他的作品中贯彻出来了。他在文中大量写了"那么多血，杀人啊"（黑亮第一次强奸胡蝶时，旁观的男人也吓坏了）"这个耳光非常响亮，我的嘴角出了血，同时肚子就刀绞一般地疼，在炕上打滚，两天不吃不喝"（黑亮第一次打胡蝶），这样的细节随处可见。但作品中得出的结论是"你不知道批判谁""谁都不对""好像谁都没有更多责任""这个胡蝶，你不需要怪她吗？"等。这一切对妇女犯下的罪行，最高的目的，不过是怕没有媳妇。

好的作品，尤其是写出人性深处最阴暗的作品，必须要做到：理解之同情。在这一点上，《极花》即便以胡蝶为视角看待世界，让她不断地自言自语，写出了她遭遇的各种伤害和苦难，实际上作品中缺乏了对胡蝶的理解与同情——不能理解女人为什么就不能为了某个落后村庄的不绝种勇于献身呢？"到头来一想，折腾和不折腾一样的，睡在哪里都睡在夜里"；更不能理解，为什么一个村子的男人都没有女人愿意嫁过来，"窝在农村的那些男人，如果说他们是卑微的生命，可往往生命越是卑微的，如兔子，老鼠，苍蝇，蚊子，越是大量地繁殖啊"。

对于黑亮，他尽量写得很温柔了，可惜却没办法掩饰黑亮的残忍、无耻又无能，就算想为他辩解整本书也找不到他的一丝优点。这其实也是对"恶"的不理解。

为什么没有女人会嫁进这样的村子，为什么这样的村子灭绝了就对了，大家早就有了理由和答案：首先，这些村子极端重男轻女，女婴假如二十年前有的话，也可能已经被杀死了；其次，这些村庄里的男人非常穷，非常懒，生活水平极低，黑亮家以前就靠他娘辛苦干活支撑，娘一死，有两个壮年男子的家庭马上穷下来了。当然，最重要的是，女人活在这里连牲口都不如，与地狱无异。我不知道贾平凹为什么想保留这样的村庄。

其实，我一向对中国的穷人状况有深深的体谅，也写过多篇文章谈到对阶级固化的担忧，并反对对穷人污名化。但以上种种，是建立在基本人权的基础上：穷富之间人格是平等的、尊严是平等的、机会（包括上升通道）也应该是平等的。但是，保证人人发一个妻子，则绝不在基本人权之列。因为你是为了享受交配快乐，而剥夺了别人的人权，是对女性的极大犯罪。希望这点最底线的共识能够建立，也希望女人除了繁殖和交配功能之外，更重要的是被当作人看待。

从20世纪80年代开始，贾平凹就是文坛"陕军"的领军人物，无论在市场认知上，还是官方认可上，都是叱咤风云的；三十多年过去了，他仍然笔耕不辍，是整整一个时代的重要代表作家。他的长篇小说，我大部分都读过，但越来越难以认可他对乡村的眷恋和固执情怀。某种意义上，它们是一种自相矛盾而荒诞的行为。

贾平凹并非不知道乡村是何等凋敝，《秦腔》《带灯》《极花》等多部小说，写尽了农村（村镇）生活之苦，人们素质之低下，道德之败坏，乡村秩序之混乱。按理来说，这样一个对农村有着深刻了解的作家，又长年生活在大城市，属于这个社会上"看不见的顶层"，有悲悯心的话，应该是希望农村的苦难尽早结束，那些生活在那里的人早点离开乡村来到城市，过上相对好一点的生活。

因为在城市，即便是农民工，还是比乡下要富裕一点的。年轻人即便找不到好工作，"但他们不回老家去，宁愿一天三顿吃泡面也不愿再回去，从离开老家的那天起就决定永远不回去了。其实，在西安待过一年两年也回不去了，尤其是那些女的。"（贾平凹《极花后记》）为什么，因为比起乡村，经济条件好一点还在其次，更重要的是，在这里，人至少活得像个人，没有那么多等级，没有那么落后、愚昧和残忍，更不必说生物链最低端的女人了。从有些农村出来的女人，再有出息，在乡下连吃饭上桌都不让，这还被视为有规矩。只要做过了正常人，谁愿意回乡当"非人"？

这些，贾平凹不是不知道，但他仍然特别渴望维护农村的永续存在。他《极花》出版接受采访时说："农村的衰败已经很久了。我们没有了农村，我们失去了故乡，中国离开乡下，中国将会发生什么，我不知道，而现在我心里在痛。"

或许，这种文学家的痛，与底层的痛是不一样的。大城市是一个相对平等的地方，现代社会中时不时涌现出老一辈作家们看不懂、看不惯的社会风潮，大量新鲜事物和观念是他根本无法接受的。比如男女平等、不婚不育、性取向多元化，还有更广阔意义上的人权、自由、法制，随便都能让他气得一个跟斗。而在乡村，他们一直都是这种秩序中的最高等级，他们需要保留一些贫穷落后的地方和文化，以供缅怀和祭奠。

然而，现存的中国农村也已不是那个农村了。富裕的农村，无一不是因为能与城市充分媾和，并有大量村民打工积累下财富，也开始不买传统秩序、乡规民约的账了，这并不符合他们水墨画般的幻想，让他们痛心疾首、叹人心不古；而贫困的农村，倒是落后得颇得神韵，各种乡规村约也还能一级一级压死人，合乎口味，可惜又没有女人愿意嫁进来，弄得不得不靠拐卖强奸来苟延残喘。让这样的村落自然消失，让更多的人走出农村，过上稍好一点的日子，是大势所趋。

中国根本不存在那种淳朴、美好的传统乡村，从来没有过；我们的史学家、文学家们顶多也只写到富豪乡绅这一级别，巨大的贫苦被遮蔽了。以前不知道，也就罢了；在网络这么发达的今天，看到了真相，还有什么可缅怀的？

# 全民"打小三"便宜了谁

为了能与男权结盟，那些女人必须用更激烈的形态来表现出她维护男权秩序的决心，才能与弱者和受欺凌者划清界限，从既得利益者手中分得一杯羹。

曾有媒体详细报道过一种"小三劝退师"的职责，这篇报道引起了很多人的兴趣。主角是一家名叫"XX国际婚姻医院"的机构，带给他们最多利润的核心业务只有一项：驱离第三者。这一行的从业者自称为"婚姻家庭咨询师"，根据客户的不同情况制订出详细计划，包括假扮成商业合作伙伴去接近男方，当"小三"的闺蜜，或者扮成算命大师，有时还会扮成高富帅去吸引"小三"，甚至还匿名向计生办举报小三"未婚先孕"，假扮医生说胎儿畸形要堕胎……

这些"小三劝退师"承认，这些计谋是在对方不知情的前提下悄然实施的。每次接单都可以给他们带来数十万的收入。业务如此之火，他们赚钱都忙不过来。你说这样的"婚姻咨询师"是不合法呢，还是不合理？是拯救了道德呢，还是败坏了道德？

我倒觉得，跟商人谈道德非常无聊，他们不负担道德责任。有利润的地方，就一定有逐利者，这不奇怪；关键是，为什么我们这个社会居然滋生这么多这种需求？那么多"大房原教旨主义者"是怎样来的？——如果不是"小三劝退"的服务价格高昂，只有极少数有钱的"大老婆"才消费得起，估计想动用这种服务的人一定非常多。

想想现在阿尔法狗下围棋都打败人类了，引力波都发现了，而中国还有那么多以"大房"自居的女人，真是一百多年来的女性解放与性别平等的努力都喂了狗了。也难怪为何中国的屏幕上整天都是些宫斗戏了，"本宫一日不死，尔等终究是妃！"意淫起来多霸气！

但要知道，在古代传统当中，妻子的地位是得到保障的，只要妻子没有大过错，是不允许"出妻"的；戏剧作品当中，不管是陈世美还是蔡伯喈，是想娶郡主还是想娶宰相女儿，除了杀妻，别无他法，就是因为他们的情况不具备休妻的条件。而在今天，结婚离婚自由，讲究的是"合则来，不合则离"，女方没有侍奉整个家族的义务，男方也没有承包一辈子永不变心的责任。再说了，焉知先变心的不是女方？

还要拿着古代的礼法，视自己为原配的，莫非不知现在已不流行这样的窦娥冤了？

现代婚姻，实际上是一个感情、性、经济关系的复杂结合，同时也是社会构成的一个最小单元。所以，才会有《婚姻法》，来界定婚姻中的权利和责任。感情与性，都是非常私人的，谁也不能强迫另一个人永不变心、永远对你有"性趣"；只有经济关系，才是法律需要保护的部分。法律把婚姻关系视作财务伙伴。也就是说，一旦两人不再相爱，感情（性与感情密切相关）出现了问题，唯一能解决的、需要承担的社会责任是什么？是经济关系的切割。

挽回婚姻，本身是一种非常愚蠢的词。再正常健康的社会，也不可能扭转人性中喜新厌旧的那部分天性。但面对方式各有不同。你什么时候听说过戴安娜王妃会去撕打卡米拉？老虎伍兹的妻子艾琳会去挑衅那些情妇吗？默多克的第二任前妻安娜还能去殴打邓文迪不成？不，她们不会那么傻。所谓"小三"，跟她们毫无关系，与她们签订婚姻合同的是她们的丈夫、违约的是她们的丈夫。她们只需要离婚，并向违背忠诚协议的丈夫索取天价赔偿。艾琳的一亿多美元，安娜的十七亿美元赡养费，让大家知道，冤有头、债有主，违背婚姻合同的人，是要付高昂的违约金的。

感情破碎了，是让人痛心；但是，金钱能够抚平创伤。

在西方社会里，不独巨富，就是普通的中产阶级，离婚时的财产分割也是遵循向无过错方倾斜、给予低收入或无收入一方赡养费和补偿这样的原则。他们的离婚律师虽然很贵，但物有所值。这方面人家有非常详尽的法律和细则。

只可惜，在中国，连这一点基本常识都没有达成共识。同样是感情破裂，一方（多数是男方）有了新欢，人家的妻子是忙着打离婚官司，争取多弄点钱，为离婚以后铺垫更高的生活质量；而我们这边流行的，是当街剥光"小三"的衣服，当街殴打"小三"，扇巴掌、泼硫酸；去"小三"的公司滚地撒泼，让她没法做人。随便百度一下"打小三"，就有6,840,000个结果，还有大量视频。嗯，关键是，新闻下面都是一片欢呼声，基本上都支持大老婆维权，"打得好！""小三都得死！""敢偷人就让她死无葬身之地！"全都是那种"同归于尽"的烈女。评论里只要对这种行为稍有质疑的，立即会有人扑上来说："祝你的老公也找小三""莫非你自己就是小三？"

这么看起来，懂得花巨款找"小三劝退师"，已经是高等文明人了呢。

打"小三"，和劝退"小三"，目标并不一样，前者是泄愤，后者是挽回婚姻。但有一点是相似的：认为婚姻的违约责任，应该由并没有签合同的第三者来负责赔偿。而真正撕破协议的男性，他们反而可以得到妻子们更温柔的安抚和补偿。因为在有些女人的眼中，另一个女人才是祸水。

为什么会有这么离谱的认知差异？

我接触到不少这方面的资料，看到过太多丈夫偷偷出轨悄悄转移财产、女性一无所知一脸懵懂地被离婚被净身出户的例子；更狠的还有，女方离婚时才发现自己不仅没有一分钱夫妻共同财产，还莫名其妙多了一堆共同债务。至于两人共同还贷的房子变得跟自己毫无关系，孩子的抚养费少得可怜，还有长年拒交的情况，简直就是离婚妻子难以避免的常态。

翻一翻《婚姻法》，我们的法律精神没有问题，秉持的原则还算公正；问题在于，难以执行。在夫妻双方中拥有较多资源的一方（往往是男性），几乎拥有压倒性的权力。财产如何分配，全依赖他的良心。

而且在中国，离婚女性再嫁非常困难。因为这是一个常年都翻出"为什么一定要娶处女"的话题来讨论的神奇国度。如果还带着孩子，那她还必须牺牲自己的职业发展来照顾孩子，这也意味着她的工作机会减小了，经济能力也会削弱。

你看，离婚对女性来说是非常惨痛的，经济利益几乎不可能得到保障；女性只能把婚姻视为一切，死活不肯离婚。于是，新时代的"大房原教旨主义者"就被培养出来了。

最有效的策略，就是诉诸道德的力量，把性道德视为万物之源，作为评价一切的唯一标准。

具体的表征往往是这样的：没事的时候诅咒明星中的"渣男"，攻击网络上的"小三"，表明自己对感情走神"零容忍"，要求净化社会风气，营造出"一旦出轨、天地不容"的舆论空间；但一旦遇到自己的丈夫出轨了，就转换为忍、忍、忍的模式。一年两年、三年五年后，仍然写信去进行情感咨询：为什么我丈夫还跟小三暧昧，为什么他跟上一个小三断了又找了新的小三，上次他跪着求我原谅现在发现他俩又开房了，如何挽回我出轨的丈夫的心……这样的女人始终认为，丈夫都是被狐狸精诱惑的，是被女人强奸的，等等吧，等到他的性功能都没有了的时候，说不定就会回归家庭呢。

在没有法律保障的情况下，其实这一类"大房原教旨主义者"很机灵。她们知道谁是不能惹的，一旦与丈夫撕破了脸，婚姻不保，那不就彻底亏了？而外面的那个女人，名不正言不顺，还不是任打任骂，用来出气？

这种维护利益的"欺软怕硬"，可以理解；但"欺软怕硬"被冠以"正义"之名、维护道德和风纪之名，那就是又蠢又坏了。每次看到网络评论对"打小三"一边倒地称"大快人心"，才明白，原来我们这片土地上的正义这么廉价，通过"荡妇羞辱"，通过斩杀妲己、杀死张丽华、逼死杨贵妃，整个社会的道德水平就可以提高了。

实际上，女性歧视女性，女性打压女性，甚至会用比男性来得更激烈、手段更极端，我们所看到的后宫倾轧、婆媳大战、溺杀女婴、母亲虐待亲女、"大房"斗"小三"，无不是女性主导；舆论中热衷于"鉴婊"的，也多数都是女性。这是一种投机取巧的生存策略，一部分意识到自己地位需要靠男权来保障的女性，为了能与男权结盟，必须打压其他女性；为了获取信任，必须用更激烈的形态来表现出她维护男权秩序的决心，才能与弱者和受欺凌者划清界限，从既得利益者手中分得一杯羹。

男性往往有另外的世界，这些患有直男癌晚期的女性，是他们的威权施行于女性空间的得力助手。

所以，越是喜欢声讨别人的性道德的女人，就越是在曲意地迎合这种不公平的秩序；她们想要的，只不过与男权共谋，换取她们牢不可易的正妻位置。来来去去还是仰人鼻息，有意思吗？

最后我要说一句，女性的敌人当然不是女人，但也不是男人，她们的敌人是不正当的权力。女性要做的，不是把痛骂"小三"改为痛骂"渣男"，更不是和所谓"变心"的男人鱼死网破，而是改变不公平的法律现状，让女性的经济权益得到足够保障，在社会发展的各个领域都得到平等的权利。会有那么一天吗？

# 这不是性教材，这是裹脚布

这种性教育，本质上，就是对女孩进行性恫吓，让女孩觉得自己很脏，没有价值，让女性的性满足并服从于男性意志，把性当作婚姻这个祭坛上的一块祭肉奉献出去。

最近，江西的一本《高中生科学性教育》的教材，引起了网络大讨论。主要是因为，作为一本教材，里面的价值观和性观念之陈腐落后，简直与大清国的无异，实在是令人诧异。

大家可以感受一下文章的具体内容：

男生和他的女友在小树林里，拥抱后男生情不自禁要把手朝女友胸前伸过去，姑娘用双臂护卫着自己，严肃而平静地说：“我母亲说少女的胸是金子，被人一摸她就变成银子，再摸她就变成了铜和铁。难道喜欢一个人非要摘取她的金子不可吗？”小伙子的手惭愧地缩了回去。——然后，该教材得出的结论是：这位少女凭着她的机智，抵制了男孩的性冲动，守护了她的“金子”，也守住了她今后的幸福。拒绝性冲动，坚守贞洁，就在于当机立断，在于你的意志力。

在另一段里，则写，“性罪错”容易使女性“失去爱情”：女孩因爱而献出身体，并不能增加男孩对她的爱，还会被“征服”她的男孩认为她“下贱”，发生性关系反而会使女孩失去爱情。还“容易堕落”：“如果她没有很快结婚，她会从一个单纯的人变成一个容易‘冲动’的人，容易受到发泄欲念的男孩的引诱。许多未婚的女孩‘随便’跟好几个男孩发生性关系的现象，就是这样造成的。”

此外，从目录中就可以看到，整本书的重要组成部分，就是在谈女生如何抵抗性行为，发生性行为是多可耻。

想到这本书是由"江西省中小学教材审查委员会审定"的教材，将会出现在当地学生的课桌上，我就觉得很难受。这一类头脑错乱而充满低级趣味的"性教育"教材，实际上对中国的性犯罪和低劣的情感婚姻质量也需要承担一定的社会责任。它到底是怎么通过评审的？

从上述的例子当中看到，少女的胸是金子，摸了变银子，再摸多了变铜变铁，我就想问，男孩的手是硫酸吗，是王水吗，腐蚀性为什么这么强？（有网友纠正说，应该是核聚变或核裂变才行）编写者到底有多仇恨男性才会认为男性的手摸到哪里哪里变垃圾？"守护了金子，就守住了幸福"，还有"守护贞洁"，原来性教育就是强调贞洁观，是朱熹教你的吗？还有"献出身体"，是指奴隶主占领了女奴的初夜权吗？女孩发生性关系了会被与之发生关系的男孩认为"下贱"，该教育的难道不应该是没有道德、行为不检点的男生么，为什么反而要女生自重？

先不说用词的下流，这本教材其实浓缩了中国传统性观念中几乎所有的错误观点：

第一，男性都是淫邪无耻的，一心只想着占有女性的身体，但他们再"淫邪"也是理所当然的，是无须改善的；

第二，女性要做的就是极力抵挡男性的侵占和进攻，你要是没有办法抵挡，你就是坏女孩；

第三，性是邪恶的、龌龊的，但女性一旦结婚，性就是给丈夫最纯洁的祭品了；

第四，女性的性是很值钱的，但一旦发生过性关系，就马上会变得很下贱了。

第五，男孩性欲很强，对性很感兴趣，总想着获取性，但他们却是有自控能力的；女性没有性欲，但一旦有过性行为，便会成为性的奴隶，无法控制性欲。

排除价值观问题，稍为有一点逻辑的人，恐怕会被里面每一句的自相矛盾、黑白颠倒给吓倒。我就不是很懂了，性到底是纯洁的还是肮脏的？到底是男孩性欲强还是女孩性欲强？不教育男孩只教育女孩，是因为女性的婚前性行为全都是跟女性发生的吗？

你们的教材里，能不能把一些基本逻辑统一一下？

这种性教育，本质上，就是对女孩进行性恫吓，让女孩觉得自己很脏，没有价值，让女性的性去满足并服从于男性意志，把性当作婚姻这个祭坛上的一块祭肉奉献出去。

说实话，在古代，就算在男女不平等的话语体系当中，在强调女性的"三从四德"时，也同样有对男性的许多约束和要求，权利和义务是有保障的。可从什么时候开始，性行为变成女生一个人完成的事情，只需要"约束"女生不被摸，不被侵犯，就算是性教育了？

可笑的是，正是因为这种滑天下之大稽的"性教育"，中学生根本不会理会它；他们早早就从网络、影视等各种渠道中自我启蒙、自我性教育了。只是，因为从上到下都充斥着各种奇形怪状的扭曲性观念，正如这本性教材一样，很多的中学生并不具备正确的性知识和性观念，也因此饱受苦果，有的甚至影响他们后来的人生。这种垃圾性观念难道不是罪魁祸首吗？

# "男人没一个好东西"是什么套路

这种恐惧，未必是直接的暴力，但只要让你知道，它有能力让你痛苦、让你没有自尊、让你低人一等就够了。

江西有一本性教材非常奇葩，已经在微博上成为热门；它把女人的胸（贞节）比作金子，男子一摸金子就成了银，要守住不被摸，就守住了贞节。价值观和性观念之陈腐落后，令人哂笑。

这个话题可谈的很多；不过，我对有一点特别感兴趣：

为什么这种性教育那么仇视和丑化男性？为什么把女性说成是天真无邪的白莲花，而男性就是脏水和罪恶的源泉，只要碰上了就会肮脏？

但明明这又是一本非常具有男权意识的书啊，为什么要丑化自己呢？

1

其实，这种性教材也不是横空出世的，有着极为深厚的群众基础。想必这些话大家一定经常听到："我犯了天下男人都会犯的错""天下男人哪个不爱嫖娼？""男人都这样，喜欢出轨""男人都是提上裤子不认人的""男人都是下半身动物"……这些可是给男人泼脏水呢。

我还真不服，我再女权，我也不认为男性全都是混蛋、垃圾、无耻之徒呀，你们不带这么污蔑男人的。

按正常逻辑，想让女性接受或喜欢男性，难道不应该是夸男性强大有力量，能保护女人，会对你好吗？即便是碰到"渣男"，也应该是赶紧撇清关系，说明那只是个别现象吧。但现在的画风很奇怪，动辄就劝女人：全天下的男人都是垃圾，都会出轨，都爱嫖娼，都不尊重女性；你就赶紧找个男人结婚吧，别挑了。

最喜欢把男人形容成禽兽的，就是男人本身，尤其是那种男权思想极为浓厚的男人，以及部分附和于男权的女人。这显然不是正常逻辑。现在我们知道了，它百般丑化男性，并不是认为要约束和管理男性，恰恰相反，它把男性的恶行合理化，认为男性有作恶的权利，并为男性将来的作恶预留了舆论空间。而不被肮脏的男人碰，则是女性的义务。狼可以吃羊，但羊必须保证不能被狼吃；否则别的狼吃不到这头羊了，全都是羊的过错！

这个目标颇为复杂：通过强调男性的邪恶与强大，让你明白女性保持贞洁是多么不易；而越是不易保持贞洁，一旦在结婚的时候还能贞洁，未来的丈夫拥有的妻子这件商品就越值钱。

我当然不认为所有男性都整天想着占女人的便宜，随时准备侵犯女人，都不知廉耻。男权者才最爱这么说。这是因为，越是低层次的人越需要把所有人都拉低到他的档次，为自己的卑微和下流打掩护。你看成龙弄出私生女的时候就说"我犯了全天下男人都会犯的错误"，怎么一个"怂"字了得；但当他拥有能力和优秀品质的时候，却从来不会说所有人都跟他一样，"我只不过会点全天下男人都会的武功""只不过赚点全天下男人都会赚的钱"——因为优点根本不需要靠成群结队来壮胆。

简单来说，中国很多性教育，只是性恐吓。教育者的立场，是站在侵害方，对潜在受害群体进行恐吓的。


2

其实，强势的一方把自己形容得很邪恶、残暴，都是一种策略。这种骨骼清奇的洗白方法，在中国的语境下，还相当常见呢。从古到今，我们的"比惨大赛"和忆苦思甜大会，动用的就是同样的逻辑。

按常理，要让我们相信某种东西、赞美某种东西，一般都应该宣传："这种东西很好，会让你开心，让你有满足感。"比如说，要宣扬孝敬父母，可以说：父母给你爱、给你温暖，你也应该爱他，这是一种幸福的感觉。但奇怪的是，从古代开始，宣扬的孝道就是各种"埋儿奉母""割肉喂亲""卧冰求鲤"；越是苦难就越是感人，就越是被视为有宣传效果。对贞节最广为流传的宣扬呢，则是少女如何从十五岁未见过丈夫就守望门寡一直守到八十岁，妇人如何被男人拉了一下手臂就砍断那支胳膊，寡妇如何通过每夜通宵数铜钱来压抑了一辈子的性欲……

也就是说，你一定要遵守伦理，这样你就可以忍受极为凄惨的生活了。而这正是它想要鼓吹的。

今天也完美地继承了这种比苦的路数。"文革"结束后，各种宣讲会宣讲的都是大家遭受了如何惨无人道的迫害，"所以，我们更要爱国"。宣扬集体主义精神呢，不说集体主义给大家带来什么好处，而是说，今天这个人为了工作，爹妈死了都不回去；明天那个人为了加班几个月不回家，老婆生孩子了到现在都没见过孩子长什么样；要么就说有人在工作岗位上累吐血了都不肯休息，终于过劳死亡……然后，得出的结论是，我们要学习他们这种精神。

一种观念，宣传它如何让大家痛苦难受、违背人伦、泯灭人性；但得出的结论，不是要改变它、抛弃它；却是，别人都能忍了，你为什么不能忍？我们应该都学会忍受痛苦。

这无非就是方便它把恶行合理化，教育人们把忍受作恶当作生活的常态。忍着忍着，就习惯了。


3

看似不合逻辑，事实上，大家很买账。就像那些常说"所有男人都会出轨""男人没有一个好东西"的女人，往往是最不愿意离婚的女人一样。

这不仅是因为斯德哥尔摩症。而是因为，宣扬一种信念，有人是通过"礼"，有人是通过"利"，但最简单粗暴的方式，则是诉诸恐惧。这种恐惧，未必是直接的暴力，但只要让你知道，它有能力让你痛苦、让你没有自尊、让你低人一等就够了。

背后有更深的策略在支持着这种宣传方式。当宣扬一种观念的优点时，有人接受了这种观念，但你无法判断他是否真心听从你；因为那让他舒适有好处，他可能还是有自己的意志的。但当你宣扬一种观念能让他痛苦、卑微、缺乏人性的时候，他还听从，那就是真的顺从了。这种顺民是很容易掌控的，要他往东他不敢往西，甚至还会主动攻击那些想往西的人。不断地确立这种顺民榜样，有助于把更多的人转化。

其实，政治权力和男权是同构的。当男性把男性塑造成为一种令人害怕的生物的时候，就是要筛选出那些被恐惧击倒的羔羊，那些女孩是最怯弱胆小、最易摆布的。即使成年之后，你看，那些越是认为男人天生就下流、充满动物性的女性，越是预设了"男性干什么坏事都合理"的前提，就越是依附于男权；而那些性格成熟的女性，只要还相信爱情、期待美好的，一般都是独立女性，而且都能把自己的生活安排得不错。而后者，没有对男性的恐惧，反而是男权最讨厌的那种"非顺民"。

回过头来说性教育。不要被"渣男恐惧症"迷惑了心智；蟑螂当然一口咬定所有人都跟他一样生活在垃圾堆里呀。女性，尤其是少女，要学会拒绝，充分知晓自己的权利。但那从来都不是因为什么守贞，也不因为你被男人碰了就变成破铜烂铁；而是你了解自己的身体，知道自己想要的是什么，知道你值得更好的男性，配得上更好的生活。

# 为什么不聊"博士当全职丈夫是不是浪费"

> 如果说,读完博士之后,再当全职妈妈,发现了另一片新天地,很有"爱";那为什么男博士们很少去开辟这片这么迷人的新天地?这么好的生活方式,他们没有理由不捷足先登啊!

近日,综艺节目《奇葩说》以"高学历女生做全职太太是不是浪费"为话题展开了激烈讨论,由于辩论嘉宾们也全是高学历出身,从中引出的许多问题,不禁让人深思。不过,可惜的是,许多网络争论仍然停留在"你有什么资格judge别人"这个层次上,而忽略了真正的矛盾,讨论得毫无营养。

这个社会有许多现象是值得商榷的,只会重复"关你屁事"很令人遗憾。"是不是浪费",与"个人有没有权利浪费",是完全不同的概念:我交足水费可以在自家厨房里放水半天,但不等于说不能判定这是浪费行为。"法无禁止即为许可"这种精神很好,但它从来不是"法无禁止即不得讨论"。

这个话题,让我想起很有名的一句话:"为丈夫补袜子的妻子,她的价值不亚于一个女总统",这一观点一度在女大学生中相当流行。假如这两件事是互不排斥的,比如说一个人既当女总统,但也有给丈夫补袜子的时候,作为生活的调剂,那就是很完美的一种状态,欢迎还来不及呢!但假如这两件事是互相排斥的,要么就当补袜子的贤妻、要么就当能干的女总统,水火不容呢?

不好说它错,但在现代社会分工如此之细的情况下,补袜子,是人工成本非常低廉的劳动;而当女总统,却是智商与情商双高、管理能力超群、受过极为复杂的训练才能做到的,同样,社会选举她上台,也付出了极为高昂的成本;虽然,两者的人格是平等的,但舍后者而从事前者,智力资源之浪费显而易见。有人说，带着"爱"去补的袜子，多么伟大啊。没错。但如果真对这件事投入那么大得不可思议的"爱"，当初根本不应该接受当"女总统"这样极为艰难的专业训练，而是应该投身于家政、缝纫等方面的专业学习中，这样才能更好地实现"爱"啊。

同理，读完博士之后再当全职妈妈也如此。我一直生活在高校当中，知道现在要读完博士学位非常辛苦；稍好一点的高校，不能按期毕业的博士很多，读四五年都很常见。而且，在别人都工作赚钱时，还得忍饥受穷，心理上很难熬的。考虑到现在的社会风气仍不鼓励女性读博士，能够读完博士的女性，很难说是完全没有一点抱负，完全没有一点事业心的。

从整体上来说，我不太相信放弃学业当全职母亲，都是她们发自内心自由、自愿的选择。理由很简单，花费十多二十年的全身心去做事情A，却说自己真正向往的是做事情B。如果不是这个人的能力和判断力都有问题，那么，这自相矛盾的两句话里必然有一句是假的、错的。当然，每个人都有挑选人生道路的自由，挥霍也完全可以，浪费生命也可以；还有人说，我就喜欢挥霍，你管得着吗？是管不着。但如果这不是个案，而是一个常规的讨论，那是什么造成了这种自相矛盾？

问题的核心在于：为什么没有人说"为妻子补袜子的丈夫，他的价值不亚于一个总统"？为什么很少人谈及"男博士回家当全职主夫是不是一种浪费"？如果说，读完博士之后，再当全职妈妈，发现了另一片新天地，很有"爱"；那为什么男博士们很少去开辟这片这么迷人的新天地？这么好的生活方式，他们没有理由不捷足先登啊！

这是因为，无论女性什么学历、有多少才能，有什么职业履历，当家庭需要她的时候，家庭永远应该摆在第一位的，丈夫孩子永远应该置于她个人职业发展之前。在一些较高阶层那里，女性的学历，也只是陪嫁之一，不是用来发展女性事业的，而是为了让夫家光耀门楣的。

当然，现实生活中往往更复杂，很可能是出于没有人带孩子或经济上的原因，甚至是学术事业不顺，让女博士不得不当全职妈妈；你看，这就不是出于自由选择，而是无路可退，迫于无奈了。这种时候，男人呢？

最近的诺贝尔奖生理与医学奖得主屠呦呦，正好是非常好的正面典型。她一心扑在自己的科研事业当中，而她的丈夫全力支持她的工作，"家里的事都归老李管，他是个很好的丈夫。"写到这里，想必已清楚了：并不是说全职主妇/主夫没有价值，读了博士的人就不能做；而是，有多少当全职妈妈的女博士是迫于压力和社会成见，不得放弃自己学业和事业的，又有多少是发自内心的自由选择？社会是不是该给这些金字塔尖的女性更多支持而不是打压？

恐怕有人会误解，以为我想堵住了女博士/事业女性想退回家庭的那条路。不对。这是个人选择。如何区分是个人选择还是社会压力所迫呢？如果某一天，这个社会的全职爸爸和全职妈妈数量差不多，愿意放弃事业支持家庭的男性和女性的数量也差不多，那时我才可以相信，大家确实是选择了自己喜欢的生活方式。

# 别拿限制自由当保护

限制正常女性的自由，就是给了性罪犯者一个无比美妙的犯罪天堂；那些女性不敢走的地方，那些女性不敢打扮的地方，都腾出来了，让渡给了性罪犯。

陕西一位高校的舞蹈专业女教师吕某，在独自夜跑时失联，曾引起了很大反响，微博上发起了寻人启事。很快，发现吕某遇害；接着，嫌疑人已被警方刑拘，案件正在紧张加快审理中。凶手既已落网，唯愿罪犯得到公正的判决，才能告慰这位无辜而美丽的姑娘，希望她一路走好。

不出意料，每一次女孩被强暴被伤害，甚至被杀死，讨论的焦点都是这个女孩是否穿得太少、是否晚上不该出门、是否自我保护意识不够强。每次看到这样的讨论，我都在怀疑：我们的舆论，是不是正在塑造一个男人都是潜在强奸罪犯、每一个女人只要落单了就会被强奸的社会？是不是正在营造一个为性犯罪者脱罪、让受害人自我羞辱的地狱？

我不会泛泛地说："只要提醒女性小心，就是歧视。"我看到有夜跑俱乐部给夜跑者的一些提醒，比如说选择什么样的跑步路线、穿带有荧光色的衣物及腕带、注意交通灯、考虑影子给跑步带来的错觉影响等等，这种提醒，是基于技术考虑的，不含价值判断；我认为，这种提醒就是善意的、应该提倡的。同理，一些教女性如何判断约会中可能的危险，这样的技术指南，是很有价值的。

——但大多数不假思索地说"女性应该小心"这样的言论，却并非善意，而是包含了这样一种"有罪推定"：身为女性，就有责任时时防备着自己被强奸的可能。

在这个案例中，这位姑娘遇害的渭河公园，是西北地区最大的开放式公园，并不是所谓的偏僻地区；时间是晚上八点多，活动人群并不少。如果在这样的地方都对女性存在着如此大的风险，那是不是意味着只要是女性，能出来活动的时间和空间都非常小？

我们应该知道，这个世界上有些民族，女性被要求从头到脚都裹着厚重的围巾，甚至不能露出头发不能露出脸，最初的理由都是为了保护她们，避免被强奸；另一些对年幼的女童实行割礼，并对女性烫乳，让乳房溃烂看不出性特征的民族，理由也是保护她们，以少受性侵害。在这些地方，残害和限制女性自由，把女性变丑、毁坏女性身体，都被称为保护女性的方式。而随时准备着攻击和伤害他人的男性，则可以随心所欲。

幸好，现在在大多数正常国家，女性不需要用这些方式来自我保护，可以按自己的喜好来穿衣打扮，正常发育。但现在看形势，舆论又开始要求我们的女性尽量少出门，不能穿得少，减少跟异性说话，避免跟异性打交道了——否则就很有可能被强奸哦！而且都是你的错哦！大家会鄙视你哦！

事实上，在强奸案当中，发生在熟人之间的强奸，比陌生人罪犯强奸的比例大多了；西方的社会学家们也给出了大数据，证明在强奸受害者中，那些穿着保守、胆小而低调的女性，比喜欢穿着性感暴露、看起来泼辣大胆的女性比例明显要高，因为她们看起来更容易顺从，更容易得手，并且不敢报警。这些事实，充分说明了，所谓的"女性要自重才能不被强奸"是一个彻头彻尾的伪命题。

要知道，那些乡村中被老师或老头们性侵的小学生，还被她们的邻居们骂作是"骚货"呢。指责受害者的那些人，你们跟这些邻居有区别吗？

荡妇羞辱，不是针对"荡妇"的，它针对的是所有女性。它意味着，只要你弱小，你受害，你就会被当成荡妇，被加倍羞辱。在这种舆论背景之下，真正的性罪犯能被揭露出来的比例，是相当低的，许多女性受害了只能忍气吞声。限制正常女性的自由，就是扩大了性犯罪者的活动空间，给了性罪犯者一个无比美妙的犯罪天堂；那些女性不敢走的地方，那些女性不敢打扮的地方，都腾出来了，让渡给了性罪犯。这就是我们想要的安全吗？

我很理解那些认为受害人不够自爱的"口炮党"。如果是男性，他们往往认为男性本来就具有强烈的侵入性，女性是他们的性安慰品，虽然他们自身不一定动用这种权力，但他们保留这种权力；如果是女性，她们往往是想提醒社会注意，她和受害人不是同一类人，那类女人没有遵守女人的禁区，罪有应得，"你们去强奸她吧不要强奸我"。

虽然，我也赞同女性多掌握一些具体的安全技巧，包括健身和学跆拳道之类的，这可以提高自己的生活质量；但我认为，这些安全技巧是用来拓宽她们的生活空间，增加自己的自由度，而绝不是囚笼。

正像有些评论所说的："我花了二十年教女儿如何保护自己，你却不能教自己的儿子不去犯罪。"诚然，这个社会无法保证所有人的安全，但有罪案发生的时候，少一点辱骂受害者，少一点同情罪犯，会不会正常一点？

# 王宝强"家丑"外扬有何不可

你念一念"'家丑不可外扬'是中华民族的优良传统",看看自己有没有笑场？

明星王宝强婚变，经过爆炸性的传播，一度刷新了社交平台传播的多个纪录；当事人王宝强得到了极大的同情，马蓉和宋喆也遭受到规模空前的网络暴力；如果口水能把人淹死的话，吐在他们身上的口水早已汇集出一个太平洋了。在种种真真假假的传言加持之后，到了今天，这件事的关注度已被稀释了。

新华社发了个社论，结果又给这件事增加了新的热度。

这是一桩明星离婚官司与名誉权纠纷案，但新华社却把它定性为"作为影视明星，把家事当公事，拿炒作家丑来扩大社会影响，实在令人不齿"。我就不懂了，怎么不齿？王宝强是公众人物，婚姻状况与其形象塑造有关，与他的星途也有关系；宣布离婚，怎么就是"家丑"了？依我看，新华社的这种论调，才滑稽。

首先要明白的是，大量的谣言跟明星毫无关系。比如说，所谓的马蓉与宋喆的"偷情短信"，是捏造的；此前大量流传于网上的裸照、色情小视频也是假的；还有许多冒充当事人的家人亲戚、熟人朋友等开的各种小号，散布假新闻……有的是侵权行为，有的是违法甚至犯罪行为；明星本人就是这些造谣的受害者，"炒作"这个黑锅怎么该让受害者背呢？

新华社在评论里说：

"常言道：'家丑不可外扬。'普通人尚且明白这个事理，作为影视明星更应明白。发生家庭婚变，一般人都会低调处理。作为某些影视明星，却是唯恐天下不知，又是微博发布，又是在新片发布会上大讲此事，把家丑放到如此巨大的舆论场中并持续发酵，形成强大的关注度效应。这种违逆中国传统道德，利用家丑来造影响的行为，真是毁人'三观'。"

原来，罪名是违逆"传统"。不过，中国的历史太长久，传统太复杂，自相矛盾的传统比比皆是。一方面，既有"家丑不可外扬"的传统；但另一方面，又有敲锣打鼓，号召全族、全村人一起来干预和审判出轨女性或不孝子的传统，该沉塘的沉塘、该棒打的棒打。请问，两种都是传统，什么时候该遵循这个传统，什么时候该遵循那个传统，您能做个准不？

当然，我肯定不认同出轨方该沉塘，这种传统，但凡有一点脑子的都不会要求恢复。但"家丑不可外扬"，则不容易辨认。它表现为一种旧式的体面和修养，端庄漂亮；但它是有代价的，是有人打落了牙齿往肚里吞，是遮蔽问题优先于解决问题，是往伤口上涂上遮瑕膏，假装看不见。两种传统，都是农耕文明中小农意识的体现。

人与人之间的边界不清，本来就是在人际交往当中的大忌；家庭内部的矛盾和是非，更难辨认了，这就是"清官难断家务事"。在这种情况下，就会出现两种情况：一方面，极强势的一方什么都说了算，不需要任何道理和逻辑，甚至可以剥夺生命，完全没有法理可言；外人也不敢管。这就包括对女性的家暴和出轨女性的"沉塘"等等。另一方面，对于旧传统当中的乡土社会和熟人社会来说，面子又是至关重要的；出于长期生存的考虑，利益受损方不敢讨回公道，只能忍。

而在我们这个新旧社会结构的更替过程当中，情形就更复杂了；有些人秉持旧传统，有些人接纳新观念，便出现了严重冲突。如果说传统社会中，人与人之间只是边界模糊的话，那么今天在观念裂变之后，边界已经是犬牙交错了，更难于厘清。

我不觉得"家丑"不可以外扬；更不觉得这是一种多美好的传统值得坚守。你念一念"'家丑不可外扬'是中华民族的优良传统"，看看自己有没有笑场？

有一些"家丑"，是应该坚决外扬的，是需要对外寻找帮助和解决的；比如说，家暴，虐待孩子——然而，在受害人对外寻求帮助时，却被警方或旁人认定是家事，不予解决，最后酿成大悲剧。可惜，有时有这种畸形扭曲的"家事"的社会观念之下，连当事人也承认这是"家事"，不敢声张；即便有人死亡也以"家事"为由，判决很轻。这种观念本身就是错误的。

有一些是利益纷争，是否应该"外扬"，介于两可之间。比如说，父子兄弟夫妻在不得已的情况下的财产分割。但显然，现代社会当中，诉诸法律、诉诸公证等机构才是解决的正道，亲兄弟明算账；越是让法律机构或专业机构来审核各自的利益分成，扯皮就会越少。

在我看来，王宝强夫妇离婚事件，就属于这一类。王宝强公告这件事，就是宣示要夺回自己的财产权。这种"家丑外扬"出发点是正确的。明星夫妻沉默地友好分手，固然是一种方式；谈不拢而求助于法院裁决，也很正当，哪里就"不齿"了？

还有一类"家丑"，扬之则可笑了。大概在十多二十多年前，还特别常见那种夫妻婚内吵架，要求八方邻里讨个说法，非要分清到底是公有理还是婆有理的；发现对方出轨了就去对方单位大吵大闹，一直闹到出轨方颜面扫地，回心转意，保证重回家庭为止；向亲戚朋友广为曝光丈夫（或妻子）的不良习惯，就是为了打压对方的尊严，好让自己在婚姻生活中保持道德制高点……这种现象现在还能偶尔见到；只是如今单位的影响力低了，没有以往那么盛行罢了。

现在有一种情形也可以从明星家庭中看得出来：父母出于"为了你好"，希望干预孩子的婚恋，便公开母女父子矛盾，让公众舆论对自己的孩子施加压力，如张靓颖母亲。这种，则是占用公众关注的资源去处置母女之间的感情。

这样能看清楚了吧？凡是值得诉诸法律的东西，都不算家丑，外扬了就外扬了呗，保护利益更重要。而在家庭内部相处之间的矛盾，是道德上的、是审美上的、是性格上的，那就是家事，满街嚷嚷只会徒增笑耳。

可惜，当事人分不清什么是家事，社会舆论也分不清。该出动警方、该交由法律处理的大问题，要求息事宁人，要求"大事化小"；利益问题的，则用"真爱就不该谈钱""父母是为你好"等来掩饰矛盾；纯属私人情感的，看客们则恨不得把别人的私事扒个底儿透，甚至能把开房信息都曝光出来，强行替人家盖一个"渣男"或"淫妇"的印戳。

新华社的评论，正是吻合了这个边界错乱的社会。用农耕时代的文化传统来指责现代社会的法律行为，只能借用"炒作"这样的陈词滥调作为武器。假如它只是一篇自媒体的个人行为，那只不过写得差而已；但作为国社，作为宣传机器，则是一种舆论导向。这就无聊了。如今吃瓜群众的言论空间已无限收窄了，能谈论的东西，无非就是娱乐明星的八卦，以及国足的滑稽了；如果明星的八卦都不让聊，那大家还有什么好聊的？

如果新华社批评的是"家丑不可外扬"，那"家美"可不可以外扬？去年黄晓明和Angelababy的婚礼美轮美奂，华丽如童话里的王子与公主；却被《人民日报》批判，批评其大操大办，认为明星"更有义务在道德上做出表率，成为为社会指示道德正确方向的标杆"。可人家只是结个婚，为啥不好好结婚而跑去做道德表率？

其实不管是对"离婚"的批判还是对"结婚"的批判，这些舆论工具在乎的，都是注意力经济时代眼球被夺走了。他们虽然不进入媒体市场竞争，但仍然会担心宣传任务抵不上明星话题吸引人，削弱宣传效果，所以就要把广受关注的明星话题一概斥之为炒作。而所谓的弘扬传统，或者要求道德表率，本来就是扯出来的虎皮。

# 女人回归家庭是被迫"自愿"的

当一个行业女性明显居多的时候（娱乐业除外），通常说明这个行业安稳、利薄、前景一般。因为在利好的行业、行好的岗位当中，男性会想尽办法设置壁垒，提高女性进入的门槛。

在一年一度的"两会"里，经常出现不少与女性权益相关的提案，比如2015年，就有提案如：将女性产假延长至三年，由社保提供生育津贴或由财政出资保障，以改善幼儿家庭紧张的生活状况；比如说，有未成年子女的，协议离婚前须让未成年子女表达其真实的意愿的"限制离婚"。

看到这些貌似出于好意、实则是进一步挤压女性空间的提案，真是令人失望。

与此同时，还可以看到一则小新闻：北京语言大学招生办主任林方曾在某公开活动发言称，"要往高尖端发展，我们更需要男生，现在男生太少了……你不知道有多好找工作，部委只要见到男生，甭管什么样的歪瓜裂枣，只要是男的就行……而且薪水非常非常高……"

这几个看似不相关的新闻，其实背后的逻辑是一脉相承的；简单来说，就是前面两条提案是为解决后面这个新闻的现象服务的。

有一些，是常识。女性的产假变成三年，虽说建议社保等机构（不是说社保亏空所以还要延迟退休吗）提供保障，但一般企业又有几个能做到为你保留职位三年？损失的职业年资和中断了可能的上升通道，又怎么算？不生育者、已生育者怎么会愿意为多生育者买单？——这背后的潜台词是：养育小孩是女人自己的责任，与男性无关。

产假父母双方各休一半不就挺好的吗？可现在的这个提案，只能变相地剥夺女性的工作权，最后大量妇女被赶回家庭中，或者，生育率急遽下降。

下面一条，"协议离婚需让未成年子女表达其真实的意愿"的离婚条例，之前的提案更是离谱："有十周岁以下子女的当事人不适用协议离婚"，后来不得不调整。即便修改过的提案也仍然有问题，且不说未成年子女表达的意愿是否真实、是否具有法律效力，把基于个人自由的离婚提高门槛，本质上就是限制了婚姻自主，这显然是一个把家庭视为社会单元结构的维稳策略。

再有，这位大学招生办主任的话更是赤裸裸的入学歧视与就业的性别歧视，如果在美国这种国家，绝对一告一个准。但在反对之前，我们也必须厘清，这些话不完全是他的个人观点，而是真实反映了某些现实。在就业市场上，男生确实比女生受欢迎得多。仅以他所谈的外语专业为例，男生凤毛麟爪，就业单位经常招十个八个人都碰不上一个男生，即便最后招到了，也往往来不及讲究质量。同样，在那些稳定、保守、安全又不至于没落的行业里，总是集中了大量女大学生，令它们更加"求男若渴"。

许多年前我曾去某出版社应聘，对方拒绝了，说，只想招男生，因为他们已经有九个女编辑了，一个男生都没有。

从小学到研究生，我所在的年级里，学习前几名的基本上都是女生。女生的成绩更好，相信这是一个普适现象。以2014年广东省的高考为例，文理科状元都被女生夺得；广东省七年来十七个全省第一名，女生占七成。而早在2007年，全国三十个省份产生六十六名高考状元中有女生四十六人，男生二十人，女生比例超过70%，就曾经引起舆论纷纷。甚至有学者据此声称，"女生可能更能适应这种应试教育模式，于是从总体上看，女生的成绩在高考中表现比男生更为优异"（熊丙奇）。应试教育是另一个话题，但光从女生成绩好，就判定考试制度有问题，这种思路很荒谬。这相当于裁判了女生为劣等性别，只要是女生取胜就是应试制度的不公正，合适吗？

事实上，这个社会里男性是优势性别，他出路比女性的宽，女生们除了不断地读书、读书之外，别无他法。比男生优秀一点还不行，还要优秀很多很多，才有资格与男生站在同一起跑线上竞争。美国的前国务卿赖斯小时候，她的家人曾告诫她，你是黑人，又是女人，你必须比别人强三倍才有机会。这话虽然听起来很鸡汤，但却客观地反映了真相。中国也如此。

可惜这样努力争取来的机会，进入职场之后，就要面临着休产假（以后甚至是休三年）的困窘了。你以为你奋斗了这么多年，就终于可以平等地与男人们一起喝咖啡了吗？没有，在他们高谈阔论的时候，你还得给他们洗咖啡杯。

去年，我曾经参加过一次某大学中文系的一个高规格研讨会，与会者有包括日韩港台的近二百名教授和学者。我坐在最后认真地观察了一下，看到几乎有一半都是女教授、女研究员和女博士，尤其是年纪稍轻的。我心里五味杂陈。一方面，涌现出这么多女学者，确实是一件好事；另一方面，这个专业新入行的以女博士居多，但成为学术权威的女教授却极少。当一个行业女性明显居多的时候（娱乐业除外），通常说明这个行业现在安稳、利薄、前景一般。因为在那些利好的行业、行好的岗位当中，男性总是会想尽办法设置壁垒，提高女性进入的门槛。

我忽然感觉到很悲凉：受到最好教育的这批女性，在选择工作时，仍然以"照顾家庭"为主要取向，往往偏爱选择机关、学校、财会岗位、文职工作等等按部就班、缺乏竞争又没有多少上升空间的地方；她们可以吃最多的苦，仅仅是想找一份安稳的工作，"有自己的时间"，可以照看孩子、安排家务。

个人的选择值得尊敬，但这为什么会成为一种主要的潮流，一种职业女性不言自明的主导方向？

日本社会学家上野千鹤子在《厌女——日本的女性嫌恶》一书里谈到了"男性的同性社会性欲望"，提到"男性的价值，是在男人的世界里的霸权争斗中决定的，希望得到其他男人的承认和赞赏"。而与之相对应的，"女人世界里的霸权争斗，不会只在女人的世界里完结，一定会有男人的评价介入，将女人隔断"。她指出的这点，让我更清楚了，所谓的男性的事业心与女性的事业心，评价体系为何不一样。

男性的价值体现，是在事业成功（包括获得权力、金钱、名气等），他们自始至终都是在用男性的眼光来评定男性。但评定女性就不一样了。在青春期之前，女孩的竞争性受到鼓励（包括与男孩的竞争），这促使女孩在学业上普遍表现得优异；但在进入职场之后，同时也进入了婚育年龄了，来自于男权社会的价值评定体系开始介入，奖赏的是家庭型的、妻子型的、服务型的女性，碾压的是有竞争性、偏好事业的女性。后者身上披满了"剩女""嫁不出去""不顾家""黄脸婆""女强人"等舆论荆棘。女性的优秀与否，不再体现在能否在成就上达到男性的水准，而在于是否能嫁出去或者嫁得好，能否生儿子，能否管住老公给钱、不出轨、不离婚。她们必须用更多的时间和精力来取悦男人、养儿育女、相夫教子。男性对你的需求，界定了你的价值。

这是一套行之有效的奖惩机制，大多数女性不得不选择低竞争、低发展、低创造力、前景小的"稳定"工作，调整成家庭型、依附型的妇女，来躲避这个社会的恶意。

我非常佩服社会的自我运行居然能调适出一种这么行之有效的评价体系：它既让男性少了工作竞争，又把骄傲聪明的竞争对手变成他们的家庭服务者，还自带工资，大大地提高了"结婚员"和"母亲"的素质。唯一的缺点是，多年的学习不是白搭的，随着见识的增加，现在的女性不可避免地在经济上和精神上越来越独立了。

而今，在经济环境不太景气的情况下，社会更趋向保守。就在前几天，作为女性权益的代表机构中国妇联也被《纽约时报》抨击了一番："实际上，它关注的是维护控制以及传统价值，而不是促进女性权益。"我认同这个判断。现在与女性相关的各种提案，不是争取更多的男女平等，反而不约而同地要求强化女性的家庭属性、女性身体的生育属性，降低其社会属性，减少其上进心与事业发展空间。

我理解不少女性"回归家庭"的选择，这无可厚非；但问题在于保守价值观希望的是贬损女性的工作价值，试图把"回家"塑造成唯一渠道。试想一下，如果"回归家庭"确实比自我发展更能体现价值的话，为什么拥有优势资源更有话事权的男性不赶紧占领这个阵地？因为他们都明白，更多的选择，意味着更多的自由，更多的安全感，更高的生活质量。而这个选择权，他们暂时不太希望让渡给女性。

说真的，奋斗了这么多年，一起平等地喝喝咖啡有何不可？

# 为什么中国女人地位越低责任反而越大

很大一部分中国女性缺乏自我的苦恼，不是来源于不够努力、没有能力，而在于承担了过多的责任。

　　"三十四岁的好莱坞明星杰克·吉伦哈尔与六十八岁的奥斯卡影后苏珊·萨兰登正在拍拖"，这个消息令人吃惊。我留意到，这个新闻是以"励志篇"的大标题出现的。

　　类似的明星例子其实不少。比如说麦当娜，交往过若干男模和舞者，都比她小二三十岁；婚纱女王王薇薇六十三岁，与二十七岁的男友、花样滑冰冠军Evan Lysacek同居；《五十度灰》女导演萨姆·约翰逊，丈夫是比她小二十多岁的小鲜肉男明星亚伦·约翰逊（《海扁王》主演）——而她们的男友或丈夫，不仅年轻，帅，而且均是各自领域当中的佼佼者。

　　现在常常看到这些杰出女性的人生故事，会给人以一种幻觉：我也要努力，我也要像她一样。之所以说是幻觉，是因为这样的故事并没有普适性。就像王菲与谢霆锋，观众们看看热闹，点点赞就好，如果以为那种"励志"，能有朝一日也出现在自己身上，那真是想多了。

　　上面提到的这些女名流，她们都是不世出的传奇，是悬挂在世界上空的招贴画，不仅卓越，而且天赋异秉；而我们只是在人间。并不是你努力奋斗，仗着有点姿色，有半亩闲田就可以的。

　　当然，苏珊·萨兰登们的示范意义也是有的，但恐怕和旁人所艳羡的东西未必是一回事。她们有强大的个人魅力，可以吸引到内心同样强大的人，择偶不再与年龄相关：这是给人生拓宽了可能性。但如果根本没有人家所拥有的一切，只把"嫩"看作感情中最重要的砝码，其他不计代价，那就不过是用自己的资源去交换别人的青春。真不觉得这有什么好羡慕的。觉得"老女人也能嫁给年轻帅哥"是扬眉吐气的，在价值观上，与羡慕"杨振宁娶了孙女辈的妻子"是同构的。就算翻过来变成女性版本，也看不出幽默感。

这几年来，我比较关注女性权利，也一直在写相关的文章。但渐渐地，我也开始反思起现在流行的一些女性话语。比如常见的"你要经济独立，你要精神独立，你要多姿多彩"，等等，话是没有错，但这种把问题极端简单化的说辞，无助于发现真正的问题。君不见，文字市场当中，满山遍野都是女性的心灵鸡汤，塑造出琳琅满目的虚幻的励志典型，不管是淘宝店主还是创业名媛，无一不是在立志独立之后，日进斗金，家财万贯，保养得水灵水灵的，生活更是活色生香，闻歌知雅意，弦断有人听。

只要主观想独立，就必然导致强大吗？现实生活中，我们知道，成功者永远是金字塔尖的人物。换到我们身边，一个同样积极生活、同样努力保养、同样工作不错的六十八岁妇人，基本上不可能像那位好莱坞女星一样赢得一位三十四岁的万人迷的芳心的。也许你无论如何去奋斗、去争取、想去赢得这个世界，留给你的还是那个可能随时会崩溃的股市、令人心烦意乱的职场宫斗、邋里邋遢的前夫、让你不省心的儿子。

津津乐道地展示各种明星的"人生赢家"典范，这没什么，多点谈资而已；但过于把传奇当作常态，难免会错误归因，就演变成"不幸福的人都是自找的""你穷你活该"的谬误。

这不是过虑。事实上我已经在最近的许多热门话题中看到了这种反向指责了。如郜艳敏，被批评成：你斯德哥尔摩，你不离开你活该；一些被家暴妇女屡屡被胁迫报警无门，也被嘲笑：你不离婚你该打，你是受虐你情愿……但要知道，并不是人人都拥有幸运的起点。没错，索马里贫穷的黑姑娘当上了世界名模，是很了不起；但郜艳敏为改变自己的际遇所付出的努力未必比她少，爱心未必比她稀薄，却换来千夫所指，无法抬头。名模的传奇只是惊鸿一瞥，不可复制，郜艳敏的悲剧却是普遍性的。

现在，已很少听说哪些女性是不工作不干活让男友丈夫供养起来的了，即便家庭主妇也照样是忙不完的活儿操不完的心，更何况多数女性赚完钱之后回来还得当家庭主妇，打两份工。如今还需要由别人手把手指正"你要独立"这样的女孩，应该已是凤毛麟角了吧。

恰恰相反，中国女性确实不够"独立"，不是因为她们在经济上依赖他人，而是因为她们总想在自己身上悬挂着整个家庭，很难把个人定位从家庭角色剥离出来。不安全感就是这样来的。也就是说，很大一部分中国女性缺乏自我的苦恼，不是来源于不够努力、没有能力，而在于承担了过多的责任。她们要生儿育女维护家庭，要赚钱养家，还要德容工貌，更要小心不被男人抛弃，哪一个环节出错，她们都要负全责。没错，现在如果不幸的婚姻故事上网了，会有陌生人帮你骂渣男，但这个女人更会被嘲笑到抬不起头：你瞎眼，你活该。

有这样一种奇怪的规律：女性地位越低的社会里，女性的社会责任就越大。比如"哲夫成城，哲妇倾城。懿厥哲妇，为枭为鸱"（《诗经·大雅·瞻》），比如朱熹在《诗集传》里说："言男子正位乎外，为国家之主，故有知则能立国。妇人以无非无仪为善，无所事哲。哲则适以覆国而已。"先贤的意思是说，女人如果做不到完全服从于男性，社会结构就会散架，伦理就没法运行了，城市就会倾覆，国家就会完蛋。姑且不去管"无才就是德"那一套，我无法理解为什么聪明的女人能够让城市覆灭、让国家覆灭：她们无刀无枪无决策机会，拿什么来灭国呢？

要命的是，这种观念并不是什么老古董，就在今天，郜艳敏的乡里和湖南邵阳"无妈村"，以及倪萍的热播节目，传达的是这个社会最正统的观念，都在深情呼唤着被拐卖的女人回来照顾小孩，完全无视她们的男人们整天的工作就是挺尸和殴打妻儿。女人承担了所有的责任以及侮辱，男人则承担了侮辱女人的责任。

在我们这儿，价值观之撕裂真是蔚为大观：一方面，呼吁女性要经济独立要培养魅力，因为这个社会需要释放这个世界一半人口的创造力、要分享女性解放的红利；另一方面，呼吁女性回归传统、照顾好家庭，因为这个社会需要束缚和奴役这一半的人口，享受唯我独尊的好处。

所以，在中国，女性独立的意义，不仅在于经济自主，更是要学会保护自我，适当地"自私"，保障好自己的个人权益和个人自由；在充分保障还有余力的情况下，再学会爱他人，学会爱孩子。很多中国女性很难享受情感关系，因为几乎每一步，都是一场与各种陈腐价值观做斗争的艰难历程（以上仅指经济无忧的城市女青年，如果贫困家庭还有更大的问题）。

确实有一部分人已经能够有享有女性平等权利和尊严了，但这不意味着，她们就拥有恣意讥笑别人"无能""软弱""活该"的资格。我关心那些能够拓宽女性人生可能性的各种技术、各种精彩传奇，我也关心那些连基本的人之为人的生存和尊严都无法保障的女性；但有时必须承认，不能用前者的要求来苛求后者，人生的艰难之处，并不是旁观者可以一一尽知的。

苏珊·萨兰登我挺喜欢的，她"人生赢家"一般的传奇恋爱史也鼓舞人心；不过，认为从此女人们以后多了一种婚恋的可能性，那就太自作多情了。这对于更普遍的被捆绑在传统伦理之中不得自由的女性，并没有什么参考价值。就正如杨振宁娶了比他年轻五十多岁的女孩，对于中国性别不平衡多出来的三千万男性的择偶观念，没有任何借鉴意义。

# 谈论女权时你们在谈论什么

必须承认，当代社会充满了性别不平等，并不是由男性单方面
造成的，女性要承担相应的责任。

自从我开始写了一些关于女性权利方面的评论文章后，我就经常收到各
种对"女权"的投诉，说女权主义者只想要权利，不想要义务；什么便宜都要
占，什么亏都不能吃；更具体一点的，就是你们女权教女人干活的时候说自己
是女人不应该干活，享受的时候说自己是女人要人服侍——哪有这样的道理？

刚开始时，我是不厌其烦地回答说：如果真有女人这么干还说自己是女权
的，你报警吧，这是骗子。

但回答多了，我也觉得没意思。

2015年1月，担任联合国妇女亲善大使的女明星艾玛·沃森在联合国发表
了一个关于推进两性平等的著名演说，结果很快就收到了有网站要"曝光裸
照"的威胁。她在接受电视采访的时候说："开始我的朋友们认为女权并不是
一个重要和迫切的问题，但看到我一谈论女权就受到裸照威胁，他们都震惊
了。它一下子就使人清醒了，这个问题必须重视，它就发生在当下。"

在中国，社会问题层出不穷，女权问题看起来算不上最严重和最紧急了；
但一谈到这个问题，就会冒出各种各样的指责和误解，尤其是这些指责和误解
有很多是来自知识阵营的时候，我想，这绝不是一个无足轻重的小问题。

女权运动已经发展了许多年，有过很多阶段性的主张和运动，再拿20世
纪70年代的"烧胸罩"之类的举动来代表女权主义，与你拿"文革"来代表
今天的中国一样，都是不讲道理的。真正的女权主义者，应该基于两个原则，

一个维护人权；一个是追求平等；承认人的基本权利，承认人的平等。这个平等，并不是指所有工种一律男女对半分，一个家庭中两个人薪水一模一样，而是基于两性都有同样的选择权。简单谈几条最常见的两性平等原则，就是同工同酬，同专业同考分，男女产假基本等长，社会中家庭主男与家庭主妇的比例接近，男女离婚后再婚的比例接近……

连欧美发达国家的两性都尚未真正实现，更不要说是在我们中国了。我们还有那么多被性骚扰的少女们、那么多被强奸而不敢报案的女生们、那么多得不到基本保障的女工们、那么多在家暴中忍气吞声的女性们，女权主义者的历史任务真的结束了吗？显然，这只是个开始。

但女权主义者并不是一个组织，而是一种观念和主张，所以每个人，不分男女，都可以自称女权主义者。于是乎，各式各样的人都可以打着这个旗号出现，或者是被人硬插一个旗子塞到"女权主义"麾下。这些关于女权的奇形怪状的定义，包括：行为举止粗鲁、不温柔没礼貌没教养的叫女权；强势霸道、说一不二、擅长一哭二闹三上吊的叫女权；公主病发作、把自己当宇宙中心的叫女权；以"驭夫术"高超为荣、以追打小三（甚至是网络上的）为乐的叫女权……"女权"是个框，什么都往里装。凡是情商低、智商不足、人品不正、价值观扭曲的女性，都扣上一顶"女权"的帽子；你们拼贴出来这种形象，当然是个妖孽，骂死活该——但这跟女权有一毛钱的关系吗？

你们所指认的这种所谓"女权者"，不仅不是女权，反而正是女权者们最反对的类型。创造出"直女癌"这个词，我没意见，但她们根本不是女权主义者，只不过是装在女性身体里的直男癌，秉承的完全是男权社会里的价值观。不管是"公主病""悍妇""大房原教旨主义""贪小便宜者"，这些女性令人不悦的面貌，一是因为情商智商较低，二是因为她们运用从男权社会里习得的不平等的逻辑，为自己谋利。——而正是后者，侵犯了男权中心者的固有利益。

必须承认，当代社会充满了性别不平等，并不是由男性单方面造成的，女性要承担相应的责任。很多女性非常乐意于维持当下的性别权力结构。这些女性的表现方式林林总总，有一些，是永远长不大的巨婴，患上公主病，无法从自身获取力量和信心，需要用折磨男友折磨他人来获取存在感；有一些，是人到中年便秉承"大房原旨主义"，在悲剧感和正义感中摆出"小三都得死"的架势来捍卫男人的所有权；更有一些，是在婆媳争夺战中争抢儿子，演足宫斗戏码——这些人强势，但是反女权，因为她们的本质就是通过男性来得到她们想要的东西，没有男人她们就会死，怎么会有平等可言？

所谓的"直女癌"，是寄生在"直男癌"上面的，价值观是同构的，前者是离不开女人这个身体谋的利，后者是离不开女人的身体，但骨子里同样对女性这种性别是深深的鄙夷。这两类人是梅香拜把子——谁也别嫌弃谁。

男权者，以及那些性别为女、住在女性身体里的男权者，为何这么痛恨真正的女权主义者？因为他们只相信权力关系，信奉"不是东风压倒西风，就是西风压倒东风"，对于他们来说，世上不存在平等的关系。一旦有人提到平等，他们只能理解为夺权。

在这些人眼里，女性本来应该是依附的角色，而女权主义反对依附；所以，女权主义者必定是反对所有的女性特质，必定站在所有女性优点的对立面；于是乎，一个霸道、懒惰、无礼、无情又贪得无厌的形象便成了他们眼中"女权主义者"的图腾了。

妖魔化由此而来。

可能有些人会申冤：她说她是女权主义者，还会谈论波伏娃呢，我当然相信了。事实上，当一个不学无术的官员说自己是马克思主义者，你会相信吗？一般不信。因为你有常识。但一个人说她是女权主义者的时候，你为什么就信？因为没有常识。普通人不理解很正常，这正说明女权主义者在普及工作上面还做得太不够了；但作为一个知识分子，专业知识如此匮乏，还把无知当有趣，那就实在说不过去了。

另一种说辞是，本来我也支持女权的，但听到一些女权主义者的某些激进的做法很不喜欢，所以讨厌女权。这也蛮可悲的，一个成年人的价值观如此脆弱，只知喜恶，却不能明辨是非；还以不能明辨是非为荣，我不知道这是怎么做到的。

　　《绯闻女孩》女星莉顿·梅斯特说："我认为做一名女权主义者意味着你相信平等的权利，我觉得如果你问任何人他们是否支持平等权利，他们都会说支持，无论是男是女。而如果他们说不支持……谁会这么说啊？（Who the heck would say that?）"她不知道，在我们这个国家，很多人，包括很多受过良好教育的人，不仅这么想，还真好意思大声说出口。

# CHAPTER 3　年轻人的早衰和庸俗

# 心灵鸡汤读多了损害智商

眼也糊了，心也瞎了，虽没有了纠结，心情舒畅，但必定离正常的社会、正常的人格越来越远。

有一篇叫作《成熟的姑娘，更懂得示弱》的文章很红，读完之后，想起来这篇文章的作者还写过一本《灵魂有香气的女子》，那时已经大红大紫了。

平心而论，这篇文章写得挺好看的，可以说是新时代女性鸡汤文的范本之一了。我觉得拿它为代表分析一下鸡汤的营养成分倒挺有意思的，爱喝或不爱喝的都可以参考一下。

文中的这位女友，是一个特别能干特别坚强的女孩，结果男友选择了一个只懂狐媚的漂亮女人，把她甩了。作者于是感慨："谁让你这么倔强刚毅呢，谁让你这么不示弱呢？"

但文章认真读下来，却发现根本不是作者说的那么回事。这个女孩也许很热情，但却是一个没有边界感的人。该做的事情做不该做的事情也做，自己的工作去做别人的工作也去做。一个"承担了部门的绝大多数工作"的人，走别人的路让别人无路可走的人，落在现实生活中应该很讨人厌，公私不分，也有违职业精神。另一方面，雇佣这位女孩的公司也应该好好反省一下，什么样的分工能让一个人完成一个部门的绝大部分工作？其他人算是渎职还是怎么回事？工作中到底存在多大的人事漏洞和管理隐患？

在与男友交往中，"两个人出门，检查钱包钥匙的一定是她；刮风下雨，担心门窗没关的也是她；亲友交际人情往来里唱主角的是她；甚至车胎爆了，她也比他早半拍开车门下车。"看到这里我们就明白了，这个女孩找的不是男朋友，而是儿子，而且是一个能够让她处处越俎代庖、管头管脚的儿子。

其实上，这位姑娘的问题，不是她自强自立，不是她完美能干，而是她的智商和情商都不高，做事没有分寸，不管在工作中还是生活中，都喜欢侵入别人的领地。这样的人现实生活中是很难长期与之相处的。

她如果不认真了解自己、改进自己，而总以"我太能干所以把男人吓跑了""我太善良了所以男人不喜欢我"为借口掩饰问题的话，那么，很难避免对这个世界一次又一次的失望。

女性独立，可不仅仅是有个发工资的工作，或者每天自我催眠"魔镜魔镜我最美"就可以的，这是一个漫长的心理重建的过程。一般来说，男性并不存在作为人的价值感的困惑，但女性就不一样。一方面在传统教育当中，女人的价值存在是依附于男性、依附于家庭，甚至依附于爱情的；另一方面，男性的工资并不足以养家，女性的家务劳动也不能折算成劳务和贡献，女性还必须出门工作，现实社会反复要求她们独立自主。结果，在需要女人养家、需要女性的劳力的时候强调女性自强；需要女性生育、需要女性服侍男性的时候又强调女性的家庭责任——每个女人都必须在这截然相反的价值观当中来回撕扯；女性要确立自我认知，要经历复杂的挫败和学习过程。

而心理的健全和成熟，同样需要不断地调适和甄别。

但这种鸡汤文，为了取悦读者，尤其是目标读者（主要是女性），就把问题全部简化。告诉她们，你很完美你很可爱你很能干，只要你学会低头，男人就不舍得离开你啦。这种美文，看得多了就像催眠一样，让你以为万事俱备，只要装傻。

上次我和一位从加拿大来的姑娘见面，她是从事写作的，经常飞回中国。她说，我发现现在机场书店的格局变化挺大的，以前最好卖的书都是"教你如何成功"，现在卖得最好的书都是"教你怎么防小三"之类的。这是怎么回事呀？

我也一愣，不知该说什么。我想，这至少说明了女性坐飞机的比例大增了吧。

当然，以上感受并没有科学数据调查支持，只是一种直觉。况且，现在的"防小三"的书也不会真那么蠢，教你上街撕打，而是教你，如何打扮，如何煲汤，如何身段优雅，让男人最终舍不得离开你。我订阅了很多女性公众号，这样的文章车载斗量，读之令人昏昏欲睡。它们不能解决一个逻辑问题：是否只要一个男人出了轨、犯了错，他就理应得到你更好的照顾，得到一个更美、更温柔的你？这算是对他们的不忠进行奖励吗？那他们老老实实待在你身边的时候反而应该忍受你的不美和坏脾气吗？

反过来想，有没有哪位男性被女朋友甩了之后，会抱怨自己"都怪我太优秀了所以她不要我了""都怪我太能干了所以她要和我分手""都怪我太有钱了所以她不爱我""都怪我把她照顾得太好所以她甩了我"？没有。人同此心，女生凭什么认为自己被甩是因为这些理由？

男性也会抱怨，他们一般只会诉诸"我太穷"这种外在社会的缺点。

其实这两种心态，都有一个共同的心理基础，即是对维持关系的失败推卸责任。男性认为自己"穷"导致分手，但这通常并非是自我检讨，而是用来开脱，反向指责女性嫌贫爱富。另一方面，"穷"是一个外在因素，有不可控性，诉诸"穷"并不会对自身进行否定。但我们知道，一个姑娘在知道男生穷的情况下还愿意与他交往，说明并不是很在意贫富，而是男生在性格上有其他难以忍受的缺点让她离开。而自身有缺陷，是不成熟的男性无法面对的。

女性也会推卸责任，她们的方式是认为自己太过独立自强、不喜欢讨好别人——说是自责，实际上是指责对方审美低下、只配接受虚荣的女人。比如在文中，女主角描述前男友的新女友，是这副模样："照片里永远45度仰角、锥子脸、美瞳假睫毛，据说特别嗲，柔弱到连矿泉水瓶都要交给男友开，然后说一句'离开你我可怎么办呀'。"基本上就是一个标准的狐狸精形象。

妖魔化竞争者，其实也是丑化前男友，这样就保持了一个怨妇的完美形象。错都是人家的，我还是白莲花。

我很能理解失恋的姑娘发发牢骚、隔空骂骂狐狸精、诅咒前男友的行为，这都是一种良好的宣泄，人畜无害。哭过骂过醉过，醒来又是一条好汉，没什么大不了的。我反感的是，那么多的鸡汤，教授的都是"驭夫（妻）术"：不从人的心理建设与社会关系上挖出根源，而是教自己的目标读者学会怎么推诿责任，教男读者知道女性是怎么拜金的，怎么巧妙地取悦她们，教女读者知道男性怎么喜欢无能的狐媚，怎么装傻来骗他们，不是学习建立一种平等的关系，而是学会怎么跪舔。当虚假的跪舔坚持不下去时，关系自然会破裂，这时正好教大家推诿责任的手法……书就可以生生不息地永远卖下去了。

这些鸡汤书的盛行，是因为反智主义大有市场。

鸡汤文也并不只在感情领域吃香，它们在每一个领域都泛滥成灾，宗旨就是给你正能量，简而言之，就是教你学会看到"红肿之处，艳若桃花；溃烂之时，美如乳酪"；教你"百万富翁赚了钱也和农民一样晒太阳"；教你对这个社会复杂的现状安之若素。应该说，这些不叫鸡汤，而叫鸡精汤，有害无益。

在鸡精汤的调配方面，于丹登峰造极，她的那句"凭自己的精神防护，不让雾霾进到心里"深得鸡精汤的精髓。其"营养"成分主要基于几点：一是，你很棒；二是，社会很美好。你之所以过得不开心是因为你没掌握看待世界的方法，只要你学会把丑的看成美的，把恶的感受为善的，世界马上变成美好的人间。

指出自己的问题和社会的问题，会让人耳聪目明，但却痛苦；而修习这种"正能量"大法，则教你如何雾里看花到处都是朦胧美。确实，这样眼也糊了，心也瞎了，虽没有了纠结，心情舒畅，但必定会离正常的社会、正常的人格越来越远。

# 灵修路上的中年精英人士

我们的作家、文化人、社会精英，思想资源太过匮乏，学习和
思考能力不足，他们不愿意学习更为系统、更为成熟的世界
观，想取巧，才纷纷掉进"神秘学"的坑里。

前不久，国内有个最红的视频自媒体号，做了一个视频《我是谁？我为什么来到这个世界上……》，讲述了作家卫慧现在的生活。在这个视频里，她穿了一件深色棉麻素袍，脸色庄重深沉。我吃了一惊：我没有想到她会以这样的姿态，重新出现在世人面前。

也许年轻一代已经不太知道她了，但在2000年前后，卫慧非常走红，她的小说《上海宝贝》，因为作者是美女，半自传性质，又有大量性爱描写，半年售出超过十一万本，这还没算上盗版呢；《尖叫的蝴蝶》《像卫慧那样疯狂》等书，都极尽撩拨之能。你所知道的情欲叙事、身体写作、美女作家，这些非常"燃"的词，都是十多年前由她来开启的。而且，在西方世界，她的书也很畅销。

在卫慧小说中，和情欲放在一起的，还有物欲，赤裸裸的物欲，永远是"他脱下我的CK内裤"，无所不在的品牌、身份识别符号，这样才能构成一个光怪陆离的欲望都市的奇观。在品牌拼凑成小说这方面，郭敬明都得喊她一声"前辈"。

这些年来，卫慧在美国定居，宣传新书，忽然"咚"的一下就没有消息了。

从视频里知道，九年前，她放弃了美国绿卡回中国，迅速结婚生子又离婚；现在，她成为了一位家庭系统排列导师、禅修者。

"家排"是一种什么东西呢？它是德国人伯特·海灵格建立的。我摘录一些百度上的定义和描述吧："世间诸多的问题，在家排看来，无不源自于爱。觉悟的智慧的爱使人幸福，盲目的迷失的爱会带来种种痛苦。……基于当代量子物理学及生命全息的理论，这些莫不与家族系统中能量流动的顺畅与否息息相关。"

　　简单来说，就是"用爱发电"，还可以召唤出各种各样的灵验。

　　在这里，不去评判"家排"这种玩意儿是好是坏，但总的来说，这就是一种"信则灵"的"神秘学"，与心理咨询相似但又存在不同，而且价格非常昂贵。

　　从卫慧前些年写《我的禅》，她走到今天，也不是没有前兆的。

　　这些年，我也认识一些高知分子的女性朋友，在她们经济达到一定的自由的时候，忽然转向了"身心灵"这一类的东西，要么当导师，要么成为信徒。她们非常虔诚地说，自从入了门之后，让她们看到了灵异事件，"神灵"附体，感受到了源源不断的能量源泉……而且她们还会努力让你相信那些都是真的。

　　它们可能宗派不同，但不管是"身心灵""拜上师""家排师"或者别的，它们的共同点是：玄妙的，不可言说的，诉诸非理性的，用科学无法与之沟通的。

　　女作家的转向，卫慧绝不是第一个。一度与她齐名的上海"身体写作"的作家棉棉，微博名是"棉棉mianmian素食"，曾发了一条："若见他人过，当省自心慢，原谅能息恶，金刚即萨埵——上师法语。"

　　至今仍活跃着的作家安妮宝贝，早几年更名为"庆山"，她经常使用"修行"一词，不久前也发了这样一条："我一切都好，有时只是想净化一下生活，简单地活着，暂时没有表达，勿挂念。"

　　其实，这几位在2000年初最大红大紫的女作家，还是有很多相通之处的。她们都是写情欲的一把好手，更是喜欢进行各种物质的堆砌，不管是彰显有钱土豪有品位，还是清淡低调有品位，物欲就是她们笔下的隐形主角。同时，她们都是畅销书作家，很有钱，非常有钱。

年纪轻轻的时候，她们已经享受到了最充裕的物质生活，有过丰富的人生体验；现实生活要打动她们的阀值太高了，没有多少值得她们去追求了。我们常人想要追求的金钱、体验、名望、地位，她们唾手可得。而这些作家又是敏感的人、聪明的人、不甘心平淡的人，还想寻找新的突破。不约而同地，选择了"玄学""禅""灵修""佛"之类的东西，作为人生的突破口。

不只历经喧嚣的女作家们，这类"神秘学"，也成了无数功成名就或者生活无忧之后的中年人的完美藏身之所。接近它们、信奉它们，不像学术或者知识一样，需要扎实的基础，需要循序渐进的学习，还得认真思考；学术和文化这些，都是真功夫，偷不得懒。学一门手艺啊、好好健个身、跑个马拉松啊，这些也是扎扎实实的，每天努力多少，都可以验证，也不能虚晃一枪。而"灵修"，要求的是有钱供奉、有钱去上课、亲近"上师"或导师，感悟，静坐，天分，灵性……是好是坏，都是一张嘴。

而且，一旦接近这种玄妙的东西，神乎其神，他自己或者旁人，都会认为格调很高——当然，既听不懂，又要很多钱啊，格调能不高？

这个角度的自我突破，是最轻松的，也是最能拿得出手的。

女作家只不过恰好是这些成功人士中的一员而已。

跟男性成功人士的盘手串、穿唐装、搞国学、拜上师、认证仁波切等等一样，女性成功人士也可以玩玉佩、穿唐装、拜上师、成为"灵修"专家。如果是作家，那在这些之上，还有话语权，还可以影响更多的人；有的，比如说卫慧，还可以通过这个再赚一笔。

之所以这么多人都选择这条路，一方面，是我们的社会不安全感太强了，成与败都出于不确定因素，翻云覆雨，所以越是成功人士越是笃信各种不可知的力量，神秘学，包括马云、王菲、李连杰这样的顶尖人士。另一方面，我们的作家、文化人、社会精英，思想资源太过匮乏，学习和思考能力不足，他们不愿意学习更为系统、更为成熟的世界观，想取巧，才纷纷掉进"神秘学"的坑里。

不过，他们要是真愿意，就随意吧，人本来就有退步的自由。

# 年轻人的早衰和庸俗

巨人打侏儒，还要开外挂，这个赛怎么比？

我有个亲戚在安徽，记得前几年她的女儿读高三的时候，高考总分比一本分数线差了几分，特别可惜，他们一家决定让女儿重读。重读，就不在原来的县城中学了，去了邻县一家特别有名的高三复读班。

但那里又没有住校的条件，所以，这位亲戚就辞职跟去陪读，照顾女儿了。母女俩在紧邻着学校的小区里租了房子，她每天给女儿做饭。

这位亲戚也很想趁女儿上课时去打个半天的短工，帮补一下。但周围的几个小区，全都是跟她一样的陪读母亲，给谁打工呢？只好闲着等女儿下课。女儿原来的毕业班上有一半以上的学生都来这里复读，还有许多邻近地区慕名而来的。有的已经复读了好多年；还听说，其中有一个，儿子复读了八年，才考上一本。

我很纳闷，追问：为什么一直要考大学？为什么要复读这么多年？为什么非得要父母辞职陪读？因为在我的经验里，多年前我考大学的时候，极少人复读，考上什么学校就读什么学校，实在考不上就去打工，有什么难呢？

亲戚没法跟我解释清楚。

在很长时间之后，我才慢慢地能够解答了我提出的问题。为什么他们要一直考、一直考大学，而且学校还必须不太差，是因为不这样的话，他们就得回去当农民，也不可能找到工作；我在广东，广东的年轻人打工容易些，家里也能资助；但他们打工的机会少，出远门打工成本太大；安徽及许多地方的考分都相当高、竞争相当激烈，要把每一分钟都用来学习，要增加竞争力，就需要有专人为其服务……

简而言之，尽管我当年的生活条件不比这位亲戚的明显好多少，但当年，我以及我同龄的学生们，是有选择权的；而现在的他们，几乎没有。

媒体最近对于这样的复读工厂的报道越来越多了。其中有一篇名为《"高考神话"毛坦厂中学：陪读家长近万》的报道，一些平淡的描述让我难以平静。这所学校，有一万多名考生，一万多名家长。"学生的作息时间就是家长的时钟，每天都按部就班地提供好后勤服务。"他们每天从早上五点起床给孩子准备早饭，到孩子十二点左右睡觉时她们才能休息。报道还说："这个偏居山区的古镇因为高考而生机焕发。据介绍，'高考经济'对当地的经济贡献约占到九成，涉及衣食住行等方方面面。"我知道这是真的。

我忘了说明，我这位亲戚的女儿复读的就是毛坦厂中学。

现在经常可以看到贴着成功名流名字的心灵鸡汤，大意就是，年轻人啊，不要那么实际，要敢于追逐自己的梦想，不要浪费自己的青春，大学不是职业学校，不要老想着找工作……我的成功就是这么来的。如果再具体一点的，还会拿西方国家的高校来比较，说他们的青年比较有创新精神，他们不会一毕业就想着买房，他们会多去旅游多去长见识，所以他们最终的竞争力比我们的强……

对这些鸡汤，或许可以直接斥一句：你装什么外宾？！然而，想想又不尽然。没错，这些鸡汤说的是普遍的真理，要追逐梦想，要放飞心灵，不要为房子等外物所役，多么正确啊；然而，在这片土地上不合时宜。甚至，在如今全世界都失业率高、经济压力巨大的情况下，如果你不是天纵英才或者富二代，你就不配有梦想，因为我们没有选择权。据我所知，在我的这个城市里，十年前一毕业就买了房子的人，一套一百多平方米的新房子是三十万；而几年后，附近的房子价格已近三百万，还是二手房。听说过太多因为买房早几年晚几年人生际遇发生巨变的故事了：没有梦想、收入普通的已经几套房在手，有梦想的人，辛辛苦苦创业赚了几百万还买不起一套房。

如果在这样的社会背景下，一个普通的大学生不去赶紧想如何找工作、如何尽快地供房（除了极穷和极富的无须考虑之外）以减少这种噩梦一般的差距，却仍在做自己的天才白日梦，那才叫不靠谱。

你现在觉得这个世界残酷了吗？不要紧的，以后你会看到这个世界变得更残酷。

前不久，看到一则娱乐新闻，说华谊老板王中军八岁的儿子威廉弟弟，在一个电视节目上展现了他良好的英语能力，有观众惊呼"目测是专业八级"。这个男孩读的是北京一所国际语言学校。要进这所学校有什么条件？首先是"拼身份"，因为它要求必须是非中国籍学生，即你就算不是外国籍友人，也必须是持港澳台身份或者是拿国外绿卡的；第二是"拼速度和运气"；第三是拼能力，如入读四年级时须写作文、考电脑以及面试，都是全英文，还要有数学、科学课的英语基础；第四是"拼经济"，如四年级就是186500元/年的学费（不含校车费用）。

这就是贵族学校。我想说，现代社会里，真的很少很少穷得只剩下钱的人了，他们不仅有钱，还有无所不能的办事能力；不仅能随心所欲，人家还非常非常注重教育。

每个人都是在可能的情况下，做出了最优选择，有条件的就充分利用条件；没有条件的，就华山一条路，一年接一年、一年接一年地参加高考。

有一次饭桌上一位年长的成功人士说，他就看不惯现在年轻人那么实际，他要是有儿子的话，那就让他去边远地区支教三年，或者派他去最艰苦的地方磨砺三年，这样才能成才。我不客气地反驳说：这是有钱人才能想到的教育方式，你让他去支教三年，回来就让他接管一个家族企业，他怕什么？我们穷人浪费了这三年，中间难道喝西北风吗？没有好的职业履历，回来后怎么找工作？

其实这才是可怕的地方。有钱人读最好的学校，受最好的教育还不够；他不仅不在乎钱，还不在乎时间；而且，还能像打街机一样随时进入挑战模式，以期升跃更高的级别——哪怕有天有钱人热衷把孩子送到非洲去接受锻炼我也不奇怪——这样的孩子，长大了以后，是不是很自然就比穷人的孩子聪明、能干、有见识、有能力，甚至有爱心？不仅比关系、比资源、比金钱，富人比穷人强无数倍；就算比能力，富人也比穷人强很多倍。阶级固化会越来越严重，像一块生铁一样密不透风，毫无漏网之鱼。

还记得十来年前，那时的网络创业方兴未艾，社会上最流行的是小资，白领向往的西方生活方式是最时髦的，大家都相信可以通过名校好专业改变命运、改变未来、改变世界，信心满满。十多年后，大家知道了，国学是最时髦的，儒学是最时髦的，权力是通杀一切的，考公务员是最实际的，拼爹才是最有出路的。

我作为时代变迁的亲历者，我太清楚年轻人的提前衰老和无可辩驳的庸俗化是怎么来的。

在20世纪80年代中期，中国城市居民与农民的收入差别达1.8倍，到2004年，城乡收入差别扩大到3.2倍，而到了2007年，即使国家加大了对农业的投入，差距还是扩大到了3.33倍。这还是按户籍人口算的，还有上层的灰色收入、大量城市居民的隐性福利未算入，下层的极端贫困人口未能统计，真实数据只会差距更大。而同为城市居民，不同阶层之间的差距，也在越拉越大。2013年的基尼系数公布的是0.473，逼近贫富差距悬殊的线。而实际上，我们对公权力很多的约束都没有形成制度框架，中国已经形成三大既得利益集团，灰色权力、灰色资本、灰色暴利泛滥，这三个变量都出了问题了。许多学者对基尼数字的看法有不同，据新华网2月24日的报道："在西南财经大学中国家庭金融调查与研究中心在'2014中国财富管理高峰论坛'上发布报告，报告指出：2013年资产前10%的中国家庭占有60.6%的资产，同2011年相比下降了3.3%，基尼系数由0.761下降到0.717。"（见网易2014年2月14日新闻，而国际公认的基尼系数警戒线是0.4）只能说是触目惊心。

在各种资源高度垄断的情况下，巨人与侏儒是难以竞争的。我还没提在录取时，还增加了许多诸如户籍之类的限制——那基本是为较低社会层级的人而设的，富裕者或有能力者总是能通过正当或不正当的途径越过限制；大力提倡素质教育和增加面试、加分、自主招聘——纯粹的高分穷人还能拼了命去考，但若要增加了钢琴、才艺表演、谈吐长相之类的权重，他们就彻底没戏了。

巨人打侏儒，还要开外挂，这个赛怎么比？

我担心的是，现在大家至少还相信考试，相信读书改变命运；但随着这种分野越来越厉害，普通学生越来越无力与高富帅们竞争，越来越找不到工作，上升空间越来越无望，到了最后，大家都不再信任高考，不再信任教育，不再信任毛坦厂中学和衡水中学。

# 我们需要有钱，很多的钱

当初睥睨江湖、意气风发的佼佼者，就这样，哞哞叫的小牛犊子赶进去，牛肉罐头赶出来。

开车的时候我一边在听电台，电波里，正好是一位台湾歌手出了新专辑在做访谈节目。这位男歌手我知道，长得不错，名气比较小，今年是他出道十周年。一边听他在谈自己的这些年，电台主持一个劲儿地说，啊，你心态真好，真想得开啊……

为什么说他心态好呢？我知道，是因为他不红。这位歌手说，台湾许多歌手或艺人在入行前，经纪公司都会带他们去上心理督导课程，就是要让他们知道，当艺人如果一辈子都不红怎么办，如果永远只能演配角怎么办，如果永远没机会办演唱会怎么办……现在，他说，我只想做自己喜欢的音乐，到今天仍然有机会能出专辑，还有自己的歌迷，我已经非常感恩了。

隔着电波都能感觉到他的心酸。

怎么样，是不是很容易想起那些密集的负能量段子，比如：你只需看着别人精彩，命运对你自有安排？

我意识到，这个社会上的普通人，顶多也就是像那个小歌手一样，而他，比我们绝大部分已经幸福了，至少他还做着自己喜欢的事。现在我们流行的是说：

"今天过得怎么样，梦想是不是更远了？"

"没钱没事业的人，才有时间去提高自己的人生境界。"

"'不去努力然后告诉自己我根本就不想要'的痛苦，比'拼命努力后失败'的痛苦，要小得多。"

我一度喜欢拿它们来自黑，我不介意。可慢慢地，我笑不出来了。它不是一个笑话，而是现实，里面充斥着对不富有、不成功、不美貌者深深的恶意。有时，不成功并不是某个人的能力或过失，而仅仅是因为，社会上的主流都是普通人，都是不那么成功的人。

我在纸媒工作，大概就在这大半年时间，我感受到这个行业正在加速溃败。不是哪一家媒体不景气，而是在可见的将来，纸媒整个行业可能会消失，跳无可跳，除非转行。我也见过许多熟悉或不熟悉的媒体人创业，能走到这一步的都是行业的精英，可真正创业成功的也只是其中的少数，创业能熬过三年的更是少数中的少数。

想起十来年前，市场化媒体还是一个新兴行业，那时候，好的纸媒汇集了最优秀的文科学生、最富有理想与朝气的好孩子，他们一毕业很快就能拿到令同龄人羡慕的起薪，雄赳赳、气昂昂；铁肩担道义、妙手著文章——在不断地努力之后，今天的我们却成了新时代的绊脚石，暮气沉沉，日薄西山；随着年资的增长，时代的变迁，大部分同行的年薪与日俱减。

我们是怎么走到这一步的？

在饭局上，大家不止一次谈论这些话题，得到过无数的结论。有人幽幽地说：对于年轻人来说，这十多年来就是一个给精英剃头的过程。你看，十年前我们最好的学生进入了什么行业？快消品外企、市场化媒体、电视台、大型国有企业、某些热门行业公务员……而今，这些行业基本上全都日暮穷途；如果一直待下来的话，甚至都难找到新工作。

当初睥睨江湖、意气风发的佼佼者，就这样，哞哞叫的小牛犊子赶进去，牛肉罐头赶出来。

当然，我可不想像祥林嫂一样唠叨，说什么"现在流的泪，就是当初选行业时脑子进的水"。纸媒的衰落，举世皆然。只不过中国用十多年时间走完了西方国家一两百年的路，有点猝不及防罢了。

这种悲哀不是媒体人才有，中国的传统行业皆然，转型二字是达摩克利斯之剑。而各种有互联网基因的新兴行业呢，是有中大奖的一举成名天下知，但死的几率比传统行业高得多了，大多数都是朝生暮死的蜉蝣们。整个社会，洋溢着一种不成功即成仁的壮烈和悲情。

我知道现在的我们为什么这么慌张。记得我还在读大学时，我们从来没有担心过找工作，因为都知道一定会找到工作；也不需要考虑房子，都知道工作若干年之后，该有的就不会缺；谈恋爱也只谈感情，满心都是"风在林梢鸟儿在叫"……当年身边的好友们，都是纯纯的、蠢蠢的。相信未来是可以靠努力创造的，安全感就是这么来的。

但我能以这种标准去指责今天的九零后们如何势利、如何目光短浅吗？时代已刷新得太快。当年的互联网新贵们还嚷嚷着"三十五岁退休"呢，但当中的绝大多数人已经被后浪拍死在沙滩上了，遑论财务自由和退休？这几年，每推迟一年买房，就要多付三五十万；不买房，你就没有入当地户口的机会；不入户，你就不能摇号买车；不入户，小孩就不能上学，即便上了学多年后还得回老家去参加升学考……没有一个安居地，在中国，便有半世风吹雨打萍的流离之感。说年轻人租房子也OK的，要么是史前动物老帮菜，要么是扶摇海外两万里根本不理解现实中国。

就我们日常生活来说，房价上涨是一个引擎，物价随之是会噌噌地膨胀的。这是一种质地坚硬的焦虑。

不要以为这是经济状况不佳者才有的困窘。我知道好几个例子，前几年，三十岁出头就能买下豪宅，怎么也不能算失败者吧？但因为要照顾小孩读书，不得不把豪宅卖了，跑到学区买下五六十平方米的二十年二手房，重新过上熙熙攘攘阴冷潮湿的家庭生活。

你看，需要钱，很多很多的钱，才能有基本的安全感，基本的尊严。而安全感的价格太过高昂，大家只好从青春期开始就在为尊严分期付款。如果还想要多一点自由，多一点品质，那就只能靠投机，或者投胎了。谁有空去追求自己的精神世界？

以前还感慨说，为什么西方有很多五六十岁的资深记者还在跑一线，因为人家有尊严啊，有职业荣誉感啊。我们呢，如果不升职，到了四十岁以后还当记者，都自动被归为混不好的。"文艺青年""小资"这种当年崇高的赞美，今天变成了最恶毒的诅咒，意思是，你不仅穷，而且还穷开心，不以穷为耻，就是最可耻的。

我们没有胆量挑选自己喜欢做的，因为我们没有免于饥饿和免于匮乏的自由。

今年风靡西方世界的《21世纪资本论》（法国七零后经济学家托马斯·皮克迪著）中提出，近几十年来，世界的贫富差距正在严重恶化，而且据预测将会继续恶化下去。当前在美国，前10%的人掌握了50%的财富，而前1%的人更掌握了20%的财富。现有制度只会让富人更富，穷人更穷；美国正在倒退回"承袭制资本主义"的年代，也就是说"拼爹时代"。——我很希望有人能让作者知道，来中国看看吧，在"拼爹"上，他们哪是中国的对手。

相比起欧洲，美国是非常强调市场、非常强调市场竞争的。但自由市场要确立起来，有一个问题就是所有人都必须参加竞争，不允许不玩儿这个游戏。如果不喜欢、不善于玩这个游戏的人，就会过得很惨，这对他们是不公平的。在这一点上，欧洲的高福利国家比起美国强多了，他们会给予那些被动拉进市场游戏中又总玩不赢的人补偿。即便这样，美国的福利制度比起中国也是非常优越了。中国的市场竞争既极其剧烈，又极其不公平。玩得好的人还要再奖赏你；玩不好的人不仅不补偿，还要进一步惩罚和剥夺（还不说那些操纵游戏结果的），这里实行的是逆向福利制度。

我们的现实生活中，除了钱和权之外，已不存在别的尺度了。钱和权又是紧密结合的，可以购买才华（学历是才华的替代品），可以购买品位（有钱是收藏艺术品、鉴赏艺术品的必要条件），可以购买爱情（情人是爱情的赝品，甚至钱多到一定程度，假的就变成真的了）。其余的都是"你只需要看着别人精彩，命运对你另有安排"。你没有办法对权贵，以及对这个社会起着主宰和示范意义的"成功人士"进行有效的批评，因为旁观者只需以一句"你回去数数你的银行存款"吧，就能把你噎回去。"金钱即正义"，这种原本只应在狄更斯小说里出现的社会场景，中国已经成功地把它变成魔幻现实主义了。

　　这么想来，开篇说的那位台湾小歌星的境遇已经比我们好了许多。至少他的小众和不成功，能被商业公司和市场接受。而中国，被窄化成只有一条道，奔走在上面的人络绎不绝，但对于穷人来说，比骆驼穿针眼还难。

# 有幸见证了一个伟大的时代

我越来越清晰地意识到，人生除了奋斗，也必须有接受现实的雅量。社会正在洗牌重组中，我随时做好了当一个失败者的准备；尽人事，听天命，即便失败了，生活也要继续。

想必大家都听过这样的段子：朝阳区开咖啡馆真是太难了，楼上楼下爆满跟庙会一样，聊得热火朝天，全都是五千万朝上的大手笔，一晚上范冰冰各桌加盟了至少十五次，但有消费的，不超过五桌，全都在蹭冰水喝，玻璃杯口都磨成毛玻璃了。

这种北京故事，到了广州热度就要自动减半了，不过，就我的感受来说，已经够惊人了，随便去哪个餐馆吃饭，去个洗手间都能沿路听到有几桌在谈天使，谈ABC轮。那么谦逊、那么务实、喜欢闷声发财的广州人，也坐不住了，搞得我以为天使们真是天使，撒向人间都是钱呢。几天之内，我被拉进了几个群，主体是各种创业者，或者是媒体创业者，群人数都是百人以上。

我不觉得欣欣向荣，我觉得不安。

当然，其中肯定是有一些佼佼者积累了足够的经验、资源和人脉，看到了新的商机，对创业充满了信心和情怀；但容我说一句吧，这个世界哪里来的那么多情怀。忽然全民创业，这么多风投和闲置的钱是从哪里来的？这么多创业和闲置的人，尤其是闲置的媒体人是怎么来的？

从日常的经验来说，钱不会平白地多出来的，它只能是转移出来的，从钱多的地方转移出来的，比如楼市、实业；这就意味着这些领域都不再被看好，经济的下行轨迹已经清晰可见。

而那些乌泱泱的创业者，只能是辞了职出来的。这也意味着，他们的工作所得不能令他们满意。除了少数情怀主义者，多数创业的人不过是有危机感的人，都是在发现一条路走不通之后，使劲地想开拓另一条路。所求不多，不过是希望能继续体面地生活下去。

之所以这么说，是因为我也曾动过这个念头，还得到了支持。但在四处请人吃饭、交换信息、对市场进行了简单的摸底之后，我苦恼地打消了这个幻想。这个过程，让我愈发明白，不存在那种"只要站在风口上，猪都能飞起来"的风口。我们看见了到处都是猪在天上飞吗？没有。大家都在地上拱来拱去找风口呢；还有些，已经摔下来了。

海量的创业者，意味着就业形势堪忧。这是一个全面洗牌的时代。

这几个月，常常会碰到各路媒体朋友，有的就是本报社的同事，大家见面都会问同一句话：你还在报社吗？

仿佛离开才是常态。

从我自身的感受来说，纸媒这个行业，不是在衰落，而是断崖式的坠落。不要问我这个结论是怎么来的，我也不想贴出数据去证实纸媒行业营收、广告呈怎么样的下降趋势，我只想描述一下处于风暴中心的媒体普通一员的心境。想想自己多久没看纸质的报纸，是否对着手机屏幕须臾不离就明白了。

想必，这不是结束，而只是开始。除了那些向来就没有人买、靠财政拨款的报纸之外，市场化的纸媒，都感觉到了严冬的来临，而且，很可能再没有春天了。大家都意识到在不久的将来，纸媒这个行业将消失，或者成为这个壮美的时代的活化石：还活着，但仅供展览。

确实会还有一小批媒体精英在坚守，还会卓有成效；不过，它绝无可能再有当下那么庞大的体量，容纳多层次多元化的媒体人了。那么冗余的人才怎么办？办法不是没有的：转行，创业，失业。

这就像是一条荒诞的河流，正在向山顶咆哮着奔腾而去。

记得，去年读到普利策得主Rob Kuznia因为租不起房子不得不转行的新闻时，我还暗自舒了一口气。看吧，真不是我不行，我们不行，不要再用"你混得不好是因为你水平不行，脑子不行，努力不够"来指责弱者了。这是全世界的共同问题。"美国新闻评论"网站上有一个统计，2013年全美新闻记者的平均薪酬是44360美元，比2003年增长了10.7%。可是在这段时期内，全美平均薪酬增长28%，物价水平上涨了26.6%。也就是说，记者的收入在大幅下降。2013年，美国公关人员与新闻记者的中位年收入差距已达到两万美元，并且差距在拉大。

中国也一样，或者说，更糟。

有相当长一段时间里，"媒体人"这个身份，能给从业者带来职业自豪感，以及一份在当时对年轻人来说算得上体面的收入；当初能厕身其中的年轻人，都挺骄傲的。据说某报业集团在北大清华招收暑假实习生（无收入）的宣讲会，一次就能收到好几千份简历呢。但当别的行业从业者在积累资源、收入递增的时候，市场化媒体却已经很多年没有加过薪了。在这种反差中，媒体渐渐变成了典型的"屌丝行业"。大家在勤勤勉勉地奋斗了许多年后，一夜之间却发现，我们是在沙砾上建房子。

如若不信，再想想看，记者证资格考试是不是随便都能考到八九十分以上？而那些热门行业诸如律师资格证、证券从业资格、精算师资格证的考试，甚至公务员的考试难度又如何？入行考试越难，说明行业壁垒越高；壁垒越高，说明行业利润率越高。而那些门槛低的行业，是因为行业利润率低。

前不久，我和同事谈及一位我们共同认识的优秀媒体人，原来他正在准备回老家找工作；去年妻子已带着一年级的孩子回老家上学了。我问为什么，他说，小孩在这里上学，每年要交好几万赞助费呢。我说，交钱就交钱啊，两地分居，对小孩多不好啊。这位同事诧异地看着我，显然是在嘲笑我的"何不食肉糜"。

然后，我就开始听到越来越多的广州同行在准备回老家找工作了。

我并不是一个怀旧的人。我不会像白头宫女一样，悲伤地控诉一代不如一代，重复着咸丰年间的光荣与梦想；我也不觉得非要用什么行政力量维持这些快要落山的太阳，我相信市场的力量。想起2014年诺基亚被微软收购的时候，有一句在科技界广为传播的话，"我们没有做错什么，但不知为什么，我们输了"。爱立信也没有做错什么，索尼也没有做错什么，宋朝百姓也没做错什么，恐龙也没有做错什么，但时代变了，生存环境变了，规则也变了。有些挫败，非战之罪。

美国《纽约客》专栏作家欧逸文在《野心时代》里描述了一个这样的中国："中国每两个星期的建设总面积，相当于一个罗马。我开始感到一种压迫感，宛如走进突然出现的城市……唯一恒常的便是新东西不断冒出来。"这种感觉，想必很多人都有。听起来，好像挺欣欣向荣的。不过，新东西的涌现，必然要挤占旧事物的资源，它的代价就是旧事物在纷纷死亡。欧逸文还说："在北京，我不会放弃每个邀请，原因在那些地点，那些人，你这次不去，就会消失，根本没有下一次。"

消失的，就消失了。谁会去缅怀一面将坍塌的墙？接下来，要拆的是棚屋，要砍的是百年老树，要砸掉的是大门口已被孩童们磨得油光锃亮的石狮子，要撬掉的是踩在上面咔哒作响的微凉的青石板，都无所谓，大家都在翘首等待乌黑的柏油路铺进来，瓷砖的二层小楼盖起来，一点一点碾过他们的日常，兴高采烈。

在虚构的场景里，我们很容易把自己设想为得益者和成功者；要知道，事实上多数人都是被淘汰的那部分分母，不是成为那些被撬掉的青石板、被砸掉的石狮子，就是成为那些被砍的老树、被拆的棚屋。这个时代不是每个人都是成功者，很有可能你努力了半辈子，却发现自己被淘汰了，你在踏踏实实地工作，却发现自己为之奋斗的根基已经被拆掉了。那又如何，对着打破的碗哭泣？

和一个媒体同行谈到了我们的困境，大家都不约而同地想起了20世纪90年代的"下岗"大潮，我说，其实还是不太一样的，毕竟现在被淘汰的是知识阶层，对社会信心的打击更大……他打断了我的话：为什么工人阶级可接受被淘汰的命运，知识阶层就不可以？工人阶级当年还是领导阶级呢。想到他本人是位博士，我更加无言以对了。

现在，我越来越清晰地意识到，人生除了奋斗，也必须有接受现实的雅量。社会正在洗牌重组中，我随时做好了当一个失败者的准备；尽人事，听天命，即便失败了，生活也要继续。继续努力，继续折腾，继续保持一位失败者的体面与尊严。

# 安贫乐道无异于裸奔

在我们这个社会里，在社会保障尚不完善的情况下，放任自己
在路上裸奔，是一件多么可怕的事情；虚幻的道德和自我安慰
是不管用的。

知道钱重要，对我来说还是这两三年的事。

按理来说，一个生活在大城市的年轻人，从事的又是了解社会的媒体工
作，我又那么爱玩，没理由不被我们这个"金钱至上"的社会百般蹂躏啊？

其实已经蹂躏了，我只不过善于自我安慰而已；大约后来自己也信以为
真了。

1

我是一个没有过饥饿记忆的人。

钱对我来说不重要，只不过因为我没有碰到过缺钱的时候。漫长的前半生
中，我人生的关卡顺利通关，连送红包、借钱、求人都没有碰到过。盘桓在中
国城市上空长达十多年的房价焦虑，跟我从来没发生过关系，你说这算不算一
种幸运？

可是，作为一个媒体人，一个"现代女性"，我无法对我们这个金钱社会
的逻辑本质视而不见；我又自命为知识分子，特别善于进行自我心理建设，甚
至还能找到各种理由依据。

我的解读是"我是为了兴趣做的，又不是为了钱"。还可以说，我喜欢
看书，喜欢写那些不赚钱的文章，工作之外有足够的时间做自己的事。我虽然

没什么钱，但我不缺钱啊，但我有文化啊，精神充实啊，过着自己喜欢的生活啊。很多人虽然富有，但他们空虚啊，没文化啊，没品位啊！

这种自我催眠，荒诞吧？但也不是没有逻辑支持的。一方面，这个社会确实有大量有产者，没品位、没文化、没道德，而且，因为他们是有话语权的，他们的缺点会被放大。比如，郭敬明再有钱，再摆着满屋子名牌，也不会成为我心目中的正面典范。另一方面，未必有钱就一定过着自己想要的生活，也许辛苦也许有更大的压力啊。我没那个金刚钻就不揽那瓷器活了，穷一点就穷一点呗。

但如果仔细分析，这些质疑都经不住推敲。假如说中国很多有产者的品位和文化都不咋地，那是因为这些人有钱的时间还太短，还来不及充分地学习。但也就是这群人，是最热衷于附庸风雅的——附庸风雅不是坏话，假装风雅装得多了，就有希望变成真的风雅，比自甘粗俗好太多。而那些经济窘迫的人，更难有品位和文化了。你买得起古登堡圣经的任何一页吗？你看好的版画愿意花钱收藏吗？你有能力去大都会博物馆或古根海姆博物馆细细品味吗？你花钱去听现场音乐会吗？喜欢京都就能去那里住上一两个月吗？

不富足的时候，钱就是钱，必须斤斤计较。哪里能容纳华而不实？

事实上，不要说变得有钱，就算只是薪水上涨，自由也会明显地增加，可以买更多以前不舍得掏钱的品位之选，买书的时候无须只在打折专场挑，还可以买票看现场演出。现在，我简直有无穷无尽的购物欲望被激发来了；因为我看得多了，知道这世上的好东西太多了。

至于说道德，那跟经济条件关系没有正相关，但绝对不是"越有钱越缺德"。相反，在一个堕落的社会里，富人至少还是有资本来抵御堕落的速度的。


2

我明白这些道理有点晚。现在想来，之所以有很多人像我一样笃定，"君子固穷"，那是因为在他们的视野里，没有见到过好的生活，不知道生活质量还可以怎么提高。他的圈子、所能交往的朋友大体上也跟他的水平差不多，大家彼此彼此，也就心安理得了。甚至某种意义上，人本能地会惧怕一些超越自己层次的东西；总是处于一种自惭形秽的位置上，也不是很愉悦的体验对不对？如果有一个总是喜欢晒名牌、经常在不同国家喝下午茶的朋友，估计很多人都想拉黑。

另一方面，之所以"安贫乐道"，绝大多数人不是因为"我随时出手都有赚他个几百一千万的能力但我就是不喜欢钱"，而是因为，"我就是没有赚钱的能力我只好忍着不然呢"。但话总不能这么说，就自我辩解为，"我生性恬淡就是喜欢与世无争地做着自己喜欢的事"。说着说着，慢慢也就真的相信自己不爱钱了。问题是，很多人所谓"喜欢的事"，也就是看看电视、打打麻将，这些自我抒情、自我美化也真是蛮在行的。

而且，在中国的意识形态里，既有"一箪食，一瓢饮，在陋巷，人不堪其忧，回也不改其乐"的正面典型，也有各种鼓励人们无私奉献的"正确金钱观"。虽然这些道理除了用于考试大家都不再相信了，但潜移默化的影响还是深入骨髓的。

就像前不久一位靠演电影当上女将军的老演员说，凭什么戏子没为人类做什么贡献就能有钱、还能花上一个亿办婚礼？其他的不去反驳了，但看得出来，单纯的富有，在传统意识形态里是不上道的，它必须兑换成政治资源、政治地位，在权力体系中有所体现。这位女将军的话也就是这种金钱皆下品、唯有权力高的体现。

中国的问题是，这还不是一个"金钱至上"的社会；一个"金钱社会"肯定不完美，缺少诗意和悲悯，但绝对比现在这个社会要好。这里是权力社会，道德社会；是权力要求民众们要有奉献的道德，好方便他们赚取金钱。在这些互相冲突而又暧昧含糊的评价体系之下，权力拥有者（如那位女将军）和金钱拥有者都是恐慌的，都怕被时代抛弃，就会想办法互相渗透。而不具备这两者的人，除了用"不好名利"的道德聊以自慰，就什么都没有了。我们不能剥夺人家最后一点自我感动。

但把自我感动当真的，也挺没出息的。


3

上世纪90年代的流行语有一句是："钱不是万能的，但没有钱万万不能。"后来又有了一个相反的版本："钱能买得到药，但买不到健康；钱能买到化妆品，但买不到青春；钱能买到性，但买不到爱情……"现在我却觉得，你买不到是因为你的钱还不够多。

我并不是鼓吹钱有多重要，而是说，在我们这个社会里，在社会保障尚不完善的情况下，放任自己在路上"裸奔"，是一件多么可怕的事情；虚幻的道德和自我安慰是不管用的。

在现实生活当中，中国飞腾的房地产就像一辆裹挟着所有人的战车，在这里，只有炒房，是真正赚钱的。没有买房、没有多买几套房的人，基本上就是人生输家了。我不关心房子，但对由于房价暴涨引起的货币贬值、通货膨胀、万一泡沫破裂之后的经济坍塌不能不关心；还有要不要给孩子留下出国准备金，留多少，社保和养老保险管不管用，买的商业保险够不够……努力生存得像个正常人，这些，都需要大笔的钱啊。

钱不重要，这是有前提的：社会是安全的，人是有选择能力的。我既可以安心地当一个没多少钱的教授，在追求学问当中精神富足；也可以当一个有钱的臭商人，声色犬马。但我们这个不确定的社会里，两者其实都不安全，都必须通过种种方式邀请权力加持。

从这个意义上来说，金钱或许是庸俗地活下去的最后一根稻草。

# 父母皆祸害，我们可以剔肉还骨吗

因为从来就不曾被温柔对待，不知道正常的"爱"的滋味，他们也很难去爱，无法与人建立亲密关系，或者与亲密关系难以沟通、不屑沟通。

一个十八岁少年高考后自杀了，QQ空间留下两千八百字长文"控诉"父亲：他的教育方式太过可笑。这篇令人心痛的遗作，也在网上流传开来了。当地媒体记者证实，死者是四川达州某中学刚参加完高考的小斯（化名），并且对其父母进行了调查采访。

我印象深刻的是，小斯的父母讲述了小斯去世的前前后后，但称完全不知道孩子心里竟然想了这么多。6月10日，小斯看起来一切如常，还参加了初中同学的聚餐；晚上8点左右，家里接到学校老师的电话，说小斯可能要自杀，他们才开始全城寻找；但后来，找到的只是孩子的尸体。实际上，从当天下午4点20分开始，小斯就在QQ空间上连着发布了十二条说说，并宣布要"自杀"；最后还说："死了，我的心自由了！"

他选择了跳江自杀。

仔细读这份遗书，发现小斯描述的，并不是通常意义上的被虐待，他的死，并没有直接的诱因，而是一些常见的细节：

"有点什么事情就打，考九十八分都被骂，吃饭打嗝一耳光打过来，夹菜姿势不对也一耳光打过来，自己小时候生活不好非要对我要求严格。"（注：他母亲说这是他四五岁时的事）

"第一次月考全校七十三名，打电话的时候跟我妈说了，我妈说才七十三名，呵呵，我在电话另一边都快气哭了。达外竞争多激烈，其他同学考到前六百家长都有奖，而我呢？”

“看见老子QQ在线都要骂我，我不做评价。说好的我得了一等奖学金就给我买电脑，然后？我全校第五，（结果爸爸说）电脑买了影响学习（我一周回去一次），说上网会上瘾什么的。”

“（我故意考试睡觉）考差点，希望我爸能问问我之类的，稍微改改，然后打电话第一句：你是不是不想在达外读了？我给你转到其他学校去，莫浪费老子的钱。”

“我用电脑玩cf，然后电脑中病毒了，我爸打了我，怪我（结果是爸爸自己下载了盗版软件导致的中毒），我的心里就高兴不起来。”

这些琐碎的小事，太常见了。在他的父母看来，儿子的自杀，没有任何征兆。他们也没觉得儿子和自己缺乏沟通的渠道，“平时在一张桌子上吃饭，有啥不能说”。六七位邻居均表示，孙女士夫妻俩平时对小斯很好；小卖部老板也说，当天小斯与父亲并未吵架。小斯的母亲一直在哭诉：“严格点那都是为了他好！”“没想到他这么记仇，他怎么就不想想我们的好？”

好了，这个悲伤的故事就讲到这里。小斯看起来是一个内向、成绩不错的“好”孩子，他所遭受到的来自父母的委屈也不算多严重，可能我们都普遍经历过吧。

这个新闻报道下面，我看到了一万多条网友评论，才叫一个触目惊心：

“我爸妈和他爸妈一样，我也和他一样经历了一模一样的事情，性格也有着同样的缺陷。幸好后来高中三年寄宿和爸妈联系比较少。幸好一路走来有很多朋友关照我对我好。……不然我不知道我的人生会怎样，是否还活着。”

“我妈不懂什么叫教育，她有时候说的话真的会很伤人自尊。”

“我从不敢向家里要什么东西，之前好不容易提起勇气向母亲要了个二十块的小玩偶睡觉时抱一抱，她当即一脸乌云说你要这个有什么用。”

“我也是一个内向的孩子，一年在家待的时间合起来都不到二十四小时，说话也是不超过三句。但是我还活着。我也不知道是什么支撑我到现在，或者说，我不敢死吧。"

"很多大人就会玩这一套，不敢直接得罪外人，就会欺负自己孩子。"

"好佩服他有自杀的勇气，我连自杀的勇气都没有。"

更多的，都在分享和小斯非常相似的细节。他们的父母对孩子，没有殴打、没有虐待，只是从不关心，从不讲理，用言语各种讥讽凌辱，觉得孩子一出生就欠着他们五百万似的，他们现在要用精神折磨讨回来。在父母看来，我对你很好啊，没打没骂、有吃有穿，你还想咋地？在孩子们看来，对方却是一个把良心当作债务勒索他们的人，他们从小生活在没有爱的世界里，经常有不想活的念头。但这种感受，父母知道吗？就算知道了，他们会在意吗？不，他们只会进一步挖苦和讥笑孩子的脆弱。

让人看得心里难过，很想隔着屏幕，伸手过去抱抱他们。

"父母皆祸害"，出自英国作家尼克·霍恩比的小说《自杀俱乐部》，但现在这是豆瓣上一个拥有近九万多成员网络讨论小组的名字。我记得，在上世纪90年代有一个常用词"代沟"。这是一个中性词，而且往往是站在父母一边，让他们理解和担待年幼无知、青春叛逆期的少年。但现在重新回过头来看，这种"代沟"，实际上却是青少年抵御腐朽无知、无理取闹的父母的束缚和戕害的一种自我保护的鸿沟。——只不过，当时掌控着话语权的老一辈，他们在把这个社会弄得乌烟瘴气、雾霾重重之后，反过来责备那些从来没有在他们身上得到过爱与尊重的孩子们不懂事、不孝顺。他们把这美化为"代沟"，但他们自己是"祸害"，才是更准确的定义。

当然会有一些人满怀温情地怀念自己的父母的好；但我听过无数成年人在陈述自己的原生家庭时，他们的父母表达情感的方式，基本上是以打骂、羞辱、严厉苛责、冷嘲热讽，以及操控、摆弄孩子的人生来表现的。想问一下，有多少成年人在想念父母的时候，回忆里全都是孩提时他们给自己的吻，给自己的鼓励、赞美和微笑？是父母给他变出心爱的小礼物，在他们孩提时代难过时总当他坚实的后盾？对不起，这样的父爱母爱，着实罕见。

很难说小斯的父母就对他如何不好，这不过是上世纪40年代、50年代、

60年代生人当了父母之后的常见状态。直至儿子自杀，他们都根本没有明白，还在抱怨儿子为什么死，为什么记仇。潜意识里，大概觉得儿子到死还在给他们难堪吧。小斯的遗书中也说得很清楚，"我发现我活得没有任何意义"，"感觉不到父母对我的爱，分离时不会有不舍"，"这不是写给我的家人的，反正以他们的思维，他们的角度与立场，我也跟他们说不清。"小斯看问题很透彻，确实，就算用死亡，也无法刺激起他的父母的一点点反思。

没错，人在成年后，心态成熟了，可以原谅父母亲曾经给自己的种种羞辱，把它理解为不懂得表达而已，相信那仍是爱；更大度一点的，还会说"天下没有不是的父母"。但那只是你的情商高，素质高，是你善良；而不是你父母善良。

这不是一个或两个父母的错，而是整个社会的现状。"父母皆祸害"的成因很明显，因为自古以来孩子就是父母的私有财产啊，生下来就欠了父母天大的恩情，拿你发泄又怎么啦？而且，在传统观念当中，"爱"这种东西，是严重违背男性的角色设定的。应当遵从的，是孝、是悌、是责任、是担当，唯独不是温情脉脉，"爱"是可羞耻的，不管是对妻子还是对子女。——从好的一面来说，父亲可能用严厉责备、冷嘲热讽来表达对孩子的情感，本质上还是关心；从坏的一面来说，父亲实际上用"我是为你好"来掩饰自己性格乖张暴戾、冷漠自私、蛮不讲理的一面，作为自己人生失败的出气孔。再说了，父亲对孩子是有绝对权力关系的，"粗暴"呈现出来就是权力的碾压，孩子唯有服从和恐惧，以及怨恨。这不可能是爱，只能是爱的反面。

母亲这种角色，作用也大同小异。

如何当父母，是个系统工程，不仅学问高深，同时还需要有巨大的耐心与爱心。现在连学个PPT都有学习班，唯独当父母，不需要培训就上岗，人人都可以当，人人都必须当（到处都是催婚催生的人），遵循的偏偏是参加过无数社会政治斗争、不学无术、整人有方的上一代的默认法则；试想，这样合格的父母能有几个呢。前段时间，大家都在讨论"父母能不能打孩子"，我想说，就算不打孩子，你以为他们就不能在言语和别的方式上对孩子实行冷暴力吗？

小看他们了。

现在的校园霸凌层出不穷，施害者背后一定有一个极不健康的家庭。另一方面，有些长期受害者同样是来自于不健康的家庭：他们宁愿承受同龄人的百般殴打和羞辱，也不愿意求助于家长，因为在他们眼里，告诉家长，要么是得不到帮助，要么是得到来自父母的比校园霸凌更屈辱更伤心的二次羞辱。

即便不提校园犯罪、校园霸凌，不提那些得不到帮助，意外怀孕、流产的孩子，仅那些胆战心惊地平安长大了的，又有多少人仍在低自尊地生活着，工作着，恋爱着，婚姻着？

一些大人会拍拍胸脯说，啊，还好，我们这些人现在都没有心理变态呢，说明父母对我们的伤害并没有真正影响到我们。确实，随着六零后七零后八零后陆续步入中年，成为社会的中流砥柱，很多人都出落成谈笑风生、如鱼得水的体面人。但实际上，体面或者成功、有钱，并不能佐证心理是否健康。这个社会中，或缺乏安全感，或过度狂妄自私，活了一辈子仍是巨婴，毫不赧颜的出轨，或隐忍不发的被出轨，糟糕的亲子关系，狂躁症或抑郁症——绝大多数人都占了其中的一项或多项。

因为从来就不曾被温柔对待，不知道正常的"爱"的滋味，他们也很难去爱，无法与人建立亲密关系，或者与亲密关系难以沟通、不屑沟通。于是，一类人呈现出来的是被打压式的低自尊，另一类人呈现出来的是报复性的极度自私。这些性格悲剧，很容易就在我们当下的这个社会中看到它的效应。心理不健康的人凑在一起，没法建成一个积极明朗的社会。

这真是令人遗憾。但又能怪谁呢？上一代人的生存环境实在是太恶劣了，活着就不易，没有人告诉他们怎么样当父母；他们很自然地就把这种苦难的记忆转嫁给了下一代。而我们这一代人长大之后，发现世界不该是这样的，需要耗尽所有的力气，才能把这些流毒洗掉。必须像哪吒一样，历尽艰难，剔肉还骨，成为一个新人；最终，才有资格怜悯地看着父母，宽恕他们。

而大多数人并不想经历这个痛苦过程，只想按老一辈的惯性生活着。他们就成为了小斯的父母们。

我想说，就算是年轻人，也到了好好思考的时候了。想一想是否需要孩子，希望孩子成为一个怎么样的人，是否有能力帮助孩子成为他想要的样子，打算用什么方式去爱他。在没有想清楚之前，在自己都不知道什么是"爱"之前，不要轻易制造出新的生命。想必，谁都不希望把自己变成孩子的"祸害"吧？

# 逼婚的逻辑链条

长辈极力催促着子辈结婚生子、生儿育女，正是要求这种"长尊幼卑""尊卑有序"的生活延续下去。

一首魔性的神曲《春节自救指南》又诞生了，惟妙惟肖的各地方言在歌曲里轮流难堪着过年回家的小孩，歌里这么哀怨地唱着：

"人生就像一块巧克力，你永远不知道下一块是什么味道，就像你每一次回家，也完全不知道你的亲生父母和各种亲戚，又要给你出什么样的考题。这种期待见面却不知道对面招数的设定，我们称之为'薛定谔的春节'。"

"薛定谔的春节"规模宏大，同样规模宏大的还有春运，这样的迁徙年年发生。

1

支撑着这种迁徙的深层原因，来自于两点：一是城乡差异。农村的到城市打工，县城的到省会打工，省会的到北上深广打工；只有出来打工，才能稍为抚平一点这种经济的鸿沟。二是，乡土情结与孝顺文化。在大多数打工者都没有能力在自己打工的经济发达地区给父母多买一套房，或者把兄弟叔伯都安置到城里的情况下，他们必须定期返乡探亲，尤其过年过节。

"薛定谔的春节"之"测不准"，主要在于，熟悉了城市规则、现代社会价值观之后的年轻人，已经很难想象乡下的父老乡亲们的乡土秩序和传统伦理，是如何匪夷所思了。

其实，那仅仅是一代人的差距。

这几天的新闻，说一位三十八岁女白领被母亲强行安排相亲水泥工，女儿不愿意，母女二人闹翻。母亲说女儿不孝，现在都没男友，父母的脸都被丢光了，读书太多太有主见才嫁不出去。——这是亲妈吗？

　　一看评论，原来这真是亲妈啊，还很常见呢。有网友称："我妈还曾经让我和一个gay结婚，说我结婚了她就完成任务了。""我三十六，事业单位高工，一线城市有车有房无贷，被介绍过电工、拆迁的无业游民。""我三十多岁，研究生毕业，我家尽给我介绍五十岁以上离婚丧偶的男士。""我当年北外研究生毕业，被我妈安排去跟一个拉架子车的相亲"……

　　很难想象，父母送女儿上大学、高学历高工资，培养得这么优秀，就是为了给不认识的水泥工、中老年失婚丧偶人士，或男同性恋送一个老婆；他们还会说，这是为女儿好。这一类父母根本不在乎你嫁的是谁，也不在乎你幸福不幸福，只要你结婚了，他们的脸面就保住了。这种来自父母的指责，很常见："你怎么可以这么自私，为了自己的快乐，竟然不顾我们的脸面？"

　　而且，不要以为女性才有被迫嫁出去的压力好吗？男性也一样。一旦到了春节国庆这些必须阖家团聚的日子，那些大龄男青年同样无比焦虑；他们不是被要求带个女朋友回家，就是要求回家相亲，而且，媒人的本本上都排好日程了，一个不行还要下一个，相亲相到吐为止。

　　我就曾亲眼见过一些师兄或男同事，忧心忡忡地过年返乡，迎接父母给他们安排的一天三场相亲会；每一次，都是一个测不准。

　　不结婚，不生孩子，就意味着"不孝"。从父辈们歇斯底里地催孩子结婚来看，这甚至比是否有给赡养费、是否愿意陪父母这种"孝"，都重要得多。因为在很多老一辈眼中，仍然是"不孝有三，无后为大"。虽然这句话出处的原意并非如此，但这一层意义却被以讹传讹、流传最广；老一辈人对年轻一代的最大的"孝"的要求，来自于婚姻，来自于生育，来自于服从。

　　现在的中国，不管看起来如何光鲜靓丽、如何都市奇观后现代，本质上仍然是一个宗族社会，让宗族延续是头号大事。婚姻的本质就是子嗣和财产继承，尽管很多逼婚的家长，并没有多优良的基因或者李嘉诚一样的财富值得继承，但他们，仍然锲而不舍地想把这种传统延续下去。

大概也是因为在他们的人生价值序列里，实在是找不到比结婚生育更有意义的事了，也不允许孩子们有；他们要求子孙们把自己乏味的经验，生生不息地传承下去。

2

中国的传统文化当中，"孝"是一个贯穿始终的文化内核。梁漱溟指出："说中国文化是'孝'的文化，自是没错。"学者谢幼伟亦说："中国社会是彻始彻终为孝这一概念所支配的社会。中国社会是以孝为基础而建立起来的。"

不过，我们现在遵循的"孝"的原则，显然是偷工减料的。如果真要按传统来说，理应是"父母在，不远游""父母在，不远嫁"。但只有条件允许，很少人这么做了，连父母也不敢提这种要求了。在巨大的经济鸿沟面前，在现实的利益面前，这种传统毫不容情地被打破了；中国的留守老人、留守儿童数量是惊人的。

而且，"孝文化"当中的祭祀文化、丧葬文化，又随着国家的移风异俗等等政策的推行，已经被消灭得差不多了。孝用来绑架下一代的利器，能有效地体现长辈威权的，也就是掌控子女的婚姻和生育了。

这才会涌现"子女不结婚，父母没面子"的普遍现象。要不然，上海的"相亲角"全是父母在相亲、淘宝和论坛上这么多"过年求租女友"的小广告，也就不会成为年年吐槽年年有的奇观了。

把子女的婚姻与自己的面子挂钩，并不在于他们真认为孩子结婚、生子了就一定过得好。这一代人的婚姻家庭关系质量堪忧的太多，婚姻是什么玩意儿他们心知肚明；他们只是认为，幸福和痛苦都不重要，和别人一样才是最重要；强制你和别人一样，是父母的责任；强制之后你过得好不好，会不会被家暴打死，那是你自己的事。

父母的"面子"，其实就是权力。不能改变子女的生活，便是对孩子体现不出足够的权力，证明了父母的威权不够，对孩子没有控制能力——这才是那些强迫孩子嫁给水泥工、强迫孩子嫁给男同性恋的父母的"面子"。

所谓的"不肖子孙"，"肖"的意思是，肖似、相似。孩子，不管你对我好不好，只要你不像我，不跟我过着一样的生活，就是不孝。

台湾学者孙隆基认为，中国的传统文化是一种"杀子文化"，暗示对方有敬畏自己、服从自己、服侍自己的义务。长辈不会把年轻一辈的人视为一个平等的人；一个有挑战性或者不服从自己的年轻人自然被淘汰出局。

当然，在"孝"的旗帜之下，人是永远不应该成熟，不允许独立的；人格也是不应当有的。比如说，"戏彩娱亲"，行年七十，言不称老，着五彩斑斓之衣来讨好他的妈。——这种撒娇方式，却被千古传颂。"郭巨埋儿"，去年还被某地政府画成宣传画，画在城市的公共场所，这种"杀子"的孝顺方式，被官方盖了印戳广为宣传呢。"杀子文化"，使文化永远不能成熟，也导致中国人的人格儿童化和小丑化。

我知道，很多人会跳出来反驳说：怎么可能？现在的熊孩子太多了，家长们宠溺得不得了呢。

这没错。实际上，孩子之所以成为人格不健全、完全没有行为边界的"熊孩子"，正是因为孩子是这些家长人格的投射，熊孩子们满足了这些父母小丑化的人格，"肖似"其父母。而孩子真正的人格成长和独立，是被父母们有意无意地扼杀掉的。这些"熊孩子"，一旦离开了父母就难立足。而且，等这些小孩长大之后，还会很完美地重现父母们破损的人格。

在传统的关系当中，就算是成年人，只要有长辈在，他们也是没有尊严和人格的；只能依附于顺从长辈而存在；他们的尊严，必须等到有了孩子，有了可供控制的对象，才算凸显出来。"多年媳妇熬成婆"，与其说是婆媳关系，不如说是亲子关系；从现代人际关系来说，不存在有问题的婆媳关系，那只是亲子关系和夫妻关系畸形的托词。而长辈极力催促着子辈结婚生子、生儿育女，正是要求这种"长尊幼卑""尊卑有序"的生活延续下去；他们很担心这种有序的链条被打破。

3

孙隆基还谈道，中国是一个"母胎化社会"；对家族、家乡、祖国的热爱，都带着依恋母胎的意味。

为什么提倡孝文化？很简单，中国传统社会的政治结构是"家国同构"，从而形成"家国一体"、"君父一体"的社会机制，也正因为如此，"以孝事君则忠"（《孝经·士章》），"臣事君犹子事父"（《汉书·李广苏建传》）。对父亲的顺从之孝，必能移于君主的忠诚与忠贞，即所谓"忠臣必出于孝子之门"。

而且，"孝道"已成为中国传统法律之核心价值。夏后氏之时，"五刑之属三千，而罪莫大于不孝"；及至殷商，"刑三百，罪莫重于不孝"。周公制礼，更以"亲亲、尊尊"为礼之大本，作为立法和司法的根本原则。

为什么这么重视"孝"？孝的原则，就是不问任何理由的顺从、服从、跟从；必须是抛弃掉自己的个性人格，严格遵照长辈的意志生活。从小培养出这种顺从的奴化人格，在面对需要绝对服从的君王面前，角色转换就非常轻松了。这也正是"忠"与"孝"的共生关系。

其实，对父母的"孝"，与对父母的"爱"，差别太大了。前者，父母是主体，不管对错，你都只有听从的份，传统法律也绝对不允许你举报父母；后面，你自己是主体，你有了个体的感受，才能去"爱"父母，"爱"别人。而后者，不带有道德意味的温情和亲昵，从来都是被取笑的。

鲁迅曾在文章里写道，在这种文化的熏陶下，"现在青年的精神为克制，在体质却大半还是弯腰曲背低眉顺眼，表示着老牌的老诚的子弟、驯良的百姓"。驯良意味着什么呢，"于是无问题、无缺陷、无不平，也就无解决、无改革、无反抗。因为凡事总要'团圆'，正无须我们焦躁，放心喝茶、睡觉大吉。"（《论睁了眼看》）这样的世界，好稳定，好有序。

即便到了今天，我们仍然能够看到，这种潜藏在高楼大厦里的压抑着的"孝文化"，仍然以不同面貌发生作用。年轻人仍然必须按着长辈的意志相亲结婚生子，按着长辈的意志干着自己不喜欢的工作，只为了能稳定地延续那种一成不变的生活；对世界的变化与潮流，开始是力不从心、后来变成了讥笑"人心不古、世风日下"。最后，他们活成了跟他们曾经反感过抵抗过的长辈一模一样的样子。

我只记得，曾有两个正面的英雄，摆脱了孝文化的束缚，敢于反抗。一位是哪吒，父亲李靖嫌他生事，竟然在大敌当前时要杀他，那时，哪吒才七岁啊。年幼的哪吒心灰意冷，剔肉还骨，用极为残酷的代价，来换取"两不相欠"的"不孝"的资格；可惜，后来还是被劝父子和好、同列仙班、归于体制了。另一个，则是石头里蹦出来的无父无母的孙悟空。当然，他在大闹天宫之后，一番折腾，最终不仅归于体制，还当上了体制的领导。

是的，就算你剔肉还骨、无父无母，孝文化一样能绑架你。这就是可怕之处。

# 孝道和啃老是配套的

传统文化和要求当中，孝顺，与啃老，是一种对应和共生的关系。

　　我平时很少看电视节目，不过在网上发现，有一类家庭调解节目慢慢成为网友讨论的热点，常常因为剧情的狗血和离谱，一集一集，总能吸引到不少讨论。

　　另一方面，也常常因为节目嘉宾或主持人本身就在展现出扭曲的价值观；奇葩和极品，成为节目的一大看点。比如说，以前柏阿姨主持的东方卫视《老娘舅》时，告诉生活在上海的未婚女青年要自尊自爱，说"贞操是女孩给婆家最贵重的陪嫁！"（2011年3月）这件事引发过争议，柏阿姨也因此红了。再比如说，倪萍主持央视一套的一档大型公益节目《等着我》，进行家庭调解，有好几期节目是劝被拐又逃离狼窝的妇女回到"丈夫"身边，劝被家暴的妇女重回家庭。当家暴男在节目中不好意思地说，"我顺脚一拐，就把她踢到床底了……"倪萍就善解人意地说："你不打她的时候，两人感情还挺好的吧。"然后，劝女人回"家"。

　　而且，她们都特真诚。

　　北京也有一档家庭纠纷类节目，叫《第三调解室》，据说是北京电视台吸引中老年观众的王牌节目。内容无外乎兄弟间房产争执，赡养老人纠纷，教育子女分歧，夫妻关系不和。经常在节目当中全家人骂成一片，打成一团，对，真的动手打，之后再调解。有的缠斗太厉害，实在调解不过来，节目都录不完。本来还以为是表演的，后来看到作家反裤衩阵地说，这档节目还是蛮真实的，"我有一次看到上了《第三调解室》调解未遂的某一户人家，录完节目以后一方直接杀了另一方而又上了《法制进行时》，才深深相信此节目的实拍和实撕……"令人骇然。

我也看了一期《第三调解室》，一下子就体会到人类的绝望了。我算明白了，为什么节目中还能当众大打出手了。那种"极品"，给人感觉就是：骂人是不对的，应该打。

这一期的内容，就是展示了一个理直气壮的啃老族怎么把父母的血汗钱都啃光以后，还要敲脊吸髓地再榨干父母。

话说，八十岁的老两口有一个女儿两个儿子，多年前大小儿子都分家了，父母分了三十万现金给大儿子，二十万给了小儿子，一分钱没给女儿。大儿子搬开住，小儿子去了国外，老两口全靠女儿照顾，老母亲就说：把我们自己住的这一套房子将来留给女儿吧。

期间，因为小儿子觉得不公平，早已退休的老两口又活生生地"从牙缝里慢慢地省，除了吃饭以外，现在什么都不敢买"，终于又挤出了十万给小儿子。

十多年后，小儿子离婚从国外回来了，住进了父母的房子，母亲不得不把自己的卧室让出来，睡在客厅。小儿子天天闹，要求必须把过户给姐姐的房子交出来；他还嫌父母后来给他的十万，没有以前给哥哥的那十万值钱，因为没有算"通货膨胀"。要注意，小儿子当年颇有钱，卖房的三百三十万可是没有给过父母一分的。

看到这个小儿子对父母口出恶言，现场节目组嘉宾简直都想掐死这个四十多岁的男人了。即便调解员和律师们屡屡批评，小儿子仍然没脸没皮地说：你不给我房子，就必须再给我五十万。——最气人的来了：八十岁的老母亲说："砸锅卖铁我也给他凑出这钱""那是我儿子吧我也是亲妈。"

这让我感觉到，此前的同情都有点浪费了。因为，这种吞噬这老两口的怪兽，就是他们自己调教出来的。

啃老族都是巨婴，认为自己就是世界的中心，地球要绕着他转。所以，这个小儿子既不顾姐姐一分钱都没有分到的事实，也不顾姐姐承担了所有照顾父母的重大责任，更罔顾父母既不欠他、也很难再榨出钱的现实，要求得到所有的好处。而这对老夫妇，一次又一次用自己的行动告诉这个巨婴：会哭的孩子有奶吃，你的要求再难我们也会满足你。

那些家庭调解节目当中，大量的矛盾就是出在父辈与子辈赤裸裸的利益纠纷上：不是父母在源源不断地压榨子女，就是子女啃老啃到恨不得把父母剥皮拆骨。而这些纠纷当中，又少不了兄弟姐妹之间的公平不公平问题。

"啃老"不算是中国独有的问题，但应该没有多少欧美日发达国家，像中国近些年来啃得这么普遍，啃得这么理直气壮。一方面，是因为房子。中国的房子与户口紧密相连，又与就业、升学、买房买车开网约车密切相关，所以买房对中国城市人来说，是刚需；可房价高昂，动辄三五百万，对于年轻人来说是个不可能完成的任务，除了把父辈一辈子的积蓄都押上去之外，别无他法。另一方面，独生子女政策下造就的一代独生子女，认为父母的财产早晚全都是自己的，不啃白不啃，所以气壮山河。

表面上看起来，"啃老"和中国传统中的"孝"背道而驰的；吞噬和榨取父母的财产，难道不就是不孝吗？但实际上不然。传统文化和要求当中，孝顺，与啃老，是一种对应和共生的关系。简单来说，"君君臣臣、父父子子"的意思，是君要有君的样子，臣要有臣的样子；父要有父的样子，子要有子的样子。要求子女孝顺，服从，"三年无改于父之道"，没错；但这些孝顺也是有回报的，儿子是家族的"香火"，是家族利益的传承人，父辈一生奔忙的，无非就是"封妻荫子"；保证财富和爵位可以在自己得到继承，传到孩子的手中。

理论上来说，子女是应当与父母住在一起的，父母在，不别居，不远游。子女，应该"肖似"父母，走父母走过的路，过父母过的人生。这些前提，都是父母已给了孩子相当的荫蔽。就士大夫阶层来说，除了极少数寒门考中科举、鲤鱼跃龙门之外（这也只是宋以后才有），大多数人仕途的起点都是来自于父辈的地位。父辈的阶层，还能决定你有没有资格参加科考。在中国古代，一个人的命运、机遇和前途，在主要是继承父辈资源的情况下，孝敬、顺从，也就理所当然了。

我不认为这种父子、长幼的关系是健康的，因为这是互相绑架对方的人生；但总体来说，是权利和义务对等的，是因果相关的。所以，它能为人们所接纳，也能稳定地运行数千年，并成为传统社会稳定的基石。

但中国的现代社会，把这种合情合理的逻辑链给斩断了，滋生出无数怪胎。一方面，有的农村家族好不容易出了一个凤凰男、凤凰女，跳出了贫穷，从此便成了整个家族的压榨对象，源源不断地给家族供血，甚至把他们的配偶家庭也拖下水。另一方面，有的子女虽然有手有脚，但却心安理得地吸干父母的血汗钱，直至败光他们的"棺材本"，让他们老无所养。

这两种，要么是父不仁，要么是子不孝，都是有一方享受了权利却根本不尽义务。

旧的价值观和社会结构已经打破了，可新的还没建立起来。现在四五六十岁的人的财富，主要是这二三十年的社会裂变当中积累起来的，他们的养老也基本上纳入了社会养老体系当中，很难指望着孩子来养老了。而且，他们的孩子这一代人，从小学习的就是半吊子的"独立人格""自由精神"，从基因里，他们就不再理会"孝"和"顺"这一套了。

理论上来说，父母既然在盛年时没有得到孩子的顺从，老了也不再享受子女赡养的好处，就应当在孩子十八岁以后就把他们推出家门，让他们自生自灭。——但就是这批父母，往往为了成年孩子的婚姻、房子、带孙子等问题，从经济上和体力上，被榨尽最后一滴血。

就像节目中的那位老母亲，她是自愿被儿子剥削的，是用自己的血肉来供养巨婴。她没有能力厘清人与人之间的界限。这一类父母并不是不爱子女，但他们的爱，只是随波逐流的，从不经过理性，只能是盲目的溺爱。这种爱，很不值钱，也很容易被背叛。

早些年的时候，大家都穷，也就罢了；而这几年经济飞速发展，拆迁盛行，父母手里忽然多了一大笔钱。子女们不仅啃老，还像惦记着唐僧肉一样惦记着这些钱；为了几十几百万，不孝、不悌、不仁、不义又算得了什么呢？

无怪乎《第三调解室》这档节目，光是围绕着房产和拆迁等带来的种种家庭矛盾，就足够源源不断地做成热门了。这些节目之所以盛行，就是因为当下极品太多、奇葩太多，扭曲价值观的人太多，让人看得眼花缭乱。另一方面，利益又太大，足以让亲人反目，直至大打出手。

　　换个角度想，如果这个节目全是父慈子孝、通情达理，谁还看呢？如果这个社会全都是谦虚礼让、君子之国，我们哪里能看到丰富的人性呢？

# 强调孝顺是在下一局很大的棋

"孝亲"与"忠君"一样，具有功能上的同构性，实际上强调
的是在权力差序结构中高位者的"唯我独尊"。对君主孝顺、
对国家孝顺也是一种孝顺嘛。

有一则央视的公益广告引起了不少人的关注，广告是这样的：一个母亲对
小男孩说，等你考上大学我就享福了；男孩长大后，母亲说，等你毕业工作我
就享福了；接着，头发灰白的母亲对儿子说，等你结婚有了孩子我就享福了；
然后，儿子的女儿对奶奶说，等我长大了你就享福了……最后，儿子意识到陪
母亲的时间太少，可母亲已病倒在床上，成为遗憾……

无独有偶，就在前几天，南方都市报也用整版做了一则广告，上面一个小
男孩对妈妈说："妈妈，我养你！"

这种"母子相依为命"的格局，是不是看起来很相似？我们可以从中产生
很多疑问：为什么儿子从小就被教育要负担起"养妈妈"的责任，妈妈不是有
工作吗？没有丈夫吗？不再婚吗？难道青年丧偶是中国的社会主流吗？没有社
保和养老保险吗？

其实，中国的广告往往是价值观最保守的载体，因为这样才安全，也因
此，广告观念很能反映出社会的重要意识形态。而央视播出的公益广告无疑更
带有传播和弘扬特定价值观的重要使命。这样来看，强调"孝顺"、强调"含
辛茹苦"的母子关系的家族范式，也是意识形态所要着力渲染的。

现实中，确实存在这种母子"单亲家庭"。一种是离婚了的女性独立抚养
孩子；另一种，则是更为常见的"假性单亲家庭"，就是另一半工作忙碌、早

出晚归，一天跟妻子、孩子说不到两句话，夫妻之间基本没有沟通的家庭，区别只在于有人挂着一个父亲的名号，家庭的经济上多了一层的保障。

善意地猜想，总在孝顺广告中"隐身"的丈夫，并不是没有，只是在妻儿的生活中也隐身了而已。而这个丈夫，隐身去了哪里？去了另一个公益广告《笑顺父母》当中。一个丈夫，看见孩子就板着脸，像是儿子欠了他一屁股的债；转身，他就去耍猴戏逗他母亲开心了，没工夫没心情陪老婆孩子。

这种"孝顺"，被人格化之后，就非常清晰了。母亲没有丈夫（不管是真守节还是假性单身），她全副身心抚养儿子；因此，儿子是属于母亲的，他从小就预备了承担养老的责任。等儿子长大娶妻生子后，儿媳妇同样进入一个假性单亲家庭的循环当中，因为她的丈夫正在"戏彩娱亲"，与婆婆相亲相爱呢。

在中国古代社会里，乡绅强调家族利益和伦理，普通百姓的生活也拮据得没有更多选择，婚姻多是由父母决定的，不需要讲感情。男性尚且可以三妻四妾或有别的感情补充形式，但女性则很难有这种机会。不过，她也不是没有补偿，那就是对子女更多的控制权，俗称"孝道"；一旦媳妇熬成婆，有了比她低一辈的儿媳，她更可以在这种颐指气使中得到部分满足了，多余的力比多也得到发泄。

可翻过了这些陈年烂芝麻的旧账，当代中国的婚姻关系也没有得到本质的改善。三四十年前中国人活得粗糙，婚姻也受到各种桎梏，许多人都很难找到情投意合的配偶，这一辈人最常见的婚姻态度就是"凑合着过"，往好听里说，就是"迁就""宽容"——本质都是对婚姻极不满意却没有离婚的勇气和能力。不爱丈夫，却逃不掉；社会认可女性的移情方式，就是把情感全都倾注和投入在子女身上。

你以为这个社会这么多的"妈宝男""妈宝女"是从天上掉下来的吗？不是，凡是子女身上获得了超出合理的母子情父子情，就是控制欲。轻一点的，便是掌控孩子的婚恋和生活，要求子女事事都按母亲的意愿来行事、"逼婚""催生孩子"是常态；严重的，便是恋子情结，阻挡任何走进儿子生活的

"第三者"。

问题还在于，这不仅是一种不健康的婚姻结构，而且还是一种借广告来宣扬和强调的生活方式。孩子的抚养是由母亲来进行的，而母亲的养老则是由儿子来完成的：这里，两个"父亲"角色都缺席了，一个是孩子生理上的父亲；另一个，则是政府这个"公共父亲"。平时虽无所不在，但在"扶幼"和"养老"这种需要政府承担责任的时候，这位"公共父亲"却消失了。

这一类公益广告当中，可玩味的要点很多，一方面，是强调女性要"回家"和"相夫教子"的职责，无论多苦也要挨，因为以后有儿子来回报你呢。强化女性的母性功能、家庭功能，减少妇女平等工作的权利，已成为近年来文化宣传的主流。

更重要的另一方面是，进一步地强化"孝"这个主题。如今对"孝"的强调之深、之广、之用心，大概是想恢复到"以孝治国"的老路上去了，有些学校实行对推荐生"不孝顺"的"一票否决权"，一些地方还在实行"规定回家探望父母"，不达到一定的次数则会被纳入信用体系扣分，实行强制"行孝"；连在广场上"为父母洗脚"这种炒作都能成为赞美宣扬的对象。

而且，作为传统，强调"孝"，一般都必须强化"苦"。就像二十四孝中动不动就使用"郭巨埋儿""卧冰求鲤"等反人性的极端例子来重点宣传一样，现代要弘扬"孝"，也必须突出父母养育孩子极其艰苦的一面，才反衬出"你若不孝就天理不容"。传统文化当中，更喜欢用母亲作为"孝"的承载体，因为单亲母亲抚养儿子，被赋予了一种遗弃于主体家族之外的孤绝凄厉之感，既保留了逆袭的戏剧性，也为更理直气壮地索取"孝"做好了铺垫。这样，儿子一想到母亲为自己守寡，那么苦，哪敢不心甘情愿地服从？

在苦难教育下成长的子民总是极为容易满足的。要是整天一大家子人都满脸笑容开开心心的现代家族，想到的只是"爱"和"温暖"的现代情感，谁会联想到"孝"这种传统呢。

"孝道"之所以被抬到今日的高度，当然是一盘很大的棋。中国已进入老龄化社会，国家的养老已经不堪重负，当初满街挂的都是"只生一个好，国家来养老"的大标语，现在变成了挂"养老不能靠政府"，甚至是"推迟退休好，自己来养老"。为此，不得不放开强制计生，甚至敦促生育，不得不反复用"推迟退休"来试水民意，一再地把"孝道"作为基本价值观。

更有甚者，"孝亲"与"忠君"一样，具有功能上的同构性，实际上强调的是在权力差序结构中高位者的"唯我独尊"。孔子说得很透了："其为人也孝悌，而好犯上者鲜矣，不好犯上者而好作乱者，未之有也。"对君主孝顺、对国家孝顺也是一种孝顺嘛。

所以，我们在公共话语当中看到的一套奇特的理论体系：一方面，在履行义务的阶段，例如在养育子女、回馈子民以养老之职时，这个"父亲"的身份是缺失的；但另一方面，在强调秩序的时候，这种身份又重新回来了，大力地宣扬孝道，试图把孝作为一个统御百姓的价值观。

也就是说，不管是父亲，还是公共父亲，默认都是一种只要权利不要义务的状态。结果，我们就看到了公益广告中出现了许多恍若单身的母亲，仿佛一个接一个地比惨。

# CHAPTER 4　一辆车的钱背在她的肩膀上

基于饥饿、静寂和黑暗，以贫困为标记的中国乡村社会，面对着感官饥饿综合征的永久缠绕。庆典是乡村社会感官匮乏的代偿体系。——朱大可

# 凭什么要求旅游一定是心灵瑜伽

*旅游是一种"炫耀性消费",正因为其毫无实际用处,华而不实,所以可以成为身份与地位的表征;旅游不再只是一种休闲活动,还是士大夫用来与别人区隔的象征。*

这个十一"黄金周",大家早早就预感到了,朋友圈旅行摄影大赛将会如火如荼地展开。从过去的几天来看,确实不负众望。至少,在我的朋友圈里,诸位友人的足迹从北极、北欧,延伸至肯尼亚和南美;欧洲、美国、日韩、东南亚更是常规选项。对此,不少讥笑开始出现:是不是你们出去旅游,只为了能放在朋友圈让人点赞?

更有文章分析称,旅游,"具有廉价、参与性强、无须基础、积极向上等特性",在这个意义上,"你爱的旅行和广场舞是一奶同胞"。

确实,说自己爱好旅游,在目前这种连广场舞大妈都能毫不费力地去东南亚度假,中国人多到能够把日本岛都买光买崩溃的情况下,喜欢旅游,不仅不再高大上,连小资都算不上了。这两个字,在大家都经济匮乏的时候或许还能镀点金,现在平庸得毫无格调了。

这还没算上出行时高速公路塞成停车场,景点人山人海水泼不进,海外旅行时全都是中国游客在买买买的世界奇观呢。

我这种这么不爱旅游的人,看到大家在争先恐后地用波德里亚和亨利·魏斯梅尔(旅游作家)来羞辱去旅游的民众,却渐渐感觉到,舆论对我们这些普通人来说,实在是太刻薄了。

要更深刻地理解这种对"民众不懂旅游"的讥笑从何而来,我自己先来个补刀：

　　毛姆有一篇短篇小说《漂泊者》，我印象深刻。作者所写的这个漂泊者，相貌平平，毫无特别之处；但就是这么普通的一个人，独自游历了南美，从智利港口出发，去了南太平洋的马克萨斯群岛住了六个月，又到了塔希提岛，接着坐船到了厦门，开始了他在中国（20世纪初）最惊心动魄的冒险：

　　　　他从北京出发穿越整个中国，旅途中他把自己打扮成一个中国的贫苦百姓，背着铺盖，带着旱烟袋和牙刷，他投宿在中国的小客栈里，和其他赶路人挤在大炕上睡觉，也吃中国的饭菜。这可真不简单。他很少坐火车，大部分中途不是步行就是搭车或坐船。他穿越了山西和陕西，前进在狂风怒号的蒙古高原上，冒着危险在蛮荒的土耳其斯坦探险；他和沙漠中的游牧部落一起生活了数月，又跟着运输砖茶的商队行走在这荒凉的戈壁滩。四年过去了，他终于花光了最后一块大洋，再次回到北京。

　　考虑到这是一百年前外国人在中国的旅行，无论如何他也该算是一个有趣的冒险家了。确实，这个漂泊者主要就是靠写作来赚钱的；但没想到，毛姆对此人写作的评价非常之低：

　　　　我觉得，他的经历仅仅是肉体的，从没有达到心灵的高度，这也许是为什么你会觉得他根本就是个平庸的人。他平淡无奇的外貌，恰恰是他平淡无奇的灵魂的最真实的说明，在那道空荡荡的宫墙后，仍然是空荡荡。

　　也就是说，早在一百年前（这篇文章收录于毛姆1920年写就的《在中国屏风上》一书中），毛姆对旅行的批评就已经很透彻了，我归纳一下，便是：如心灵不丰富，则旅行无意义。

　　但我并不同意这个结论。没错，心灵不丰富，走得再远也无法写好游记；

长得不漂亮，风景再好也没法拍出模特大片；但谁说旅个游，还得文武全能；若不为这个世界留下文化遗产，就是肤浅造作？

毛姆对这位旅行作家的恨铁不成钢，并不能放在所有旅行者的身上，尤其不能用于一个世纪后，那些既不想写书也不想成名的普遍人身上。旅行，只是一种平常的生活方式，开心就好，没那么多附加值。难道买到比国内便宜40%的低价优质的奢侈品不是收获？和孩子一起度过欢乐的暑假不是收获？亲眼看到了印在教科书上的人类艺术瑰宝不是收获？非得要求人们出门一趟心灵便得到涤荡，人生从此顿悟，醍醐灌顶、洗心革面——喂，你想太多了吧？

我很理解那些吐槽的小资和小中产们。在若干年前，在别人都忙着挣钱的时候，说走就走的旅行不是一种心灵的瑜伽吗，不是负责提升你的灵魂吗，不是像三毛一样浪迹天涯、追逐内心的吗？土豪们尽管可以挥金如土、灯红酒绿、纸醉金迷，咱不羡慕，咱有自己的精神世界。可是转眼间，戴着拇指粗的金项链的土豪们欧洲美加新西兰都玩遍了，连不是土豪的平头百姓也纷纷出国旅游了，冲绳或越南的豪华邮轮上坐满了穿着睡衣的大妈们，日本京都的樱花下一眼望去全都是说中文的姑娘在排队拍照，去清迈的总是那种大学刚毕业没两年处处省钱的小屁孩们——说好的优越感呢？

这种不平之气，不禁让我想起了中国的传统风气。晚明时，旅游已经很普遍。明代散文家张岱在《游山小启》里详细写了当时士大夫旅游所要准备的东西，大致如下：需要有一个人作为主持召集，准备好小船、坐毡、茶点、杯盏、筷子、香炉、柴火、米饭，每个人都要自带一个篮、一个壶、两样小菜。这还只是基本配置。

我在《品位奢华——晚明的消费社会与士大夫》（巫仁恕著）一书中读到，晚明时有一种叫"游具"的玩意儿，其考究简直令今人发指。例如，游具中最有特点的是提盒，提盒里有多个格子，有的格子可装碟六枚，有的格子可装四大碟，有的格子放着筷子壶杯等物，另还可放水果、菜蔬和鱼类；在门上，还凿有棱条以透气；用提手可把提盒轻松提起。"提炉"也很可观，里面分为三层，最下一层中有铜造的水火炉嵌入底层，上面的夹板上固定着可煮茶的茶壶、可炖汤温酒的锅，最上层放的是备用的炭火。此外，士人出游还会备有一个"备具匣"，它上浅下深，内有小梳具匣、茶盏、骰盆、香炉、茶盒、文房四宝等，还有途利文具匣、诗匣、股牌匣等。其中的途利文具匣里，还内有乾坤，藏有裁刀、挖耳、挑牙、修指甲等物，诗筒里放的是红叶笺等，可以随时录诗。

为什么我要花笔墨描述几百年前的士大夫们的旅游用具呢？因为在那个时代，旅游是一种"炫耀性消费"，正因为其毫无实际用处，华而不实，所以可以成为身份与地位的表征；旅游不再只是一种休闲活动，还是士大夫用来与别人区隔的象征。但当市民阶层逐渐富裕起来之后，旅游活动也普及了；这样一来，文化精英们就难免跟引车卖浆者区分不开了。这是那些自恃身份的士大夫最不愿意看到的。

所以，明代诗人李流芳去苏州虎丘旅游时很生气地说："盖不幸与城市密迩，游者比以附膻逐臭而来，非知登览之趣也。"袁宏道名气更大，也更刻薄，写自己的旅游很美："跌坐古根之上，茗饮以为酒，浪纹树影以为侑，鱼鸟之飞沉，人物之往来，以为戏具"；写其他游客的旅游很无趣："堤上游人，见人枯坐树下若痴禅者，皆相视为笑。而余等窃谓彼筵中人，喧嚣怒诟，山情水意，了不相属，于乐何有也？"

翻译成白话就是，干同样的事，咱们文化人才能体会意境，你们哪有什么品位，懂啥？

古代士大夫，虽然经济上并不一定有优势，但至少还能写，还拥有阐释权，在褒贬上很可以有些春秋笔法，能把自己的穷游和尴尬，美化成心灵的洗礼；但如今却发现，人人都能写字，人人都能发表，人人都能美图，并且，人家很可能还更有钱，能享受到更好的旅程，这心理落差，确实不小啊。

有一句老话说，"读万卷书，行万里路"。后来反鸡汤的人讥笑说，不读书，只走路，跟邮差没什么区别。我觉得，书还是得读，这是最理想状态；但对一个平凡人来说，走过和没走过万里路，他自己的人生体验也是截然不同的。就像毛姆笔下的那个"漂泊者"，虽然他永远无法成为毛姆那样杰出的作家，但如果他没有机会走那万里路，那么，他的人生和现在相比，还要乏味得多，苍白得多。

# 春节是种陋习

与现代人的感官不再匮乏一样，现代人的人际关系和情感交流也不再匮乏；春节期间临时组合的这类冗余的人际关系，对今人的意义，只不过是基于惯性而维持的负担。

1

自从我考上大学到外地读书之后，我就特别怕过春节了。

坐二三十个小时火车硬座的经历太可怕了。四个人的座位六个人挤，一天一夜忍着不敢喝水不敢吃东西因为上厕所很不方便；地板上全都是站着坐着躺着各种买不到坐票的人，封闭的车厢内空气沉闷浑浊令人作呕；一旦坐下就再也无法伸脚，以致双腿浮肿无力；晚上打瞌睡很难超过半小时，因为担心行李。

被迫挤在极为狭小的空间当中、与陌生人长时间亲密身体接触，本身就是一种让人恶心的体验；遑论时间与金钱的耗费！后来，我不得不想办法四处托关系走后门买卧铺票。那时机票比现在贵，还不打折；火车班次没有现在多，也没有提速，更不是空调车；要买票，一般的关系还不行，还得比较铁的关系。没有网络预售，黄牛也没有现在的活跃——火车票难买，卧铺票更难买。

那时，一想到过年要回家，我的恐惧就大于快乐。

现在我这种沮丧的回忆已经结束了；工作以后我挑了离家很近的城市，我可以选择开车回老家，也可以选择周末回家，还可以选择让家人来广州住几天，有了很多解决方案。但我深知，尽管如今长途交通与我们当初相比有了很大的发展，但春运的痛苦和折磨远远没有结束。从抽象的数据和统计来说，今年春运全国旅客发送量将达到29.1亿人次，现有的交通工具无论如何分配都是不堪承受之重；从切身感受来说，看着图片上滞留在广州火车站的近十万旅客，如倾巢的蚁穴密密匝匝几乎无立足之地，令人有一种"这所在实非人间"之感。

每年的春运，都是动物世界里最庞大一场的迁徙，也是一场人类的灾难。

我不是在吐槽春运，也不想再讨论这种举世无双的人口迁徙成因，我只想说，春节的这种奔波，留给我很深的阴影，尽管对我来说时间很短。而大家愿意年复一年地忍受春运的痛楚，无非是在这片土地上，我们对长年累月的感情匮乏和人际关系匮乏需要一种代偿。


2

文化学者朱大可写过一篇文章谈春节，他认为："基于饥饿、静寂和黑暗，以贫困为标记的中国乡村社会，面对着感官饥饿综合征的永久缠绕。庆典是乡村社会感官匮乏的代偿体系，而春节位于这一体系的核心。它是食物摄取的狂欢仪式。"实际上，在贫困的传统社会中，匮乏的不仅是食欲，还有声音，所以需要在春节和元宵燃放鞭炮、敲锣打鼓请戏班；还有视觉的匮乏，所以需要张灯结彩放烟火，它们是光线摄取的狂欢仪式。

我比较同意。在传统的社会文化中，过年是一种仪式，意味着大团圆、穿新衣、吃饺子、有鱼有肉、大扫除、小孩子拿红包、张灯结彩放鞭炮。总体来说，春节就是一种基于贫困和匮乏对感官的集中代偿，让一年有个奔头，甚至让过年能成为一整年可资反刍的精神食粮。即便是在富裕的乡绅阶层，也同样欢迎这样的仪式来提升生活品质。

但随着传统社会的进一步瓦解和生活水平的提高，感官的代偿已普遍失去了价值。除了极端贫困的地方，就算是乡村，也可以吃饱穿暖；基于生存的物质需求已经无须等到过年来满足了。各种各样的网吧、街机和游戏厅一样不落。甚至因为娱乐方式的单一，通俗意义上的感官刺激更强烈。整个社会早已过渡到"五色令人目盲，五音令人耳聋"的"娱乐至死"的时代。如果说，在二十多年前，喧闹花哨、集齐多款明星的春晚在这种感官代偿上还有其积极意义。那么，现在的春晚再试图用锣鼓喧天、众星齐唱的音效，热闹得亮瞎眼的色彩和光线来取悦观众，那就太低估现代人了。春晚越办越糟心，原因很多，但归根到底，它在民众当中已没有存在的心理基础了。

但是，在其他感觉代偿都已丧失意义的情况下，唯有在情感代偿和人际关系代偿这一块，过春节，仍然占据了压倒性的作用。


3

如今，不独是农村的、县城的、小城市的，甚至是二线城市的，人们都往那么几个大都市跑，跑去打工，跑去工作。与漫长时间当中的夫妇别居、子女留守、老人独守家门相对比，春节的假期就成了许多打工者唯一可以进行情感弥补的机会，也许其实无法弥补，至少给他们一种错觉。大家所见的电视广告和各种晚会中"过年回家"，正是这种错觉的典型体现。它只是塑造出一种想象的共同体，是一种经过商业精心修饰的田园牧歌假象。这种红光满面、亲切拥吻的家庭形象，其实与我们的真实生活毫无瓜葛。

另一个极端便是，现在一谈到过年回家见亲戚，首先想到的，就是表情包里那种一见面就问你"结婚了没""生娃了没""工资多少"的嘴脸。依我看，也别嫌弃别人了。在我的记忆中，亲戚们之间就算是聚在一起，也常常是长久的沉默，看电视的看电视，抽烟的抽烟，嗑瓜子的嗑瓜子；甚至就坐在那里垂着脸，说不上几句话，但不会有人感觉到尴尬。因为本来就没有多少沟通的必要，也没有多少交流的欲望，大家心知肚明。——你要感谢那些还催你结婚生子问东问西的亲戚们，他们虽然并不真正关心你幸福不幸福，问你是否有对象的时候也从没想过帮你介绍，但人家能打起精神来敷衍你，已经算是中国好亲戚了。人家只是找个话题，补偿一下长久欠缺交流的空洞，不必想多了。

问题是，人际关系代偿的意义，就在于它不是一种常规的交际方式。它既不像广告里那样格外美好，也并不见得有很大的意义。这种代偿，是脱离日常生活轨道的，仅仅是一种基于临时、短暂因而可以被忍受的存在。一般而言，春节期间，是长辈们的审美和意志占全面压倒性优势的时段。因为临时和短暂，年轻人可以放弃自己的个性，全面迁就长辈们的生活习惯和品位，接受他们的盘问和讥笑。与其说是尊重，不如说是顺从和忍受。

可以说，就与现代人的感官不再匮乏一样，现代人的人际关系和情感交流也不再匮乏；春节期间临时组合的这类冗余的人际关系，对今人的意义，正与大鱼大肉的年夜饭和俗不可耐的春晚一样，只不过是基于惯性而维持的负担。为了这种"团圆"的习惯，我们不得不忍受春运，付出金钱与时间成本，过着短暂脱线的生活。

那为什么我们还需要春节？为什么在我们早已不需要靠过年对声色口福进行补偿的时候，却还那么依赖着春节，来实现全家团圆、实现探亲访友的人际交流补偿？很简单，从整个社会来说，我们的经济发展基本已实现了不愁吃穿，但远远还无法达到自由迁徙、自由旅行，实现个人发展、把握个人生活节奏的程度。受制于个人经济条件、受制于老板和工作、受制于传统、受制于社会趋势，都使我们无法自由，不得不迫使自己加入春节这种虚拟的狂欢当中。

如果不是街上空荡荡的没有人，如果不是淘宝和快递都早已不送货，如果不是想去小店喝杯咖啡却遇上闭门羹，坦白说，我已经很多年感觉不到春节的存在了。成年人已经很难享受到春节的乐趣。可尽管我们对春运、春晚、逼婚、同学会、放鞭炮、给小孩发红包等等习俗有一百个不满意，但是我们还没有能力自由；这节，不管是主动，还是被动，还得过下去。

承认吧，它就是一个陋习。

# 自私总是成群结队地出现的

"聪明和愚蠢都没有止境。"

　　就在某年高考日的当天，一大早就看到一个振奋人心的消息：重庆某栋十五层高的楼房电梯被停，只因一高考生家长认为电梯运行噪音大，影响孩子休息，遂向物管申请关停。这导致九十六户业主爬楼，七八十岁的老人和几岁的小孩都觉得有点吃不消。但也有人表示理解，"都是当父母的，谁不希望自己的孩子成才呢。"

　　以一己之私干扰别人，这样的孩子即便考上了大学，估计发展也有限。不过，看到评论我就放心了。绝大多数人在这一点还是能达成共识的。

　　但这位家长是个案吗？事实上，极品经常是成群出现的。这几年的媒体报道中，我们常可看到，有些地方的高考生家长，自动扮演起交警的角色，组成人墙把考场外的路封住，集体指挥过往的自行车、电动车绕道而行。有的家长逐户拜访邻居，要求邻居十一点后不得使用抽水马桶。更有甚者，2012年，杭州一小区的家长怕池塘里的蛙声影响孩子学习，竟然下药将一池青蛙毒死。

　　我实在不能理解。凭什么一人有病、全楼吃药？

　　我也不认为这说明了高考太重要了。具体到这事，根本不能怪考试，而是某些人习惯性地以自我为中心。

　　这样的例子随便就能举出好多。就在前不久，还有一个微博的热帖："天哪，现在住的那栋楼有家人，貌似他家媳妇怀孕了，然后说wifi有辐射，影响他家媳妇的健康，逐家逐户敲门叫我们不要用……今天已经敲了四次门了，非要进来看我有没有用无线路由器……"这条微博成为热门话题。

推而广之，我们著名的广场舞大妈们，虽然是高考家长们的死敌，但其行为也是基于同样的逻辑。记得在一次微博的争论当中，有人为广场舞大妈鸣不平：她们想跳舞，但政府又不提供地方，只好在公共场所跳了；戴耳机跳不过瘾，必须放大音量才有气氛。这有什么不对？

简而言之，就是我是天下的中心，不管是什么理由，是考试、是怀孕、是穷、是图爽还是图方便，我有必要时，大家都得让路。如果人家就是不愿意让路呢？那一定是他们的错！

自我中心者也很容易迁怒于他人，要求别人必须为他的失败、不爽负责。正如心理学专家武志红所说的："我的不幸必须找一个人去怪罪。这些现象的根源，不是失德，而是，这些当事人都是巨婴。我们活在一个巨婴遍地的国度。"

所谓的"巨婴"，表现之一就是人与人之间没有行为边界，你的就是我的，我的不高兴则是你造成的。没有行为边界还有一个要义就是，不在乎个人尊严，对体面没有概念。——但你要指出问题所在，他们又会很生气，认为你冒犯了他们。

前一段时间，在谈到各种各样的老人不要脸、耍赖、耍泼的恶行，大家一致认为"不是老人变坏了，而是坏人变老了"。有一部分"老而不死是为贼"，是从"文革"中的红卫兵成长起来的。而这一批高考家长、广场舞大妈情况不太一样，他们相对年轻，从年龄上来说，他们的生活阅历主要是在改革开放之后形成的；从行为方式和心埋米说，也很难归罪于"文革"。如今五十多岁的这一辈人，他们是社会的最中坚分子，没吃多少亏，说不定还占了时代的便宜。

到底是什么样的人会成长为"高考家长""广场舞大妈"（均特指那种扰民的人群）呢？不能怪罪于时代，还能怪罪于谁呢？

鲁迅喟叹中国人的民族劣根性，我觉得说得真对；今人把各种活生生的新闻主人公的素质差、没文化、没是非，归功于洗脑教育，我也觉得很有道理。但唯有一点不能同意的是：这些分析哪怕从历史、传统、社会制度、教育问题上都给他们找到了根源，也不能减轻当事人的愚蠢。

如今的教育固然是大有问题，但那是十八岁以前的事；过了十八岁，甚至三十岁、四十岁，人的基本价值观、是非观还一团糨糊，可就不能怪别人了。谁都不是生活在穷乡僻壤当中，你可以轻松地上网、读书、看报、看英剧美剧，吸收各种各样的资讯，享受最现代的科技，但为何唯独不能在学习中学到何为行为边界、何为自尊？为何还停留在年少时课文的价值观当中不能进步、不能自拔？莫非除了被灌输的知识之外，一个成年人已经完全没有能力自主地学习、学习明辨是非了吗？

而所谓的劣根性亦如是，中国人作为一个集体，确有懦弱、愚蠢、蒙昧、自私、毫无责任感的一面，但何必急于把这些劣根性都像集邮一样集到自己身上呢？在有条件拥抱文明的时候，在有无数好榜样的时候，你偏偏"见不贤而思齐"。这不是我的臆断，总是有人能在讨论中提到，外国我也见过有人插队啊，你怎么不说，外国也有大声喧哗、乱扔垃圾的呀，有随地便溺的呀，你崇洋媚外……于是，辩论中他们兴高采烈，大获全胜。

我不看足球，不过我记得好多年前曾在报纸上看到，当时英超阿森纳队的主教练温格，在他的一个队员受重伤却被对方球迷嘲笑和讥讽时，回击道："聪明和愚蠢都没有止境。"我能记起来，是因为太同意这句话了。我们这个世界的聪明人实在是太多了。你看，上面提到的人群，谁都不弱势，谁都不傻，甚至相当精明，所以才敢把手伸到别人家里；然而，他们的价值观又如此混乱，他们不认为他们影响了、侵犯了别人，或者认为这种影响和侵犯是理所当然的。他们的解释就是："等你有了孩子你就明白了""等你怀孕了你就明白了"——他们难道不明白吗？正常人有家人高考也不会去毒死青蛙，怀孕了也不会挨家挨户去检查别人家里的路由器——唯一的解释是，他们生活在一个失真的世界里。在那个世界时，人不仅应当自私，而且应当成群结队地自私。

想起香港一位专栏作家王迪诗写过的一个故事：某同事的弟弟想进他们公司，求她帮忙交简历，然后一天三遍地催，责备她不给力不热情。她不仅懒得生气，还热心回复。为什么呢？"他又不是我弟弟，与我非亲非故，我没有责任教他学精；这样的人以后一定会碰钉子，就让我微笑着送他一程吧。"

活该。

# 大银幕钟爱"处女脸"

当下中国电影女明星的主流风格，不仅是不性感的，而且是反性感的。

周星驰的《美人鱼》以迅雷之势登上了中国电影史上的票房总冠军，刷新了各种纪录。当然，片中的女主角、新人林允也走红了。加上这位"星女郎"的绯闻，她成为新一代极速上位的小花也指日可待。

林允到底美不美呢？不喜欢的人说她脸大胸平葱头鼻绿豆眼；不过，我觉得她挺美的，模样儿有辨识度，很符合这条傻白甜的美人鱼的人设。这是一张人畜无害的"处女脸"，清纯。

有人总结过，这十多二十年来，周星驰电影中的女主角越来越不喜欢露胸了。以前与周星驰合作的女神，是张敏、邱淑贞这一款的，常常酥胸半露，令男人们血脉贲张；后来合作的女星都是可爱美女或个性美人，如朱茵、张柏芝或莫文蔚、袁咏仪这种类型的；慢慢地，他的电影女主角变成了新人黄圣依、林允：清一色都是清纯欲滴的少女。

显然，周星驰主导的电影反映出他对女性的审美转移：他的趣味，已由年轻时的性感女郎，中年后转变成了"禁欲处女"了。

实际上，中国的大导演们也有这个特点。这些年来，后巩俐时代的张艺谋所挑选的新人女主角，从章子怡（《我的父亲母亲》）、董洁到周冬雨等，都是同样的风格，都是干净清澈的纯情少女。——倪妮有点不一样，因为她饰演的角色恰好是妓女。

我深深地感觉到，当下中国电影女明星的主流风格，不仅是不性感的，而且是反性感的。

当然，也可能有人认为那种清淡得禁欲的少女脸蛋就是最性感的，这里先简单说明，我说的"性感"是指那种胸大腰细、前凸后翘型的尤物。在中国的一线女明星里，目前是没有性感女星这一款的。周迅、章子怡、张曼玉等人很美丽，但都瘦成排骨了；李冰冰、赵薇、高圆圆、孙俪等人也算有身材，但几曾看过她们需要在电影里挺起她们丰满的胸、穿着勒出身材的紧身衣满银幕地晃？嗯，反例当然有，范冰冰嘛，电影《杨贵妃》里的"马震"和"高潮杀"那几出，看到都脸红……但事实上，丰满的范冰冰从来不是以"身材好""性感"著称的；而且，正是她的这种不恰当的性感表现降低了她的品位档次，票房也不理想。

可能大家会想起汤唯：她在《色戒》中的性感尺度应该很难超越了。还记得当初就有帖子讨论过汤唯的身材，网友们感慨，幸好她不是情色片中常见的那种火辣身材，她没有那么丰乳肥臀，否则就一定会破坏电影的质感，破坏悲剧的意境。确实，如果汤唯是一个波霸女，看起来就像是欲望很强的样子，显然很有攻击性，易先生会不会就有更强的戒备心了呢？

谈到这里，不得不提张雨绮了。这才是典型的性感尤物形象：肤白、胸大、腰细、腿长。她在《美人鱼》里说的台词堪称经典："我有钱有身材，追我的人从这里排到了法国，我拿三百亿出来跟你玩，你当我是空气呀？居然去泡一条鱼，我现在就把她打捞回来煲鱼头汤！"她演的是一个主动的、邪恶的、性感的、剽悍的女反派。这个设定大家都很满意，因为在导演或者说大众心目中，一个丰满妖艳的女性，一定是不安于室的；她先天的性感身材已说明她性欲很强、欲壑难填，不会轻易服从于男性，因此是不好把握的；这样的女人，不适于娶回家。所以，性感女性无法成为中国电影中的女一号，她只能当反派或女二。

如果说清纯禁欲平胸的"处女脸"，这是女主角标准，因为可以显示了女性温驯、乖巧、无欲无求、宜室宜家，因此也是好掌控的、可以好好谈恋爱的；那么性感火辣的，必然是有能力的、有攻击性的、贪得无厌的、不断索求性和钱财的、是邪恶的，这是女反派或者拜金女郎的标配。性，被视为一种女人的武器，大致就相当于传说中吕洞宾所说的"二八佳人体似酥，腰间仗剑斩愚夫，虽然不见人头落，暗里催人骨髓枯"。越性感、越危险。

可惜，这种刻板印象只是一种成见。潜意识中，反映了当下男人对"性"的害怕，只能退缩回没有经验、看似好掌控的幼齿女孩当中寻求精神安慰。有人说周星驰的《美人鱼》很有童心；没错，连带着性观念，也从他青年时期电影中的坦然追求性感女郎，退缩为寻求处女庇佑的巨婴了。近年来周星驰电影中这种蒙昧未开的少女主角，像是一个个抽象的天使，是为了解救和度化男主角而存在的，是为千帆过尽的浪子准备的甜点。这种在纯洁天真面前的自惭形秽，其实装饰性大于实际意义。因为他们需要这种愧疚，来塑造更加完美的道德感。

还记得在《喜剧之王》当中要求妓女们穿上校服、一边大叫"我要初恋"的嫖客吗？他只是中国电影，甚至是中国男性观念的一个缩影。

我们现在能看到的巩俐，确实是中国一线巨星当中的例外，她既能在电影中张扬地表现性感，又总是绝对女一。这得益于她成名早。她走红的时候，中国电影和中国男性都还颇有朝气，很稀罕这种饱满浓烈、敢爱敢恨、充满风情的女人，大家爱的就是这种泼辣和豁得出去的力道。而现在，这种女人只会让男人们害怕。你看她的新片《三打白骨精》，不也是只能演大写的女反派吗？

讲真，我们的电影票房天天刷新纪录了，都快赶上美国了，女性形象能不能不要那么单一那么乏味？

# 韩国女人"一模一样"的美来自何方

追求整齐划一的美，是一种迷幻药。

在《来自星星的你》最热的时候，我去了趟韩国待了一个星期。最深的印象就是，首尔的女孩子的确特别漂亮。作为一个漫游者，一位女性，琳琅满目的美女带给我的感受很直观。她们不胖不瘦，身材匀称；鹅蛋小脸，肤色雪白；眼神妩媚，唇形饱满……首尔市中心二十岁至三十五岁之间的大多数女性，都是这种容貌。

与此同时，她们的穿着也极其相似，穿着黑色的呢子大衣或羽绒服，下身穿黑裙黑丝或者黑色紧身裤，连拎的包包都有几分相似，质地考究，气质优雅。

我马上回想起曾在网络上看到的韩国小姐选美比赛的图片：候选佳丽们都长得一模一样，恍如全都是Ctrl C + Ctrl V 复制粘贴出来的。但她们真的是天然就长成这样的吗？未必。我也留意过地铁车厢里五十岁以上女性的脸形和外貌，她们与中国人一样，每个人都各有特点。这说明，美女们美得如此肖似，并不是天生的。

众所周知，韩国是一个整容大国，据说不少家长都会从小给女儿准备一笔整容基金。说实话，我不仅不讨厌整容，反而觉得她们挺有牺牲精神的。人家花了大价钱，吃尽苦头、费尽心思，取悦自己及自己在乎的人，顺便让我们这些旁观者不费分文便可看到美丽的事物，我们是赚足便宜的。而明星整容，不但不是丑闻，甚至可说是她/他敬业的一种表现。普通人整容也无可厚非，爱谁谁，完全不成为问题。

但我仍然有一丝不安。成为问题的是，一个数千万人的社会，为何价值观极其相似、审美观极其相似、社会心理高度趋同？是什么造成了他们千人一面？美有千姿百态，为何她们在三千弱水里取的总是同一瓢？

整容与化妆有本质上的区别，一在于其需要承受身体痛苦，二在于其往往有不可预知的风险和副作用，三在于其不可逆。所以，在正常社会里，虽然也会有人无惧巨大的风险选择美丽，但很难成为主流；一旦整个社会的女性普遍都愿意付出高昂的代价来换取美丽，说明容貌比健康等别的东西价值要高出许多。当容貌（主要是女性容貌）被视为至高无上，整容成为女性首选的时候，说明这个社会男尊女卑，女性不得不以色事人。

个人选择永远值得尊重，但一旦成为社会主流，则一定有现实的原因。正如有人选择回家相夫教子，这很不错，但全社会的女性一致选择回家相夫教子，这表明她们没有选择，说明社会有病。

病灶与韩国根深蒂固的传统价值观有关。在韩国的历史上，中国的孔孟儒学有着很大影响，并形成了具有韩国特色的"韩国儒学"。他们传统的家庭结构是几代同堂的大家庭，男子被赋予代表、支撑和保护一个家庭的责任，丈夫或父亲是一家之主，在家庭中拥有至高无上的权力，男尊女卑是有历史成因的。如今，进入现代社会的韩国在社会发展的各个层面都有了很大的变化，但这种伦理改变得有限。

在一个摩登的现代国家里，传统的价值观其实是换了一个面貌来呈现的，因为你已经不可能赤裸裸地对着受过高等教育、家境良好的女性呼呼喝喝，要求她们服从了。但如果隐匿在商业文明的光环下，便一切皆有可能。比如说，前面所提到的女性们对某种公认的审美观的附和，和丧心病狂的追求。同样的情形，还可参考韩剧。

在韩国的那些天里，韩剧《来自星星的你》的男女主角各种广告无处不在、无孔不入，可谓红到发紫、紫到发黑。是的，我们热衷韩剧，它们迷人、强大，魅力超越国界，辐射整个东亚，甚至对韩国经济发展亦有促进，它们既是文化产业的成功，更是商业的成功。然而，不管是纯爱剧、家庭伦理剧还是历史剧，目标客户群主要都是女性，常采用女性为第一主角，满足的是女性被宠溺的幻想，投射的是女性的欲望，熨帖着的是女性的价值观。韩国的电视剧虽然极尽精致煽情、美轮美奂之所能，但拍得再多，题材总是在围绕灰姑娘、车祸、失忆、白血病等上面打转，皆是拜这种单一的视角所赐。

难怪有人说，韩剧就是给女性看的AV，只要纯爱，不要性生活。它们不需要逻辑和理性，只供女性幻想就够了。

为什么如此成熟的电视工业，会把收视率高、影响大的电视剧场留给女性观众？甘心把电视机前的观众都预设为女性？商人不会做无缘无故的买卖，可以推测，是因为男性很少花时间来看韩剧。这说明男女分工有较为鲜明的界限。相当大一部分女性要么待在家里照顾家庭，要么从事有大量业余时间的轻松工作，所以她们才有海量时间需要通过看电视剧来kill time。

从心理成因来说，也是因为女性们希望能躲藏在韩剧塑造的幻想城堡中，躲避社会激烈的竞争。

而这种生活方式，是难以让女性在职场上有上升空间的。

在2013年度世界经济论坛公布的"世界性别平等报告书"中，对全球共136个国家的性别平等度进行了综合评估，可以看到，东亚国家的性别平等水平整体都不太高，中国的综合得分位列全球第69位（2016年迅速跌至99名），不及世界平均水平。但日本和韩国的女性地位更低，日本的女性地位低至全球105名，韩国排名下滑3位至第111位。报告指出，韩国的排名下滑，主要缘于在劳动力参与和薪酬平等感两项得分下降。

这与我现在的直观感受是吻合的。韩剧在东亚流行十多年了，仍然是千篇一律的纯爱剧，仍然单一地制造着各款供女性做春梦的男神，一点也没有改变。这就佐证了，这里仍然是一个强大的父权制国家，尤甚于中国。

韩剧就如韩国的美人，虽然美，但单调、匮乏，缺少趣味，缺少可能。也正因为审美观和价值观的高度一致，韩国女性的出路其实是相当狭窄的。而一个社会，不正是有了各种各样的可能性，才能稀释我们的现代性焦虑吗？不仅是女性，男性亦如是。

罗素在《西方哲学史》的《埃拉斯摩和莫尔》一章中写道："必须承认，莫尔的乌托邦里的生活也好像大部分其他乌托邦里的生活，会单调枯燥得受不了。参差多样，对幸福来讲是本源，而在乌托邦中几乎丝毫见不到。"读过这段话之后，我的体会似乎又深了一点。追求整齐划一的美，是一种迷幻药。出现在独裁国家里，它可以勾兑成里芬斯塔尔一样庄严而致命的法西斯美学；出现在民主国家里，则会演化成一种集体无意识，成为裁剪思想、修理审美、打磨棱角的商业流水线。

# 审美的排他性

这里的问题根本不在于是锥子脸漂亮还是蒙古脸漂亮的，而是
标准是否健康，是否多元。

　　一位已入美籍的二十三岁的北京女孩全安琪，当选了2016年密歇根州小姐，接下来还将代表密歇根州参加2016美国小姐（Miss American）竞选。却不料，这个女孩竟引发了大洋彼岸的中国网友们的一场对撕。

　　按说，现在全世界的选美比赛已多得让人疲劳了，华人当选的先例也很多，本来一个美国的地方选美不该引起什么关注。但这次不同，是因为这位全安琪，被无数的中国网友攻击为"丑"，甚至《人民日报（海外版）》都说"美国人觉得她很美，中国人觉得她很丑"。

　　如果找到全安琪更多的照片，很容易发现最开始大面积流传的那几张夺冠时的照片，是为了强化这种反差而精心挑选的丑照；而她日常生活中的妆容和宣传照则好看很多。当然，就算她的正常照片，也一样会有人公开说真丑。她的高颧骨、大嘴巴、小麦肤色、高大健壮的身材，动辄大笑，无一符合中国审美。这种模样很像是迪士尼动画片《花木兰》的真人版。

　　公开用侮辱性词汇说女性"丑"，显然是素质低下。不过，在这里不想再讨论"霸凌"这个问题了。其实就算在美国，全安琪也受到了很大关注，从社交媒体的热度来看，当地很多媒体和网友都认为她当选"美国小姐"的呼声很高，是大热门。这与她的亚裔身份有一定关系。全安琪是密歇根州史上的第一位亚裔选美冠军，在种种刁难和诟病中，她的反应能力和价值观念让很多网友路人转粉；此外，她还拥有高等学府的学历、数不清的社区服务和慈善活动的

记录、惊人的记忆力、出色的演讲能力，以及钢琴的才艺——这才是她能夺冠的重点。

再补充一句：美国的选美比赛有两个：Miss America，也就是全安琪参加的选美，更像是一个奖学金系统，看重选手的才艺、学历和谈吐；而Miss USA（美利坚小姐）则像是一个模特大赛，没有才艺项目，选手只要看颜值和身材。或许，这样你就能理解一个长相不在中国人审美范畴当中的女孩，为什么能成为"美国小姐"比赛的大热门了。

不过，笑容自信开朗，健康身材，有才艺，有头脑，这些都很好；但不等于别的美国少女们就没有这些。而全安琪能夺冠，说明她的容貌也符合美国主流认为的美。

东西方审美差异，已成了一个高频词。从花木兰到哈利·波特的初恋女友张秋，从邓文迪到普利希拉·陈，从刘玉玲到全安琪，这种西方受欢迎的东方面孔，与中国人对美的看法差异很大。她们的共同特点是：高大健壮，小麦肤色，还有着蒙古人种一样的面颊，颧骨突出、方脸轮廓分明。而这，和当下中国人普遍喜欢的脸小、肤白、苗条是有很大区别的。

她们这样也能叫美吗？我们常常很难理解。多年前，作家石康写过一篇广为流传的《一到美国就看不上中国姑娘了》倒是部分地回答了这个问题：

"我希望有个姑娘跟我一起使用工具建房子，而不是只在边上给我擦汗叫老公，此时，原来的中国趣味纷纷瓦解，这时你才得知，一个帮手是多么重要，若是她不能与你一起把床垫举上车顶并捆住，你就只能自己去举，但你一人很可能真的大风中完不成。

"这里先是需要人，其次才是女人。"

我不能同意他这篇文章的所有看法，因为中国也有同样的姑娘，只不过基于他的个人生活体验被她视而不见而已。但就生活方式而言，这是有一定道理的。在美国这样的国家，性别相对较为平等，女性同样要承担社会责任；她们更受青睐的特质，是健壮性感，是能干，是聪明，是有品位，是见多识广。

不是说美国就不注重容貌，否则他们就不会有好莱坞，不会诞生无数的化妆品大鳄和服饰帝国了；但他们更欣赏的，是那种充满着生命力，精力充沛，行动敏捷，就算笑也笑得张狂的模样。

但反过来也有一个问题：美真的只有这样一种类型吗？如果不当女强人就变成丑的了吗？如果只喜欢斯文优雅的微笑难道就是丑了吗？显然也不是。

以美国的历任第一夫人为例，固然有米歇尔·奥巴马和希拉里·克林顿这类职业女强人，是丈夫的最得力助手，圈过很多好感；也有像劳拉·布什和南希·里根这种温柔体贴的贤妻良母，是保守派的家庭主义者的理想伴侣模式。除了小李子交过五十七任维密超模女友的审美始终如一之外，整个美国，并不存在着一个立场一致的判断。

我们似乎忘了，在西方世界里，最红的东方面孔是巩俐、是章子怡、是杨紫琼、是张曼玉，她们没有一个是花木兰式外貌；近年来在西方备受关注的中国超模刘雯（一度登上权威的世界超模榜Models.com的第三名，吸金榜上也名列前排）、何穗、秦舒培等人，也各具特色；完全符合中国人对"大美女"定义的张梓琳，还是世界小姐呢；如果算上非华裔的东方人，早一点的戴文青木、栗山千明，最新的《X战警》中的"灵蝶"，容貌都非常个性化。人家接纳各种各样的美女，什么类型都应有尽有。这些，为什么就没人质疑"审美差异"，或者"西方人故意选丑的来丑化中国人"了？

谁说在美国人有东方人都是蒙古脸的刻板印象？美国人接纳的美多种多样。分明是东方人对他者审视的不自信，以为谁看自己都带有偏见。

这就是趣味单一的问题。只要跟自己的判断不一样，就嘘声四起，更不必说还附带着粗俗的语言暴力和人身攻击了。

美确实是有时代性的。在中国的语境下，李双双和小二黑的时代，喜欢的是强壮的劳动妇女；后来喜欢的，是邢燕子那样好使唤、使蛮力的"铁姑娘"；农村喜欢的，是不仅强壮能劳动，而且有大屁股、好生养的姑娘……那都是符合当时的现实需要，而且在饥馑的年代里基本没有什么选择的余地。而当下的癖好，则是大胸长腿的网红锥子脸；而且，这样的姑娘一般都会有"炫富"这种爱好作为标配。它营造出来的是一种既不用工作却又非常有钱、只需休闲和保养的美好幻象。这也符合当代中国人的人生理想。

为什么说这种"网红脸"是中国的女性审美风向标？现在有钱的年轻女孩非常多；而靠着塑造出这种又美又闲的生活方式来吸引粉丝，让自己变得更有钱，从而能打更多的玻尿酸变得更美的网红，也很多。这种美的方式，在一定程度上，是能变现的，变成淘宝店主，变成热门主播，变成广告达人，以至于真正的大明星都会自拍成网红模样来圈粉和盈利。不要嘲笑人家韩国了，我们一开网红大会，那些知名网红们惊悚的整容脸，活生生把天然的Papi酱衬托得像个女神。

巨大的利益所在，审美就有了排他性。城市广告、电视屏幕和各种网页都被这种一模一样的网红脸围绕着，格局当然会越来越小；难怪大家看到全安琪那种粗放的脸，会百般不适。

这里的问题根本不在于是锥子脸漂亮还是蒙古脸漂亮，而是标准是否健康，是否多元。全安琪所在的密歇根州，亚裔比例相当低，她当选时的心愿就是促进多元化，这里也包括了整个社会对女性美丽多元化的认可。范冰冰固然非常美，可整出成千上万个范冰冰，这就吓人了。我觉得全安琪不错，觉得花木兰漂亮，但要是华裔姑娘全整容成花木兰，我同样会觉得很别扭。只要单一化，就不是我想要的世界。

# 这样的春晚真的是场冒犯吗

春晚并不是偶尔在一两个细节上不够注意被人抓住把柄，而是长年累月、深思熟虑、系统性地维护这种刻板偏见，并且让其成为宣扬的主旋律。

　　一年一度的春晚，在再次被评为史上"最差春晚"（之所以说"再次"，是因为每一年新鲜出炉的春晚都是"最差"）之后，又增加了一个新的亮点："歧视"。

　　许多网友对春晚的种种"歧视"问题吐槽不断，一一追认了春晚的罪状：长年累月地歧视胖子、矮子、剩女、南方人、二十块娶走的姑娘、女领导工作"主要是睡觉"……继春晚连续多年拿身体缺陷制造笑料之后，现在春晚非常多的笑料集中在女性的性别歧视上。微博@新媒体女性 分析道："整个社会的性别状态不是很糟糕的'对抗'，而是更糟糕的'冷漠'，大家都习以为常，不觉得这是不正常的不平等的。"它把这台号称"多屏收视率(备注：综合计算电视直播与网络直播)达到29.6%，电视观众规模达6.9亿人"（2015年数据）的春晚的歧视问题，揭示得比较清楚了。

　　央视春节联欢晚会曾创下三项世界之最：世界收视率最高的综艺晚会、世界上播出时间最长的综艺晚会、世界上演员最多的综艺晚会，还曾因"全球收看人数最多的晚会"荣获吉尼斯世界纪录证书（2012年）。事实上，从1983年开始，春节联欢晚会就为中国电视综艺文化的发展提供了最基本的模式和蓝本——而这些，央视的主办方、两岸三地的大小明星、各级文工团和各级领导们，当然知道；不仅知道，而且还刻意利用，反复强调"办一台全国人民喜闻乐见的晚会"。从春晚的反复审查反复修改、节目单公布都能成为各大媒体的头条新闻；从哪个明星上哪个明星不上，都可以看出价值风向标；更不必说现在的"反腐小品"这么赤裸裸的政策宣传了：不难看出，这不是一台普通的娱乐晚会，而是一个宣传和引导社会价值观的晚会；从最浅的层面上来说，它也必须代表中国社会相当大一部分群体的主流价值观。

所以，不要再说，这些节目只不过"乐呵乐呵，别太较真了"。春晚不是用来"乐呵"的，它代表了我们这个国家主流的意识形态，主办方要是听到大家没能从中受到教育和引导，会很伤心的。

春晚确实很喜欢嘲笑与伤害别人。像"剩女""女汉子""胖子""矮子""二十块卖女儿""女领导主要工作就是睡觉"，这不叫歧视什么叫歧视？像蔡明在小品中对矮个子或者样貌不佳者极尽污辱之能事，哪能叫毒舌，分明是没教养，欠揍。时刻捏着一把尖锐刺耳的声音传播她对这类人群的蔑视，实则也是在传播着春晚，乃至是央视的价值观。

权贵们不可嘲弄，春晚便拣软柿子捏，这个判断没错；但如果认为春晚只喜欢歧视弱势群体，这样的理解并不能够穷尽问题的复杂性。早期的春晚，经常出现南方口音的土豪，矫揉造作又扭捏；还有上海人，穷讲究、瞎折腾，住宾馆退房前还要用窗帘来擦鞋才觉得够本；只有东北土灶上的糙爷们、二愣子一样的粗放，才是淳朴可爱——简单来说，这叫地域歧视。但不论是在当时还是现在，南方（包括上海）都是中国的经济发达地区，这算是讥刺强者吗？

显然不是。不要以为是东北明星带旺了春晚小品，恰恰相反，是春晚选择了东北小品，它们的明星如赵本山们才能脱颖而出。在族群文化归属上，北方才是政治、文化、宣教的中心，北方（甚至被夸张为区域色彩更为浓烈的东北）是有着族群的文化优越感的。央视春晚遴选了人们对北方人（东北人）的刻板成见，进一步放大，成为春晚小品的标志性风格。

同理可见春晚小品中"怕老婆"这种类型化的面孔。一年又一年，丑男总是娶了美妻，郭达或郭冬临对着美艳如花、浑身名牌的牛莉或刘涛们，低声下气，动辄下跪，而美妻们则泼辣、刻薄、歇斯底里。这种并不能称之为"歧视"，但同样是搭社会偏见的便车，把"悍妻"的这种刻板印象放大。这又是一种对粗俗的崇尚。

至于今年春晚中表现出来的对矮胖的"女汉子"的打压、对剩女的逼婚劝诫，那基本上就是对这个社会狭隘的生育文化的一种顺从和呼应。

正像网友Hathor Of Dendera所说的，"你国特色政治正确是：城里人臭讲究；南方人臭毛病；女人臭讲理；只有东北农村老男人永远正确。"

这样的一个世界，如同我们现实世界的回声。春晚固然经常被批，但绝不意味着它的导演和艺人是笨蛋，相反，正是因为他们深谙我们这个现实社会普遍意义上的法则，知道这种表现方式会得到相当多人的会心一笑，甚至是表扬。对弱势群体的嘲弄，显得我们聪明机智高人一等；对我们无法企及的考究生活进行丑化，能平息我们的妒意；模仿女人凶悍，可凸显男性的性别优越感；敦促女人回归家庭、以嫁人为人生第一要务，是为了给多出来的三千万单身汉制造意识便利，是服务于维稳大计……

其实，春晚并不是偶尔在一两个细节上不够注意被人抓住把柄，而是长年累月、深思熟虑、系统性地维护这种刻板偏见，并且让其成为宣扬的主旋律。

有一种论调很宽容：歧视也没啥啊，很多人都不觉得被歧视呢，你不敏感不就行了？这是一种常见的语态，大概中国文明史存在以来的几千年都在用，意思就是：被欺负也没啥啊，忍忍不就过去了？别人都在忍啊，你凭什么不能忍？可是，你麻木、你喜欢受虐就算了，别人不愿意忍，何苦还在那里劝诫和打压别人呢。

另一些反驳"有歧视"的人说，你有本事你上啊！但问题是，觉得"被歧视也无所谓"的人那么那么多，甚至包括不少有文化的人，说明现实社会不管是强势一方还是弱势一方，都喜欢歧视，你不搞出点有歧视的节目来，人家还不习惯呢，收视率还不能保障呢。从这一点来说，春晚又何其无辜！

从历史来看，的确存在着有些作品艺术表现水准很高、可以掩饰其陈腐的价值观这种可能；但有谁好意思说这些春晚小品是高艺术水准的艺术作品来着？就是一个宣传作品，然后还政治不正确，最可怕的是还不好笑。

可惜，6.9亿人次的观看者是不在乎这点的。虽然稍有点讲究的人都把它视之为垃圾，但大多数观众还会认为这是精心炮制的美食。他们的胃口消化这种东西，正好。

# 恶搞经典伤害了谁

为什么传统不能被颠覆？颠覆传统，本身就是一个至高无上的褒义词，是真正有实力、有思想、有创新的作品才有资格被这么夸奖的。

喜剧演员贾玲曾在东方卫视《欢乐喜剧人》的小品节目《木兰从军》中，扮演了一个胖版花木兰，引起过很大争议。她身穿古装，嘴啃烧鸡走上舞台。节目播出后，立即引起众多网友和观众不满。中国木兰文化研究中心甚至刊发公开信，要求栏目组以及主创人员向社会公开道歉。

这条新闻一度成了各大新闻网站头条之一，还有的网站发起了投票，讨论这件事。按河南省商丘市的郭姓文史专家的话来说，"这出闹剧，令人作呕，又为之愤慨。其技艺低劣，内容庸俗，不仅歪曲了木兰的形象，也玷污了民族文化，可恶至极。"木兰文化研究中心则在公开信里说，"《欢乐喜剧人》栏目如此恶搞，是误导青少年陷入迷途，更是愧对于后世子孙。"在新闻下面的评论里，则有人说："恶搞英雄，十恶不赦。"

我倒想看看这个能让人"愧对后世子孙"的小品，到底是犯了什么天条了，能跟古代的"弑父"这样的"十恶"并列一起？

贾玲的这个小品情节不复杂：贪吃的小胖妞木兰，在父亲被征兵时，被父亲哄骗去当兵，教她"吃亏是福"；她在军营里误打误撞，受到重用；她勇敢杀敌，以一敌四，最终取得战斗胜利，光荣返乡。回乡后，木兰才知道，当初是因为恶霸看上她，父亲不得已才送她参军逃避。可惜父亲已去世了，木兰徒留感伤。

坦白说，这个小品只能算是二流，有点小趣味，在艺术上还很粗糙。不过，艺术水准再平庸，小品中的花木兰仍是一个正面人物，无论如何也无法从中解读出"玷污了民族文化"。莫非，长得胖一点，贪吃一点，就是"可恶至极"？

对小品，正常的艺术批评当然随便，但在所有的批评方法当中，诉诸"民族情感"和"国家主义"的批评肯定是最糟糕的一种。因为一旦作品扣上了这个帽子，拉到这种高度，就意味着批评者不打算讨论其艺术水准，而是用政治话语来打压。也正是因为扣上这样的帽子，就意味着可以动用"十恶不赦"以及更加下作的辱骂了，因为他们探讨的不是小品好不好的问题，而是有没有维护民族大义、国家利益的大是大非的问题；骂得越凶，在他们的想象中就是越用力地爱国爱民族。

还是先从花木兰开始谈起。木兰是否是真实存在的人物，学界还没有一个统一答案；现在的河南商丘市虞城县营郭镇，是流传得比较广的木兰故里，里面有号称唐代始建的花木兰祠，可惜它纪念的却是隋代的木兰。而《木兰诗》，写的可是南北朝的木兰。我们所熟知的木兰，是活在文学作品当中的木兰。

作为一首叙事诗，《木兰诗》里面提到的时代背景是有所本的，是以公元391年北魏征调大军出征柔然的史实为背景而作的。其中多次涉及到的"可汗"，就是北魏道武帝拓跋珪。鲜卑族的拓跋珪通过连年战争，先后消灭了北方的割据政权，统一了黄河流域，成为代表北方的政权，与南朝的宋、齐、梁政权南北对峙。与此同时，漠北地区，曾为鲜卑奴隶的柔然也逐渐强大，威胁着北魏北部边境的安全，不时侵扰，所以，北魏才会与柔然作战。

不过，重点不在于北魏和柔然的关系。北魏王朝后来强大了，迁都洛阳，又分裂为东、西魏，接着改朝换代，继续推进中原，一步一步侵蚀中原的土地。这个阶段，史称"五胡乱华"。五胡的概念是《晋书》中最早提出的，指的是匈奴、鲜卑、羯、羌、氐等在东汉末到晋朝时期迁徙到中国的外族人。历史学家普遍认为，"五胡乱华"是大汉民族的一场灾难，几近亡种灭族。

而这位木兰，就是北朝鲜卑人的将领。即便她是英雄，那也是鲜卑和柔然的事，不是汉民族的民族英雄。

当然，勇敢的少女替父从军，这个艺术形象的确讨人喜欢，不管是什么民族，你要是高兴，可以歌之咏之；但拿她开个玩笑，就有一群人跳出来说伤害了"民族文化"，那真是关公战秦琼了。人家"木兰文化研究中心"和当地的有关部门出来骂人，是为了维护他们的独家阐释权，维护他们的饭碗和利益，其他人何必跳脚呢？

退一步说，真的民族英雄能不能恶搞？有一种对"恶搞"的批评比较普遍："文艺娱乐媒体中总有一些人专干颠覆传统、抹黑英雄和伟人的勾当，数典忘祖。"这大概也代表了许多人的认知。

但我就要问了，为什么传统不能被颠覆？颠覆传统，本身就是一个至高无上的褒义词，是真正有实力、有思想、有创新的作品才有资格被这么夸奖的。其次，没有英雄和伟人是惧怕抹黑的，有缺点的英雄仍然是英雄，完美的苍蝇仍然是苍蝇。那些一抹就黑的英雄并不是真的英雄，而是乔装打扮出来的宣传模板。确实也涌现出很多"善搞"，给一些人物加上"正能量"，比如"好事做了一火车""爹妈死了为了加班不回家"，但这种"抹白"，自己说出来都不信——虚假才是对英雄的真正抹黑。

恶搞，无非就是对一个大家比较熟悉的艺术形象进行加工。而判断加工出来的形象是经典还是垃圾，不在于你是吹捧还是讽刺，而在于体现出来加工过的艺术形象是否立得住。所谓经典，何尝不是历史上的一次又一次的优秀恶搞，经过了淘汰和沉淀之后留下来的？曹操的奸诈、刘备的伪善，是《三国演义》对三国历史的恶搞；佛与道的荒诞无能，唐僧的懦弱愚蠢，是《西游记》对佛道关系与历史人物的恶搞。即便是通俗文化当中，电影《大话西游》对《西游记》的无厘头恶搞，现在也俨然成为电影史上的经典了。此后，还涌现出一系列电影对《大话西游》的恶搞再恶搞，区别只在于"好"或"不好"，不存在"允许"或"不允许"，"批准"或"不批准"。

只要是经典，注定了就会被不断翻新出各种解读。世界上根据《罗密欧与朱丽叶》编排的戏剧和翻拍的电影少说也有上百部，我看过的版本里，有的甚至是歌特、摇滚、文身、暗杀、血浆满天飞，我也没觉得莎士比亚的感情受到了伤害。胖一点的花木兰又伤害了谁？

指责别人"数典忘祖"，事实上就是想垄断解读方式，除了自己熟知的一种方式，别的都是背叛。

其实，目前最严重的问题就是，大众已被训练出一元化的思维方式，难以接受与自己不同的见解。他们仿佛认为自己年少时从教科书或者官方渠道中获得的知识，都是开过光的，任何不同观点都得死。不仅岳飞、史可法这些人绝不可谈一句不是，连骂秦桧骂得不狠的，都能被视为卖国贼，不是说你"玷污英雄"，就是说你"洗白汉奸"。思维要多么匮乏，才能把英雄都理解成一个扁平的符号，把历史看成了线性的，容不下任何血肉之躯？

我曾参加过一次讲座，谈的是三国里的真实人物。有一位嘉宾谈到，史料记载，关羽也好色，建安三年（公元198年），刘备与曹操合力攻打吕布时，关羽向曹操要求说等攻下城后，想要得到士人秦宜禄的妻子杜氏。但是下邳城破以后，曹操命令捉了杜氏先送来让他自己瞧瞧，结果曹操忘了对关羽的承诺，把这妇人给自己留下了。自此之后关羽和曹操就有了间隙。这一个故事，《华阳国志》卷六《刘先主志》及《〈三国志〉注》引《蜀记》《魏氏春秋》中都有记载。结果，在场有观众很不高兴地站起来提问说：你怎么可以这么抹黑关羽？这跟我们学的完全不一样，你让我们怎么能接受这样的关羽？听了多难受？！

我愣住了。原来有人可以因为自己听了不高兴，就要求大家都来否定历史。你要一定咬定你不知道的历史就等于没发生过，你问问人家古代人同意不同意？人到底可以自大到何等程度，才能认为过去一两千年的历史都因为自己的喜好而存在？

这位嘉宾很有修养地回答了这个问题："如果你看的书，都和你已有的知识一模一样，你还有必要再读吗？"

同样道理，如果你看到的所有新事物，都和你已知的经典一模一样，让你躺在熟悉的认知里舒舒坦坦，这个世界还有存在的必要吗？

　　可怕的不在于人们不愿接受不同的形象，这还只是个人问题；而在于他们还希望能禁止有别的人接收到不同形象。要扁平，就所有人一起扁平，他们只想创建一个没有异见的黑白世界。他们热衷于给不同的看法扣上一顶政治的帽子，诉诸国家大义，希翼引起相关部门的重视，从而禁绝不同意见。

　　但是，这样一个把脑子放起来不用，看不到不同色彩的地方，才是真正危险的好吗？

# 当花木兰和道士都成为禁脔

> 我觉得你的小品或电影不合我意，没把我伺候爽，从此你是卖国贼，你是国家公敌，你十恶不赦，你败坏了纲常，破坏了社会主义建设，封杀你，惩戒你，看你以后还敢不敢？

贾玲就"恶搞"花木兰一事道歉，《欢乐喜剧人》也被要求停播一周。事情起因于河南一个名不见经传的"木兰文化研究中心"，觉得贾玲演的小品丑化了花木兰，要求贾玲道歉。各大网站纷纷把此事放上头条，有的还进行了网友投票。没错，确实有相当比例的人认为，民族英雄绝不可被恶搞，贾玲应该公开道歉。

贾玲认了错，马上，道教界就有人跟进了。一封由"中道协权益保护委员会主任"孟崇然道长发起倡议的《道教界向导演陈凯歌提出严正谴责声明》也开始广泛流传，上了热搜榜。这封实名的声明更严肃，指责陈凯歌尚未停止公映的电影《道士下山》，"严重背离我国传统文化价值观，肆意丑化道教、道士形象，违反多项政策法规。"如果说他责问影片主角何安下为什么一下山就是去抢盗和开荤，为什么驾着高梯偷窥隐私，动淫欲之心，为什么在杀人后向和尚忏悔寻求慰藉，这些，还算是对表现内容的探讨，那接下来的声讨，大家就很熟悉了：

"中华民族五千多年的文化历史绝不能在你的手中断送！从道士下山的影片中可以看出陈凯歌你虽然是一个中国人，但是已经成为一个缺少了中国人骨气的卖国贼！"

并要求《道士下山》电影必须马上停止所有播映，并公开道歉，等等。

这位孟崇然道长是何许人呢，就是现任中国道协副会长、辽宁政协委员、丹东市道教协会会长。（据了解，道教协会有正副会长二十人。）

说实话，我还是很欢迎这样的推演的。因为单一的"花木兰事件"，也许会有人觉察不出其荒谬，真以为把一个虚构的古代外族少女表演得胖一点、馋一点，就伤害了我们的"民族英雄"，就"十恶不赦"，就是道德败坏；那么，越来越多跟真相毫不搭界的协会都跳出来大放厥词，大家或许就会想明白吧。

诚然，我不觉得《道士下山》是部优秀作品，江郎才尽的陈凯歌，在里面塞满了自己混乱的价值观，太多的表达欲、太急于追赶时髦，令这部拼贴式的电影苍白而轻佻。但是，不能仅仅因为里面的主角有"道士"这个身份，你作为道士看得不高兴，就禁止人家放映。现在的帽子真便宜，电影里有个小道士抢了只烧鸡，导演就能得到"卖国贼"的高规格了。

这位道长，大概从不接触古代文学吧，如果他知道陈妙常被写成了一个被不同的人三番两次勾引，最后珠胎暗结、与人私奔的道姑，会不会想把明代的高濂拖出来再杀死一遍？唐代的鱼玄机在道观里艳帜高张，还与婢女争情郎，这如何是好呢？唐代的公主和贵族少女们纷纷做道姑，其实是为了方便幽会情郎，是不是得赶紧洗白？还有，那些道士，总是被史官和小说家们写成是专门给皇帝或高官配送伟哥的角色，以致于提到道教大家只知"房中术"和"双修"。这些对道教的抹黑效果，可比陈凯歌影响坏上一千倍，这笔账是不是也要先算？

事实上，谤佛毁道，是中国古典戏剧古典小说里的传统，不守清规的和尚道士简直是长篇作品里不可或缺的角色。当然，这种古代通俗文学的心理成因与时代有关，与现在的情形有了很大区别，但他们也不可能今天一跃之间就已尊贵到不允许任何人调侃了。再看看《道士下山》里的何安下，虽然人物塑造不成功，但无论从哪个角度来说，他都是一个正面人物。人家把道士拍成主角、拍成正面人物，还是被说成卖国贼，那么，写出道士强奸女主角的金庸，是不是应该算是"卖宇宙贼"呢？

就连名著《西游记》，也是谤佛毁道的一把好手呢。对了，六小龄童也发话了。他看到"道教协会"出的声明之后，转发道："好开头！那恶搞玄奘大师及世界名著《西游记》的影、视、剧、小说的诸位怎么办？"

　　真抱歉，《西游记》把历史上真实存在的杰出的翻译家、哲学家、地理学家、外交家、无与伦比的宗教大师玄奘，写成一个懦弱无能、缺少修为的软蛋，是不是最大的恶搞？而且，还把玄奘的母亲写成被盗贼强暴并委身盗贼十多年，在贞节观严苛的时代，恐怕就不是恶搞了，而是应该把吴承恩起棺鞭尸了。不知道六小龄童又对《西游记》恶搞历史做何感想？

　　这说明了两个问题：第一，这一部分对"恶搞"的愤慨者，根本不是为了维护某个形象的纯洁性，因为他们维护的形象自古以来都不曾真正纯洁，而是为了现实利益——现在，是"我"垄断了这种形象的阐释权，跟"我"不同的都是汉奸、卖国贼。第二，没有形象是不能恶搞的，甚至是至高无上的皇权，在一定程度上倡优艺人仍然可以挖苦。怎么到了现代讲究"自由""平等"的时代里，反而不管真实的虚构的，个人的行业的，什么东西都成了禁脔，碰都碰不得？

　　于是乎，配合这种热潮，冯小刚在微博上呼吁："妖协要求《捉妖记》道歉。"网友们纷纷补充："煎饼协要求《煎饼侠》道歉。""神仙协会要求《封神榜》道歉。""贼协要求《天下无贼》道歉。""栀子花协会要求《栀子花开》道歉"。

　　遗憾的是，并非只有利益攸关者才是玻璃心的、反对一切异见的，这种还只是坏，并不蠢；那一大批挟着真理前来声讨的网友，毫无个人利益，却来势汹汹，才是真正逼得贾玲道歉、节目停播的人。

　　有人说，真理越辩越明。可惜，我更同意另一种看法：真理越辩越怒。能够辩论，是因为大家站在平等的位置上来互相批评；对阵再凶，水平再参差，那也是文艺批评。而不是：我觉得你的小品或电影不合我意，没把我伺候爽，从此你是卖国贼，你是国家公敌，你十恶不赦，你败坏了纲常，破坏了社会主义建设，封杀你，惩戒你，看你以后还敢不敢？

辩论的一方已经站到了这种至高无上的山巅上，已经准备代表月亮消灭你了，另一方还怎么辩论？

是的，我不喜欢贾玲的表演风格，也不喜欢《道士下山》的叙事方式，甚至还专门写过文章去批评。但正常的批评和提意见，与碰瓷、打压、通过政治手段惩罚不同意见，不仅不是一回事，还是敌人。在这个角度上，我坚决支持各种文艺类型的表达权利。我支持我不欣赏的人，是为了能拥有更丰富的世界。

# 一辆车的钱背在她的肩膀上

似乎包包已成了一种硬通货，消费主义被视为现代化社会里人们的生存目的和精神面貌。


我在朋友圈哀嚎：再网购就剁手，结果引来一片附和声，原来这样的毒誓人人都发过呀。

虽然我深知"虚荣就是最大的原罪"，但我还是间歇性就会染上购物狂（Shopaholic）病毒。不过，在与病魔做斗争的同时，好歹让我明白了一些道理。比如说，以前我以为自己有选择困难症，购物车全满了，还挑来挑去也挑不上一件；后来明白了，发病原因就是缺钱。如果像章小蕙那样，看中一条裙子，就把五个色都买了；像某些土豪那样，进了奢侈品店，随手拿起两个包，说：除了这两个包，其他一样一个都买了，帮我装起来。——人家怎么会有选择困难症？世上也没有"性价比"一说，这说法的缘由也是缺钱：如果十万元一个的铂金包随便买，谁会考虑"实用又好背"的PU手袋啊？

华而不实的东西，才谈得上品位。

有时，某路人飘过，我就会眼前一亮：啊，她的包包值四万。又一个飘过。啊，一辆车的钱背在她的肩膀上！有时想想都觉得自己没见识了。但自我安慰一下，这也没有什么不好。在那个段子"伐开心，买包包"流行起来以前，我就发现，包包已经成了不少都市女性的新宗教了。有好友说：自从发誓不再买包包之后，想要退休的心与日俱增。——所以她决定不退休，继续买包包。拉磨的驴子头上往往悬着根胡萝卜，我也有我庸俗的梦想充当指路明灯：再写一篇稿、再写一篇稿，就可以买包包啦。

似乎包包已成了一种硬通货，消费主义被视为现代化社会里人们的生存目的和精神面貌：当然，是贬义的。举个例子，香港人一看女明星的包包，是不是新款，是不是限量版，就能判断她红不红了。贵妇不好当啊，华服上有褶痕，都要冒着被认出穿的是样衣还是订制的风险，随时会被势利眼踩到地上。

我这样意志薄弱的人难免会被这种消费主义狂潮席卷进去。纳闷的是，在这一点上，我们这种每个螺丝每个线头都是自己买的独立女性如此，那些论坛或微博里无穷无尽地炫富的十多岁二十岁女孩也是如此，不知为何却能殊途同归。记得，我在她们这个岁数时还在读大学，那时我的计量单位是食堂里的大排，八毛钱一份；买什么东西，我就会默默地想，嗯，这可以换算成多少块大排。

实际上，消费主义并非只在资本主义社会、生产过剩的年代里才有的，在物质不发达的时候，条件稍好的人群也照样喜欢卖弄和消费。汉惠帝的幸臣闳籍孺喜欢戴骏鸃羽毛装饰的帽子、海贝装饰的带子，郎和侍中就全学着他的样子赶时髦了。东汉时长安语曰：城中好高髻，四方高一尺；城中好广眉，四方且半额；城中好大袖，四方全匹帛。流行点啥，就很快会被购买一空了，几千年来一直如此。

翻到当代史，改革开放之后，也曾经有一些名牌特别流行，比如皮尔·卡丹、梦特娇、花花公子或金利来。那些在国外十八线的名牌，一度是我们这里的万元户才能穿得起的，尤其在配上狗项链一样粗的金链之后，人生才显得完美。大家景仰的座驾，也一步步从小面包车过渡到宝马、奔驰，到超跑，不知不觉中，中国已经和这个世界同步了。

也说不清从什么时候起，忽然间中国就成了大国了，据说还是第二大经济体，一夜间，顶级品牌都向中国人露齿欢笑，一脸的谄媚相。全球超模榜上中国模特爬得飞快，最高是全球第三；美国的维密天使里出现了一溜儿的中国面孔；顶级大牌开始找中国明星当全球代言人；好莱坞的超级大片里纷纷找中国女星演女配。与这种地位相匹配的，是香港、巴黎、纽约、伦敦、瑞士的奢侈品店都给中国人搬空了，节假日的时候，黄种人顾客排队能排到街道拐角。

又不是不要钱。

鲍德里亚关于后现代消费主义的观点现在看来还是颇有意思的。他坚持认为，在高级资本主义阶段，消费主义已经控制了日常生活的方方面面。他声称，大众群体内爆成一个"沉默的多数"（silent majorities），标志着"社会性的终结"。后现代世界还是一种激进的内爆形式，社会阶级、性别和政治差异以及昔日的社会和文化的自主王国，如今坍塌进入彼此，抹擦掉了先前固有的界限和差别。

简而言之，古典社会理论里，现代社会是以差异为特征的；而他定义的后现代社会里，则是以去差异或内爆为特征的。

他在《消费社会》说这些话的时候，还是1970年，那时的中国全民皆是蓝蚂蚁，连消费都谈不上。他哪里知道，再过三四十年，当下的中国却成了最后现代的时尚景观了。消费的符号化如此明显，以至于符号变成了货币的本身，在特定场域内流通。这种符号，对于男性来说，可能是名画、可能是名表，以完成利益的勾兑和升值；而女性，就是包包。这变成了一种身份认同，或者是虚拟意义上的名媛俱乐部的门匙，人人都应该拥有，人人都可拥有。

但说起来，奢侈品就是为了与普通人的消费进行市场区隔的。以中国人的平均消费水平，只有少数人才能消费得起。这种矛盾，制造出了两个中国式的奇观：包包，一方面成为类似于"五陵年少争缠头，一曲红绡不知数"中的缠头，客官缠头的多少，意味着女孩身价的高低；另一方面，则激发出中国人在仿品和A货上举世无双的创造力，甚至仿得比真品质量都要好。

于是乎，一个包包"一辈子只用一次"的富婆和"一辈子只买一次"的穷人，巨大的差异似乎在中国式的消费奇观当中抹平了。但真的抹平了吗？

我们知道，公众认可的奢侈品牌全都是舶来品，连消费社会这种概念也是西化的，我们似乎被西方文化影响和入侵了。但不要紧，中国不是还有"大国价值观的输出"吗？中国人除了买光了海外景点的奢侈品之外，我们还能成功地降低当地的购物体验和服务水平；而且，从新闻报道中还能看到，时有国外富有的大明星来中国走穴，也会疯狂地扫购中国那些足以以假乱真的赝品。

在这个层面上，我们终于抹平了差距，帮助全世界一起进入后现代。

# 急着讨好中国

整个时尚界都想向中国市场示好，具体表现，就是这里加一点中国元素，那里用几位中国面孔，或者干脆像MET一样，做一场中国符号的Ball。

2016年5月，一年一度轰动的纽约Met Gala红毯秀，把中国的微信圈给刷屏了。几乎世界上最当红的女明星都在这里现身了，一个个皆费尽九牛二虎之力，不是刺绣、就是蕾丝；不是透视、就是水晶；不是浑身金箔，就是通体艳红，总之要穿得最shine、最shock、最blingbling……可是，结果呢，看到最后，只想喊一声：悟空，妖怪来了，保护好师父！

先介绍一下，Met Gala（纽约大都会博物馆慈善舞会），是时尚界逼格最高的大趴体，与奥斯卡派对并称美国两大时装盛典。不过，这个"时装奥斯卡"可不是那么容易蹭的，非受邀宾客需要支付死贵的门票，去年的门票售价已达两万五千美元，而且出席现场必须严格遵守大会的着装要求。今年恰好是中国主题年，Dress code是"中国：镜花水月"，由王家卫串场任展览艺术总监，张叔平负责造型指导。

也正因为这个主题，中国一线的女明星们几乎都出现了，简直是时尚圈排资论辈的确认证书。

脸蛋身材全都是美美的，但在"中国"这个主题下面，中外明星们的表现真是千奇百怪，美的羽化成仙，丑的惊为妖孽。你说这归结于明星们的个人审美，也对；但归根到底，还是一种对"中国"这个符号的想象力和认知问题。

先看看中国明星的。某种意义上，同是一线，也仍然有"咖位"的区别，巩俐是这场Ball的联席主席，算是主人；章子怡曾是好莱坞A级制作的女一号，这是第五次参加Met Ball；刘雯则是资深维密天使，国际超模榜上最高爬到前三位，这是第六次参加Met Ball——她们不仅穿得美、穿得稳，而且均铺陈了来自东方的细节和符号，宛若临花照水，不多不少，分寸正好。

而赵薇、周迅、李冰冰、汤唯、高圆圆、倪妮等，穿的都是现成的品牌赞助，美则美矣，却不能体现"镜花水月"这样的符号。最后她们只能解释作：我站在这里，就代表了东方。其实，虚弱的宣言背后，还是选择权不够大。范冰冰倒是这个等级里的例外，但也不奇怪，秀场一向是她的主场，"艳压"是她的本职工作，演电影却不是；所以，她穿着一身专门为她定制的"紫禁城"系列，金光闪闪外面还配上一件金碧辉煌的琉璃瓦披风，缓缓"登基"了。

中国明星们理解中国风，难度不大，困难在于是否有足够的地位能够纵容她们发挥想象。但外国明星们想象中国，就千奇百怪了。有的戴上了中国福娃的礼帽，扮演舞龙舞狮里的吉祥物龙和狮；有的穿一身金黄色的超级大龙袍，形象地演绎了中国民间小吃摊鸡蛋饼的神韵；有的穿一身粉紫色长礼服、戴着京剧里花旦的头套；有的打扮成红锦鲤，祈祷"转发就能转运"；有的打扮成蚌壳精；有的演绎出上海大妈们喜闻乐见的睡衣文化；有的穿上了村里姑娘小芳的花布袄，对，你还能想起一家叫"东北人"的餐厅……还有一些明星，好美好美，但有的是中东公主，有的是泰国妖姬，有的是东南亚兰花妃子，有的是日本武士——唯独不是中国风。吃了没文化的亏啊。

说到中国想象，其实时尚界已经想象了很多很多年了，从黄柳霜的烟视媚行开始，削肩蛇腰长旗袍，就是他们难得一见的中式孱弱美。甚至Met Ball在1980年还有过一次中国主题，名为"满族龙：中国服装王朝风格"。不过时至今日，这些想象也该翻篇了。如果说八十年前这些中国想象还有一种对殖民地风情的幻境假想，三十年前是冷战时期的异域探险，那么，今天雄起起气昂昂的中国人到处买、买、买，早已用金钱令世界刮目相看了，中国是世界商业文化的超级拥趸。整个时尚界都想向中国市场示好，具体表现，就是这里加一点中国元素，那里用几位中国面孔，或者干脆像MET一样，做一场中国符号的Ball。

可惜，这些中国元素都是直接堆砌上去的：中国龙、中国红、土花布、京剧、绣花、唐装、水墨、旗袍、青花瓷……为什么这么多东施效颦的妖孽，为什么在时尚场上过关斩将数十年的时尚icon都兵败折戟了，沦为笑话，就是因为，"中国"，对他们来说，还是一种非常遥远的存在（哪怕他们常用made in China的产品，结交了中国明星），他们无法消化和理解中国的文化，却又那么急匆匆地示好。

再说了，暴发户不喜欢婉约，要马上看到效果。中国符号，特别是赤裸裸的中国符号，才能打动它们。从这个意思上来看，大国是崛起了，大国金钱是输出了，连价值观和审美观也都输出了，大家都围着土豪们赔笑呢。

CHAPTER 5  这个世界一半人不懂另一半人的贫穷

# 中国的穷人有多穷

对于根本没有进入现代社会的贫困地区来说，基本上除了一条命，他们没有任何资源，谈何掌控人生？指责他们没有长远眼光，不为孩子着想，就跟指责他们"何不食肉糜"一样，毫无意义。

近日，新华社的一篇稿件《直面中国贫困角落》，引起了很大的反响。文中还具体描述了几个典型例子，其中一个在大凉山区，一间房子左边是牛圈，右边住人，床铺是一块搭在四摞砖头上的木板。在那里，肉一年最多吃三次。而在贵州荔波，一个1200多人的村庄，1100多人是文盲、半文盲。

大概没想到吧，作为一个GDP世界第二的大国，我国的绝对贫困人口高达7017万，过的就是这种赤贫生活。目前，我国的贫困标准是"每人年入2300元（折合每日收入约为1美元）"，这个标准还低于国际标准（2008年，世界银行将贫困线国际标准划为每人每天消费1.25美元），一旦我国按国际标准调整贫困标准线，贫困人口的数量和比例将大幅度增加。

很难理解为何同在一个国，一边是富可敌国的大都会、炫目奢华到令欧美人都叹为观止的都市奇观，一边是有七八千万食不果腹、衣不蔽体、最基本的教育权都无法保障的赤贫阶层，这简直就是"朱门酒肉臭，路有冻死骨"。

但话又说回来：要扶贫、要加大投入，这么显而易见的解决方式，我们能想到，掌握着这些数据和信息的相关部门未必就想不到？当然。根据国家统计局2015年2月26日发布数据，2014年中国农村贫困人口还有7017万人，比上年减少1232万人。另有数据显示，我国贫困人口数量正在大幅减少。从1978年到2010，参考国际扶贫标准，共减少了6.6亿贫困人口，全球贫困人口数量减少的成就93.3%来自中国。

拉了一串宏观的数据，当然不是为了显摆扶贫的功劳，这本身就是政府义不容辞的责任，而且，这个责任还远远没有尽到。我只是在想，为什么经济发展多年，赤贫还是如此普遍？

出乎意料的是，新华社的这篇报道，在评论里完全体现了不一样的民意。许多人都去过一些赤贫地区支教，或者有去过那里的朋友，得出的结论是：这些地方的人穷，就是因为懒——"发的米转手就被换酒喝了，发的进口种羊转手就被杀了当下酒菜""送过去的衣服丢掉或卖掉，要求直接给钱，给钱都懒得下山去邮局领汇款，得叫支教老师下山帮他们领钱""拿到钱就花，分到养的鸡鸭猪就吃，还骚扰支教""那边做饭干活的全是妇女孩子，男人一个个蹲树下抽烟聊天快活得很呢！"……

如果是真的，确实令人齿冷。我以前就曾听到过这些说法，虽然很多是片面的、印象式的，而且也不代表所有的极端贫困人群，但这些情况确实屡有听闻，而且也是扶贫工作不可回避的问题。莫非这就是传说中的"可怜之人必有可恨之处"？

我想，包括我自己在内，对贫穷的理解都是很简单的。无非就是物质匮乏一些，肚子饿一些，冬天打哆嗦，雨天屋子泡在水里罢了，只要给点钱，解决这些问题不就好了？进一步的，教他种菜、养猪养羊，建个学校，不仅"授人以鱼，更授人以渔"，那境界已经很高了。

但实际上，赤穷积累多年之后，早已不是物质上的问题，而是贫穷已经彻底内化，成为一种绝望，一种恐惧。实际上在中国，还有一部分极端贫困的人口，他们很难建立起人生规划，因为他们每一天都挣扎在能否找到食物、是否活得下去的现实困境当中，怎么可能再去想三十年后、五十年后，孩子怎么谋生、怎么照顾的问题？他们所做的一切，就是为了生存，而不是生活。

这种绝望，别说不是一年发个三五千元能解决的，连有些人后来真正富裕、脱离农村之后都无法消除。我就听说有十几栋豪宅的有钱人抱怨自己的父母：一粒米都不让剩，出门就四处捡垃圾，十块钱的东西都嫌贵。饥饿感让他们无法安全。再想想，这些赤贫地方的人，从来没有受过正常的教育，他们放眼四周，根本看不到勤劳产生的示范作用，也无法感受到上学能给他带来一毛钱的好处。他们甚至连"养个猪仔投入五六个月的时间就能有收成"这种简单的规划都很难理解。

但贫穷的人就笨吗？并非如此，他们的理性计算就是：付出劳动未必能使自己生活得更好，所以就什么都不干。在同村人的同质化非常严重的情况下，我们认为正常的价值观，都完全不处在他的生活经验当中。心灵健康，也是需要优越条件的。我把小说《爱玛》里说的"这世上一半人不懂另一半人的快乐"篡改一下吧："这世上一半人不懂另一半人的贫穷"。

看到那些冬天赤脚上学的衣衫褴褛的孩子，手脚全是烂掉的冻疮的孩子，坐在漏雨的教室里肮脏的石板上上课，看客们准备怎么指责他们的父母呢？是说他们为什么不给孩子吃饱穿暖？是说为什么不给孩子读好的学校？还是最常见的，说"你没钱照顾好孩子为什么还要生"？对不起，他们父母也跟他们一样衣衫褴褛。就是因为太贫穷，他们甚至连是不是要生，怎么生，也是没有能力规划的。懂得"人生规划"这几个字，是社会文明长期发展的结果、是受良好教育的结果，而不是天生的。

现在的城市人口，总体来说属于既得利益者，他们深信，这个现代社会里，你混得不好就是你活该；你没有本事就没有资格生育，也没有资格要权利；一切都怪你没有规划好你自己的人生。——确实，对得利阶层来说，这是成立的；但对于根本没有进入现代社会的贫困地区来说，基本上除了一条命，他们没有任何资源，谈何掌控人生。指责他们没有长远眼光，不为孩子着想，就跟指责他们"何不食肉糜"一样，毫无意义。

可惜，如果不能理解贫穷，那么，在制定政策的时候，就会有偏差，就会事倍功半，就像是往无底洞里投钱，钱如流水一样花出去了，却未能改善他们的生活。甚至可以说，不能理解贫穷，那我们在同一片蓝天下同一片土地上，一定就会隐藏着许多不安定的因素。真正要改变这种赤贫的物质和赤贫的心灵，绝非投一点钱、献一点爱心就可以的，那是一个长期而浩大的系统工程。

# 贫穷可能是种遗传病

农村人改变贫困命运的方法，只能是离开农村，向城市靠近；或者是供养出一个能离开农村、向城市靠近的子孙兄弟，依靠他的反哺来摆脱赤贫和困境。

春节就快到了，城市里混得风生水起的白富美或精英男纷纷返乡，变回了秀英或阿强。不过，在这种俏皮的段子背后，有一个不俏皮的现实，那就是，城市和农村是割裂的，甚至连语境也是割裂的。中国一次春运能有三十多亿人次的人口流动（在四十天左右的时间里），不过是因为它是这道天堑上不多的桥梁。

前些天一篇叫作《一个农村儿媳眼中的乡村图景》的长文广为流传，读罢只余一声叹息。虽然此文只是从个体经验出发来谈农村的凋敝，但所展现出来的乡村日常生活和人际关系结构，却是那么熟悉。这就是一个常见的农村家庭的样本：

十多年前，家族中有人去城市打工，尽管他/她仍然是城市中的最底层，但已俨然是农村中人人羡慕的有钱人了，而且还带动了村里的年轻人去城里打工致富。但因为政府（或包工头）拖欠工钱，导致欠下巨款、陷入破产，甚至带出去打工的亲友们也纷纷返穷。一旦亲族中有人病了，曾富起来的小家庭无力照顾大家族，整个家族中的所有人都将背上沉重的负担。

这个归纳显然太简单。正如作为博士和教授的这位儿媳黄灯在文中所说的："多年来，我们共同面对、处理，甚至正遭遇很多家庭琐事，这些真实的处境，和知识界、学术界谈论的农村养老、留守儿童、农村教育、医疗、农民的前景有密切关联。"

　　因为贫困，夫妻长期分居，儿童长期留守，农村孩子不仅不可能得到良好的教育、更缺乏基本的关爱；这种人生态度也代代相传，留守的侄子侄女们长大，结婚后生下的孩子也是留守儿童；他们的父母没有能力对他们尽父母的责任，他们当然也很难学会对自己的孩子尽父母的责任，更不用说"爱"这么稀罕的东西了。

　　这家人还算不上是最穷困的，毕竟他们还有戴着博士帽子的儿子和媳妇，帮他们建起了两层的房子，家族里也出过能干的哥哥和妹妹。尽管这个家族的返贫有意外因素，但仍然很有普遍性。我们看见的是，他们已经尽了最大的努力来挣扎，依然难以摆脱困顿，甚至无法阻挡困境一代一代地继承下去。

　　在这个故事当中，我最关注的是作为外来儿媳的作者。如果说，她那同为博士的丈夫必须承受家族命运所带给他的重负，那么，她是否可以不接受这种馈赠，是否有选择的可能？

　　出身于农村、靠自己读书或奋斗在城市里立足的年轻男性，被大众略带贬义地称为"凤凰男"。但大家纠结的不仅是他的出身和前史，而是在可预期的将来，"凤凰男"不得不反哺和回馈他的原生家庭，把重要精力放在帮助亲族们脱贫上，甚至需要捆绑和牺牲女方家庭的利益。

　　城市女性如果不具备源源不断地给这样的家庭输血的能力和耐心的话，与这类男性结合，就不容易有幸福感。这就是现在普遍声称的"不要嫁给凤凰男"的前提和价值判断。

　　站在个体的角度，我当然同意这个判断，因为趋利避害是人之天性，与贫困家族保持距离和尽量切割，会活得更省力省心。但如果站在社会的全景来看，恐怕就没有那么简单了。

　　即便是能清晰区分小家庭与大家族关系，能充分顾全妻子的利益，那也只是在生活平静的时候；一旦家族中有了生老病死或其他危机，就由不得自己了。正如文中所说，"只要还有家庭成员处于不幸和痛苦中，逃脱的个体就不可能坦然享受生活本该具有的轻松、愉悦，一种血肉相连的痛楚，总是无法让他对有着共同成长记忆的亲生兄妹的困境视而不见。"哪怕是作为半个"外人"的儿媳妇，也无法做到对方有难便各自飞，不管是从情感上还是道义上。

事实上，界限感是一种现代文明才能享受到的待遇，它建立在一个承认人与人之间是独立而平等的个体的基础上，它要求有鲜明可靠的法律法规和制度来保障个体的权益，它相信私有财产神圣不可侵犯……就算在中国的大城市里，它也只能存在于某些受过良好教育的阶层的理想当中；而在广大而普遍的农村里，并没有这样的土壤——因为恶劣的经济条件下的独立的个体，几乎是没有任何抗风险能力的。

中国传统乡土社会，就是一个乡绅社会，它是依靠大家族的威权凝聚起来的，以等级序差为核心，保持着稳定和平衡结构，并没有平等和人格独立这回事。自秦以来，株连之法遍行，但凡一定程度的重罪，同族尽灭、相邻者坐诛，人人都有义务监督亲族或邻居，稍有疏忽便被株连，一个人的事便是所有人的事，人人都被逼成同一根绳子上的蚂蚱。而普通的法律法规却难以实施，平常的纠纷和困难唯有依靠宗族的势力同声同气、互为奥援；人丁单薄、没有亲族，便很难生存下去。

新中国成立后，乡绅结构被打破，但依旧难有平等和人格独立，法律法规同样无法保护全部乡民，社保和医保难以渗透至毛细血管深处。另一方面，城乡二元化的壁垒已经把农村的资源剥削殆尽。尽管后来有了农业补贴，种地仍然是一项赔本的买卖，所以前些年只要去城里打工的、哪怕是最底层的农民工，回到农村都是令人羡慕的富有。简而言之，农村人改变贫困命运的方法，只能是离开农村，向城市靠近；或者是供养出一个能离开农村、向城市靠近的子孙兄弟，依靠他的反哺来摆脱赤贫和困境。

现在的乡村，留下的只剩没有子女的老人，和没有父母的孩子。可那些按照传统乡土社会观念塑造出来、肩负着襄助家族重任的年轻人，背井离乡，却发现想靠勤劳和努力，在城市建立一个窝、让一家团聚，而无须让孩子被遣返回乡去高考的机会越来越渺茫。据一些调查显示，他们的下一代，同样在城里打工的"民工二代"，知道勤劳勇敢无法改变命运，有相当一部分索性不再勤劳，靠着啃老生活。

而现实社会对我们的告诫，便是在城乡本来已如云泥之别的鸿沟中间，再挖地三尺，让他们绝无近身的机会。你以为不停地奋斗不停地奔跑，终于能跑到城里人的起跑线上吗？做梦去吧，城里人是不会带你玩儿的！

这让我想到另外的一件事。当年的知识青年上山下乡，"接受贫下中农的再教育"，现在都知道，他们这一代人"在青春年华失去接受学校教育的机会"，甚至还有一些知青永远落户在农村，不能回城了。这当然是个历史的悲剧，时代的错误。但如果再深入想想，知青们体验了一把的"悲剧"，却是农村的日常生活，农村人似乎天生就不该拥有入学的机会，天生不该拥有改变命运的机会，可没人会为他们嗟叹。为什么？

同样，让大家觉得难以忍受的"凤凰男"的家族重担，觉得"千万别跟这样的人在一起"，沾上就是"晦气"，但这不过是他们每个人的日常，无法逃避的宿命。连农村当中的精英分子尚且被城里人百般嫌弃，千方百计划清界限，其他人更可想而知了。这又是为什么？

一个没有任何上升通道的社会，是很可怕的。这一刻，一个个大城市的火车站里，载着数以亿计的旅客的列车，正在轰隆隆地开出，况且，况且，况且；可火车频繁再穿梭，也难以愈合这道裂缝。

# 性侵犯首先关乎权力

这种社会关系上的压榨，它取代了身体暴力，更难取证，也更普遍。

2014年一度闹得沸沸扬扬的厦门大学教授猥亵强奸女生案，已经告一段落了。厦门大学先是中止了吴姓教师的研究生导师资格，停止其招生和指导研究生。三个月后，厦门大学决定给予他开除党籍、撤销教师资格处分。但关于性侵事件的讨论和声音，还未停止。

据称，"从学生在网上发的第一封信开始，学校就很紧张，问吴给了学生什么承诺没有实现"，而他本人，"连睡了几个都没有搞清楚"，承认"和女生开房的发票在国家课题组里报销"。除了涉嫌性侵之外，这更是典型的学术腐败。

从新闻已知的论述中可以看得出来，这个吴教授所挑的女学生的标准是"老家在外地、温顺听话的"，方式是"严厉批评"，直至对方"脾气顺服"，是以胁迫的方式来压迫女生服从的；其后，又用甜言蜜语，"威逼或利诱"，让女生身陷其中，以为是"谈恋爱"；他利用了手中的职权，许诺"发论文评奖学金、进核心期刊、拿科研经费、帮找工作"；而对顺从过又反抗的女人，到处称之为"精神病"，有些女生在被侵害之后，"身心受到严重伤害，精神恍惚，有的甚至割腕自杀"。

这是一个非常典型的性侵案例——借助权力，对权力能掌控的下属（这里是女博士）提出性要求。因为吴教授所涉及的女生众多，有三种可能存在：一是强迫女生献身，不就范即以论文通不过、不让你毕业、让你身败名裂来威

207

胁，这种涉嫌强奸罪；二是女生心甘情愿地献身，以此来换取发表论评奖学金等额外的好处，这种是自愿交易，属于学术腐败，也涉嫌犯罪；三是老师与学生情投意合，确实在谈恋爱，虽然有违师德，但只是私域。

问题的复杂就在于，这三种状态恐怕是纠缠在一起，很难截然分开的。就女生而言，先是被迫的，然后发现有利可图，这过程中产生了一点虚幻的感情——这种心理历程，在那些虽然早已成年、但社会经验不足、不可避免地患有"斯德哥尔摩综合征"的女性那里，是屡见不鲜的。而吴教授对不同的女学生，所用的手段未必一致。

但可以肯定的是，只要有一位女生对其"强奸"指控成立，那即便其他所有女性与其是自愿交易或者自由恋爱，那他也仍然有强奸罪。

令人遗憾的是，在微博和论坛的评论里，骂女生的比骂教授的还多。"她们都是成年人了，难道不该为自己做的事负责吗""这些女生自己也不是什么好鸟""这些受害者哪能叫受害者，明明就是想用身体来博取好处，威胁不成就曝光，根本不值得同情"。说得好像强势的男教授是受害者，而女学生才是趾高气扬的害人者似的。

这种可能性有没有呢？当然有。吴教授手下的女博士里，也不排除个别心眼活络，打定依靠"潜规则"来捞取好处的；不过，吴教授的猎艳群里，还有"割腕自杀"的女孩呢，这可不像是自愿的，骂人的怎么就自动忽略了呢？

在各种风月案中，女性总是被潜意识地视为勾引者、规则的破坏者。但凡女性跳出来揭露性侵或者性骚扰行为，无论有多少证据，都得像古时候的上访一样，先滚一遍钉板，打三十杀威棒，受够了看客的凌辱、唾了一身的口水之后，才有可能进入正式的议题。

最常见的一种看法就是所谓的"一个愿打、一个愿挨"，所以"活该"。成年人该为自己的行为负责，是没错，可她/他无法为别人的强权或暴力侵害负责。众所周知，大部分的强奸案都是发生在成年女性身上的，莫非成年人就不可能成为受害者？如果"成年人应对自己的行为负责，受害活该"这个万能句式成立的话，这个世界上"诈骗罪"等大部分罪行可以取消了。

无独有偶，几乎与此同时还有一个事件也火了：雅虎公司有一位华裔女高管玛丽亚·张（Maria Zhang），被控性侵犯女下属施楠。控诉人称，她被女上司以职业前途为要挟，被迫在多个场合与其"发生性关系"；她不堪忍受，投诉之后，却被开除。

看来，权力这种春药，原来不只作用于男人，女人也一样。谁说没有人拿着刀逼着就不算威胁？在现实的社会结构当中，论文是否能通过，是否能毕业，是否能找到工作，是否会被炒掉，是否从此抬不起头做人，都是抵在女生脖子上的刀。这说明，性侵犯首先关乎权力，攻击者便借此展示他的权力，无分男女（近来也有女上司潜规则男下属的）。权力是构成性侵犯和身体侵犯的一个要素。这种社会关系上的压榨，它取代了身体暴力，更难取证，也更普遍。

有资料表明，"在性侵害案中受害人往往存在着'沉默的强奸反应'现象，据估计每十个真正被强奸的人中只有一个报告警方"。虽然我也不知道这个数据是怎么统计出来的，但我相信。与当权者唱对台戏，就没有人会相信你的话，反而会被视为撒谎、陷害，进而声名狼藉、丢掉工作、拿不到学位。敢于站出来的女性，必然都已是抱着"滚钉板"的决心，忍受着网民和身边人的口水逆流成河，非常勇敢。

实际上，根据美国平等雇用机会委员会的定义，性骚扰为"不受欢迎的性侵犯，性要求和其他具有性意味的言辞或行为"，当这些行动具有下列特质时即构成性骚扰：

第一，公开或隐约地表示个人对这些行动的顺从，是个人受到雇用的条件；

第二，个人对这些行动的顺从或拒绝，作为决定是否雇用的参考基础；

第三，这些行动深深影响着个人的工作表现，或造成一个威胁性的、充满敌意或冒犯性的工作环境。

性侵，展现出来的更多的是权力的关系。所以，在美国高等院校中，禁止有共同学术兴趣的师生之间有浪漫关系。所谓有共同学术兴趣，具体地说是教授不能是这个学生的学术指导，学生也不能选这个教授的课。这个规则，虽然不是法律，但是作为学校的规章政策已经被绝大部分大学采纳。同样，在许多规范的大企业里，也禁止员工之间谈恋爱，一旦发现，就有一方必须辞职，就是为了防止一方利用权势实行不对等的性关系，同时防止利益输送。——即便是恋爱，一旦有权力关系，就非常难以界定自愿与非自愿了。

前《南方都市报》深度报道记者李思磐曾就山木培训的性侵案做过深入的调查报道，她发现，"性关系中形成的依附关系，可以用来控制人力资源管理上的不确定性——阻止辞职，或者以'后宫模式'遴选可靠的分部负责人"。"被害者既是他的性对象，又是不同时期他赖以开拓业务、廉价使用的准员工——而他能在性侵害和剥削两重伤害的基础上牟利"。用性来控制员工，彻底把弱者打造成自己的性奴隶与工作奴隶。这真是一副末日来临魔鬼起舞的场景。但这些女性，虽然愚笨，虽然无能，但这种自愿，能叫自愿吗？

中国的妇联也出台过防治工作场所性侵犯的指导手册，里面告诉我们：只要违反了被侵犯者的意愿，令其感到被冒犯、欺侮或威吓，让被侵犯者有公道依据相信，只要其拒绝或抵抗，就有可能导致在录用或升职过程中的不利后果，或者会产生敌意的工作环境，那么在这种情况下，无论侵犯者出于何种动机，品行好坏与否，也不论双方当事人是否曾存在"亲密关系"，都可以认定发生了性侵犯事件。

多年前，看过一部好莱坞电影《叛逆性骚扰》，男高层（迈克尔·道格拉斯饰）被新任的女副总裁（黛米·摩尔饰）性骚扰。他的律师找到了他拒绝时的录音，辩护词中有一句我印象非常深刻："'No'means 'no'。"说"不"，就是我不愿意，不代表我欲拒还迎，不代表我想讨价还价。

而我们这个社会要做的，是让更多的弱势者能有机会说"no"。

# 比谁都勇敢却承担了世人的恶毒

> 他们是试图当强奸嫌疑人和受害人之间的中立者、理中客,各
> 打五十大板:你们啊,都有错,你错在不该那么幼稚,什么人
> 都相信;你呢,错在不该强奸实习生。

其实,女性被性侵的社会新闻是经常出现的,常看常新;除了要求惩罚犯罪嫌疑人这点毋庸置疑外,更多的争论就在于:受害人有罪吗?女生没有自我保护的能力是不是就是错?我们该呼吁女性学点防身术、穿得严实一点、晚上不要出门、出门必须有男性陪同吗?

奈何,这些显而易见的问题,总是在不同的事件当中一再地争吵。总是在阐述"不要对受害人二次伤害""强奸案中唯一需要改正和反思的是强奸犯"这种议题,我也觉得乏味了。舆论总该长点教训了吧?

最近,南方一位记者成某被指控强奸实习生小卉(化名)一事,在网上传得沸沸扬扬,多个微信群都在讨论,就这个消息都刷了两天的屏了。目前,成某已被广州警方立案调查。引起众人如此大的反响,有几个原因:一是它就发生在身边,性侵嫌疑人是一位记者,一位有体面工作的男性;二是,它发生在著名的新闻机构南方集团内,免不了会有人想看笑话;三是,事情发生在指导老师与实习生之间,这是一种性骚扰或者性侵害当中常见的权力结构,很多人联想联翩;第四,也是最多人喷的一点:这个女生太傻了,幼稚到不可信,她真的是被强奸的吗?

为什么不能是?

1

犯罪嫌疑人已被刑拘，算是一个好的结局。各种探讨的声音里，包括理性的也包括非理性的。不过，即便是我这样支持女性的女权主义者，我也能理解，现实中常常会出现警方或法庭囿于直接证据的缺失不支持强奸说，法律层面无法定罪量刑（并不等于说就一定没有"强奸行为"）的情况。

这不奇怪。现在的大多数强奸案，并非是大家以为的那种发生在深夜的大街上、被陌生人用棍棒敲晕或用刀抵在脖子上胁迫的直观的性暴力行为，而往往发生在熟人身上，是隐性的。1975 年美国 Susan Brownmiller出版的《违背我们的意志：男人、女人和强奸》一书中首次提到约会强奸一词；后来，学界逐渐地将"约会强奸"概念逐渐扩展到了"熟人强奸"。而且，许多熟人强奸并非使用明显的身体暴力，常常是通过语言威胁、权力胁迫等等方式得逞的，这些都难以保全证据，不易定罪。强奸，尤其是熟人强奸，在世界各国都属于定罪量刑的难点。

在查找资料的过程中，我看到论文《熟人强奸：犯罪类型与人际关系的实证研究》（倪晓峰，《犯罪研究》，2012 年第 2 期）一文中，对浙江省杭州、宁波、温州等 11 个地区2003—2010 年的强奸案件（立案）进行了调查，收集汇总相关数据；样本所在地区共发生强奸案件 4655 起，其中熟人强奸案件 2208 起，显示了熟人强奸案占强奸案件比例的 47.43%。作者认为，由于采样的问题，这个比例是远低于国际上"熟人强奸"的占比的。

然而这还不是全部。美国的一份研究报告显示，只有 2%的熟人被害人在被强奸后会选择报案，这与发生在陌生人间强奸案件报案率的 21%相比，是非常低的。在爱尔兰大约只有11%的约会强奸被害人报了案。我没有中国的数据，但报案率想必同样也会极低。这说明了什么？说明熟人强奸在强奸案中所占的比例，远比现有看到的数据要高。

而即便在"荡妇羞辱"较少的西方国家里，熟人强奸的报案率也很低，一个非常重要的原因就是，难以取证，难以界定。考虑熟人的共同生活圈子，多数受害者选择忍气吞声。从各类报道来看，许多"强奸者"都是惯犯，犯罪方式是有路径依赖的；在曝光后，往往会有别的女性站出来证明自己也是受害人。实际上敢站出来指控的女性，都是非常勇敢和了不起的。站出来一个，她身后很可能是站着类似遭遇的十个、二十个、五十个受害女性。

假如从实习生小卉是否掌握足够的证据来定罪这个角度来探讨，无可厚非。这是一个法律的疑难点。某种意义上，成熟有效的讨论甚至能敦促法律界以后在取证的时候更多地考虑实际情况，断案有更清晰的标准。


## 2

但更多的质疑，并非从这个角度，而是阴谋论、祸水论、受害人有罪论。这就不能忍了。

小卉和陪同的女生小姜一起报警，并把前因后果写成文章发在网上。在自述中，她确实"傻"：成某在路上向她表白了，她没有马上走，因为怕"不太礼貌"；成某抢走了她的身份证，小卉就跟去了七天酒店，"想拿回身份证"；小卉微信向朋友求救，朋友劝她报警而她没有报警，因为觉得"老师拿走身份证就报警警察也不会管吧"；听从成某的吩咐上楼后，有机会跑却没有跑，因为觉得"好好说清楚就行了"；成某将房门反锁，尽管小卉一直表示不愿意，成某还是对其进行了性侵，小卉"使用了避孕套"；最后，小卉还收了成某两千元，报警后交给警方当证物……

看着很"傻"是吗？实际上，在各种各样的熟人强奸、约会强奸中，比这更"傻"的都有，包括后来隔了半年一年再报警的、怀孕了再报警的、报警后又再次发生性关系的……不过，这种"傻"，并不能改变当初的事实：女性是在不情愿的情况下被迫发生性关系的。这才是"强奸罪"的要件。

很多聪明人说，这是阴谋，要等反转剧：这个小卉是不是价格没谈好之后反悔敲诈？这是不是阴谋下套？她是成人了，明知道进酒店开房还进了，这不是活该吗？后来甚至出现了"两人已开过十多次房"的谣言。

我尽最大的善意来猜想吧。他们是试图当强奸嫌疑人和受害人之间的中立者、理中客，各打五十大板：你们啊，都有错，你错在不该那么幼稚，什么人都相信；你呢，错在不该强奸实习生。你呀，也不是处女了，见好就要收，两千块对大三学生来说不算少了，别再坐地起价了；你呢，价格不谈好就霸王硬上弓，也是不对的哟。

我简直都能想到他们对自己的精明和洞察世事的洋洋自得了。

现在的聪明人真多。一些有文化的人不会直白地说：她是个荡妇。因为知道这不文明了，而是改换一个说法：二十岁的女生怎么可能这么傻？怎么可能不知道去了就一定会发生关系的？如果是强奸当初怎么没有激烈反抗？

翻译过来就是：只有与人发生了关系，你就必然是愿意的；如果你不愿意，你只要誓死反抗，怎么可能得逞？世上本不该有强奸这种罪名呢。这不过就是把女性分成两类：贞女和荡妇。要么，你就是拼命守贞，要么你就是可供亵玩。这让我想起着名的直男癌韩寒的那句话："我觉得一个女的如果答应跟一个男的单独吃饭单独看电影，就是答应跟这个男的上床了，这是我心中一向的一个推理。"也就是说，你只要愿意跟我吃饭或看电影，你从此就不再是个贞女，就被划入了荡妇范畴，我就可以为所欲为了。

这显然非常荒诞。退一万步说，就算人家真是荡妇，甚至是妓女，只要违背了她的意愿而进行性行为，就是强奸。而这些阴谋论者，是不相信"荡妇"还有不同意的权利的；他们认为没有表现出"激烈的反抗"的"不同意"，就是背叛了男性之间默认的"贞女荡妇二分法"。

除了老生常谈的对受害人的"荡妇羞辱"之外，现在，这些报警的女性更受到一种新型的指控：破坏游戏规则。因为你没有遵循这种二分法。你既已经不是贞女了，你还装什么纯洁？


3

还有一种"怒其不争"的声音，比较复杂。一个成年的女大学生，对于自己反对的性暗示，甚至性明示，为什么这么傻、听任摆布？应该反抗呀！

这种怀疑，是假设了一个前提：我们生活在一个平等的、讲理的、力量均等的世界当中，每个人都是成熟、理性、懂得最优化自己境遇的人；就算利益不同（一个很想发生性关系、一个很不愿意）也能够有能力去好好解决，没有人会失控。

但我们知道不是。你说小卉是否有逃脱这种际遇的可能，也有；之前成某骚扰过另一位实习生，那位实习生在历经他三个月不胜其烦的性骚扰之后，聪明地逃脱了。但我们很难要求每一位受害者都那么聪明，懂得优化自己的境遇。试想，从小我们就远离性教育、对性噤若寒蝉，怎么可能一到年龄，就忽然对成人的各种性圈套了若指掌，准确地趋利避害？许多姑娘在法律上是成年了，却没有认识过世界的险恶，没有经过反性骚扰的训练，不懂随机应变，不很正常么？但这种不机智，怎么就成了假装的、有天大的阴谋的事了？

小卉一直在重复的话就是："我这样情况的，算强奸吗？可是我要说，我真的是不愿意的，我不愿意。是他强来的。"一开始，她甚至没有意识到那是强奸。在事件当中，她是整个人懵掉的，反应迟钝。

从生理学上来说，这种"懵掉"、缺乏合理的反应，正是身体自保本能启动的一个方式：当身体感觉反击和逃跑都无效的时候，"当人的身体被攻击者掌控，心里极度害怕重伤或死亡的时候，极端生存反射作用就会接管身体。这时候，身体会变得僵硬，双手无力，如同残废，说不出话，哭不出声。这种反应被叫作紧张性不动，也就是艾福林所说的僵硬。身体认为，如果受害者在此时进行反抗，会遭受到更大的伤害。"（见《受害者在遭遇强奸时为什么会僵硬失控？》一文）僵硬是种应激反应。这也是许多性侵的受害人并没有激烈搏斗的原因。

——我们不能假装每位女性都能与体力和社会阅历远超于自己的人斗智斗勇。如果斗不过，就认为她懦弱、怒其不争。

再说了，成某对小卉是有一定的权力关系的。成某掌握着许多资源，小卉担心被报复。这正是合理反应。

学者皮诺( Lois Pineau)谈道："约会强奸是一种未激化的性攻击，一种未经同意的性行为，它不包含身体伤害或明显的身体伤害的威胁。"问题是，真正的同意( genuine consent)和屈从( give in)之间是有区别的。由于社会背景中渗透着各种预设的力量迫使女性依附于男性，真正的同意屈辱之下的默许很难区分。

在一定程度上，当今社会已默许人们拥有性自由。但性自由的前提，一定是平等条件下选择权的自由行使；而今，除了屈从于显而易见的暴力，还有很多社会约束和不均等的性别权力结构对女性意志的影响；有些权力压迫导致的是强奸，有些权力的影响导致的是令当事人自己也厌恶的约炮、恋情和婚姻。

实际上，受到过性骚扰和性侵害的女生，比你们所听闻的要多得多。只不过她们绝大多数都有种种顾虑，选择了隐忍不发。不要再嘲笑小卉多懦弱、多不会保护自己了；她虽然反应不快，不够机灵，但最后，只有她，比谁都勇敢，并承担了世人的恶毒。

# 他们被性侵了，然后成了"人生赢家"

性犯罪的客体以女性为主，并不是因为男性的性欲或性能力强，而是社会文化给了他们绝对的权力。而现在，少部分女性也拥有了这种权力去胁迫相对弱势的男性服从。

这一两年来冒出了越来越多的新闻事件，让大家开始讨论起在各种各样的性犯罪当中，旁观者应该如何避免"受害者有罪论"了。因为在以往的观点当中，旁人泼在受害女性身上的污水实在是太多了。在不同的事件当中，有的是责怪女性穿着或行为不检，才刺激了别人的伤害欲望；有的是认为熟人强奸都是女性同意了之后却反悔，或者嫌钱太少而陷害男人，犯罪嫌疑人才是可怜者，云云。

这些论调，太熟悉了，也已经反驳了无数次了。但试想一下，如果男性是性侵案中的受害者，这些人会变成一种什么样的态度呢？

在前两天，美国出了一桩新闻：一名加州男学生在十六岁时遭女老师性侵，保持关系近一年，该女教师于2013年产下一女，如今男学生将获得学区赔偿六百万美元（约人民币四千万）。据台湾《中时电子报》援引《洛杉矶时报》报道，这名男生的律师说，雷兰联合学区所提供的和解金，可能是公家机关因性侵，赔给个人为数最庞大的和解金之一，因为这名学生与家人遭受了严重伤害，而校方对老师罪行的渎职与疏忽，对此负有重大责任。

现年二十九岁的女教师怀荷丝特（Laura Whitehurst）于2013年7月被捕，并被控四十一项非法性行为重罪，其中包括先后与三名未成年学生发生关系。如果全都成立，意味她将获刑二十九年。不过，最后，怀荷丝特以认罪妥协，被判一年徒刑，现在仍在缓刑期间，被列为性罪犯。

美国的法律与中国有很大区别，在民事赔偿方面，每个州之间也有很大的不同。在确认罪行方面，估计一些中国人就会困惑了，首先，这段"恋情"维持了近一年，多次发生关系；怀荷丝特产孩子时，少年还随侍在侧。难道不是少年自愿的吗？怎么能判定是强奸？

但关键在于，这是一个成年人性侵未成年人，而且，含有显而易见的权力关系。所谓的"自愿"，是否是真的"自愿"？

社会发展到今天，许多人脑子里对"强奸"或"性侵"的了解，仍然停留在"女人在漆黑的小巷子里被陌生人用刀抵着，反抗得浑身伤痕也无济于事"这种情形下，才"配"叫强暴；殊不知，世界各国的"熟人强奸"已是这种犯罪形式的主流了。如果考虑到"熟人强奸"的报案率比一般强奸案更低这种人之常情，基于权力胁迫、环境压迫以及各种考虑的强奸形式会更多。

上面这件事对于国人来说，新鲜的地方在哪里？是女人性侵男人，而且是一个漂亮的年轻女人性侵男人。于是，在中国的新闻或微博评论里，展示出了匪夷所思的一面。我摘录几条评论吧：

"我怎么觉得男生是真正的人生赢家：解决了性需求，还有了可爱的女儿，最重要的是还有巨额的赔偿金……"

"自己爽歪歪了还告老师性侵，有了孩子喜当爹不说，一转身还捞了个百万富翁。"

"女人玩了钱也到手，一个字，爽。"

"收拾行李，抓紧时间，我们要移民美国。放开那男孩，让这种噩梦降临到我身上吧！"

……

基本上都是一边倒地羡慕该男生。

这并不是孤例。这几年，美国也有好几桩女教师性侵男学生的新闻传播开来，在中国的社交平台上引起过涟漪，我还与人讨论过。比如说，2015年《赫芬顿邮报》3月24日报道，美国弗吉尼亚州一所高中的二十八岁女教师埃里卡·琳恩·梅萨因性侵两名男学生被起诉；强奸罪成立后，她将面临二十二年的牢狱之刑。看照片，这位女教师还长得相当漂亮性感。7月份，洛杉矶市某高中一名二十八岁的华裔女教师涉嫌性侵一名十五岁的男学生，该女教师已被逮捕。从照片来看，也是年轻漂亮。

其实我不应该强调犯罪嫌疑人的外貌"漂亮"，但我想说的是，这些新闻的评论里，以及我与一些熟人或同行（男性）在讨论时候，大家的第一反应是：哇，这个男孩太赚了，求之不得啊，为什么被性侵的不是我呢？

认为被性侵者是"人生赢家"，这么神奇的想法到底是从何而来的？他们对待女性的时候可不是这种态度啊。

但细想，里面的逻辑却是高度一致的。

首先，认为只要是男女发生性关系，不管何种情况（除非认定女性极老极丑），男性就是占便宜，女性吃亏。在这种观念之下，哪怕男孩是未成年人，是被权力或其他因素所胁迫，都是赚了的。也因此，才会集体羡慕一个受害者，觉得他被性侵，是"玩"了女人，是"爽"。

其次，与对待女性受害者的态度一样，认为男性受害者是性侵的"共谋者"或"勾引者"。虽然语气不同，但意思都旨在说明：世上本没有性侵，都是受害人的倒打一耙。对女人的，是认为她穿着不当或者"骚"引起被侵犯，这种羞辱方式，我们称之为"荡妇羞辱"；对男人呢，这种明褒暗贬，对他人意志的全然否定，该用个什么词汇好呢？

要知道，性犯罪本质上与性欲无关，而是一种权力关系的宣示。

一般认为，男性极少可能成为女性性侵中的受害者（男同性侵则很常见）。一方面，是力量对比上，女性很难胁迫男性；另一方面，基于生理特点，男性在不情愿的情况下也很难完成性行为。但如果理解了性犯罪就是权力关系的胁迫，那么，就不奇怪了。现在的社会结构逐渐发生了变化，当女性成为老板、成为上级、成为教师或师傅、成为掌握上游权力的人的时候，就算体力不足，但利用权力照样可以胁迫男性服从；如果对方是未成年男性，辅之以欺骗，那就更难抵抗了，何况现在还有药物辅助呢。

历来，性犯罪的客体都是以女性为主，并不是因为男性的性欲或性能力特

219

别强，而是因为，社会文化让男性拥有了绝对的权力。而现在，少部分女性也拥有了权力，或者相对权力，她们同样可以去胁迫相对弱势的男性服从。不信你看，现在的中国女性贪官也陆续有被揭发的，就跟男性贪官一样，她们也有"与多名异性发生不正当关系"的标配。

"羡慕受害者"，并不是玩笑话，而是他们以为，性犯罪就是解决性欲，哪怕被不平等的权力所胁迫的性侵，男性仍然是性活动的主导者呢。（附一句：认定是否被性侵，与是否有性快感、性高潮无关。）实际上，他们就是视男性为行走的生殖器，没有感情、没有思想、没有个人意志，只剩下半身的动物。显然，这是对男性的丑化；可惜，很多人还把丑化当作是荣耀。

这些人到底是多缺性生活呢，才会把被强奸当作享受？才会说出"你以为是迫不得已，其实他求之不得"呢？——对了，这样的话，他们也经常用来形容女受害人。

而且，很少人把视线移到犯罪者身上，都在谈论受害者：是不是因为你骚啊，你是不是很爽啊……实际都是对他们的二次伤害。到了这里，我已经开始怀疑了，是否中国社会并没有"仇女"现象？只不过是"仇弱"和"慕强"，只不过恰好大多数情况下弱者都是女人而已。当这个受害者罕见的是男人的时候，他同样会成为万众取笑的对象。

目前，在中国，男性不能作为强奸罪的受害者，因为刑法规定该罪行的受害客体是"妇女"；虽然刑法修正案九把男性加为了猥亵罪客体，但猥亵罪从量刑上相对强奸罪轻了很多，而且这种猥亵案的犯罪主体，其实也是男性同性恋。如此看来，法律的制定已经远远落后于时代的发展了。不要觉得可笑，我看到的情况，恰恰是女权主义者在呼吁，希望能推动法律修正，把男性受害者也纳入刑法的保护当中。

不管受害者是男是女，性犯罪都是对他人身体和人格的严重伤害；把这种伤害桃色化，只能说明持这种看法的人，是何等的低智商和低自尊啊！

# 她们都被杀死了，
# 你还只关心他们娶不到老婆

不把女人当人的地方，最后找不到女人成亲，很正常。

央视曾播出了一期《新闻调查》节目《陇东婚事》，这则视频以及官方微博上的导语，吸引了大家的注意：

"有一个地方，男方倾家荡产给彩礼，对女方无要求，也娶不上媳妇：'人市''买女子'，这样的词语在甘肃陇东地区并不新鲜。人均年收入四千多元，结个婚却甚至要花去一二十万。出不起彩礼钱，就讨不到媳妇……小伙们结婚成了大难题！是什么造成这里一女难求？"

点开视频，你会发现，里面明明就说了原因：20世纪90年代的时候，大家只愿意生男孩，生了女孩就送人或者扔掉（其实就相当于杀掉），女孩数量非常少。即便有女孩，出门打工也不愿意回来。当地女孩即使残疾、癫痫、智障也有人要，男孩却连相亲的机会都没有。偶尔有其他地方的女孩要求男人倒插门，男方却一口回绝，理由是不愿意帮人家养家……

视频已说明白了，他们就是自食其果。因为三十多年前，他们只要怀女孩就打掉，生出女婴就遗弃。当初把女儿扔垃圾堆的时候是不是还以为自己解决了一个大麻烦？

央视节目的价值观非常奇怪：她们都被杀死了，你却只关心他们娶不到老婆。

一个在节目中接受采访的当地女孩说：如果一个女孩不要彩礼的话，所有的人都看不起你，认为你不值钱。很显然，这些女孩从出生开始，都已经被当成一种待价而沽的商品，这种商品属性不仅不是自己决定的，甚至不是父母能决定了，而是当地的社会氛围决定的。既然都把人家当商品了，焉能不按商品价值规律来办事？多数女孩在出生伊始就被当作废品处理（丢弃）了，剩下的少部分女孩继续投入成本抚养长大，变成极为稀缺的资源，自然物以稀为贵。明明已经炒到二三十万的货物，岂能低价或无价出让？这是你们弃婴和买卖妇女应得的，还嫌什么贵呀。

不把女人当人的地方，最后找不到女人成亲，很正常。这样的族群因为无法繁衍而被淘汰掉，也很应该。只要有足够长的时间，达尔文还是很公平的。

其实在稍早些时候，"央视新闻"还发布了一条微博，说"我国男女出生人口性别比六连降 仍面临娶妻难"。其中引用了卫计委的数据：2014年我国出生人口性别比为115.88，即每100名出生女婴对应115.88名出生男婴（最高的是2004年，性别比达到121.18）。正常范围是103至107，我国仍超警戒线，是世界出生人口性别结构失衡最严重的国家。

你以为女孩是凭空消失的吗？当然不是了。这是重男轻女精心浇灌的恶之花，是一种系统性的恶。早在《汉书·王吉传》即有所谓"聘妻送女亡节，则贫人不及，故不举子"，是关于溺女之风的明确记载，宋代关于溺婴的记载更多。绵延到清代，溺女婴习俗的地区分布广泛，终清一代长盛不衰，史料不胜枚举。顺治时，都察院左副都御史魏裔介在向皇帝所进条陈中指出："福建、江南、江西等处，甚多溺女之风。"同治初年，御史林式恭奏："近来广东、福建、浙江、山西等省仍有溺女之风，恐他省亦所不免。"各省的地方志中通常使用"多""盛""风"等词反映溺女的盛行程度，"建宁俗多溺女""祁阳贫民溺婴甚多"。由此可见，溺女习俗的普遍性与持久性。乾隆年间，郑光策在福清县某书院掌教任上撰《与夏彝重书》，其文略谓："昨蒙询溺女一事，最为此邑恶习。土风丰于嫁女。凡大户均以养女为惮，下户则又苦无以为养，每家间存一二。然比户而计，虽所溺多寡不同，实无一户之不溺。历任各明府皆痛心疾首，出示严禁，然不得要领。……"文中明言，"无一户之不溺"，性别严重不平衡，以至于社会稳定成了严重威胁。明清史料中均有许多针对性别失衡问题的救治方案，当然，都杯水车薪。

古代实行的是一夫一妻多妾制，男多女少的情况更恶劣，有相当一部分最底层的贫民和奴仆，是没有希望娶妻的。到达一个极端的时候，就会出现非常剧烈的被动型的社会调节方式：起义，战争，高强度徭役，男丁大量死亡；男丁大量减少后，朝廷又会以征税及其他行政手段，强令女子婚配，补充人口资源，重新回到平衡。

故事的开始都是相似的，都是图方便，杀婴；但进入现代社会以后，还能允许相似的解决方式吗？据国家统计局今年1月20日发布的2014年度人口数据显示，2014年男性比女性多3376万人。——这些人怎么办呢？

一个地方，能够重男轻女到女人罕见的地步，他们会让女孩儿健康正常地成长吗？不可能。因为穷，他们会让女儿早早辍学，会让女儿承担家务，会让女儿侍奉兄弟和全家，会让女儿早早出远门打工。这才是最符合逻辑的。

而一个没有学历没有才能的女孩子干什么最挣钱呢？显然是卖身。我无法知道具体的人、具体的地方是怎么做的，我也给不出数据。不过中国其他地方涌现过许多类似的新闻和各种个案调查，大家都看得太多了。不外乎女孩子在外挣的钱源源不断地寄回老家，给家里盖新房、帮哥哥娶媳妇、给弟弟挣彩礼，在钱还没挣够前家人是不许她嫁人的；挣够了之后，不要脸的家庭会高高兴兴地炫耀，这是善良；要脸的家庭嫌她丢人，不许她踏进家门一步，这算讲究。

新闻中的陇东地方，看起来还不算很穷，至少家家户户都是亮堂堂的大瓦房，门前是宽敞的大马路，小伙子还号称一个月工资能到一万，但仍然无法说动姑娘。如果这样的地区都集体娶不上媳妇，那再偏僻一点的深山，更难以想象。看过《盲山》的，应该能够理解，拐来一个媳妇，是全村人的事，村里每个人都有义务看好她，把这个女人作为村民的私有财产，严防死守；身为老公的，更有义务把她锁到屋里，打怕、打傻、打残，一直强奸到生出儿子为止。

到了今天，这些巨大的社会问题怎么解决？更难了。低人权所带来的发展红利已经消失。以往泛滥于乡间的杀婴、买卖人口、拐卖妇女都因为法不责众，执法无能而被纵容，这些人也丝毫不会有良心上的负疚，因此这是"习俗"。上一代人逃过了法律的惩罚，但逃不过自然规律的报应，逃不过断子绝孙的焦虑。

当然，有时老天并不那么公平，它并不是精确打击到施害方，可能会误伤无辜，比如有些人的祖上没有干坏事他也找不到老婆。因为大自然报复的是一代人甚至数代人。

但我们又真好意思说自己无辜吗？随波逐流、乡愿地纵容恶行，就相当于给他们点赞。当大家认为重男轻女情有可原的时候，当女性被视为不值钱的第二性的时候，当女性在找工作和升迁时遭受歧视、在婚恋情感上只配当附属物的时候，这个社会就摆脱不了性别选择，摆脱不了男多女少的宿命。这就是与恶同行的代价。

# 被拐卖妇女该如何自我救赎

她所在的社会里，包括父母亲人，以及各种媒体，都在给罪行和暴行合理化，劝她归化，并斩断了所有她可能逃离暴行的路径。

大概八九百年前吧，那时还是在宋徽宗宣和年间，宋江投诚的队伍里有一位引人瞩目的女将，她叫扈三娘。据说，她在宋江归顺朝廷后，曾随官军征讨辽国，立了不少功劳。

说起来，这位扈三娘的人生经历也挺值得唏嘘的呢。她原本是大户人家的子女，被父亲视为掌上明珠，文才武略，江湖人称"一丈青"，还被许了一门不错的婚事。结果这时候，梁山强盗宋江抢劫大户，扈三娘披甲出战，但最终寡不敌众，扈三娘的父兄和未婚夫都被杀死了，家破人亡，扈三娘也被抓了。

故事的结果大家都知道了。美貌的扈三娘被许配给了她的手下败将、穷丑挫的矮脚虎王英。《水浒传》没有过多记载，但我们知道，白富美的扈三娘从此与丑陋无能的杀父仇人一起，过上了夫唱妇随的幸福生活。

其实这样的故事，我能讲一箩筐呢。古代的宣传机器也会自相矛盾，在有些朝代更替时，会表彰一些宁死不屈的忠臣；有时呢，又会表彰那种"识时务者为俊杰"的迎合者。像扈三娘这种改节事新夫、接受屈辱命运的，居然被小说树立为值得鼓励的行为。这说明，当时的朝廷，以及民间认知里，对温驯、奴性和屈从这些品质，有着很大的市场需求。

事实上，这种话语方式在民间也是根深蒂固的。我们最熟悉的牛郎织女，结合并不是源于爱情，而是织女下凡洗澡，被牛郎偷窥，并把衣服拿走了，事实上这就是强迫和诱拐。古代这对女人来说可是屈辱得要自杀的呀。身为天仙的织女迫于无奈，只好嫁给流氓牛郎，过上了苦日子。这个故事结构，跟今天的拐卖妇女的情节是完全暗合的——无处可逃的女性被诱拐，最终在父母的帮助下逃离，只是留下一双子女不能带走。但这个民间传说，却把牛郎塑造成一个痴情形象，转身去声讨把她救走的人，荒唐至极。

在今天，反思这种奴化的规训，肯定是必要的。不过，或许我们还可以多走一步，思考一下，一个被禁锢起来的女性，应该用什么方式拯救自己。很有可能，我们以为的扈三娘、织女如何如何不争气、如何如何甘心任人蹂躏，已经是她们在经过衡量与判断之后的选择了。

与此同理，如今处于火上煎烤的"最美乡村女教师"郜艳敏，实际上已做出了她的理性选择。

郜艳敏二十年前就被拐来，在反复的强奸和殴打中，她曾多次自杀、多次逃走，无一成功，还生下了孩子。此后，她获得信任，被允许回家，结果父母又把她赶回"丈夫"身边。因为当地的文化程度就属她较高，她当上了老师。

我们看到了，在这个过程中，郜艳敏尽一切能力不断挣扎、不断反抗。但她努力的价值非常轻微，因为被拐卖的女性是用钱买来的，是一件物品和财产，唯独不是"人"。近日，网民"天堂放逐者"有一篇叫作《谈被拐卖的妇女会遭遇什么》的文章被大量转发，文中提及："他们对待拐卖妇女唯一的办法就是打，不管听不听话都是毒打，没有人管她们顺不顺从，因为她们不是人，是家里的一件财产，是会生孩子，能发泄兽欲的物品。这个观念深入'人'心，所以第一件事就是打，打傻也无所谓，逼疯也没关系，因为买来就是生孩子的，疯子傻子一样会生。"

郜艳敏命运的转折，是发生在某个媒体注意到她、采访到她之后。自此，"被拐女用爱心献身当地教育"的奇葩命运，吸引了无数媒体。她当选为2006年度感动河北人物，还成为当年网友们评选的"中国最美的六个女人"，2007年她的事迹被改编成电影《嫁给大山的女人》。相当长的时间里，接受采访、去各省市电视台做节目是郜艳敏教学间隙中的重要内容。

郜艳敏出名了。但是，在长达七八年的时间里，她，郜艳敏，作为一个被拐卖的女性，一个名人，几乎为全国所知，仍然走不出这个村。

现在的她表示，她不会离开这个村的孩子们了，这些孩子是她的责任。

我们无权责怪郜艳敏是"斯德哥尔摩症患者"。试想想，她已经竭尽所能，逃跑、以死相抗、向父母求助、向社会求助，并且调动了远远超乎她能量的社会关注，都无法逃离。她所在的社会里，包括父母亲人，以及各种媒体，都在给罪行和暴行合理化，劝她归化，并斩断了所有她可能逃离暴行的路径。到了最后，她唯一的亲人就是施暴者，生死也系于施暴者，心理怎么可能不异化？

而与此同时，她却发现，顺从暴徒及其同谋，能获得片刻安宁：丈夫开始不敢打她了，同村人叫她老师、把她当作人类来看待了，政府给她入了党了。在这种理性选择之下，她开始事事为施暴者着想，以施暴者的利益为己任，很难说不是一个合理的行为推理。

可以想见，扈三娘当真这么爽快地顺从杀父仇人，带着笑容入洞房吗？不见得。只不过生活在强盗窝里，稍有反抗就会被人一刀两断砍死。织女当真就与牛郎卿卿我我、恩恩爱爱吗？不见得。只不过一介弱女子迫于流氓行径无可逃脱。可老百姓不喜欢这种抗争的故事，他们早就被各种现实所教训过，反抗强权就是自取灭亡。所以，他们心目中常认为，只要屈从于强权和暴行，变得毫无危险，就能过得平安，聪明的女人没有理由找死啊。来，听话就给你一朵大红花。

所以，我们就可以看到中国人"像青花瓷一样举世无双的忍耐力"（林语堂语）是怎么训练出来的。吃最大的苦，受最大的凌辱，忍耐最大的迫害，接受了，熬过去了，你就可以得到旌表了：这是我们中国，弱势者的自我拯救的方式。

针对这件事，学者姚遥在媒体上发表了文章《一个被买卖女性的伟大逆袭》，里面谈的是一位黑人超模华莉丝·迪里自我救赎的故事。她生活在索马里，四岁就被强奸，五岁被行割礼，她长大成人后，终于逃离那块土地，到了美国，并成为世界知名的超模。在若干年后，她又毅然中断自己如日中天的超模事业，全身投入反割礼运动，成为联合国大使，写自传讲割礼，成立多个慈善团体，唤起世界关注索马里女童的苦难，为同胞筹款建学校建医院。

2010年，华莉丝·迪里当选福布斯三十位全球女性典范之一；也就在同一年，郜艳敏加入了中国共产党。

作者姚遥在文章中写道："被世界踩在了脚底的华莉丝·迪里，因为抗争，成为世界主流的女性典范。而被世界踩在了脚底的郜艳敏，被迫屈服，成为中国主流的女性典范。"

这确实是一个意味深长的对比。我承认，在古代的社会组织方式里，想要逃离这种价值观的侵害是很难的；然而今天的现代社会，人与人是平等的；如果还有一些人明目张胆地奴役另一些人，并且表扬被奴役者的驯服和善良，那将是一个可怕的索多玛城。只要纵容这种情况继续存在，那么，我们每一个人，都是压迫郜艳敏的人。

# CHAPTER 6 思考是不需要被授权的

# 虽然他取媚了那个时代，但他是无辜的

汪国真们的断句分行体，恨不能把格言嚼碎了喂到你的口中，就怕你思考。所谓的励志、正能量，无非就是反智。

"天将晓/同学醒来早/打拳做操练长跑/锻炼身体好"（《学校的一天》）

据媒体报道，这是1979年春，汪国真在《中国青年报》上第一次发表诗歌。这首诗让他获稿费两元，令其欣喜若狂。

十年之后，汪国真成为中国最红的诗人。

回顾起来，汪国真的走红与我们的青春记忆关联之密切，甚至成为了一种尴尬。我一度以为，他已经成了我们不言自明的一个bug，一个照见我们荒唐审美的参照物。但在今天凌晨两点十分时，汪国真因癌症去世之后，满屏争说汪国真，纪念、评价、缅怀，居然成了今天的主调，我有点讶异。

一个最不像诗人的诗人去世，引起漫天纷纷扬扬的唏嘘；正如一个远离歌坛的歌手坐一回地铁，也照拂了无数青年们旺盛的表达欲。这不过是被营造出来的一场刻奇来。

直白地说，就是一种自我感动和自我感伤，并且因为这是一种集体的感动，在集体中感伤被升华到了崇高的地步；谁胆敢不感伤，倒是古怪的、矫情的。

对待汪国真，今天最常见的一种论调就是：虽然汪国真的诗有点俗，但毕竟是正能量，那么励志，影响过一代人，所以，还是怀念他的。可见，名义是纪念汪国真，实则在缅怀自己的青春期；也正是因为这个"自我"太重要，所以，与这个"自我"相关的人与物，都镀上了一层朦胧的光晕，充满了美感。

如今，这种"刻奇"的倾向成了评价历史与评价社会的不二法宝。如果深挖根源，无非就是"青春无悔"，只要是年轻时候干的事，都令人感动，反正也无法反悔，只好美化啦。

不得不说，这只是你们的青春，不是我的。

我在读小学高年级时，汪国真和庞中华早已走红。那时，大家都喜欢手抄一些锦词丽句，然后用贴纸剪出小花，贴上明星来装饰；女生更考究一点，会用印有粉色的彩纸摘抄汪国真的诗，因为短、浅、薄，抄起来不费劲，又时髦。

"没有比脚更长的路，没有比人更高的山。"

"让我怎样感谢你/当我走向你的时候/我原想收获一缕春风/你却给了我整个春天。"

"忧愁时，就写一首诗/快乐时，就唱一支歌/无论天上掉下来的是什么/生命总是美丽的。"

"我不去想是否能够成功/既然选择了远方/便只顾风雨兼程。"

这样的文风，是汪国真诗歌的精髓，也代表了汪国真诗歌的最高水平。

几乎同时，汪国真的诗歌迅速地成为贺卡的标准祝福语（这一传统甚至延续到了此后的十多二十多年，贺卡商们应该给汪国真付版税）；小学的毕业留言册上，男汪国真，女席慕蓉，基本上占据了绝对统治地位。

不过，这个群体中并没有我。我从米没有喜欢过汪国真：即便是小学生，也有自己的审美和尊严啊。——那时，我喜欢的是席慕蓉。我疯狂热爱的，有三毛、有琼瑶（我看过她至少四十部小说）、有亦舒，还有岑凯伦、玄小佛，以及金庸、梁羽生等一众人等，唯独不包括汪国真。

我这么说，难道席慕蓉就比汪国真高级吗？不不，席慕蓉除了技术性上强一些，略有诗味之外（虽然技术也挺重要的），与汪国真的本质一样，都是鸡汤附体。在最汲汲于文学营养、求知胃口最好的年代里，能供学生们充饥的，也就这些货色了。我同样是淫浸在这类寡淡的文字当中，一点都不比别人有品。

我不否认我曾经与同伴们共同喝过劣质奶这个事实，但我否认的，是"青春无悔"这种刻奇的自媚媚人。我把这段没有经过拣择、囫囵吞食的阅读历程当作我个人的"黑历史"。当年年少，尚可用无知来开脱；而今天，仍敢自我催眠，那便是无知者无畏了。我不敢。

如果从中国当代诗歌的谱系上来说，汪国真们显然不在这个坐标当中；在诗歌史上，它也是旁逸斜出的一枝，无法归类；它更应该是被挂在大众流行文化中的生态树上，供人们研究它的发育形态。

事实上，早在20世纪80年代，中国的当代诗歌就已有舒婷、顾城、北岛、西川、食指等人物了，他们早就用诗歌收割了无数文学青年的芳心；诗歌，甚至成了年轻人当中的通行证，自称是诗人，便可以靠着漂亮句子在高校里通行无阻、骗吃骗喝，泡漂亮妹子。文学，尤其是诗歌，成了一代显学。现在想来真搞不明白，当年领一代风骚的"朦胧诗"这个桂冠到底是怎么得来的？舒婷北岛们的诗，已经够直白、够浅显了呀，凭什么还称之为"朦胧"呢？

1989年3月，最重要的诗人之一海子卧轨自杀；紧接着，骆一禾也去世。这对诗坛显然是重创。同时，中国的社会形势和局格也发生了巨大变化，知识分子不仅不再关心社会，而且还竭力地躲避社会，诗人们普遍像失去了声带一样不再做声。不过，不能小看社会的自我修复能力，这一群人失声了，那一群人就顶上来了，汪国真、席慕蓉、三毛们，都是恰逢其时大红大紫的。

比较之后才明白，原来，朦胧诗尚有一点门槛，还需要消耗一点脑细胞去理解和想象；而汪国真们的断句分行体，恨不能把格言嚼碎了喂到你的口中，就怕你思考。所谓的励志、正能量，无非就是反智，这种文体，掳获了众多少年与年轻人啊。一时之间，在宣传媒体的鼓噪下，汪国真成为了"诗坛王子"，年轻人们读他的诗、抄他的诗、传他的诗。他曾有一本诗集印数超过六十万（盗版可能数倍于此）；同时有三十多家出版社约组出版；第一本诗集的全部作品均被谱曲；他作词的歌曲磁带《青春时节》金榜排名列大陆第一；三十多所高等院校邀请汪国真作专题演讲……

事实上，任何时代受众基础最大的一定是最浅薄的作品；不过，汪诗的垄断市场，还与其他诗人的集体被消声，找不准方向有关。先锋诗人被打压，商业挂帅这种思维又还没冒头，在这个空窗期，汪是一枝独大的。

想必，今天的汪国真不会有敌人，因为汪国真没有竞争者，诗人们也懒得去指责一个连诗人都称不上的"断句家"。他完全不能明白自己为什么走红和成功。据说一两年后他的诗集销量大减，是因为他参加主持人竞赛时充分暴露了自己的智商，以至于宣称要拿"诺贝尔文学奖"。他以一个井底之蛙的自我认知，终于让那些一直不做声的人笑了出来。

在商业文化和"娱乐至死"的风气迅速开始丰盛之后，汪国真也被大众遗弃了。但直至多年后，他仍然对自己一度凌驾于整个诗歌界之上得意非凡。据了解，汪国真的后半生过得还不差，但对诗歌来说，那真是最不重要的一件事了。

总结下来，就是汪国真是在诗歌与文学的真空期内，用诗歌真诚地向时代撒娇、向社会献媚；那种诚恳，因为智力和技巧的不足，令人无法直视。他的诗歌是空降到那个时代的一头怪兽，与背景不搭，也没有更深瓜葛。你甚至无法批判他走红与权力的清场有关，因为看得出来，这已经超越他本人能理解的范畴了。

汪国真是无辜的，他好好地写他的诗，谁知道会有一个这么蒙昧的时代，把他推向前台呢？

那汪国真真的在中国诗坛中没有价值吗？并非如此。汪国真曾经以一人之力，大大地拉低了诗歌的门槛，令诗歌以一种庸俗、油滑的姿态被铭刻下来，它们令人们对文字不再敬畏，令诗歌这个行当再无神圣感。

如果今天，我们能减少一点对青春的盲目美化，多一点反思，让以后不再出现那么多的南郭先生，这也算是汪国真对文化的一点促进了。但光是这第一步，又有多少人能做到呢？

"刻奇"（Kitsch）并不是一个新鲜的词。20世纪80年代末中国读者在昆德拉那本《生命中不能承受之轻》中遇到过。当时将它译为"媚俗"，其实真实含义是"媚雅"，有一种自我感动，自我崇高的意味。自我感动不是一件坏事，不过，当发现这种自我感动，能让自己显得崇高；就忍不住滥用了。开始要求别人也感动，也一起来崇高。这就是"媚雅"，这就是"刻奇"。

　　米兰·昆德拉这么刻薄的人，将"刻奇"解读得很准确："将既定模式的愚昧，用美丽的语言把它乔装起来，甚至连自己都为这种平庸的思想和感情流泪"。他比喻称，第一滴泪是刻奇，第二滴是刻奇的刻奇。第一滴泪无法避免，人类总要有感情，第二滴泪是故意的，是为了我能跟大家一样。这种"刻奇的刻奇"，才是值得警惕的。

# 我们可以集体哀悼，
# 但是别让我们集体愚蠢

有时，一些"无需讨论""不可讨论"的问题，不过是沉淀在人们意识中的沉疴。请记住，思考是不需要被授权的。

十多年前，美国遭遇了"911"。在一片悲恸当中，曾经有一个美国人站出来，不像别人那样谴责制造战争的恐怖分子，而是质问作为受害者的美国。不出所料，此人被当时的美国的舆论界打成了筛子。

这人就是苏珊·桑塔格。

回顾一下当时的情形都会记得，"911"事件发生后，这场针对平民的恐怖袭击震惊全世界。美国人甚至西方社会都还在极深的骇异和哀痛中，电视上公众人物愤怒地控诉伊斯兰暴徒、大谈团结爱国，电视新闻主播和评论专家呼吁共同对外，整个美国沉浸在一种同仇敌忾的集体情绪中。平日强大的美国变成了一个可怜巴巴的受害者。远在大洋彼岸的国人也为其点上蜡烛："今夜，我们都是美国人。"

当时的苏珊·桑塔格六十多岁，已经是美国著名的艺术批评家、小说家和公共知识分子，她获得过美国的国家书评人评论组首奖，以及美国国家图书奖、耶路撒冷国际文学奖，写出过广受关注的畅销小说，当选为美国文学艺术学院院士。在"911"发生之后，正在柏林讲学的苏珊·桑塔格在德国的《法兰克福汇报》与美国的《纽约客》上同时发表了题为《强大帮不了我们的忙》的短文。她在文章中指出，那些驾机自杀的极端伊斯兰分子丝毫也不像西方媒体异口同声所说的那样"怯懦卑鄙",而是很勇敢的。而且,她不同意媒体流行的观点,把这个袭击归根于对自由世界的打击,而认为是美国外交政策的后果。简而言之,这场灾难之所以发生,与美国政府的政策有关,美国需要反思。

这篇仅仅几百字的短文,在美国遭到了公众与媒体一致的谴责。是的,这比在婴儿生日宴上郑重宣布"这小孩以后会死的",更讨人厌。

假如清算一下,就会发现桑塔格讨人厌的做法还很多。当时的总统小布什宣称为了反恐,要发动对伊拉克的战争;她旗帜鲜明地反对这场战争。在战争即将爆发之前,桑塔格对《明镜》周刊说:"'911'之后的口号:我们站在一起。对于我,这意味着:要爱国,不要思考!让你做什么就做什么!"

一年之后,苏珊·桑塔格更写下了《真正的战斗与空洞的隐喻》一文,坚决反战。这篇文章发在2002年9月10的《纽约时报》上。直到今天,一些内容值得一读再读。

"在'我们站在一起'的口号下,呼吁反省就等于是持异议,持异议就等于是不爱国。这种愤慨正是那些主持布什外交政策的人士求之不得的。在袭击一周年纪念活动来临之际,两党主要人物对辩论的厌恶依然很明显——纪念活动被视为继续肯定的一部分,肯定美国团结一致对抗敌人。这种周年纪念,可服务于多种目的。它是一个哀悼日。它是对全国团结的肯定。但有一点却是明白不过的:这不是一个全国反省日。据说,反省会损害我们的'道德明晰度',有必要简单、清楚、一致。……这种借用雄辩造成的时代错误,在美国反智主义的大传统中屡见不鲜。反智主义怀疑思想,怀疑文字。"(黄灿然译)

在愤怒、悲伤与不满等各种情绪交织而成的负面情绪大潮中,桑塔格的"勇敢"和"政治不正确"显然是有严重后果的。西方思想界被一分为二:崇拜她的和憎恨她的。美国流行的保守派刊物《新共和》设问:本·拉登、萨达姆和桑塔格有什么共同之处?答案是:三个人都要摧毁美国。知识界尚且如此,普通百姓会怎么对待这样一位"国家的叛徒"?据说,在此后两年多时间里，桑塔格不断收到恐吓信与恐吓电话，很多电台不愿意请她去做访谈，很多刊物对刊登她的文字顾虑重重。

也就是在那两年，大学毕业的我读到了桑塔格的文章；那时，桑塔格的不少书籍已陆续在中国出版，开始在中国走红了。我为她的茂盛如繁花的文字和深邃如星空的思想所折服。桑塔格的宣言，我觉得再有道理不过了，为什么那些狭隘的美国知识分子不能理解她呢？

然而，当看过越来越多的社会新闻、见识了这个世界的众生相之后，我慢慢觉得，桑塔格的冷静和洞见与人之常情是背离的。一种能成为主流的民意，必定是简单的、清浅的、从情绪出发的、近乎不假思索的，这样它才能被最多的人所接受；同情、愤怒、谴责、声讨等情绪，正符合这些指征。而冷静、反思、探究原因，则需要大量的知识背景、有独立思考的习惯、有超越表相的逻辑思考能力。具备这种能力的，注定是极少数；而这些人，未必愿意成为众矢之的，在"沉默的螺旋"效应下，他们不会公然说出自己的见解。

# 谁甘当冒犯者，对抗民意之汹汹大势？

坦诚，需要的不只是勇气，还有智识。很难说桑塔格是左派还是右派，她太独立了。虽然现在她的简介里，被誉为美国"公众的良心"，但我仍然怀疑，这是否只是我们这些非美国人的一厢情愿。十多年过去了，伤痕已愈的美国知识界，对苏珊·桑塔格那番话是否有了新的理解？

2004年岁末，桑塔格去世。龙应台在悼念桑塔格的文章中这样说"911"："我们可以集体哀悼，但是别让我们集体愚蠢。"

当然，对于这种反人类的罪行，不需要给他开脱的理由（excuse/justification），因为不管有何冤屈，针对无辜者的屠杀是绝不可宽恕的；但背后引至他们以自杀性手法来杀人的原因(cause)，则是需要思考的。——解决他们杀人的原因，和把杀人行为正当化，完全是两回事：杀人不可原谅，但解决这个原因，便可以降低这种杀人的可能性。

有时，一些"无需讨论""不可讨论"的问题，不过是沉淀在人们意识中的沉疴。请记住，思考是不需要被授权的。

# 作为公共知识分子的尤物

> 这个最锋芒毕露的思想牛虻、最恶毒的精神女巫，其实更多的是作为一个个人，一个独立的个体出现的。桑塔格永远是一个少数派，一个反对者，一个不合时宜者。

怀念你，苏珊·桑塔格。

如果说一个趣味主义者、一个唯美主义者，也会衰朽、老死，是不是很令人心碎？是的，她就是这样死了，死于乳腺癌，她割掉了自己的乳房，成功地把死神拖垮了三十年。我认为她已经赢了。

## 我们为什么热爱桑塔格

苏珊·桑塔格，20世纪西方最重要的知识分子，2004年12月27日在纽约去世。作为当前声名卓著的"新知识分子"，被誉为公共的良心。她的离开，对于某些死硬派而言，或许是种解脱："911"事件后，桑塔格发文质疑政治领袖联合媒体、专家在夸大恐怖主义的威胁，与全美，甚至全球的舆论"唱反调"。结果她成为众矢之的，甚至有报纸社论直指桑塔格为叛国者。她一走，全世界都安静了。

但这种失语，就是知识分子独立品格的沦陷。就在同一年的9月，法国杰出作家、美女萨冈仙去了；10月，解构主义大师德里达去世；12月，又一颗巨星桑塔格陨灭了。20世纪的大师们，已次第谢幕，给这个世界留下硕大的空洞。这种空洞，任多少诺贝尔获奖者都弥补不了。

桑塔格很大程度上被一些符号所代替：一个文艺评论家，一个小说家，一个剧作家，一个激进的左派知识分子，一个女性主义者，一个新知识分子，一个孩子的母亲，一个蕾丝边（lesbian，女同性恋）。但桑塔格讨厌这些标签，也很少提及她是美国文学艺术学院院士，美国国家图书奖、耶路撒冷国际图书奖、德国书业和平奖的获得者。她是罕有的老百姓都耳熟能详的文艺批评大师。但是，媒体报道这样一位七十一岁的老太太的时候，都没有忘记提醒我们：她，苏珊·桑塔格，带给世界难得一见的魅力和性感。《纽约时报》这样描述道，"严厉而明净的大眼睛，浅浅的笑容，黑色的衣服，低沉粗粗的声音，黑黑的长发间夹着标志性的白发，她的容貌夺人心魄。"

　　错位和误读是我们最爱玩的把戏。我们喜欢杜拉斯，是因为一个七十岁的老妇人却像十七岁一样怀春；我们喜欢萨冈，是因为十八岁的少女就历尽沧桑坐看云起；我们喜欢桑塔格，是因为一个贵族出身的年轻美貌的少女狂热地波希米亚，桀骜自大，到头来却被证明是"全美国最智慧的女人"，在老土的文艺批评家岗位上做足了前卫的姿态。

　　身份的叠加，文字的密度，好战、唯美的趣味主义被输运到了中国，桑塔格依然是大师，而且，被标签化。

　　误读一：公共知识分子的学术花瓶

　　第一个错位，是把桑塔格摆上了公共知识分子的神主牌。照福柯的说法，知识分子已消失了。古德纳《知识分子的未来与新阶层的兴起》中提道：知识分子进入校园，成了职业管理者，转型为专业知识分子；新阶层兴起了，精英知识分子消失了。可桑塔格讨厌被人钉死在知识分子的墓志铭上，坚决不进大学任教，却认定："一个人之所以是知识分子，就是因为他在言论中表现出了正直和责任。"桑塔格自己就干了几件事：1989年，声援被追杀的英国作家拉什迪；1993年，苏珊在萨拉热窝的前线为生活在恐惧中的人们上演现代戏剧《等待戈多》；"911"后，批评美国政府及各大媒体的片面报导和煽动反伊斯兰情绪；2001年，在领耶路撒冷国际文学奖时，毫不客气地指责以色列人的野蛮行径；2004年，指斥虐囚事件，把美军与萨达姆甚至纳粹并列……

因为说真话，桑塔格自己也没有好果子吃。美国流行的保守派刊物《新共和》设问：本·拉登、萨达姆和桑塔格有什么共同之处？答案是：三个人都要摧毁美国。两年多来，桑塔格不断收到恐吓信与恐吓电话，很多电台不愿意请她去做访谈，很多刊物对刊登她的文字顾虑重重。如果她不是她，不是那个享有世界声誉的桑塔格，一早就被灭了。

这些神话，让桑塔格在中国被误读了：一个公共知识分子的样板，一个学术的花瓶。

这个最锋芒毕露的思想牛虻、最恶毒的精神女巫，其实更多的是作为一个个人，一个独立的个体出现的。试看，在整个政治如火如荼的20世纪60年代，苏珊·桑塔格没有投身于意识形态的任何诠释，反而一头扎进文艺评论；当保守派们对大众文化嗤之以鼻的时候，苏珊站在了大众文化这一边；当纽约还是一个文化中心的时候，住在纽约的她眼睛直接掠过金斯堡们，落到大西洋彼岸那些鲜为人知的先锋派身上。现在天下太平了，大家都钻进书斋里该干吗干吗了，她却跳起来指手画脚——桑塔格永远是一个少数派，一个反对者，一个不合时宜者。中国的自由派文艺青年，乐于把她视为一个文化符号，都以谈论她为时髦。

可是，大家是要学习她的态度吗？那些学院派都会连连摆手：不，绝不。

知识分子这个称呼让我们的内心矛盾重重。她纯粹、智性、崇高、自由，我们对桑塔格，只能是一场错爱。


误读二：趣味主义者的尤物

五十年前提出的坎普趣味，至今仍然精到、新鲜、前卫、充满悬念，也只有桑塔格可以做到了。在中国，罗兰·巴特、让·雷奈、戈达尔、法斯宾德、布莱希特、纪德、加缪、本雅明的慢热，到今天成就了他们的吹鼓手桑塔格；而桑塔格，又让他们的美名得以远播。她的凌波微步总是得风气之先。

很多时候，我们迷恋她，不是因为她在描述什么，而是她描述的方式。评论加缪？评论尤内斯库、《秃头歌女》？评论乔治·卢卡奇？评论色情电影？甚至评论摄影？谁不会呀。可是，只有她让大家记住了。甚至坎普，她也不是第一个提出来的，可是大家的第一联想是她，而不是伊斯特伍德。

在十年前，中国一度出现过桑塔格热，除了因为她发言多、出镜多，出版了中文版文集以外，香港文化人陈冠中重写中国版本的"坎普"，也促成了小圈子里的重读桑塔格。——这让我们想起了20世纪90年代保罗·福塞尔的《格调》：一种对格调和阶层的揶揄和讥笑，走到中国，竟变成了对格调和阶层的顶礼膜拜，甚至明知故犯。而桑塔格的坎普也遭遇了同样的宿命：她对坎普是一种温和的、婉转的、谐谑的戏拟，我们却看出了微言大义，欣喜若狂，直至不知所谓。

我以为，一个智力过剩的时代往往要以"反智主义"作为自己的泻药。在早早就踏上后技术主义征途的美国，坎普就充当了一种巴豆，变成一种酸性的智力，来融解刚性的现实。可是在中国，也只能勉强算是工业时代，建构还唯恐不及。"坎普就是严肃地对待轻浮之事，轻浮地对待严肃之事。"依我看，我们还只配严肃地对待严肃之事。要亦步亦趋地学人家谈坎普？还早着呢。

桑塔格说，"伟大的作家要么是丈夫，要么是情人。有些作家满足了一个丈夫的可敬品德：可靠、讲理、大方、正派。而另有一些丈夫，人们看重他们身上情人的天赋，即诱惑的天赋，而不是美德的天赋。"我能不能借用她的比喻来说，桑塔格直接呈现了两种性征：正直、理性、立场坚定，然而，却刻薄、毒辣、喜怒无常、不可捉摸。因为桑塔格的丈夫气，她盗取了我们的信任；然而，在她的文字里，我们拾掇起来的，却尽是对道德的调戏。

这是一个气质性感的女人，一个着装前卫、时尚摩登的女人。桑塔格的美貌，甚至在20世纪60年代成为美国一代文青的性幻想对象。桑塔格的思想比身体更性感。"智慧也是一种趣味。"她这样说道。我们喜欢她的趣味，却忘了趣味是需要智识来打底的。

我们注定永远失去她了。她将会被进一步抽象成一个隐喻、一个阐释，尽管她毕生致力的，就是反对隐喻，反对阐释。

# 灵魂才是真正的隐私

在张爱玲面前，那些对女性命运盲目的乐观、轻佻的赞美、廉价的同情，都可以去死了。

在"张迷"的眼中，张爱玲是完美的，如仲秋的月亮，孤洁，圆满，只可仰视。

然而自从数年前的《小团圆》一出炉，月亮却变得残缺了。评论家嫌其文字琐碎，"有姑婆气"，退步了；张迷们扼腕连连，埋怨张爱玲不该自曝，自毁，伤心有之，失望有之，认为张不珍惜羽毛、大失所望摔卷而去者亦有之。

细数下来，《小团圆》中张爱玲自墨的污点真的很多。除去与汉奸胡兰成的一段孽缘人尽皆知外，还透露出了若干鲜外人知的新的信息，比如，张爱玲曾流产、患宫颈折断、与导演桑弧同居、被柯灵性骚扰……最令人有不适感的还远不是以上事实，而是其中渗透出来的女主人公的冷酷自私。然而，这种冷漠又是有大悲悯在的，因为她在领受一个比她本人更冷酷自私的世界，她对人生的悲苦充满了同情。

以前看张爱玲的《流言》，她坦然地说她喜欢钱，我觉得那是一种清澈明朗，犹如自称"寡人有疾，寡人好色"，有种直率的可爱。谁知，那真不是俏皮话，而是她拮据的人生底色。她的一辈子都在为钱、为生存奔忙，忙着还母亲的钱，忙着还前夫的钱，后半辈子嫁个入土半截的老头赖雅更是穷得机票都买不起——未必有人逼债，可是她却不肯欠人的，也不肯欠这个世界的。

张爱玲得以成为小资鼻祖，自是有因的。张爱玲虽是遇人不淑，但出身名门，对物质世界有轻盈独到的体贴，又有恰到好处的才华，伶俐、刻薄，轻描淡写便透着机灵。花花公子、纨绔子弟是不打紧的，读者随时准备原谅他（她）的不良品质；可这不过是读者的臆想。张爱玲暗暗把《小团圆》修修补补几十年，最后不着寸缕地现身，顿时把大家难堪着了。她不过是一个穷鬼，是真穷。她让我想起著名女诗人茨维塔耶娃，写着世界上最好的诗，却潦倒不堪，有时是清洁工，有时是乞婆，穿着破衣烂裳，四处流亡。爱过许多人，却没有人来爱她；那些读着她，唱着她，迷恋着她优雅诗歌的文青们，未必想了解一个乞丐一样的茨维塔耶娃吧？也没有谁想去接近一个不断为了稿费而愁苦不堪的张爱玲吧？

灵魂可以千疮百孔，衣服不能；生命可以爬满咬人的虱子，但华丽的袍子不能。张爱玲仅供消费；一旦看见真的虱子，张迷就觉得偶像有风险，投资须谨慎了。

鲁迅当年在《伤逝》里叹息"娜拉出走后怎么办"，张爱玲就把这个问题给结了。在书中，盛九莉的母亲蕊秋（明显是英文名Rachel）与她父亲离婚，留洋归来，又是高门大户，简直是时代新女性的楷模了。惜之，蕊秋后来的命运，除了吃遗产吃嫁妆，就靠给人做情妇补贴家用了。整天不着四六地搬家，母女俩都练出了给行李打包的绝技。也正因为此，盛九莉念念不忘要归还母亲的八百元，因为她知道，一个女人，最后也就只有钱最重要了。娜拉走到哪里都没有用。

我时常惊奇张爱玲可以跳出自己的年龄和经验，更佩服她可以跳出时代和历史的局限，直接就回到人的核心上了。在张爱玲面前，那些对女性命运盲目的乐观、轻佻的赞美、廉价的同情，都可以去死了。

再看，九莉通篇都管父母叫"二叔""二婶"，仿佛先自倒退了一步，心就替她寒了。邵之雍对她也像是虚与委蛇，与她在一起的时候，妻妻妾妾照样热闹得很，小女友也没有消停过；她忍了又忍，未尝不是因为除了他，别的肯赏个好脸色的人都没有了。九莉与邵之雍化离之后，日子过得更为寒凉。遇到燕山（桑弧），也不见得给她多少温度；一度的好友荀桦（柯灵），更是趁其落难之时，在公车上意欲非礼她："汉奸妻，皆可戏。"

把这些段落作为史料，当然也是不错的；但我也常想，一个人，一位作家，到底要有多勇敢才敢暴露她的灵魂？要有多坚强才可以念念不忘？卢梭不过忏悔了一下他的荷尔蒙冲动和诸如形而下之类的东西，就流芳百世了；而我们的张爱玲，却毫不吝惜，让自己的残酷和萧条暴露于众人之前。这个时代，暴露肉身是不打紧的，灵魂才是真正的隐私；张爱玲此举，无异乎剔肉还骨。不喜欢，多是因为消受不起。

其实，张迷们不喜欢这样的重口味也不要紧，纷纷离开她也不要紧，张爱玲一点也不在乎。死人是不需要炒作的，生前的名节她都不理会了，死后的虚荣还算个事吗？

# 张爱玲才不需要你的唏嘘同情

把张爱玲假想为饱读诗文只知道谈情说爱的林黛玉，难道这样
就更可爱吗？

对张爱玲的了解，是可以随着资料的进一步发掘而不断改变的。张爱玲的形象，也渐次有了更多的层次。比如，名主持蔡康永曾有过一段话又被频频转发了："我其实蛮愿意跟大家提醒一下，有好多人都喜欢引用张爱玲的一句话'出名要趁早'。每次看到有人引用张爱玲这话，我就想为什么？张爱玲的人生很棒吗？张爱玲的人生糟透了。"

蔡康永对"出名要趁早"这句流行俗语的批驳是对的；但他认为张爱玲的人生"糟透了"，只能说明两点：第一，蔡康永对张爱玲以及她所处的时代了解太少。第二，他否定了一种成功学，但却又灌输了另一种成功学。

张爱玲的前半生和后半生，其实有不同的意义。世人常爱她前半生伶俐的作品和炫目的经历，殊不知，她夹杂在原生家庭和不幸婚姻中的苦恼，再加上国恨家仇。她的后半生，世人只觉得贫困潦倒，无人赏识；实际上，她正逐渐回归到日常的生活当中，谋生，也寻求生活意义。许多认知，正好是错位的。

说张爱玲把自己的人生搞得乱七八糟，并不是蔡康永一个人的成见；类似的偏见，以前就听得很多。这个依据，首先是因为张爱玲嫁的胡兰成是个汉奸，而且还非常花心，朝三暮四，张爱玲不得不黯然离去；其次张爱玲在出国之后，貌似没有什么街知巷闻的好作品出现了；再有，张爱玲再婚，却嫁的不是有钱人，她最后是一个人在公寓里孤零零地去世的，好久才被人发现。

实际上，这是对当时的社会环境没有清晰的认知。况且，什么叫"过得糟

糕"？只有那种"嫁为富家媳、子孙满堂"才是完美的收稍吗？

胡兰成，算是张爱玲的一道疤，她知道胡兰成的不忠，试图挽回过，还去乡下找他；但一旦明确了这个人不值得爱，张爱玲马上撤退，一点也不恋栈。多年后，她写信给胡兰成借书，胡还想撩拨她，张爱玲连信都不回，断得干干净净。而如今，多少号称独立的现代女性，还拖泥带水地浑不懔呢。

就像大家假装不相信李清照再婚过一样，很多人也有意忽略张爱玲的第二任丈夫。是的，她的丈夫赖雅又老又穷，从世俗角度来看，条件不是很好；但是，只要读过《张爱玲年谱》（张惠苑著）的人马上就能明白，这两个人不仅相处得时间更久（十一年，胡张之恋仅三年），更像是真心相爱：他们一起散步、逛街、看电影、互相送礼物、互相扶持，虽有些拮据，也不乏温暖。这很糟糕吗？如果对比萧红、丁玲、沈从文、老舍等同时代作家，你会知道，作为一个乱世中求生的女人，张爱玲已经把自己的生活掌控在最舒适的范围里了。

针对蔡康永的那段话，香港作家迈克说，"我没有胆量指着写过20世纪最佳中文文学作品的人说，你的人生糟透了。我也绝不敢这么说。"事实上，张爱玲后来并不穷，在由张爱玲的遗产执行人宋以朗（宋淇之子）口述的新书《宋家客厅：从钱钟书到张爱玲》一书里透露，张爱玲不仅在美国户头有28107.71美元，而且还有外币存款约为32万多美元。在那时这真不是一个小数目啊。

也许因为张爱玲后半生没有当上嫁个好夫婿的富婆，传统的审美里，又在刻意缅怀和营造一种"我只是枯萎了""低到尘埃里，开出花来"，以及"一个苍凉的手势"的凄美失意，于是把张爱玲假想为饱读诗文只知道谈情说爱的林黛玉，难道这样就更可爱吗？殊不知，一个贵族少女，十七岁就离家出走，十八岁考了整个远东区第一名、就读香港大学，二十二岁就凭写作暴得大名，二十六岁离婚，1952年在一片欣欣向荣中毅然离开中国大陆——张爱玲的每一步都在跟坏运气做斗争，而且赢了，这样的人，能活得差到哪里呢。

我觉得，这是我们这个时代的一个通病，要么你成功大发，供人羡慕；要么你英年早逝，由后人给你献花缅怀——偏偏对一种以写作谋生的朴素生活视而不见；就像很难接受聪明伶俐的妖女黄蓉也会变中年妇女一样。殊不知，那只是大众的想象，跟张爱玲本人无关。

不久前还有一个段子："作为一个已经去世的作家，张爱玲还保持着每年一部新书的速度在出书，好勤奋啊！"这，居然是真的。因为张爱玲很幸运，她这么孤僻的人，却得到了不少倾心相助的好友，并且，遇上了受人之托、重人之事的遗产执行人宋淇。她的作品、她的人生和各种掌故，得到了善终。她若在泉下知道找对了人，恐怕也会笑出声来吧。

# 我为萧红鸣不平

> 如果是一位男作家有这样的文学成就，他的私生活再烂，他也挥霍得起，也照样有拥趸和死忠了。

有一个奇怪的传统，男作家，我们谈他的作品，谈他的时代，谈他的思想；假如碰巧有一点绯闻的话，也不妨作为花边来聊一下。女作家，我们谈她的婚姻，她的爱情，她的男人们；假如碰巧有一两部作品实在太突出的话，也不妨作为花边来聊一下。

应该说，这种习惯不独中国有，英美文学的国家也有。但中国犹为突出。这与人的猎奇心理有关，也跟性别政治有关。针对男女，我们执行的是双重标准。

现代被这种习性给"玩坏"的女作家，已经有张爱玲、林徽因了；现在恐怕又得加上萧红了。

近期，因为有多部关于作家萧红的电影上映，萧红又重新回到了大众视野中。我就看到多篇谈萧红的热点文章出现在网络上，无一例外的都是谈她的感情生活，并且，都颇有贬义。令我印象深刻的是作家张耀杰在文章中写道的："只不过纵情纵欲的萧红，必须凭借着动物性的情感本能而盲目依附于一个又一个'始乱终弃'的男权主人"；他还批评另一位女性写作者是"与萧红一样因为'缺乏自我规定的意志'而'甘受奴役'的写作者"。对同行进行直接人身攻击，这本身就非常不得体了，在此先存而不论；他认为萧红"纵情纵欲""动物的情感本能""盲目依附""甘受奴役"这些语言，也明显用错了时空，我万难同意。至于后来走红的一篇文章认为萧红是"饥饿的贱货"，这种评判就徒增笑柄了。

作为一个已经故去的小说家，我想，留给历史的首先是他/她的文学作品。他/她的价值如何，主要体现在文本上了，作品是杰出作品还只是滥竽充数，具有关键意义。其次，有时囿于时代局限，小说家的文本价值可能相对较弱，但这类小说中能否反映历史，是否具有文献价值也是有意义的。最后，才是小说家的人品、道德、理想情怀、感情追求，是否对人类有所启发有所裨益。

一般而言，历史上没有几个作家经得起前一两个标准的考量，根本不值得用到第三个标准。怎么一到女作家，就先从人品、爱情上来品评了呢？作品反而不重要了吗？

当然不是。从文本上来说，萧红在中国的现代文学史上是一个杰出的作家，远远超越了与她同时期的绝大多数男性作家。萧红的小说创作中，深深烙印着黑土地的印记。当大部分作家鼓噪着放下手里的笔上战场杀敌时，她却在用笔发挥着一个知识分子应有的力量，抒写着地域性文化背景和战争状态下人的麻木、卑微、粗鄙的生活形态。她的语言美丽而丰赡，在一个一个的细节当中，读者可以感受到萧红强烈的生命力，以及深深的悲怆。《生死场》如是，《呼兰河传》亦如是。

在此，对萧红的文学成就不多讨论了。如果是一位男作家有这样的文学成就，他的私生活再烂，他也挥霍得起，也照样有拥趸和死忠了——比如胡兰成，成就比萧红小得多，人品再坏上一百倍，还照样有许多粉丝——何况，仔细清算下来，萧红何罪之有？她何止是无辜，甚至已算是非常勇敢、非常有胆识了。

来看看萧红的私生活。她的短暂的一生经历过几位男人，包括先与订婚的汪恩甲悔婚，后来相遇之后同居，怀着孩子却被抛弃；接着遇到萧军，同居了一段时间，再次怀着孩子被抛弃；遇到端木蕻良，结了婚，但端木也曾数次抛下她遁走，包括在战乱中和病危时；还有一个恋情似真似假的比她小几岁的骆宾基。

如果把萧红的名字抹掉，放在现代来看，这的确是一个不智的女人，一个软弱的女人。但如果你知道这是在八十年前发生的事，设身处地地想一想，就不一样了。那是20世纪30年代，正是萧红的青春时期，也正是一个新旧观念交错的时期；不仅没有法律保障，旧的价值观念已然崩溃，新的尚未建立起来。用今人的标准去要求时人，只能是站着说话不腰疼。

　　当时，西方诸多婚姻理论已在中国得到广泛传播，当时的报刊开辟婚姻问题专栏，对婚姻改革进行大肆宣传，如《新青年》《妇女杂志》《妇女评论》《晨报》副刊等曾经开展"贞操问题""新性道德""离婚问题""爱情定则"等问题的讨论，成为婚姻问题讨论的主要阵地。不过，大多数的家庭里依然遵循着旧式的婚姻规则，在家长专制的威严下婚姻的自由受到严重的牵制，受到这种痛苦的尤以女子为甚。像萧红，还在小学时就被家族许配给汪家了。

　　萧红是勇敢的，1930年为了反对包办婚姻，逃离家庭；为了生活，又向报刊投稿，勤奋写作；她还不顾家庭反对，在表哥陆舜振的帮助下到北平，进入女师附中读书。后来她与汪恩甲产生了感情，同居了，其兄汪大澄解除了弟弟与萧红的婚约，萧红又到法院状告汪大澄。她还积极参加革命活动——如果这种惊世骇俗的举动还叫"缺乏自我规定的意志""甘受奴役"，那不知"有意志"的女孩，到底该是什么样？

　　萧红曾两次都在挺着大肚子时，被男方所抛弃。应该说，她情商并不高，她没能最大限度地保护自己，显得不智；但她是一个受害者，该挨骂不是她，而是毫无仁义的男方。但萧红并不需要我们后人的同情，在如此的厄运之下，她不仅没有被口水淹死，而且居然两次都能找到新的爱情。显然，她不仅不"盲目依附"，而且很有魅力，生命力旺盛，不断地向上攀缘、成长。

　　还有一点我们应该特别留意：当时的医学手段太落后了，萧红既难以避孕，也难以人工流产，不幸多次怀孕。同样一段感情，男性可以片叶不沾身地飘过，女性却因为身体原因不得不承受百倍千倍的痛苦、屈辱和无可奈何。而这些，却不幸成了萧红"纵情纵欲""动物性的情欲"的铁证。——感谢科技，如果萧红的这一切发生在现代，不过是一位青春女性常见的几次恋爱而已，不会严重地戕害身体，不会丧失体面、丧失尊严，性别差异可以得到极大的缓和。

至于说萧红依附于男人，这个罪名，萧红离得更远。她是一个独立女性，她不仅忙于写作，积极地工作，有自己的朋友圈子，更要照顾丈夫或男友。如果从历史来看，萧红的文学成就比萧军、端木蕻良、骆宾基都要高许多，后世的名声也要更大；在萧红去世后，这三位男人都把与萧红的恋情（甚至有无恋情还存疑）当成宝贝放在心口捂暖，当作珍贵的遗产，他们的名字经常是因为萧红才带出来的。到底是谁依附谁？

试想一下，生活在一个包办婚姻的时代里，一个女孩自己逃婚；自己争取得来受教育的机会，自己投稿写作，成为一位杰出的作家；积极参加革命，结交了那个时代最了不起的文化精英；虽然总是遇人不淑，但总是可以在被抛弃后重新找到新恋情……命运赠予给她的实在太恶劣了，她却把一手烂牌打得有声有色，即便最后未必胜利，也已足够成为一个励志典范了。

如果非要说毛病，那么萧红私生活中的最大缺点就是充当了一个"人渣吸尘器"。但这也与时代有关。假如她是一位活在当代的女性，她的确难辞其咎；毕竟抛弃怀孕女友、家暴、遗弃病重妻子都是千夫所指的行为，现在的这个世界正常男性还是比较多的，她不该眼光那么不济。然而，那个年代里，有多少人懂这些？萧军、端木们一方面享受着萧红们作为独立女性带给他们的新奇和物质、声誉，一方面又情不自禁地仍把她们当作女奴来役使，这是一个普遍的现象，回忆当时的文坛和学界，有几个能在性别意识上超越时代？还不是一场比烂大会？

正如不可能揪着自己的头发离开地球，人也不可能脱离历史背景而存在。

人们对著名女作家、女学者的私生活的苛责已到了无以复加的程度，即便连张爱玲、林徽因这样私生活已算检点的女性也被安上多少难听的外号，挖得千疮百孔了。像萧红，一个杰出的作家，一个勇敢争取自由的新女性，一个男权的受害者，仅仅因为她保护自己的能力弱一些，就应该被一篇接一篇文章地骂吗？

萧红不像张爱玲看得那么透，那么冷清，她就是一个热烘烘的人，就是要轰轰烈烈地投入生命、投入爱情。有时过分热烈而灼伤自己，这只是性格，不是缺点。像我这么性格冷清的人，虽然喜欢的是张爱玲的小说，却格外钟爱萧红这样秾艳的性格。

我只想为萧红鸣不平。

# 像西门庆那样"肤浅"的人为何更易成功

极为精明的西门庆几乎可以说是处处受蒙骗，时时被愚弄，而且不长记性。骗完之后，对方稍加安抚，他便立即芥蒂全消，主动投入下一场骗局。

不知道有没有人跟我一样的感觉？见过一些有钱人，看着又粗鲁又没修养，居然人家随随便便就年收入千万以上；电视台上的巨贾大腕吧，也经常说蠢话或做蠢事，比如一些企业家或艺术家，千金散尽却收藏了一屋子的假货；有些行业大佬，被骗子李一和王林及各色"活佛"骗得团团转，还甘之如饴。

这弄得大家经常有一种"这种笨蛋怎么也能成功"的世事无常之感。但细想起来，这些都是人精，见多识广，为什么会犯这种低级错误？

最近我在读格非的新书《雪隐鹭鸶——格非赏〈金瓶梅〉》时，就有了一层更深的体会。他谈到了西门庆的"经济型"人格：

"《金瓶梅》中的西门庆，在日常生活中并不是一个智商很高的人。相反，他身上有很多孩子气的任性，洋洋自喜乃至天真。不论是朋友之间的酒食征逐，还是在家中与妻妾相处，乃至在院中与妓女们周旋，西门庆都可以说是一个极其肤浅的人。"

"肤浅"这个评价，开始令我吃一惊。一方面，西门庆相当成功。如我们所知，西门庆出场时已无父母兄弟，也无亲眷故旧，更无任何家庭社会关系的脉络，财富积累几乎全凭自己打下江山；到小说七十九回西门庆临死前（三十三岁）吩咐遗产事项时，其财富已达十万余两（明朝七品官一年的官俸四五百两，西门庆之财是七品官员年俸的两百余倍）；如果再考虑到他挥霍无度、撒泼使钱、不喜积蓄的习惯，西门庆的赚钱能力不可谓不巨。另一方面，西门庆憎恶美德，蔑视法律，深谙官商勾结之道，其"强奸了姮娥，和奸了织女，拐了许飞琼，盗了西王母的女儿，也不减我泼天富贵"的价值理念不可谓不振聋发聩。此人之道行，如何是"肤浅"二字可衡度？

不过，看整本《金瓶梅》中，他与李桂姐、吴银儿、应伯爵、吴典恩之流的精明人打交道，他的肤浅和愚痴又被衬托得极其醒目。

比如，西门庆由儿女亲家陈氏而遭遇大祸，命悬一线，他吓得魂飞魄散，每日将大门紧闭；幸好打点得当，逢凶化吉，他"渐渐出来走动了"，这时，在大街上碰见了应伯爵和谢希大两人。这两人都是西门庆的"十兄弟"，平时得他无数的好处，但在他罹祸的两个月里，两人一次也没去探望过。尴尬中，应伯爵假装没事人儿似的问：你忙什么啊，娶了嫂子没啊，也不请兄弟喝酒啊……而西门庆也老老实实地回答，陈家出了点事，有点忙……

西门庆并没有吸取教训，丝毫不以为忤，应伯爵借二十两银子，西门庆就给五十两；常峙节想买套三十五两的房子，西门庆就给五十两，让他多开个小店铺。当然，这种恩情是肯定不会有好报的，西门庆一死，应伯爵便教人赖了西门家的四五百两银子，自己投奔张二官去也。

西门庆受骗何止一遭。李三、黄四由应伯爵做中间人向西门庆借款，西门庆借了一千五百两给他们；他们赚钱后还了约一千两，又诱骗西门庆再追加五百两投资。另一方面，应伯爵又教李三、黄四"香里头多放些木头，蜡里头多掺些柏油"，"借着他（西门庆）的名声，才好行事"。

西门庆几乎可以说是处处受蒙骗，时时被愚弄，而且不长记性。骗完之后，对方稍加安抚，他便立即芥蒂全消，主动投入下一场骗局。

西门庆的伙计和家丁们，几乎全都是白眼狼。韩道国听说西门庆已死，便发卖了西门庆的部分货物，拐一千两银子回家。来保也偷了西门庆八百两货物，装上大车运回家。来旺要拐走小妾孙雪蛾，玳安成了西门府大当家，平安儿偷东西、再诬告主母偷情……一个两个忘恩负义不足为奇，一窝都寡情薄义，西门庆的言传身教功不可没。

作为一个近乎白手起家的商人，西门庆无亲无故，光靠着自己的经商本领让钱生钱，又四处行贿和结交，就能当上提刑千户，可想其对官场的揣测把握、对潜规则的谙熟、对人心幽微之处的洞察，不可谓不透彻。书中写他对蔡状元的讨好，对夏、刘二太监的奉承，对生意和数字开了天眼般的敏锐，无一不证明，西门庆从商、从政的天分之高。很难想象这样一个人，在生活中却总是显得很蠢。

这种性格的形成，显然与时代有关。只有在明代那种社会环境中，因为城市生活结构发生的剧变，他这样的商人才有可能应运而生。城市商业繁荣、资本萌芽导致了拜金主义与纵欲主义流行，正是所谓的"一了此心，则市金可攫，处子可搂"。一切都肆无忌惮、直露、赤裸。

不过，越是这样的社会，礼法就越是在某些地方固执地停留。比如说，西门庆去拜望蔡太师、宴请六黄太尉，上下官员的酬应，等级森严，极端繁琐；妻、妾、婢之间，宗法俨然、礼数周全，亦凛然不可侵犯，月娘甚至有权力把当初的姐妹都卖掉。明代也是最强调女性贞节的朝代：《宋史》里面记载的贞节烈女不过55人，《元史》才几十年就达187人，《明史》所发现的竟不下万人。而另一部《古今图书集成》里，烈女节妇唐代只有51人，宋代增至267人，明代则是3.6万人。——不过，越强调道德的时代就越是道德全面崩坏；所以此时涌现了大量"三言""二拍"这样的世情小说，以及大量诲淫诲盗的狭邪小说。"三言""二拍"《金瓶梅》本身更是毫无节操的道德炸弹，炸得贞节观和道德观魂飞魄散，无所遁形。

明代也是个"法治社会"。明初还建立了刑部、都察院、大理寺三个相互制衡的法律机构，制定了《大诰》，大力推进普法运动，甚至通晓《大诰》或《大明律》的罪犯可以得到一定程度的减刑；《大明律》中还有专门的法律来防止刑讯逼供。可《金瓶梅》一书里，由西门庆为首，动辄就用榔头把犯人打得"胫骨皆碎，杀猪似也喊叫"；哪里发现了凶杀案，旁边的僧人或百姓全都抓起来，先打二十大板，拷得口供。苗青杀主一案，凌迟大罪，西门庆收了一千两银子摆平了（自己得了五百两）；蒋竹山被殴打陷害，地方保甲抓了一干人等，夏提刑首先就把蒋竹山打三十大板，打得皮开肉绽，因为他"一看就像个赖债的"。而对于西门庆而言，多少官司、多少参劾，都在财物的运营转送间，灰飞烟灭。

这么一想就不难理解了。这就是一个鼓吹禁欲的纵欲时代，一个无法无天的法治时代，新的社会共识（比如说商业社会、契约社会）还未形成，而旧的价值观已溃烂。最聪明的、拥有最多财富和社会资源的一群人，对时代做出的应激反应，必然也是自相矛盾的。

一方面，他们在这种失序的社会里闷声大发财，礼崩乐坏、律法松弛，成为他们财富积累并且操纵法律、指挥官场的绝佳机会；不少商人本身就通过行贿成为主持公道的"父母官"。而初具商业社会雏形的时代，又创造了大量的财富可供剥夺。这就是一个黄金时代，专门留给不要脸的精明人的。

另一方面，他们也必须鼓吹出一个"守礼""守法"的基本面；因为必须保持等级，提倡道德，才能凸显有钱有权有势者的优势，已掠夺的财富才可能安然地装在他们的口袋里。当然，他们知道这种"礼"和"法"自己是不必守的。

只是，世界上的聪明人不只是西门庆们，许多小人物虽然不具备资源，却也懂得像蟑螂一样顽强地在各种缝隙中存活，在乱世里尽可能地捞一票，把廉耻良心当作赔钱货。西门庆当真不知道打秋风的应伯爵常峙节、妓院里的李桂姐郑爱月们是什么货色吗？不，他知道，只是他更知道没有资格要求别人讲义气、讲道德、知恩图报。他了解自己有多无耻，所以把对别人的要求和标准也放得非常低，不计较应伯爵的背叛和李桂姐的三心二意。即便骗了他，他也觉得不过是小事。

从这个角度来看，西门庆性格中有"真"的一面。

况且，正如今天某些商界大佬在李一、王林等骗子的行为已被新闻媒体充分揭发后，仍然说"我认为他是一个了不起的人"一样，西门庆的心理也不难猜想：我够牛，即便骗我骗的也不过是我身上的九牛一毛，我随时还可以像碾死虱子一样碾死他，老子骗得起，老子乐意！

所以在我们凡人眼里，被骗与其说是伤自尊，不如说是伤金钱，在这些权势者眼中根本不值一提。这也就理解了当下查抄贪官家中收藏时为何常常发现大量的赝品：他们并不在乎有没有被骗，钱对他们来说只是数目字，他们用钱交换的就是像西门庆那样被应伯爵和诸多媳妇婆子们众星拱月的吹捧和需求。他们花钱买阿谀，不管女人还是男人，不管是假意还是真心，他们不介意。

　　是的，在那个名实不符、精神分裂的互害社会里，思考和良知都是累赘；只有没心没肺地随波逐流，全面俗化，才有可能从那种游戏规则里分得最后的一杯羹。

# 你把一颗心都掏出来了，他还嫌腥

一个人，越懂得衡量得失，就越发觉得爱情这种东西虚妄；行事越规范，便离自我越远，就越没有个性。

有段时间，我对一些经典作品中的男配角很感兴趣。好好的一个人，为什么跑到别人的生命里做配角？

这种倒霉的配角包括电影《泰坦尼克号》的罗丝未婚夫卡尔，《安娜·卡列尼娜》的丈夫卡列宁，《包法利夫人》的丈夫包法利医生，《玩偶之家》中娜拉的丈夫海尔茂，等等。这些乖孩子老老实实地过着日子，守着心爱的姑娘，忽然有一天，身边的姑娘醍醐灌顶，翻脸不认人了，要么要出去追求真爱，要么要追求真我和自由，不仅把他们彻底打懵了，而且，还让他们千秋万代地担着一个"迫害者"的恶名，冤死人！

你说，招谁了惹谁了？

比如《泰坦尼克号》里的卡尔。罗丝花着卡尔的钱，戴着卡尔的珠宝，却和刚认识的穷小子杰克媾合，转身又对钟情于她的卡尔极尽嘲讽。为什么占尽便宜的罗丝和杰克就是真爱，一腔热血的卡尔却成了庸俗小人？

比如《安娜·卡列尼娜》里的卡列宁。知道妻子安娜·卡列尼娜偷情后，很痛苦，还想挽回妻子的心。知道安娜对自己没有感情之后，又在她病危时同意了离婚。但安娜等不及离婚，就偷偷离家出走，等卡列宁不得不适应这种生活后，安娜又偷偷溜回来看儿子。简直是被安娜像猴一样地耍，受尽了羞辱。这样一个受害者，为何大家一想到他，却是一个虚伪无情的伪君子、造成安娜不幸的假道学？

比如《包法利夫人》里的包法利医生。他不过是想娶个平凡的小女人，谁料这位乡下小女子却一心想享受贵族生活，他为她搬家，倾家荡产地偿还她的债务，居然只是为了她四处偷情、攀附权贵寻方便。他的夫人，却把"包法利"的名头永远地镌刻上了"虚荣"的红字。

比如《娜拉》中的海尔茂。把妻子当宠物来爱，不懂得与妻子沟通，就算在今天也是平常不过的，何况一百多年前？君不见，娜拉说要离开时，他的百般讨好百般挽留？在男性的神经通常比较粗大的情况下，这也就是爱了。奈何，娜拉一出走，海尔茂就被绑在了妇女解放运动的耻辱柱上，时不时被拎出来抽打一番。

诸如此类的悲情男配，在文艺作品中比比皆是。他们何错之有？他们不过犯了"道德平庸罪"。十多年后重新阅读或观看这些经典，我对此有了更多的认识。当初阅读和观看时，判断力会被作者带着跑的主要原因之一是，好的文艺作品，总是能让人不由自由地代入第一主角，仿佛她就是"圣母玛丽苏"，地球就围着她转，主角光环之下，对她不利的人自然就是差评了。

另一方面，这些经典作品的诞生，与它们所在的时代密切相关。像上面提及的几部小说，都是在19世纪中后期出现的，社会正发生深刻的裂变，新旧交替时期的不同价值观冲突强烈，仿佛银瓶乍裂，烟花迸发，煞是精彩。当然，历史的评价总是站在代表"新"的一面的，哪怕是从旧人身上碾过也毫不在意。而那些男配，正好维护的是旧式价值观，注定了要成为女人们追求自由的拦路石，注定了要被碾压。

这些本是有着鲜明时代局限性的作品，到了今天还是经典还是杰作，原因就是，那个时代没有真正过去，历史一直在重演。

破与立是永恒对立的。高中时我读《安娜·卡列尼娜》，虽然俄罗斯文学语言的隔膜和托尔斯泰的啰唆让人抓狂，但一看到爱情的段落，我很容易能感受到她的悲伤和纠结；而现在呢，只愿跳着读，一读到安娜，就有点不耐烦。她不就是现在典型的"不作死，就不会死"式女人吗？包法利夫人就别提了，现在再看这个人物，甚至恨不能伸手到书里一巴掌给她扇过去：你一个乡下女人，扮什么贵族，追求个毛爱情呀？没嫁妆你啥都不是，能攀上个医生已算你走运了！娜拉嘛，鲁迅很早很早以前就替我们出气了，写了篇《伤逝》，告诉她，你有本事就走啊，让你走你也走不远。

如果泛泛而论，连贾宝玉、林黛玉我们现在都嫌矫情了，贾母多爱你们啊，贾政夫妇也没怎么着你呀，有什么想不开的呢？

看出来了吧？我们都悲催地从贾宝玉的立场转到了王夫人的立场。我们由原来的那种叛逆、不屈服、勇于突破束缚的新生力量，变成了当下的规则制定者；由一只网中挣扎的飞虫，变成了织网的蜘蛛。我们信奉好死不如赖活。

遗憾的是，这种陈腐的东西不仅是顽固的，甚至往往是对的。一个人，越接近正常人，越懂得衡量得失，就越发觉得爱情这种东西虚妄，不过是一阵接一阵地抽风，生活，只有生活，才是可持续的。无他，价值观越正确，行事越规范，便离自我越远，就越没有个性。这是好事，也是坏事。

所以这是安娜的魅力、娜拉的魅力，甚至包法利夫人的魅力。她们横冲直撞、头破血流，天真而愚蠢，把一颗心都掏出来了，但卡列宁、海尔茂、包法利医生还嫌腥。

按理说，既然青春期已过的我们已转换门庭，站到了卡列宁们的立场上了，甘当传统的守墓人和现实逻辑的忠实执行者了，为何还是难以喜欢上卡列宁？很好理解，正因为从他们身上映照出我们自身：不过不失，谨遵正确原则，干枯、无趣；谁愿意看到一个像自己一样平庸而乏味的人呢？讨厌他们，就如讨厌我们自己。

事实上，一个人在正确的时间做正确的事，然后得到理想的结果——这样是完美的人生，却是糟糕烂俗的文学。文艺作品，就应该是失败之书。

文学的维度与现实的维度是完全不同的。而我们只需要在文学里体会别人的悲惨就够了。哪怕我们现实中就是卡列宁这样的人，潜意识里，我们怀的还是一颗像安娜那样的春心，对不？

# 不要把抑郁症当作是一种审美

诗人雪莱和济慈都有结核病，但雪莱安慰济慈说："痨病是一种偏爱你一样妙笔生花的人的病。"

　　明星乔任梁的离世，让"抑郁症"再一次成为被科普的对象。现在，终于越来越多的人明白了，抑郁症是一种疾病，不是"心情不好"，不是劝患者看开一点、多出去走走就可以痊愈的。它需要去正规的医院看病，并严格遵医嘱服药。

　　近些年来，我们在媒体或网络当中，甚至在自己的身边，已听闻过一些抑郁症患者选择了自杀离开人世。那些年轻而美好的生命，就这样在盛年的时候凋谢了，令人遗憾。想起媒体曾报道一位比利时女孩安乐死时，还纷纷用《健康女孩申请安乐死获批 因抑郁症抱有自杀倾向》这样的题目，非常无知；文中还写"她身体健康，没有任何器质性疾病"，这种误读，是对这位因病离世的女孩极大的不尊重。它没有意识到，这就是一种疾病。

　　稍为值得欣慰的是，关于"抑郁症是一种精神疾病"的常识，开始为人们所接受了。它的症状主要表现为情绪低落，兴趣减低，悲观，思维迟缓，认知功能损害，缺乏主动性，自责自罪，饮食、睡眠差，担心自己患有各种疾病，感到全身多处不适，严重者可出现自杀念头和行为。——如何痊愈，是需要遵医嘱的。用科学的态度去治疗，就是好的开始。

　　关于抑郁症的科普，大家可以进一步地搜寻资料了解；然而，我现在发现这种病症，正在被从另一个角度进行误解。

　　抑郁症被介入了审美的评价，介入了道德的评论。

常见的论断就是：抑郁症，文艺界人士、学者、白领容易得；心灵强大、爱思考的人容易得；城市人容易得；智商高、受教育水平高、道德水准高的人容易得……

某种意义上，抑郁症居然被演绎成一种"高贵病"。就算是为了安慰患者，好听的假话也对治疗没有多大帮助吧？莫非没有得抑郁症的人，该多作自我检讨为什么没资格得病？

之所以会在文化人或城市白领中听得多，仅仅因为，这样的人群才有一定的话语权、也相对注重健康。要知道，即便在这个人群中，认识到"抑郁症是种病"的人的比例也是很低的，而且也是最近的事；那么，那些贫困人群、边远农村，意识到这是种疾病，并且有经济能力去治疗的，恐怕是万中无一吧？并没有证据表明，这是一种"高贵病"。

这让我想起苏珊·桑塔格写于1978年的名著《作为隐喻的疾病》。人们常常把一些疾病当作是道德的产物，性格的产物。只是没想到，四十年过去了，医学技术水平早已发生了翻天覆地的变化，折磨人类的躯体的病魔也换过一拨了，但在日常生活的层面上，大众仍然遵循着同样的理解路径。

苏珊·桑塔格的文中写的是结核病，"结核病是19世纪所激发出来的和癌症在当今所激发出来的那些幻象，是对一个医学假定自己能够包治百病的时代里出现的一种被认为难以治愈、神秘莫测的疾病，即一种人们缺乏了解的疾病的反应。这样一种疾病，名副其实地是神秘的，只要这种疾病的病因没有弄清，要医生的治疗终归无效，结核病就认为是对生命的偷偷摸摸、毫不留情的盗劫。"

不易痊愈的、没有完全搞清楚病理机制的疾病，唤起的是一种古老的恐惧。

但另一方面，有些疾病，也常常会被过度审美化。比如白血病，就是唯美、浪漫的韩剧当中的必备良品；其病重时表现出来苍白的脸色、纤瘦的身躯，会给恋爱中的少女们添上动人的悲剧色彩，有助于成全爱情之美。但文艺作品从来不会写女主角死于麻风病、红斑狼疮或癌症。

而结核病，也是在这一两百年当中被美化得最厉害的一种致命疾病。早在

19世纪中叶的时候，结核病就与罗曼蒂克联系在一起了。从隐喻的角度说，肺病是一种灵魂病。苏珊·桑塔格在文中说，"一旦痨病相被认为是优越的、教养的标志，那它势必就被认为有吸引力。"

甚至，按照古希腊名医的希波克拉底的"四体液说"，结核病是艺术家的病。诗人雪莱和济慈都有结核病，但雪莱安慰济慈说："痨病是一种偏爱你一样妙笔生花的人的病。"这种病，在西方的文学作品中就像一个常见的重要角色，露脸很多。

而且，结核病在中国的文艺作品当中也是美丽的。像鲁迅的《病后杂谈》，其中就有一位，"愿秋天薄暮，吐半口血，两个侍儿扶着，恹恹地到阶前去看秋海棠。"这种志向，一看好像离奇，其实却照顾得很周到。"'吐半口血'，就有很大的道理。才子本来多病，但要'多'，就不能重，假使一吐就是一碗或几升，一个人的血，能有几回好吐呢？过不几天，就雅不下去了。"甚至，《西厢记》中，崔莺莺的"倾国倾城貌"，对应着张生的"多病多愁身"，这种病歪歪，是被当作一种优点来表彰的。

美化疾病，只能是在医学不发达时的一种自欺欺人的表达。表面上，是表达同情之心（甚至有的夸张为"艳羡"了），但却不免有轻蔑之意。本质就是心态导致疾病，而意志力量可以治疗疾病——此类理论，无一例外地透露出人们对于疾病的生理方面的理解何其贫乏。生病，变成了一种道德的呈现。一旦有人生病，就是旁人对这个人的行为、性格、气质、道德进行点评的时候。

在16、17世纪瘟疫肆虐的英格兰，人们还普遍相信"快乐的人不会被感染瘟疫"呢。这是不是和今天的"快乐的人不容易得抑郁症"很像？

这种观念不是巫术，却和巫术的心理机制是同构的。这对病人不会有任何好处，只会引导他们进一步自责，延误治疗的时机。

我想，快乐地积极地生活，是必需的，它提高的是当下的生活质量；但它不是万能的免疫药，疾病不会因为你喜欢笑就不来找你。好好生活，好好相信现代医学，才是正事儿。

# 我们只能继承贫穷吗

"继承者们"，指的不仅是那些大财阀的富二代们继承了他们父辈的产业，也指穷酸少女们继承了母亲的贫穷；财富是可以继承的，贫穷也是可以继承的。

我不是粉丝，也不能免俗地追着看李敏镐主演的《继承者们》，想知道此剧何德何能，能捧红诸多明星，刷新韩剧多个收视纪录，并且，成为一个现象级的作品。

李敏镐在剧中饰演一个超级富二代金叹，各种耍帅各种摆酷，美得闪闪发光，帅得天地不容。这是《继承者们》成功的法宝之一。当然这远不是全部。造梦才是其核心竞争力，包括李敏镐及一众主演们的英俊、美貌，都是造梦的一部分。

《继承者们》除了讲豪门恩怨，主线其实就是一个灰姑娘的故事。灰姑娘故事是全世界人民的最爱的母题。像中国古代有叶限（见唐代段成式所撰笔记小说《酉阳杂俎》续集《支诺上》，说的是叶限被继母及其姐虐待，仙人帮其穿上金鞋去参加活动，金鞋为陀汗国国王所得，后来他娶了叶限），格林童话有灰姑娘；进化到偶像剧时，前有《流星花园》，现在则来了《秘密花园》《继承者们》；没有列出来的则更多。

当然，梦也是有进阶的。童话里的灰姑娘可以只跟王子跳一支舞，就让王子神魂颠倒，倾举国之力去寻找水晶鞋。那是五岁小姑娘的公主梦，几十集的电视连续剧可不能把观众当白痴耍，要寻找更令人信服的方式。因此，在一开始，帝国集团社长的二儿子、十八岁的金叹，被孤单地流放在美国，经过一系列巧合，遇见了贫穷的女主角车恩尚；之后，两人深夜被带到警察局、多次因被误会被追杀不得不在街头携手狂奔，还在美国荒漠的汽车旅馆里共住一夜，最后居然阴差阳错地以主仆身份共住同一屋檐下……车恩尚带给这位富家子太多回忆，在一次又一次优美的音乐、深情的凝视、闪闪的泪光渲染下，这位富得流油、帅得发光的年轻小伙子，爱上这位样貌不算出众的穷女孩，已经变得合情合理了。

而金叹的好友，同样是巨富之子的崔英道，也单恋上穷酸的车恩尚。当然，无可避免地，如此幸运的女孩也会遭到其他女孩的嫉恨，以及长辈们的打压。不过，我想，既然造了一个这样迷人的梦境，有如此一往情深的高富帅，而且一下子是两个，其他又有什么值得介怀的呢？

做梦就是最好的娱乐，所以，偶像剧会成为各国电视屏幕上的主流。男人们有《变形金刚》《超人》《蜘蛛侠》《蝙蝠侠》等英雄梦，女人们有辛迪瑞拉梦、白雪公主梦又有何不可？现实已够艰难的了，要了解社会，上微博就可以了；我只想在肥皂剧里放松下来。

不过，这部韩剧虽然好看，我并不想为它写一篇电视剧评。类似"王子与灰姑娘"这样的影视剧太多了，《继承者们》并不新鲜，它不过是在细节编排上更精巧些，演员们更有感染力些，这是电视工业的成功而已。但为什么这种简单的题材却如此蛊惑人心？改编过一百遍了我们还是废寝忘食地边看边拭泪？

我想，《继承者们》这样的造梦者，告诉了我们两个道理：

首先，贫与富是相对的，每个人都有自己的不幸，所以王子与灰姑娘能幸福地生活在一起。

为了让门第悬殊的两人相恋合情合理，影视作品除了用各种巧合来增进双方感情外，一般都会用道德、人品、价值观这些软标准来填平沟壑。简单来说，就是赋予灰姑娘许多优秀品质，比如独立、坚强、勇敢、善良、勤奋、不趋炎附势；而女二号（富家女）则总是扮演着任性、自私、冷酷、情商低、阴谋家或者成事不足败事有余的代言人。对比出真知，没钱却可爱的女孩，与有钱却卑劣的女孩，各有优劣，也就可以参与爱情的竞争了。

为了进一步恶心富豪们，也为了让豪门恩怨更有看头，财阀之间总是陷入各种争产案中，夫妇、情侣之间永远没有感情只靠利益结合，父子、兄弟关系一定是势同水火的。而那些经济窘迫的家庭里倒是温馨友爱、互相扶持。如此一来，也让观众长舒一口气：哟，原来有钱也不是好事啊。

其次，贫与富是绝对的，"继承者们"，指的不仅是那些大财阀的富二代们继承了他们父辈的产业，也指穷酸少女们继承了母亲的贫穷；财富是可以继承的，贫穷也是可以继承的。

贫富之间巨大的沟壑，是那么好填平的吗？剧中的车恩尚在读高二，课余必须得不停地打工维持生计。她在洗碗时，忽然悲痛地发现，她也许一辈子就得像母亲一样依靠洗碗和做女仆为生了。车恩尚以美国读大学的姐姐为榜样，私下跑去美国找到姐姐，结果发现姐姐既没有嫁人也没有读大学，而是做了女招待。她最后的梦想也破灭了。

穷人，跑到美国也仍然是穷人。

这种代际的传承，在东方国家里，就像咒语一样，烙在每一个人的基因里。贫穷者继承的不仅是贫穷，还有与生俱来的自卑和绝望。

所以，在关上电视机的时候，幻想和意淫就可以结束了。这些灰姑娘的戏码不像《小时代》那么讨人厌，很重要的是，它不会让美梦扰乱你对现实的判断力。

很可悲的是，我们有时就是这么难以取悦，有时又是那么轻浮：既对那些美轮美奂的豪门充满了幻想，又希望证明他们也不幸福，好让我们这些普通人心平气和。

不要忘了，这还是韩剧里的灰姑娘。处于社会底层的车恩尚们，为什么能打扮得没有一丝穷酸气？为什么这么有气质？为什么还可以经常看电影，冲动之下买机票去美国？因为车恩尚穿得丝毫也不便宜，妆容也十分精致，她的一件Lucky Chouette风衣要五千多块（第十一集），背的Jérôme Dreyfuss包包要八千多（第五集）。以中国的标准来论，她一点也不穷。比起金叹，她是贫民，但比起我们，她就是中产。他们那里的贫富差距，是一条河，用真爱可以填补；我们这里的贫富差距，是马里亚纳海沟，你搬来珠穆朗玛都填不平。

也许就是因为如此，我们中国拍不出像样的灰姑娘剧。是啊，谁信呢？

# 卿本佳人奈何当中国大妈

"中国大妈"之所以成为大妈，就是因为她们的观念里，不是努力拓宽自己的选择权，而是努力把别人的路给堵死，这样才能获得最佳存在感。

2014年，宋丹丹主演的《幸福请你等等我》曾经在多家电视台热播。这出情感生活剧，语言、气息，腔调，都是扑面而来的宋丹丹味，活灵活现。当然，这种气息有其微妙的好处，接地气、生活化，仿佛主角的那些破事儿就发生在身边。

据说，此剧"精准定位都市离婚中年女性的情感问题，摒弃女主人公苦情路线，采用幽默轻快新手法征服观众"。是不是看得有点眼熟？嗯，它和另一部曾热播的《离婚律师》颇有相似之处，但不同之处更大。《离婚律师》主攻高大上的时尚剧，女主角罗鹂一天一身名牌，从外衣到衬衫到睡衣鞋子和包包，全都是有名有姓有来历的，被称为"中国版千颂伊"。但千颂伊演的是最红女明星，符合身份，而年轻律师罗鹂如果想独立赚出这么丰厚的一笔身家，还不累得像狗一样，哪里还有这份闲情逸致？当然，时尚剧是不需要负责所有逻辑的，我们只想看见她的美，可不想看到她受罪。

而《幸福请你等等我》一剧，把都市白领罗鹂的年龄段往后推了十几岁之后，展现一个不再年轻不再貌美的中年职业女性的情感生活时，华服就似乎变成多此一举了。虽然身为美发院老板娘王彩虹，她一冲动就能刷下七十多万买一辆跑车，光是眼镜就换了多副，但这电视剧并没把漂亮时髦作为主打。说实话，出演王彩虹的宋丹丹，是位有强烈的个人品牌的演员，她在黄金频道的婆媳剧家庭剧中出镜率相当高，以至于看到这个名字大家就能自动脑补出其说话的语气和神态；但在这部片子里，她是形象上有所突破的，至少不再是那种在儿女关系和婆媳关系中大显身手的一方了。她演的是一个寻找感情归宿的中年离婚女人。

此剧还号称"填补了此类型题材影视剧的空白"，这种宣传词我一般是不信的，但又觉得怪异。现在电视荧屏里能播的不就主要是家庭剧和抗日剧么，怎么可能连中年的离婚女人都没拍过？

后来一想，就明白了，嗯，宋丹丹多年来已出神入化地营造了中国大妈的形象；而这出戏，主演的是中国大妈的感情生活。原来，中国大妈除了跳广场舞、抢购黄金、给儿媳制造痛苦和麻烦、为了鸡毛蒜皮当街撒泼之外，还有自己的感情生活呀！这可是新鲜事。

中国大妈影响之深远，《华尔街日报》还特地创造了"da ma"这个英文单词来匹配。在无数的新闻当中，在网络流传的各种细节当中，总是强化着这个人群的特征：自私，所以从不顾及他人感受，肆无忌惮地扰民；没有行为边界，所以喜欢干预别人的生活，比如子女；道德感特别强，所以对捉奸和骂小三这类事情怀有永远的激情；有点小财富小资源，所以自信爆棚，以为世界应该为我让步；审美恶劣、趣味单一，所以她们的爱好整齐地从《老鼠爱大米》《两只蝴蝶》到《最炫民族风》《小苹果》，捧红了一代又一代的神曲……

以上这些品质和特性，才是"中国大妈"的定义，而非年龄。

有些已到这个年纪的女性活得神清气爽，气场全开，她们的世界斑斓多姿，压根不会有人会想到叫她们一声"大妈"；而却有一些年轻的女孩甚至男孩，价值观衰老腐朽，不禁让人怀疑为什么他们脸上有青春的苹果肌，脑子里却收纳了几百年的陈腐皱纹，还敝帚自珍。两者谁更像"大妈"不一目了然吗？

这些与教育程度无关，与善良与否无关（她们都认为自己是正义使者），与年龄也无直接关系，而与价值观直接挂钩。

"中国大妈"为什么讨人嫌？因为在大家的观念当中，这类女性已完全缺乏性吸引力了。这恐怕也是部分事实。以上均是她们的情感饥渴与性饥渴（哪怕有丈夫）投射到社会生活中的表现。她们的母子关系紧张，与周围人关系紧张，与这个世界的关系紧张。也正因为如此，这个人群更需要抢夺存在感，对道德，尤其对性道德有洁癖，因为别人可以拥有的选择权，正是她们所匮乏的。

　　是否拥有选择权，才是一个人最大的财富。为什么我们喜欢金钱？因为有钱了就多了很多自由，想去哪里、想干什么不用考虑预算，看中什么直接刷卡不用货比五十家。为什么我们喜欢年轻？因为年轻可以犯错，走错了路爱错了人哭上几宿醒来又可以娇滴滴地说，"明天，又是新的一天。"而"中国大妈"们，她们的世界充满焦虑。哪怕很有钱，可以把华尔街的黄金都买空，但她们没有其他投资、创业、慈善的选择（当然有钱一定比没有钱的选择多一点）；她们积极地投身于广场舞的"江湖战争"，那也是因为，她们没有其他低成本、不费脑、易社交的选择了。

　　这也就可以解释为什么大家的审美都是"小苹果"了。中国大妈们需要在集体中寻找认同感，集体中选择的当然是最大的公约数，也必然是最幼稚最俗气的那一种。

　　当然，更多的中国大妈的战场是在婆媳关系上。二三十年前在她们尚且年轻的时候就被告诫须为"家"这个社会结构付出，她们本来就是为了结婚而结婚的，三十年后更不会有爱情；稍强势一点的甚至总是看不起丈夫，她们的重心是子女。于是乎，儿子一结婚简直就是多了一个跟她抢情人的小妖精；女儿结婚则生怕贱卖了一定要综合计算谈好价钱。哪件事开始不是满怀着对子女的爱意？哪件事到最后不是以鸡飞狗跳终结？归根到底，还是她们无法在正当的夫妻感情、男女关系上得到满足，只能侵入亲子关系，聊以自我慰藉。

　　常看美国电影或电视剧，就会感慨，为啥女主角经常是各种职业的四五十岁大妈？她们带着个快成年的小孩，除了跟随主要剧情去冒险之外，整天忙着的就是在冒险途中与人产生暧昧产生爱情。可在咱们中国，那绝对难以想象。

只要不是年轻貌美的青春少艾，能演的往往就是那种绝经期歇斯底里的中国大妈了。

所以在《幸福请你等等我》一剧里，王彩虹哪怕是外貌和脾性都不算迷人，甚至有点粗糙，我都觉得可爱，至少她没有死死纠缠那个跟别人私奔的丈夫，而是像模像样地投奔新生活。薄有资产的她，还有一堆与她一样不年轻的高富帅在追求。她忙着赚钱，忙着相亲，忙着分辨哪个男人对自己是真心，自己的心里装的又是谁。这是一个多么可喜可贺的新女人啊。年轻一点的牛一一，虽然离婚，也同样是道路曲折、前途光明。想到宋丹丹既不美也不酷，还很家常，这种中年版的灰姑娘，太励志了，简直就让中年妇女们欢欣雀跃了。

这就叫作有选择。当然，如果她热爱自己的事业，或者不介意按自己的喜好去创业、进入新的领域、学习新的语言、玩冒险的游戏，那么，她的选择将会更多。

只可惜，"中国大妈"之所以成为大妈，就是因为她们的观念里，不是努力拓宽自己的选择权，而是努力把别人的路给堵死，这样才能获得最佳存在感。在她们看来，王彩虹就该死死纠缠出走的前夫、牛一一就应该把前夫的小三打成猪头，这样才能快意恩仇，活出大妈的风采。于是乎，你给这个世界一个白眼，这个世界只好还给你满满的恶意。污名化势不可免。

卿本佳人，奈何跳广场舞？

# "男色时代"只是一种消费

这种对"女上位"的性幻想，不过是对"男上位"的山寨与模仿。

1

曾经，一部网剧《太子妃升职记》以碾压性的口碑，还未播完，就已赢得了数亿点击，收获一片溢美之词。这些赞美，主要是夸它"雷"得够精彩，"穷"得有志气，虽然剧照很寒酸，但画面构图都是走心的。当然，关键在于以前从来没有这种风格和题材的后宫戏，让一个古代的后宫妃子，拥有现代男人的思维和头脑，足够离奇，反而显得萌了。

因为有男人心，所以太子妃好女色，不断调戏身边的妃子和宫女，完全不把唯一认真想宫斗的江氏放在眼里；又因为有女儿身，太子妃还是会和男人生儿育女，并以其女性魅力，把太子和几位王爷哄得七荤八素的。

以前沉迷于"霸道总裁爱上我"的玛丽苏们，幻想着"齐人之福"的姑娘们，看到这个女性性福利的进阶版，集万千宠爱于一身的太子妃，是不是会更high？影视剧里常年提供各种古装版、现代版的男性坐拥三妻四妾的场景，终于，现在也给女性提供一个幻想的机会了。两千年来都没人好意思提供的这种意淫，太过超越常理了；所以，一切尽皆悖谬，也一切全然合理：大家不会再用真实的逻辑去要求这部电视剧了。

从娱乐的规律来说，电视剧得女粉丝者得天下。年初各大媒体总结去年的"美人榜"，上榜的绝大多数都是各式各样的"老干部""小鲜肉"，鲜少女明星出现。因为，这是一个"女上位"的时代，女性消费者说了算。

倒不是说前几年的电视剧的主流观众就不是女性了，只不过，最近几年女性的审美风气转变了。以往钩心斗角、争相取悦男性的女人内讧，在宫斗戏《甄嬛传》中已达巅峰，实在是看腻了；现在，她们想要就是更多的是自我取悦，就是爽。

知道为什么万千宠爱在一身的《芈月传》，口碑居然败给了这么穷酸的《太子妃》吗？因为，它最想讨好的群体，女性观众，现在已不喜欢看到一个傻白甜，依靠着不同的男人的帮助上位了。有野心，可以；使点坏，可以；想要什么霸道地说出来，可以；大家就讨厌那种明着什么都说不要，暗地里什么都抢的"绿茶"。口是心非，口蜜腹剑，只能是心理上总处于弱势、无法坦然、无法敞亮的女性干出来的。她们只能永远行走在最幽暗的阴影里使出各种伎俩，陷害敌人、保护自己——性心理是扭曲的。大家唯一的反应，就是"你这样的人，在宫里活不过两集"！

这样的赢了天下，输了自己，又有什么意思？现代女性，谁想要这么叽叽歪歪不爽快的人生？

而现在所谓的"爽文"，终于可以抛开这个设定了，尽情地发挥想象，让女人尽情地粗俗、放肆、当吃货，喝大酒，甚至放屁；就算我那么没礼貌，不懂事，也能攫取所有优秀男人的芳心；哦，不，还有所有美丽女人的芳心。

这个所谓"女上位"的时代，是用女性有巨大的消费力换来的。所以，一些娱乐大号会拟出"如何才能睡到男明星"这样的标题，告诉你，什么样的姑娘能泡到男神，注意，是真的男神哦。

这么看来，女性终于有一个与男性同样的性幻想权利了，也能公开表现出来了。


2

但是，请相信，争得表达幻想的机会，不等于拥有幻想的现实。男性三妻四妾，是有悠久的历史传统的，而且现在仍然在社会的一些角落隐性地存在着。但女性，要想像太子妃一样搞三捻四，男女通吃，那，真的就只是做梦了。

别说无所不能的太子妃了，即便过了一段苦日子的芈月，身边也有一群男人为她痴为她狂，这种开挂的人生，也同样是没有现实基础的。

所以，这种对"女上位"的性幻想，不过是对"男上位"的山寨与模仿，与"等我有钱了，就买两个大饼，一个吃，一个扔"的境界，没有太大的差异。

历史上，确实有几个著名女人是有男宠的。比如说芈太后、吕后、武则天、上官婉儿、韦后等，或许还有个山阴公主。每次看到有人说她们"是中国早期的女权"，我就想笑。没错，她们是女人，她们也有权力，但她们只不过在掌握了权力之后，复制了男权的路径，秉承与男权者一样的价值观。

后世常把正常的性自由，和借助权力实现的性放荡混为一谈了。前者，是每个人都应当拥有的基本权利。而后者，是为了实现个别人的欲望而打压甚至消灭别人。可惜，正史当中，能被记录下来的，往往是与权力相亲相爱的后者，才会让人以为，性自由就是性放荡。

以武则天为例，她有公开的男宠，并且一些朝臣还试图吸引她的注意，自夸性能力，被其他看不过眼的大臣弹劾之后风气才稍作收敛。武则天拥有的，不叫性自由，叫性特权。而这种特权，必须只是极少数女人才能拥有的。武氏从来不会、也不屑于让别的女人跟她一样，有同样的择偶权和多偶权。

可惜，现在的新时代女性，常常把"两性平等"，理解为"女人像男人一样"，把他们的缺点，当作参考范式。这种思维经常与男性的特权意识是同构的，无助于构建协调的两性关系。最后，顶多就是极少数女性享受到了性特权。

所以，对于《太子妃》这种新时代女性的童话故事，宽厚一点，用来笑笑就好了，不必当真。

说到底，他们能到手的一切，包括权力，都是通过与男性的关系获取的。武则天像男人一样掌权，最终也仅仅是男性权力的执行者，还是得把权力还到李姓的儿子身上；太子妃也不过是性格泼辣些，一切都脱不开当时的性别结构。至于今天的好"男色"，它只是一种游戏，一种消费行为，如果真以为那就是"平等"，那就入戏太深啦。

其实，现在的女性不必再重复着男权走过的路了，可以自己赚钱，自己花钱，寻找合自己心意的爱人，购买自己喜欢的东西。既不需要被动地等着被挑选，也无须等待着别人的馈赠，这样的世界才好玩。

# 我们的青春走进架空世界

他们采纳的是现代文明极为罕见的伦理关系，以及不在同一维度的逻辑。那是一个彼岸世界。

自从赵薇的《致我们终将逝去的青春》狂刷七亿多票房之后，青春剧都快成为类型片中致富的不二法门了，熙熙攘攘，蔚为大观。先有《匆匆那年》《同桌的你》奔赴亿元俱乐部（乃至五亿元俱乐部），现在又有《万物生长》《左耳》接踵而至，收割观众，占尽风流。对，别忘了，《小时代》1、2、3、4也都是青春片。

应该说，这些片子除了《致青春》的口碑略好之外，别的青春片票房虽高，评价却很低。如《小时代》，被讥为"第一第二部还算是个画面精美的MV，第三部干脆就是PPT了"；《匆匆那年》是"作"，《万物生长》是直男癌，《左耳》尽是暗黑青春……更诡异的是，青春电影里的女生都在堕胎，《致青春》里的阮莞、《同桌的你》里的周小栀、《匆匆那年》里的方茴，都逃不开这个诅咒，一代人的青春爱情都在忙着堕胎，而且不要麻醉药哦——这缅怀的是谁的青春呢？

每次看到这种片子上映，我都挺纠结的，我不知道那些还在读高中、顶多还是大学生的孩子们，整天的堕胎、车祸、失忆、抢男人、三角恋、互撕是怎么回事，整天纠结于谁是霸道总裁、谁是白莲花、谁是绿茶婊又是哪门子算计，茶杯里的阴谋世界又是怎么与青春取得共鸣的。他们还有一分钟时间看看书吗？不用考试吗？

我曾有一个判断，觉得典型的韩剧，呶，就是那种情情爱爱、家族企业斗法的韩剧，实际上是在建构一个架空世界，只不过是穿着现代服饰、拿着现代道具、住着现代房子、乘着现代汽车而已。他们的共同特点就是，与当下的生活和社会背景没有任何关系，都是在一个封闭的价值体系里运作；这个体系主要就是各种相爱相杀，集体内部以各种排列组合进行恋爱、婚姻、斗法；表现形式有私生子、家族世仇、二房、白血病、车祸、一门心思复仇的情敌……他们采纳的是现代文明极为罕见的伦理关系，以及不在同一维度的逻辑。那是一个彼岸世界。

不过，正如好的童话和神话同样能引人入胜一样，在技巧上臻至完美的韩剧，虽然荒诞，但只要在它的世界里逻辑自洽，同样能拥有非常多的观众。况且，俊男美女、华衣美服、出色的营销运作，都大大推动了它们在商业上的成功。本来，我对这样的架空世界是深怀敬意的。

现在看来，近年来的中国青春片也同样贯彻了这个思路，也在刻意营造一种与现实无涉的架空世界。前些年的《山楂树之恋》不同，那虽是青春片，但也是时代剧，其伦理基本上与那个时代的关系是同构的；但在《致青春》之后的这几部片子，连年代感都缺失了，刻意制造出一个非现实的虚拟社会。

粉丝们大概不同意，会举出这些青春片里的海魂衫、搪瓷杯、生锈的自行车为例。当然，好的道具会让电影可信，这是对一部电影的最低要求。但这些青春片在道具上面也仍然离制作精良相距甚远，伤害了电影的质感。

不过，主要问题不在这，而是其表述的内容与现实无涉，本质是基于创作者的臆想和对青春的空洞理解。大家对青春片评价的分野，不在于你是60后，你不理解我们90后的青春；或者是你是农村成长的，哪里懂得有钱人的青春——而在于，人的真实处境，是基于社会环境下的理性选择；或者还有少量极端事件所映照出来的人生。而这些青春片所建立起来的架空世界，则是体现在对各种极端事件的合理化之上的，并且在无法合理化的时候便以更极端的方式来结束（如阮莞的车祸、黎巴拉的车祸），基本上就是各种命运的随机组合，无法自圆其说。它们不在我们这个社会的逻辑可理解的范围之内。

其实，重构一套话语体系挺不错的，别说韩剧了，好莱坞的大片（《变形金刚》《复仇者联盟》之类的）也基本上全都是自说自话、寄托想象的产物。但这个想象力，有高有低；有很好的手艺，也有很差的做工；有美妙的世界，也有无聊的趣味；有精巧的新世界，也有连谎都编不圆的故事。不能接地气的架空世界，对电影人的手艺要求是更高的。

但现在，这个方式普遍被选来当作没有能力表达现实之后的讨巧方法，出来的成品，质量就可想而知了。

# 再给樊胜美二十年，她也无法向安迪看齐

高阶层的女性，不仅在金钱和社会资源上拥有无可辩驳的
优势，连在智商上，都是碾压级的。这才让大家讨论得痛
彻心扉。

　　《欢乐颂》大结局了，在"山影公司"的出品当中，又添上了浓墨重彩的
一笔。总体来说，大家对《欢乐颂》的评价是不错的。但它在微博热搜榜上达
到了四十多亿的点击量，并非因为它有好到这种远超同侪的程度，而是因为它
所揭示的问题，正是当下社会的痛点。

　　和其他热播剧流连于演员的颜值（比如《太阳的后裔》）、演员带来的
话题附加值（比如《伪装者》中的男男CP）不同，《欢乐颂》的争论焦点始
终在剧情，以及剧情带来的张力上面。《欢乐颂》五美，正代表了都市年轻女
性中重要的五个阶层：安迪是超级金领，有财有貌，有头脑，有手腕，属于都
市社会的顶层；曲筱绡是富二代，头脑活络，善于利用各种关系，还在阶层继
续攀升的过程中；关雎尔依靠父荫进入了一个大公司，是典型中产阶级家庭，
但她年轻平庸，还得继续奋斗才能见到曙光；邱莹莹来自小城市的中下阶层，
挣扎求存，比较幼稚，工作能力仍需证实；而樊胜美，来自小镇底层，还有一
群吸血的父母兄弟，她在城市中奋斗多年，职场的天花板已然可见。——她们
因为种种机缘成为了邻居，中间既有互相看不惯互相讥讽，也有互相扶持和帮
助。哦，不，有能力帮助他人的只有安迪和曲筱绡，她们是食物链的上层，其
他三美只有在各种困惑和窘迫当中被动地等待拯救。

　　真是特别遗憾。高阶层的女性，不仅在金钱和社会资源上拥有无可辩驳的

优势，连在智商上，都是碾压级的。这才让大家讨论得痛彻心扉。

第一季结束时，我们可以看到，每一个人的生活轨迹和情感经历，都无法脱离她所在的阶层。不管樊胜美多么渴望嫁个有钱人，但她相中的"有钱人"，其实也跟她一样，是假扮有钱；她最终选择的男友，跟她是站在同样的社会坐标上的；她纵然貌美如花、情商很高，却无法通过婚姻提升阶层。关雎尔暗恋赵医生，然而，赵医生这样的人帅腿长的优质专业男，是为曲筱绡这样的富家女准备的。而像奇点、包总这类高端人士，更是樊、邱、关这样的女孩子们所无法看见的阶层。

对这部剧的许多不满，正来自于这里：为什么剧中人都这么在意钱？这么势利眼，这么明目张胆地告诉大家，出身决定了一切？

类似的题材不是没有相反的好例子。比如《欲望都市》。凯芮和萨曼莎上过的床、爱过的人，不计其数，但没有谁是时时处处陷在阶层的困扰当中的；米兰达律师和她的酒保老公，社会地位完全不同，也可以过得很好。钱这样的问题，在无数的问题中并不那么重要。《老友记》也是，六个小伙伴本身就是处于不同的阶层，但那又如何呢，他们身上性格不同，但很难看到阶级的标签。

但那是美国。某种意义上，《欢乐颂》反映的就是中国这个社会的客观现实。尽管它在艺术创作上有露骨粗鄙之嫌。

在中国的大都市当中，不要以为"拼爹"主要出现在找工作的时候，然后就完事了；不，从基因开始，贫富就划出了一道鸿沟；然后从幼儿园教育，从中小学教育，到大学的择校，不仅富裕阶层可以上尽可能多的学习班提高班、拿到各种各样的钢琴小提琴、航模奥数的获奖证书，他们还能早早就看到曼瑟尔·奥尔森的《集体行动的逻辑》（安迪在与奇点调情时提到这本书，导致该书紧急加印），能够张嘴就是莎士比亚《麦克白》的台词——天生就有品位、优雅、见多识广、周游世界，眼界不凡。我还没提，很可能商界的各大老板、机关的各个局长，从小就是看着他们长大的呢，要办什么事还不是自己人的事？

他们的眼光早已越过了一时的利益得失，可以看得长远，可以为更崇高的目的而奋斗，他们可以在事业的版图上开疆拓土；他们甚至鼓励不买房、以免房子限制他们的人身自由，因为他们只要想买，随时可以拿张北京地图随便挑一个地儿来买（如提倡不要买房的高晓松）。而普通人，则很难不把时间精力淹没在货比三家的淘宝比价中，制定的人生目标也难以超越买房和在房子上加名这种事。五百万的房子和后患无穷的子女教育，足以耗尽我们的一生。

讲真，再给樊胜美二十年，她也不可能向安迪看齐。

不过，这是客观事实，但这是一种理想的社会吗？不是，当然不是。我们想要的是一个人人有机会的、充满活力的、可以流动的社会。如果对影视剧要求不高，《欢乐颂》能客观地把这种无可奈何的事实剥开揉碎地展现给观众，也算得上是一部现实主义的好作品；但可惜的是，它也仅仅止步于此，匍匐贴地飞行，得出的结论仍然是"有钱太重要了"。于是，仍然一再重复狗苟蝇营的可悲现实，没有超越性，难免生出"也不过如此"之叹。

当然，糟糕的并不是影视剧，而是现实本身。

# 电影比烂大赛没有赢家

现在这种糟糕的观影环境，这些都是观众们自我选择出来的。

或许是由于这两年烂片实在太多、票房又实在太高，一边被狂骂烂片，一边高人气高票房，也算是中国电影界的奇观。以至于有些评论者已经在严肃地讨论，是否应该将"烂片"的评价标准修改一下，让那些特别受市场欢迎的电影，以后不再享受"烂片"称号。——我猜，这也算是一番好意，以免电影人和观众双双都颜面无存。

最近的一个热门例子就是《爵迹》，到底是不是烂片，在微博和朋友圈里也撕成了一团。有一档财经节目就一本正经地讨论郭敬明的电影是不是烂片。因为当时《爵迹》上映不久，还没有看到最后票房，但有嘉宾认为："《小时代》就是一部烂片，甚至连电影的及格线都没有达到，凭借大IP和粉丝效应获得高票房，但口碑却差评遍地。"又有人认为："你觉着它烂，看它的观众并不觉得它烂，满足它消费群体的需求，就不是烂片。"

后面这种看法，实际上很能代表一部分人：世上没有什么好电影坏电影，只要有人喜欢就不是烂片；喜欢的人足够多，就是好电影了。

真的是这样的吗？

这种说法很容易就得到验证，像《爵迹》，但凡有人说不好，或者仅仅是说还不够好，必然有粉丝在宣称：你没看过原著，你有什么资格说不好？你有本事你也拍啊——换言之，《爵迹》就是满足了粉丝们对电影的需求，以至于好到任何不同意见都是亵渎。对于粉丝来说，偶像面前无烂片。

另一方面，电影的高票房（现在至少是三亿到五亿以上的量级），很难靠粉丝的购买力刷出来，还是需要大量的路人粉，让路人用脚投票，才是最终决定票房的成败。但票房高低与是否是好电影并没有直接关系。电影的定位，宣传、明星效应、炒作能力等等，这些都与电影的品质无关，但却是影响票房的重要因素。

其实中国也有不错的艺术片或小众片子，这些在各大国际电影节中得到过验证了，这里不作讨论，只讨论商业片。中国商业片的问题才是真正的大问题：看到一部接一部烂到贴地飞行的电影，甚至连电影都算不上的综艺节目也进了电影院，还能赚个几亿票房；低成本、低智商的青春片一部接一部，古装片动辄金碧辉煌的大场面，拍什么都能赚钱，大家彻底懵了，不知道电影的标准和底线到底在哪里。

IP满天飞，但凡是略有些资源，又怎么甘心在这种电影环境里不舀一瓢水，捞一点算一点？何必用心拍戏？

这种混沌，让许多人，包括电影从业者都开始怀疑了，怀疑一向秉持的好电影与坏电影的标准是不是已经不符合时代了？好电影不再是讲好故事，表达好内涵，演员演技出色了，而是票房高？烂片也不再是烂片了，只要能忽悠来观众，哪怕你就是把一个晚会放在电影银幕上上演也算好电影？同理，好演员，也不再是演技好、有艺德的演员，而是人气高、吸引流量的各种面瘫王？

实际上，这是拱手把对电影好坏的裁决权交给了随波逐流。哪边的浪大哪边就是对的，没有任何标准。谁的票房高，不仅能赚钱，艺术水平也吹上去了。

还是让市场的归市场，恺撒的归恺撒吧。

现在的奥斯卡奖，已经极少落在那些超级大片上面了。好莱坞如今的商业大片主流，是各种各样的超级英雄1、2、3，各种各样的变形金刚、星战、X战警前传后传，常年是以十亿美元级别横扫全球票房的；但绝大多数时候，他们连提名都没有（甚至包括技术奖项），得奖的常是一些小众电影。人家拎得门儿清：商业大片，为了能有高票房，必定是非常浅显的，表达的是最大多数人看得懂的东西，能让文化水平和智商较低的人群看起来没有障碍。只要是深刻的思想和复杂的艺术尝试，就会屏蔽大量人群。所以，大片若把目的定为赚钱，就别想着艺术这件事了（只有极少数电影能两者都不耽误）。得了便宜不卖乖，是大片和小众片子们都默认的规则。

而我们这里，恰好相反。狗血烂片赚了足够多的钱，就恨不得吹捧为艺术片。靠流量挣钱、毫无代表作的艺人演了电影，就声称自己要当艺术家，毫无敬畏。赢家通吃这样的事，在这片土地上特别理所当然。

再说了，中国那些赚大钱的烂片，也配跟人家严密的电影工业下的各种商业电影产品比？只能送一个"呸！"

其实，商业电影也有它自身的好坏逻辑，也许不深刻、没内涵，但在技术上，要能体现工业电影的技术水平；在故事上，能把故事逻辑说完整、架构合理；在演员上，配合剧情符合人物特点；在细节上，细节饱和没有不合情理之处；在价值观上，不违背社会伦理没有政治不正确的歧视……试问中国近些年来的"亿元票房俱乐部"的电影里，能做到以上几条的，有没有十分之一？然而，就是这种故事都讲不清楚，主演们都经常出戏，直男癌或反社会伦理的电影，在中国动不动就票房过五亿、过十亿。真不好说，到底是中国观众特别愚蠢，还是特别宽容。

不得不说，现在这种糟糕的观影环境，这些都是观众们自我选择出来的。如果说是因为愚蠢、因为判断力的低下，选择了看烂片，那是因为观众们长期观看烂片之后，已经被教化出来了，味蕾已失去了感知能力，不知好歹，不知好恶。

如果说是因为宽容，替那些烂片开脱，觉得人家也不容易，还是去买票吧；那就是纵容以次充好，一种"和稀泥"的无原则。

这点，有时我也会犯错。之前，在看完《爵迹》的第一时间内，我的评价是，这是一部有非常明显的技术瑕疵和情节漏洞的电影，表演也低劣，不过仍算是说得过去的商业片，"没办法，都是同行的衬托"，因为别的电影更难看啊。

但现在一想，我这种观念是错误的。这是以最低的底线标准来要求电影，

"别想着吃饭啦，吃沙子已算好啦，别的地方还吃屎呢"，最终，底线便越来越低。

比如说，近年来的大片《大闹天宫》和《三打白骨精》都是平庸至极的神话电影，但若是跟《封神》这种烂到令人骇笑的电影相比，又变成了好片子了；许多烂片，一跟不知所谓的《富春山居图》相提并论，就像是一股清流，让人感动；可《富春山居图》跟《小时代》这种MV水准、PPT水准的电影一比，又显得制作认真了。

再说演技。在一众大花当中，范冰冰的演技是被诟病得最厉害的；可在《爵迹》当中，范冰冰是唯一称得上有点演技的人，至少眼神里有点感情；跟吴亦凡一比，堪称"演技担当"。刘亦菲向来是"面瘫"小公主，但跟吴亦凡在《致青春2：原来你还在这里》当中一配戏，居然显得表情灵动起来。

不过，这样对比，有意义吗？比烂比赛当中，不可能有赢家。

其实，这也不是对电影、对别人的要求，更是对自己的要求。从众，相信人多的就是对的，只不过是就是逃避思考、逃避判断、不想为自己的判断负责；而所谓的宽容，无非就是苟且，总能找到比自己更差的来垫底。讨好这样的人群，随便忽悠就行了，根本不需诚意。

遍地都是逃避和苟且，不仅不会产生好电影，别的事情也很难做好。

最后补充一点：在上映之后，《爵迹》被扒出与日本动画片《fate》在人设和世界观的架构上有大量雷同，网友们已进行了多角度的辨析，大有抄袭的嫌疑，加上郭敬明早就有前科，那么，这样的作品其实已经不在谈论的范围里了。我们说的好电影、烂电影，再烂都是原创的；而抄袭的应该直接就是零分了吧。

# 你要的是叹为观止的秩序

> 为什么经历过了北京奥运会的中国人当中有这么多都看不上别家的奥运。我们的美学，就是一种意志的胜利、强权的胜利，艺术手段给集体意志镀上了迷人和神圣的光芒。

"它很丑。但它是一朵花。它捅破了沥青、厌倦、恶心和仇恨。"

在里约奥运会的开幕式上，饰演007女上司的著名女演员朱迪·丹奇，与演员费尔南德·蒙特纳哥一起，用葡语和英语朗诵了这首诗，它是巴西诗人卡洛斯·德鲁蒙德·德·安德拉德的名作《花与恶心》。

不管怎么说，一个读诗的开幕式就是一个了不起的开幕式，而且读的是这样一首晦涩却充满力量的诗。可以当着全世界的面念出"我的仇恨是我身上最好的东西"，那得是一个多么有自信的民族啊。

无怪乎说，审美拯救人民。

早在奥运开始之前，国内的媒体就对本届的里约奥运会充满了讥讽之声。国内媒体口中，巴西就盛产小偷、蚊子和坏掉的马桶；还有持枪抢劫却被俄罗斯外交官KO掉的劫匪——虽然最后这条被辟谣了，却仍然不能阻挡中国网友们丰富的想象力。连BBC拍出的里约奥运宣传片，拍出了人与动物之间运动和力量的无缝连接，也被有才的网友解读为："这是在说里约的运动场馆都很烂，大家要在丛林里比赛吗？"

正如专栏作家张丰所说，"中国媒体喜欢炒作里约奥运会准备得多么差，很可能是因为心中都装着北京。"

这个炫目华丽、又激情四射的开幕式，应该能够啪啪啪地打了好多人的脸了。气势磅礴的声光乐和焰火表演，演员们的快乐又张弛有度的表演，对巴西流行文化的阐释和演义，确实将我镇住了。他们有快乐的嘻哈，有狂放的桑巴，有美妙的爵士，有全地球人最美的肉体天神娘娘吉赛尔邦臣，也有像《花与恶心》那样深邃的诗篇，这是具有现代性的东西，它提供了现代文明的宽度。更不必说自带魔性的奥运火炬让人百看不厌，让来自世界各国的运动员代表都种植一棵树成为森林这种环保主题下的奇思妙想了。

其实，与中国人的奥运相比，里约奥运的特点是，放松。每个姑娘每个小伙，都咧开嘴灿烂地笑，他们的舞蹈节奏自如，轻松欢快，每个人脸上都是笑容，发自内心。不愧是一个以狂欢节闻名于世的国度，他们会玩，会闹，有激情，身体是放松的，知道什么样会让人high起来。这很好，很巴西。

不过，在我们的转播里解说员居然直接就说："虽然他们的舞蹈跳得混乱，没有秩序，但是很有激情。"这种评价，真是把我逗乐了。舞蹈本来就是"情动于中而行于言，言之不足故嗟叹之，嗟叹之不足故咏歌之，咏歌之不足，不知手之舞之足之蹈之也"，中国自古以来如是。喜好秩序，强调整齐划一，是集体主义和社会主义才诞生的产物：集体越重要，个人越渺小，整齐的纯度就越高。

我们在这一点上，是十分骄傲的。记得上一届的伦敦奥运会，也没有少笑话人家，觉得人家这不行那不行，都没有咱北京好。

比起里约，北京奥运当然场面更宏大，气势更磅礴，动用的演员也更多。我承认那一届开幕式也是好看的。演员们也都在笑，但那是职业笑容，非常整齐，是像礼仪小姐用筷子训练出来的"露八颗齿"一样的肌肉运动。那种齐刷刷的程度，从俯瞰角度完全可以看出来，横线、直线、斜线都是笔直的，没有人会旁逸斜出。这种精密程度控制得特别好，甚至队列中露脸者的颜值都是按序排列的。

我知道有人会反驳说：跳得整齐你也要批评？

不，这不是批评，无关对错，这是审美的问题，是不同文化下的价值观差异。往上回溯，巴西、英国，之前的希腊、澳大利亚等等国家的奥运会开幕式，总有好些环节是群演一起起舞的，不分男女、高矮胖瘦，都在动，没法整齐，人家也不会这么要求。而对整齐最在意的，当然是我们中国。

这是我们在集体表演上的巨大优势，所以，在大型的典礼上一定要极力突出这点，用人体当作积木，堆砌出各种图案，而且，在尽可能多的环节上，展示我们那令人叹为观止的秩序。

我不能说这种整齐就是不美。就像我无法说朝鲜的《阿里郎》很难看一样，我更无法说莱妮·里芬斯塔尔的纪录片《三六年柏林奥运》《意志的胜利》不美。

莱妮·里芬斯塔尔是划时代的人物，电影中的所有画面都要确保在最美的光线下、最美的角度下，以正确的曝光与拍摄角度来拍摄。里芬斯塔尔在这两部纪录片中，淋漓尽致地表现了她的法西斯美学。群众的呐喊、人群的方阵、旗帜与海洋、纪念碑、游行队伍、齐刷刷的纳粹礼，把国家主义、群体主义、民族主义的意象，放大到极致。

甚至，拍摄军官时，她不是按军阶为序，而是以颜值为序。凡是与她的美学要求有所冲突的镜头，都会被她毫不留情地排除。辉煌、壮丽、无与伦比。

在1936年的柏林奥运会上，留下来的影像剩下的只有强大的力量、秩序和美，还有一统天下。

北京奥运开幕式也部分地继承了这种美学。总导演张艺谋深谙这种"整齐之美"，因为成千上万个一模一样的人，就是一种力量，一种威严，一种震慑力。集体是那么至高无上，个体都是应该像"一滴水消失在大海中"那样，把自己的个性泯灭于大海中央。

这也就明白了，为什么经历过了北京奥运会的中国人当中有这么多都看不上别家的奥运。我们的美学，就是一种意志的胜利、强权的胜利，艺术手段给集体意志镀上了迷人和神圣的光芒。一旦个性被碾压，人成为隐身在集体中的一滴水，便有了"我也是这个强权当中一份子"的错觉。不知不觉中，就效仿性地挥起了手，睥睨着那些葆有个性、不被绑架的个人：看啊，他们多么渺小！

所以，我们不仅嘲笑起金砖国家、全球第七大经济体的民主国家巴西，连英国我们也看不起呢！谁叫他们虽然是大国，但政府的钱不多，权不大，不能任性？

让我们忘了国内媒体口中的巴西小偷、巴西蚊子和坏掉的马桶吧，好好欣赏别人的奥运。

# CHAPTER 7 你以为的下嫁却是她眼中的自由

人的思想很复杂，要不然……你看，现在不是还有猴子吗？嗯，还有虫豸。我懂得青年也会变猴子，变虫豸，这是后来的事情。——鲁迅

# 女神的晚节

优雅成了一杆标尺，每位红过的女明星都要接受测量和检验。

2014年"五一"的草莓音乐节上，女神张曼玉首次以"歌手"的身份登上了舞台。这半个小时的首演，令魔都沸腾，令微博沸腾。当时的说法是：因为实在太难听了。

我特意找来视频听了一下，张曼玉一开口，我的确被震了一下。她演绎的《甜蜜蜜》和Riana的《stay》，嗓音比贝斯还低，低沉到仿佛有个秤砣在拽着，不让声音往高处走，不让它找着调。这种声线，确实不是常人所能欣赏的黄鹂之音。

就张曼玉的歌声，一时间，网友吐槽不断："这是被上帝放弃的声音""一代女神终于把自己毁了""女神还是回去好好拍电影吧"。资深乐评人耳帝更称其"吓哭一片听众""声瘫""不美觉厉"。

说白了，除了觉得张曼玉的声音"呕哑嘲哳难为听"之外，无非是认为她不懂得扬长避短，甚至为老不尊。其实，听下去我并不觉得张唱得有多差，摇滚本来就是这种调调。张的声音很有识别度，虽然不见佳，但多加磨砺，未必不能练出来。我们不喜欢，是因为我们在卡拉OK里所能唱的，都是各种清甜柔靡的流行乐，音域都是清一色的高音、中音；如果不是爵士音乐、蓝调音乐的爱好者，很难习惯一把唱中文的女低音。好多人声称自己爱摇滚乐爱音乐节，但不过能听个流行和民谣，听到不熟悉的声线就被吓跑的，也不算是真爱了。

况且，张曼玉的举手投足间，尽皆巨星风范，光是看她的袅娜风情，就值回票价；凭她的声音特质和人脉，人家未必就不能在这条路上撒足狂奔，再上高峰。

这里，我就先不谈音乐了，也没有能力给她的音乐打包票；只谈谈张曼玉的这个转身吧。

回顾Maggie张的历程，她曾是香港著名的花瓶明星，甜美可人；但后来，她遇到了陈可辛、王家卫等人，不再扮演大众情人，成功转型，拿到了戛纳影后、柏林影后，以及五次金像奖、五次金马奖。然后，她就基本不再出演电影了。或许，是因为再无挑战。

她站立危崖，但自有分寸。

现在的张曼玉除了偶尔出席一些大奖颁奖或者时尚活动，鲜少露面。这次的隆重现身，她不是玩票，而是蓄谋已久。她放下国际影后的身段，在乐坛重新出发，而且是进军最需要荷尔蒙、最需要激情迸发的摇滚乐圈。永远年轻，永远热泪盈眶，这叫什么，这就叫勇气，一种把自己打碎重塑、涅槃重生的勇气。这种勇气，在华语圈中的女明星中极少见。

可以想见，即便再过几年，张曼玉的音乐能得到承认了，也绝无可能像她在电影界那样，无数座影后奖杯加持，成为神一样的存在——神经病一样的存在倒有可能。向来只见人往高处走，走到最高处却锐意走另一条注定不能再往上升的路，这算不算转型失败？旁人都能想到的，张曼玉怎么会想不到？

比起成功，显然，这种女人想要追求不在于此，她已太成功了。人生不能活得更长，但可以活得更多。

不过，在大众的眼里，衡量女神老了之后的标准只有一个：优雅地老去。像林青霞、钟楚红、朱玲玲那样的是典范：嫁入豪门，不管后来是丧夫了还是二嫁豪门，总之，老了也还要漂亮，但鲜少露面；偶尔惊鸿一现都是在金马奖、新书发布会、个人摄影展这些高大上的活动当中。本来，如果张曼玉不出面唱摇滚，她也可归为这一类的。

而次之的是两种：一种是刘嘉玲那样，极美，但不间歇地出席各种活动，疯狂地工作；一种是王祖贤那样，孤鸿飞影难觅踪迹，但偶尔一露面，上头条的尽是发福了憔悴了的消息。

而像刘晓庆那样的老女神，则常被沦落为笑柄：整容，然后丧心病狂地装嫩，在戏里扮演比自己小三五十岁的小姑娘。

优雅成了一杆标尺，每位红过的女明星都要接受测量和检验。

如果把优雅翻译过来，标准则是：有钱，漂亮，不工作，不动脑，最好一动也不动，保持一个优美而僵硬的姿态，直到老死。那就会赢得最多赞美和颂扬。要保持这种通俗意义上的美，必须没有皱纹，皮肤白，不发福。在东方，最好的办法就是闭门不出躲太阳，不用脑子不用心。做花瓶不仅是年轻时的任务，也不仅是工作时的任务，而是一辈子的任务，尤其是稍老了之后；否则，稍为挣扎一下，要与"为老不尊"这种罪名相抗争。

只是，曾被视为"优雅"典范的女神们纷纷走下神坛，林青霞参加了真人秀，虽然尽力保持了仪态，高贵地接受后进女神们的膜拜，但这种接地气，还是略略损伤了她女神的完美。钟楚红也开始卖大米，朱茵们也上综艺节目捞金了。这只能证明，想让凡人像仙子一样一动不动地保持一模一样的姿态，是不现实的。而像张曼玉那样，马不停蹄地恋爱，一直在探求生活和爱情的不同可能性，玩乐从未停歇，不仅"不优雅"，还敢"发骚"，就等着被网友把前浪拍死在沙滩上吧。

这个世界是不公平的。男性玩摇滚没事儿，七十岁的滚石们还是王者，世界巡回时还照样有年轻漂亮的"果儿"像黄蜂一样狂热追捧；而女人玩摇滚，尤其了五十岁之后，啧啧，您没病吧？

评价体系里，男性天然就该以事业为上，保持激情保持荷尔蒙则是锦上添花的重要法宝，七十八岁得子的齐白石羡煞旁人，八十二岁娶得孙女一辈小太太的杨振宁也是男人的终极目标；反过来，女人的目标则相反，最好年纪轻轻时嫁入豪门，然后生儿育女，无须工作，生活随之静止。像徐子淇、孙芸芸，便是金光闪闪的标本。

或许，表面上大家还会说几句政治正确的话，但故事听得多了，我只知道，对男人，大家羡慕的是他们不管结没结婚都能不停玩女人，对不花心爱老婆的"好男人"的表扬之中其实包含着揶揄讥讽；对女人，大家羡慕的是她能嫁个有钱人，并且生活平静，对不断拍拖的"坏女人"则白眼都翻到后脑勺了。

简而言之，女性就应该是被动的、娴静的、以男性生活为主导的；即便成了名，成为女神，也不过是为了给条件更好的男人准备的；一旦履行完嫁人这个程序，就应该像挂在油画上的岩间圣母一样，脑子是放着不用的，专以养育子女为乐。未能成功地挂进油画里的，要么是没人要的可怜老姑婆，要么是老公破产了不得不救夫。

大家反感张曼玉，唱得难听还是其次（不信你看赵雅芝每次漂漂亮亮地出场，唱得一点都不走调，在天涯上照样被骂得狗血淋头），而是她没有遵从常见的法则：一心求嫁；嫁不出去，就一脸假笑、老老实实赚点养老钱。她偏不，对婚嫁无所谓，总是和比她小的外籍男友恋爱，还不在乎钱，跑去做新行当，就是为了一个我乐意，这实在太打击这套价值体系的信心了。

"优雅地老去"，其实是一个陷阱，第一是要你服老，一老万事俱休，尤其是女人，到了四十岁你还不在家带小孩还想着创新简直是罪恶，是对年轻人犯罪、对曾经粉过你的人犯罪；第二是要你少折腾，一折腾、一努力、一奋斗，就有失败的可能了，姿态就不好看了。

你愿意优雅地老去，很好，这是你的事儿；但女神偏偏愿意练出一身肌肉，活蹦乱跳地周游世界，交男友，闯进新的领域新的风格中，不怵重塑自我，这种新的可能性更迷人。想想，都应该感谢张曼玉啊。

# 你以为的下嫁却是她眼里的自由

我奋斗了那么多年，努力当上女神，不是为了配得上男人，
不是为了让男人看得上我，而是为了挑自己喜欢的，能让我
快乐的。

章子怡答应男友汪峰的求婚，网络上炸锅了，都在议论汪峰是不是配得上
女神，汪峰到底有多渣，章子怡到底是不是眼光太差品位太差……

看客们或许会至今意难平，因为她可是目前为止华语圈成就最高的女艺
人（当过好莱坞A级制作的第一女主角），我们有理由期待她挑选一个更高档
次、至少与她同样优秀同样级别的配偶，来满足我们对励志剧的终极梦想。谁
料她寻寻觅觅，一路攀龙附凤、非富即贵地交往下来，却演着演着就烂尾了，
变成一出"少女历尽艰辛、奋斗多年终于成了公主，幸福地嫁给一个离婚两次
育有两女的普通人"的剧本。这可不是我们想要看的。

章子怡的择偶之路，虽然有跳跃，不过也并非无迹可寻，她挑选男友的方
向，逐渐从需要她费力攀附的权力型人物，在经历"泼墨门"等重大挫折后，
过渡到她可以轻松俯就的娱乐同行。这种转变，难免让局外人认为格调不高，
品位欠缺。事实上呢？

这就归到一个问题了：女明星找什么样的男人才入流呢？

这个话题看起来又八卦又无聊。不过，所谓的女明星，都拥有青春、美
貌、金钱、地位和知名度，是拥有性别资源最多的女性。这一群最光鲜的女性
挑选怎么样的配偶，可以看出社会的某种价值取向和潮流。历史上，白富美们
纷纷攀附高官，或者嫁作商人妇，或者仰慕才子，都是一个风向标，看出什么

阶层身份高、受尊敬；否则，你以为徐志摩郁达夫沈从文们为什么能娶到名媛美娇娘？那是因为那个时代的文人教授又有钱又清贵，还格外受尊重。

当然，我们这个时代的主旋律就是门当户对：令人心服口服又赏心悦目的婚配模式，就是一线明星配一线明星。这是最常见的好莱坞方式。你看，颁奖礼的娱乐播报里，说到哪个大牌女明星，脸蛋俊、身材俏、衣服美得呱呱叫，当然，再美也美不过她的配饰：一个同等级别的男明星，英俊潇洒，玉树临风，金童玉女十指紧扣地站在一起，气场全开，美艳不可方物。比如维多利亚配贝克汉姆，绯闻女孩配绿灯侠，吉赛尔·邦辰配汤姆·布莱迪……在中国，也有很多对这样的搭配，比如刘嘉玲与梁朝伟、AB与黄晓明、倪妮与井柏然、刘诗诗与吴奇隆、孙俪与邓超。双方都是演艺界的一线明星，地位接近、颜值相当、商业价值也可类比，调个情都能上新闻，进可合作拍戏、退可帮对方宣传站台；说是炒作也不然，能炒到结婚、生娃这种人生大事上，想必也是真心实意的。人家高端市场内部解决，那么水到渠成的神仙眷侣，大家看着就好了，羡慕嫉妒恨去吧。

但感情这种东西，不可能是像宠物连连看一样，按着商业价值来分配额度的，更不是进了教堂就能给王子与公主划上一个"happy ending"的。哪个女明星不是在情场上坎坷过来的呢？外人看着天造地设的金童玉女，合不来还不照样得分手？于是，从两三年前开始的女明星结婚潮中，涌现出了一个新的风向：卜嫁。

不论是周迅、汤唯、高圆圆、徐静蕾、杨幂，包括章子怡这些一线女星，还是李小璐、霍思燕、董璇、佟丽娅这样事业还大有上升空间的女明星，她们的结婚对象均是名气、地位、金钱远逊于她们的艺人。俨然女强男弱变成了时代主旋律。大家都对她们的另一半愕然过、惊诧过，甚至心中腹诽——这没有名堂的小子究竟是何德何能娶到女神？

坦白说，我大概也是有"少女癌"的，天然就喜欢"王子公主式"的童话故事，总是想着美美的姑娘，就该配美美的公子哥儿，都有钱、都有名，男孩正好比女生大三岁，最好还有又萌又和谐的身高差，这样的爱情又干净又美好。

但现实的逻辑并不总是这么写的，那是观众的期待，而不是人家当事人的期待。就像章子怡那样，可以好风凭借力、送她上青云的大腕或权贵不是没交往过，配得上她的野心的男人也不是没有，但最后，她终归选择了一个回头的浪子，肯讨好她，捧着她，百般抚慰、费尽心思。想必，这也是当初她对更高阶层的男友们做过的。

有一段时间我关注过一些情感专栏，总看到有三十多岁的高知单身女性在叹息：怎么办，我年薪都两三百万了，怎么才能找一个比我薪水更高、更优秀的适龄单身男士啊？她们怪罪于自己太出色了，所以才找不到老公。不过依我看来，这种女性的优秀是要打折扣的：或许她工作出色、赚钱能力强，甚至长相也不差，但她的价值观与择偶观依旧停滞在旧社会里，只知道男尊女卑，男高女低，只知道把人的价值换算成金钱，白瞎了一身现代的好皮囊。

我想起美籍华裔演员刘玉玲创造过一个词："F--k you Money"。就是一定要努力地挣钱，当你与老板闹翻时，你因为有了足够的钱，你便可以很牛气地甩他一脸，扬长而去。我倒觉得，"F--k you Money"，在择偶时更加有必要。人穷志就短，那些拥有足够经济能力摆脱了买房、养娃、养老这些现实困境的女性，简直是天地宽广岁月静好，只要对方合你的心意，钱不钱的根本不是问题啊，多俗！实际上，金钱的价值体现，就是让人自由。在别的女孩无法选择、只能悲催地嫁给房子的时候，你大可以一笑而过：房子嘛，我有的是，我要的是人。

所以，我觉得现在这批所谓"下嫁"的女明星们，这些已拥有"F--k you Money"的女人，也算是活开了。她们至少找了一条可以自己掌控的路，不必在意那些旁人的规则。也就是说，我奋斗了那么多年，努力当上女神，不是为了配得上男人，不是为了让男人看得上我，而是为了挑自己喜欢的，能让我快乐的。

至于别人嫌弃我挑的男人？嗯，他们自己开心就好，不关我事。

这么一想，章子怡挑谁都不该意外了。

令人欣慰的是，章子怡高圆圆们不会因为自己的婚姻而让自己的商业价值贬值，表明大众和广告商们认可她们的价值取向，认可她们的幸福。这是好事，意味着那些男主外女主内、男强女弱、男大女小等刻板印象和传统范式，正不断地被打破。总有一天，明星们的示范作用将会逐渐显露出来。

越少的禁忌，就意味着越多的自由。共勉。

# 二十岁的身体里住着八十岁的老巫婆

思想解放了那么多年，就解放出一个个不求上进，但求当原配
捞房子的模样吗？女孩子们就这点出息了吗？

每天都有娱乐新闻翻新，张三出轨，李四恋爱，王五闹分手；那是明星们
的私人生活，也是他们的形象生意的一部分。但值得玩味的不是他们的婚恋本
身，而是那些热热闹闹关注他们，在他们的社交平台上轰轰烈烈地展开骂战的
网民。

从王菲拍拖、陈赫离婚，到章子怡结婚、张雨绮再婚；从伊能静结婚，到
张柏芝被向太弃用，阿娇表示曾偶遇陈冠希……不知道他们是否能风轻云淡，
不过新闻反应的众生相，比明星恋情本身更有趣味。这里，有不少祝福的，感
慨的，事不关己的，讽刺的，这些都是常态；但不管是微博评论里、还是新闻
链接下，都是铺天盖地各种恶毒人身攻击，偶有反驳者，也瞬间被淹没。如此
怪相，令人惊诧不已。

不要说是所谓道德上有瑕疵的了，连王菲、章子怡、伊能静正常恋爱结婚
的，牵连到的相关人等的微博评论里，简直是一个粪坑，收容着世界上最脏的
粗口和最情真意切的诅咒。真不知他们的痛点在哪里。甚至那些连新闻都没有
的明星下面，也常常有一群蹲点的，对他们的容貌、他们的气质、他们是否整
过容大加鞭挞，把各种污言秽语尽情喷向他们。

这个时代，当明星实在艰难。中国随便一个一线明星，受到的挫折和侮
辱，都够阮玲玉自杀几十次了。所以范冰冰说过，"受得了多大的诋毁，就当
得起多大的赞美。"还有一句："万箭穿心，习惯就好。"

作为一个必须经常泡在微博和互联网上的码字人，我无法不对这个国家的道德生态产生深深的绝望。对明星的辱骂就可以算是一个小小的切面，管中窥豹。明星总是处事最谨慎、最中庸、最不能持有强烈个性的人，因为观众和粉丝是他们的衣食父母，对于各种谩骂，明星作为公众人物，一切都得忍着。稍有不满，立即被冠以"玻璃心""心虚"之名，招致更加排山倒海的攻击。

　　就菲锋复合引发的蛆虫一样的咒骂大军，心态其实很好理解：人家都四十多岁了又有钱又有名又能随心所欲，离婚两次有娃两个了，还有年轻十一岁的超级帅哥兼明星兼富豪追求，凭什么？这个世界怎么能这么不公平？

　　但，没有人会承认自己是出于嫉妒。他们发自内心地认为自己是维护正义。我留意到，在天涯论坛和微博中关于情感问题的评论中，总是非常强调"三观"。本来，"三观"是指道德观、价值观、人生观，这几点确实相当重要；但搞笑的是，在网络上动辄祭出来的"三观正"这面大旗，意思却是指"坚持大房原教旨主义，坚持贞操至上，坚持原配至上""一日小三，终身小三""绝不原谅"。同时，为了净化空气，对于"三观不正"的，在言论上想尽办法绞杀。

　　这是小事，却是一面照妖镜；当然，他们只看得见自己捍卫正义和纯洁的战神形象。而实际上呢？

　　持这种过时一百年的观点的是中国大妈吗？是正在打婚姻保卫战的中年妇女吗？不，看那些头像和各种卖萌照，你分明能看出这些"大房原教旨主义者"中相当大一部分都是年轻女孩。她们不断地重复，女人三四十岁了早就不值钱了，你都有小孩了，还发骚，真不要脸。

　　有位网友说得好，这些人，"二十岁的身体里住着的是八十岁的老巫婆"。我再一次想起鲁迅的先见之明："人的思想很复杂，要不然……你看，现在不是还有猴子吗？嗯，还有虫豸。我懂得青年也会变猴子，变虫豸，这是后来的事情。"

　　回想20世纪80年代刚刚改革开放时，文学作品、电影作品里，年轻人强调的是追求爱情、寻找自我，她们是生机勃勃的，马列老太太们才是妨碍她们的绊脚石；而三十多年过去了，这个时代的年轻人，思想解放了那么多年，就解放出一个个不求上进，但求当原配捞房子的模样吗？女孩子们就这点出息了吗？

如果把这放到更大的一个社会层面上看，就会发现，这种价值观不过是时代变迁的缩影而已。20世纪八九十年代曾是武侠电影的高峰期，当年的各种片子，开头往往是：某江湖侠士行侠仗义，结果"朝廷鹰犬"四处通缉这些侠客；而今天，武侠大制作仍然方兴未艾，主调却往往是：某反贼欲勾结反动势力造反，朝廷派出能人去剿灭坏人。

当年的实现自我、突破体制、反传统的追求，到了今天，就自然而然地勾兑成顺从权威、驯服压抑，并协同打压一切不听话的人。这种时代性格的转变，实则就是人的精神的萎缩和矮化。

而婚姻，就是不少女性、包括年轻女性所倾慕的体制。

这些在网上持强烈贞操观、认为女人就该老老实实地老去、老老实实地带孩子的深度直男癌患者，为什么居然有大量的女性，尤其是年轻女性混杂其中？这是与她们的价值观休戚相关的。她们自己愿意持有传统的价值观，没问题；但凡是不合她心意的、游离于这种限制之外的"刺头"，她们都要杀伐之，这证明了她们不过是新时期的马列老太太，集体无意识的斯德哥尔摩综合症患者。她们憎恨那些活得漂亮的女性，她们憎恨生活方式的多样性、人生的可能被拓宽；因为在精彩的世界面前，她们除了"三观正"之外一无所长，所以必须要用强烈的道德癖来窄化和限制别人的人生。这样，就能突出她们的优越感了。

不是说男人没有这样的想法，只不过他们发泄的渠道多一些，而且，很少把爱情与性摆在太高的地位罢了。

别的还得慢慢来，我只希望他们能尽快意识到，辱骂、诅咒、粗言秽语并不能让你看起来显得品格高尚、很有道德，真的。

# 杨玉环的"马震"，范冰冰的刻奇

范冰冰确实很敬业，但为钱敬业和为艺术敬业并不是一回事。

范冰冰又上热搜榜了。

当然，作为中国的一线巨星，范冰冰一年也总得上几十次热门吧。出个绯闻、否认绯闻；和明星互相吹捧、与女星闹个不和；美美地走个红毯或穿件丑丑的衣服；摔个跤、发个誓、留个言——事无巨细，通通能博得点击几百万几千万。某种意义上，一提及"明星"，大家的条件反射就是"范冰冰"和她代表的风格：艳丽、张扬、自信、豪放，以及在她在光洁的额头上刻着的巨大的"名利"两个字。

这一次，引来熙熙攘攘议论的，是新电影《王朝的女人·杨贵妃》中一段关于"马震"的片段：范冰冰（杨贵妃）穿着裸半胸的服装，与饰演唐明皇的黎明在马背上有一段激情戏。这段新奇的激情视频在网络上广为流传，网友们均称大开眼界，还有人盘点范冰冰几乎在每部电影都有激情戏，并批评她"戏不够，胸来凑"。在发布会上，范冰冰声明称，这些"马震"视频的流传不是电影方的营销，而且还说：

"我觉得是这样的：你心里面想到什么，你的眼睛里才会看到什么，如果心里面是一个极其肮脏的人，那你的眼睛里看到的也会是一片极其肮脏的景象，如果你的内心足够清纯美好，你看到的一切东西都是美好的。"

这一段话，真是铿锵有力，简直与她多年前的"我就是豪门"可以媲美了。

众所周知，范冰冰从"金锁时代"走出来之后，有若干年一直在整容等各种不利传闻中打转，美则美矣，总是不离那种男人喜欢、女人讨厌的"狐狸精"形象；后来，她成立了工作室，以"范爷"形象为号召，又强势又独立又自我，一举掳获大量女粉丝。而且，劳模范冰冰每年接演无数的影视剧，拍摄无数的广告，出席无数的活动，一年有一半时间都能占据版面。再加上她又以"豪爽"著称，经常奖励工作人员——她在凭《观音山》获得"东京国际电影节影后"之后，就送给女导演李玉一辆豪车。

于是乎，一边，范冰冰美艳无俦地横扫全球各大红毯，锥子脸成了女明星和整容女们的"爆款"，穿衣做派、走红路径都成为中国女明星争相效仿的对象；另一边，她勤奋，认真，时刻不忘宣传，可着劲儿制造"我就是豪门"的大气磅礴。而且，还真让她做到了。

范冰冰赶上了一个中国明星的好时代，无论是影视行业，还是广告或商业身价上，明星均可获得最大化的收益。中国有那么一批一二线的明星，身家是用"亿"来计算的。占据了天时、地利、人和的范冰冰，不仅成功了，而且是成功者当中最引人注目的，也是最善于运作自身形象的。

这一点，范冰冰自己也充分意识到了。她在这次发布会上反复强调："没有一个人说'范冰冰不敬业'。"确实，她很敬业。但再勤勤恳恳、再兢兢业业，美貌度、知名度和商业价值都处于巅峰状态的范冰冰，仍然有一个隐忧，那就是没有代表作。

范冰冰演过至少上百个角色，没有一个能超越"范冰冰"这个角色。这让她红得发紫，却有点虚弱。因此，每当她被批评的时候，唯有用一种方式去还击："你知道我有多努力吗？"

她陷入一种"刻奇"之中：不仅自我感动及感伤，并且希望别人理解她的自我感动，而且，最后上升到感动就是崇高的阶段：谁要是不加入这个感伤的洪流，就是居心叵测。所以，范冰冰那段"你内心不纯洁，所以才看到肮脏"，实际上就是自我感动、自我感伤的变体——我都豁出去了，我都为艺术献身了，你还不感动，你还质疑我，你，你还是人吗？

而今天的网友不好糊弄了，哪怕是范冰冰的粉丝，都对她这段话的逻辑感到不适。不能说你写"马震"、演"马震"不肮脏,我们看"马震"的反而肮脏吧?所谓"感受到纯洁美好",无非就是像米兰·昆德拉所说的"一个人在具有美化功能的哈哈镜面前,带着激动的满足看待自己",而且还希望大家也看到同样的东西。

说实话,"马震"那场激情戏以及其他的激情片段都不过几十秒,这种程度的性爱场面在电影中只属于毛毛雨级别;也有专业人士指出,在奔跑的马背上两人完成这种性爱是不可能的任务;但我觉得,影视作品是可以有一定程度的美化与夸张的,这种表现并不算太离谱。真正的问题不在于是否允许有性爱、"马震"的场面,而是,这是否是一部如范冰冰所说的"特别有艺术感"的电影。就算不说"艺术感",这是否是一部完成度很高的商业片(比如《捉妖记》《画皮》这一类),能够成为范冰冰的代表作?扭转她空心的形象?目前看来,很难。这才是她着急上火的重点。

范冰冰确实很敬业,但为钱敬业和为艺术敬业并不是一回事。为钱敬业不丢人,这个社会已经对她的有钱和成功,回报给她更多的钱、更大的成功;但还要指责别人不尊重她的艺术,就实在是贪心不足蛇吞象了。

如今,我们的时代不乏这种喜欢自我感动的社会贤达。他们或她们,有一定的才华和资质,抓住了好时机,自身也勤奋,终于一跃为人上人,有了影响力和发言权。但在这个过程中,不免会暴露他们的一些污点或者短板,郭敬明的抄袭,范冰冰的没有作品,就是例子。一旦不能面对这个真实问题,便只能拼命用"我要更成功""我要更美"来证明自己了。在这种"刻奇"的感召之下,他们很容易愤怒:我都这么成功了你还不能忘记我的抄袭吗?我都那么红、那么美了你还在意我有没有作品吗?为什么,为什么这个世界这么不公平?一定是你们都在妒忌我。

当然,在我们这个社会里,这种成功者的自我感动,是足以裹挟大部分人的。要知道,成功者的刻奇才是刻奇,普通loser的刻奇,就只能是"贱人就是矫情"了。

# 当孕妇越来越不像孕妇

*今天，女性独立、勤奋、自由、健康、美，"母性"只是她们*
*无数种价值之中的一种，何必当成天那么大的事？*

大明星周杰伦、昆凌生孩子了，结果，网上段子手都欢腾了，"孩子来得太快就像龙卷风……"不过，真正让大家不可思议的，是年轻的昆凌在怀孕期间排得密密麻麻的工作安排和生活安排。著名的娱乐公号"严肃八卦"做了一个总结：在怀孕三个月时，孕妇自己亲自操办了古堡婚礼和台湾婚礼；两个月时，参加舞蹈排练；三个月时，去滑雪；四个月时，参加电视节目舞蹈表演，各种高难度动作不停，包括被托举、包括连续旋转三十多圈；五个月时，宣布说要做运动妈咪，直到七个多月时，还飞来飞去参加世界各地的广告活动。

而且，昆凌在怀孕期间还染发！化大浓妆！穿十五厘米的高跟鞋！吃薯条喝可乐！

这些都是传统怀孕妇女们的禁忌啊，要是婆媳电视剧里，这种媳妇还不被婆婆们一掌打翻？

但是，人家就是这样生下了孩子，母子健康。我们完全可以猜测，周董贵为天王，绝非不爱惜孩子，而是知道，这些禁忌都根本不重要。

就在前不久，凯特王妃生完了小公主之后十个小时就出院了。她站在风中，光腿穿着短裙，化着淡妆，也是震惊了中国人。事实上，她也迅速地恢复身材出现在大众视野当中。说好的坐月子呢？一个月躺床上不能动不能开窗户不能见风呢？不能洗头剪指甲呢？一个月的食物不能放盐呢？

想想看，人家背后有一个团队的营养师和健身教练们，王妃敢如此轻松地应对，一定是她有更好的调养方式；而在这些对孕产妇以及宝宝健康负责的科学方式里，肯定不包括我们中国传说的"坐月子"。也不独王妃，近年看，我们看到越来越多怀孕生产的女明星，不管中国的还是外国的，她们都越来越以一种全新的姿态面对生育问题了。这种新姿态的最本质特征，就是尽可能地当一个普通人，而不是吹一阵风就倒、处处需要呵护的孕妇或产妇。

如果是在古代或近代，生育前后这种步步为营、严加保护的小心翼翼是可以理解的。医学不昌明的时代里，巫、医不分，生孩子的女人相当于有一条腿在棺材里了，大家搞不明白为何有人会难产有人会顺产，为何有些生下来的婴孩又夭折；无能为力的时候，难免会怀疑一些不确定的东西，包括孕妇动了剪刀啊，拿了晾衣叉啊，化了妆有毒啊，吃了不该吃的东西啊。而一些女人在老了后的腰酸腿痛、身体不好，又通通归结于"没有坐好月子"，其实也同样接近巫医理论。

到底"不坐月子"是一种什么病，有几十年这么长的潜伏期？还有，男人不需要生孩子，他们难道老了从来不会腰酸腿痛、身体不好吗？

只不过，没有医学条件、没有足够好的生活条件的情况下，尽量保暖、尽量休息、尽量少碰不了解的食物，也是无可奈何的办法。现在，都有了医学保障，就不必再信"巫"了吧？

另一方面，旧时候很多女性一辈子都是在劳碌和压抑中度过的；只有在生育阶段，是她们难得可以歇息、可以任性的阶段，再凶的婆婆都必须默认这点。所以，习惯于传统伦理的女性难免就有一种"我怀孕，我最大"的错觉。

但是，现在越来越多的女性已经开始不理会那套禁忌了。这并不意味着现在的年轻妈妈们不爱孩子，正相反，她们拥有越来越丰富的科学知识，足以破除掉不合时宜的禁忌，知道什么是真正对孩子好、真正对自己有用。

现代女性，十分注重两个前提，一个是美，一个是工作。美，现在就意味着健康、健身、运动，保持良好的身体状态和优美的肌肉线条，即便是孕妇也不例外；在这样理念下出生的小孩，很难不健康。而工作（也包括家务劳动），不仅意味着经济独立，更意味着她们除了与生俱来的身体和生育资源之外，她们还拥有更广袤的世界和精神追求。

现在的女人很看重"女性"这个身份，而不是"母性"。"母性"是一种生物属性，在女性没有别的能力的情况下，就只能努力地强调它的价值，来获得议价权；而今天，女性独立、勤奋、自由、健康、美，"母性"只是她们无数种价值之中的一种，何必当成天那么大的事？

# 无法告别的捉奸时代

也就只有"骂小三"和"骂汉奸"这两件事，最能体现中国人的道德了。仿佛骂得越凶，自己的道德指数就越高。

记得"文革"时在批斗"地富反坏右"的同时，还有这么一类与政治不搭边的女人成为批斗对象，那就是所谓的"破鞋"。

很多"文革"时候的资料照片还可以找得到，大体是中间一位女子被反手捆着，有的头上戴着尖高帽，有的没戴，头发被剪成鸡窝，脸上画着狰狞的油彩，胸前则一律挂着"破鞋×××"的牌子。这些都不是重点。重点在于，这些"破鞋"一般都长得不错，那一根根绳索精巧地绕过她们的身体，勒得越紧，身体的曲线越是玲珑凸现、喷薄欲出。

斗"破鞋"的时候，往往是批斗会现场最热闹的时候。不仅男人爱看，女人也爱看。在那种禁锢的时代，斗破鞋就像玩新娘、新婚听床一样，都是性启蒙。男人津津乐道的是"破鞋"的身材和容貌，恨不得能替"奸夫"上阵；女人们则欢欢喜喜地看着各方面都比自己优秀的女人，被男人尽情地污辱和作践，出了胸中一口恶气。

况且，很多"破鞋"根本不需要有"破鞋"的作为，只要长得好、打扮俏、有点不合群，就要被弄过来，游街，批斗，让精神生活贫乏的成年男人和女人们爽一下。

当然，抓奸远远不限于"文革"期间，这是在中国农村长期盛行的一项娱乐活动。正像严锋的微博所说的，"从前，我们村没有什么娱乐生活，最让村民兴奋的文化事件是捉奸，那绝对是全村围观，大家快活很多天。"谁管对错呀，谁管你是不是老公家暴、出轨在先啊，"捉奸"本来就是浓墨重彩的性刺激，旁观者才不关心是非。

甚至，也不用扯这么远，隔三岔五，在社会新闻上就能看到各色"捉奸"新闻，大婆虐待起小三来，剥衣服，扇耳光，拳打脚踢，那叫一个理直气壮；旁人呢，纷纷表情复杂地站在一旁，手机拍照，不亦乐乎。我手贱，百度了一下"当街打小三"，出现了1,730,000个结果。

也就只有"骂小三"和"骂汉奸"这两件事，最能体现中国人的道德了。仿佛骂得越凶，自己的道德指数就越高。

如果说以前我们只认识村里的"破鞋"和"奸夫"，这种批斗机会实在有限的话，那么，拜网络所赐，我们现在已见识了足够多的劈腿事件。尤其是明星，关注度高，所有拍拖、恋爱、结婚、离婚都在我们的眼皮子底下，他们又是公众人物，私生活也是允许消费的，所以，一有点风吹草动，哗，奔走相告，欢呼雀跃，快来看啊，某某出轨啦，某某疑似有小三啦！

对，我说的就是文章、马伊琍和姚笛。

在3月31日，也就是文章出轨曝光没两天，看看@微博小秘书 一大早的微博吧：

#周一见#当事人@文章同学在31日0点微博公开回应。其微博2小时互动量破87万，5小时30分130万，早9点突破200万。单条9小时转发90万，超王菲宣布离婚微博转发总数，创微博信息扩散新纪录！@马伊琍 微博回应9小时互动量174万。

要知道，文章还是凌晨时分发的微博。肯定是大家为了等待这个消息，连觉都不睡了。平时要赶一个企划书、加个班还嫌弃得不要不要的；这会儿为了不认识的人家长里短的一点破事儿，熬更抵夜刷微博，这是怎么样的忘我精神！

而上一次刷新纪录的，还是王菲的离婚微博。

那些段子手、营销户、婚恋专家和专职看热闹的，也不用每一次看到有明星分手就说"我再也不相信爱情了"，背后"喜大普奔"也就罢了，总拿你们也从来没相信过的东西来开玩笑，没见过比这更缺乏幽默感的。我倒想问问了，只要人人都不离婚，就能让你相信爱情了？既然认为永不离婚就是爱情，还不如让婚姻法直接规定"只许结婚，离婚非法"呢。

其实，类似这种偷窥者心态，我也有；鞭子打在别人身上，也打在我自己身上。有时，我看到公众人物在感情和婚姻中的不负责任，我也忍不住骂"渣男""渣女"之类的，比如文章、汪峰，甚至胡兰成。然而仔细一想，感情这种东西，如鱼饮水，冷暖自知。我见过身边许多"被出轨"的女人在离婚之后，反而过得潇洒自在；其实，或许人家本来的婚姻就千疮百孔像个废墟了，现在男人找到真爱，女人也拿到财产，从此一别两宽，各生欢喜。我们这些无故替别人义愤填膺的人，倒变成了笑话。

人本来就不是专一的动物，爱的时候是真的，不爱的时候也是真的。那些"大房原教旨主义者"们，误把婚姻当爱情了。婚姻本身就是一个利益联盟，捍卫婚姻其实就是捍卫共同的利益；把守护利益看成是守护爱情，这是表错情。

当然，首先破坏婚姻合同的人是有错误的，在女方怀孕期间、没有抗风险能力的时候破坏合同，更是错上加错。但合同如何拟定，我们能知道多少？何必替别人的违约急火攻心？那是人家的家务事，我们焉知他们之间存在什么问题？怎么好替人家下断语？

的确，明星的私生活已经不是隐私了，我们有权消费，有权评判；不过，评判本身就是有高下之分的——你到底是抓住了问题的本质要害，还是只懂得喷人家一脸口水，也一样会成为后来者的评判对象。

王小波当年说了个《缝扣子》的故事。说有个阿姨，生了个傻女儿，不知从几岁开始学会了缝扣子，这是她唯一的技能。于是，"我"到她家去坐时，每隔三到五分钟，这傻丫头都要对"我"狂嚷一声："我会缝扣子！"王小波的意思是，这位傻大姐，"只要会了任何一点东西，都会当作超级智慧，相比之下那东西是什么倒无所谓。"道德就是这种最便宜的东西。那些村里热衷于捉奸的旁观者，那些台上批斗"破鞋"台下欢呼者，最盛产的也就是这种道德。

如果到了网络时代、微博时代，你最值得骄傲的也不过是这种捉奸的道德，骂小三、骂渣男的道德，那还真不如多学学钉扣子，至少多一种技能。

# 强迫每个人泪流满面

集体舆论就是他们的肉票，他们随时通过召唤一大群同样没有独立意识的同类，来对明星的声誉进行撕票。

台湾女星范玮琪因为在阅兵时间晒双胞胎儿子，遭到了网友抨击，指其不爱国。9月4日晚，范玮琪发文道歉："真是对不起，因为分享了一张儿子的照片，让大家不高兴了！"

对不起谁？这个逻辑是怎么来的呢？

范玮琪作为一个美籍华裔的歌手，因为她没有发阅兵的照片，结果在自己最新的一条微博下面，就有四万多条评论排山倒海而来，绝大部分都是谩骂："你不发阅兵的照片，居然发你儿子的照片！你不爱国！" "你不感动吗？你还是中国人吗？" "你不爱国，你滚出中国！" 我就纳闷了，看他们发帖子的时间，不都正在阅兵进行的时候，他们不正应该满脸流泪地舔屏吗，哪来时间刷微博、发评论？你们这种三心二意、不认真看阅兵的行为，是不是也不够爱国呢？

范玮琪当然不是孤例，许多没有发阅兵、没有在微博上贴红旗的明星的微博下，都云集了成千上万条辱骂，赵薇、林志玲、大S、S.H.E、蔡康永、何润东等艺人下面，一片"不爱国""不配当中国人""取消关注""你令人失望"……听着还以为他们杀人放火、贪污了三五个亿呢，但仅仅是因为他们发微博说，今天我拍的戏杀青了，今天我去参加了一个活动，今天天气不错……没有表现出他们在看阅兵的样子。

也就十多天前，天津爆炸事件出来后，马云的微博下面忽然冒出了一群逼捐的，说这是考验你的时候了，你不捐从此我就不用淘宝了，如果你捐了就等于我捐了，快捐钱！

这么比起来，汶川地震期间发自拍照片的人被骂成狗，就更不用提了。

简单地说，网络上有这么一群人，重新定义了"爱国"。他们的衡量标准并不在于你为国家做了多少贡献，是否有益于社会和文明的发展和进步；而是，进攻每一个跟自己不一样的人，辱骂、胁迫，并把这种行为冠上"爱国"的名号。他觉得应该不高兴的时候，便强迫别人不许笑；他觉得应该高兴的时候，又强迫别人一定要笑，恨不得把每个人的脸都摁在电视屏幕上，强迫每个人都泪流满面。

虽然这种行为非常可笑，但人数足够多之后，他们蜂拥至每一个跟他们不一样的公众人物那里辱骂。说到底，还是因为他们是一群尚没有形成个人独立意识的思想侏儒，还处于口唇期，需要通过"骂"来刷存在感——不管年龄多大。集体舆论就是他们的肉票，他们随时通过召唤一大群同样没有独立意识的同类，来对明星的声誉进行撕票。当然，普通人他们也照样指责，只不过吸引不了那么多关注而已。

事实上，这些网民，是在强行塑造出一模一样的人格，哭和笑，不过是一种指代，背后，则是希望所有人的情绪、思想都是一个模子里套出来的。对于这些虚幻的"爱国者"来说，如果没有集体，如果不是和别人一样，如果没有人指挥，他们连话都不会说了，笑不会笑，哭也不会哭。他们是婴儿，是如此孱弱，如此害怕失去这种大一统的集体的庇护，只在跟所有人一模一样时，他才能确认自己的价值；而那些有选择的人，都伤害了他存在的意义。

莫言在发表诺贝尔奖获奖感言时，曾说过：当众人都哭时，应该允许有的人不哭；当哭成为一种表演时，更应该允许有的人不哭。确实，当一个人连笑或不笑都没有自由、都要受控制的时候，你还好意思把这叫盛世吗？

# 因为怕所以骂许晴

这么急不可耐地催促女性在二十多岁最好就完成人生的恋爱、结婚、生孩子（甚至二胎）这些过程，那么三十岁以后还有差不多五十年时间，是用来干吗呢，搭积木吗？

许晴发了几张海外的街拍，照片中，她的墨镜与头发遮住了大半边脸，不过，那种照片的质感和光感，让人感觉她挺美的，生活也挺美的。

她收获了很多祝福，当然，也有不少诅咒。比如说，"都老成这样了还到处卖萌装可爱real恶心！心机婊矫情得不要不要的！趁早洗洗嫁了吧别祸害小鲜肉！你已经是old woman了！""老奶奶！你都那么老了别出来卖萌扮嫩了好吗！""你多大年纪了。什么年纪做什么事。我90后都没你这么作。"真难理解啊。

可许晴连话都没说呢，这样打人打脸，得多大的仇呀。批评她的人，能谈到她的最大的"恶"，无非是觉得她在真人秀里，有"公主病"，而且还是老大一把年纪的公主病。

其实，三天两头被人狂骂"老"的女明星不止她一个，还有王菲、林志玲、伊能静，甚至更久远的萧蔷，都被人骂。比如说王菲，"都快半百的女人了还这么浪，孩子他爸换了一个又一个"；说林志玲"装嫩，娃娃音好恶心"；说伊能静"不要脸，老牛吃嫩草"云云。

我想，喜欢骂人"老"的人，大概都不打算活到四十岁了吧，不明白岁数的增长为什么值得被各种羞辱。说得好听一点的，就是"什么年纪做什么事"，那么，他们/她们认为到了许晴的四十多岁的"老"女人，应该是什么样子呢？腹间顶着个游泳圈、穿着老头汗衫，在街头巷尾坐在小板凳上摇蒲扇？每天给上中学的孩子做饭、看作业、大呼小叫？再有钱一点的，参加"夕阳红"旅游团华东三日游？这大概就是你们口中"更年期"妇女应该有的形象吧。

还有，"什么年纪做什么事"，可这些骂人者虽然青春少艾，但并没有在应该头脑开放、思想活跃的时候，充满朝气、生机勃勃啊？他们为什么年纪轻轻，内心就已老朽如同大清国的僵尸了呢？

并不是所有的女明星都有资格被骂"老"。骂人也是看菜下碟的。被辱骂的，必须是那种三四十岁看起来还很水灵的，还是单身的，常在观众视线当中的，总让旁人觉得还有很多恋爱机会的那种女明星。再细分下去会发现，被骂得最厉害的女明星，往往在交往比她们年轻得多的男神。虽然许晴并没有这样公开的八卦，不过，在参加不同的节目录制时，许晴含情脉脉地望着井柏然，望着张瀚，还与华晨宇互动频繁，那种怦然而出的少女心，足以让真的少女们气得跳脚了。

所以是否"不安分"，决定了你是否会被冠以"不要脸的老女人"称号。

你说，不认识的小姑娘能跟许晴有什么深仇大恨呢，不，还是有的：哪怕许晴比她大二十岁以上，但许晴比她美，比她娇嗔，比她有性别魅力，更不必说比她有钱太多了；而这些小姑娘全部的优势，不过就是晚生了二十年，当然要把这种优势用到尽了。其实，上文那位骂许晴"趁早洗洗嫁了吧别祸害小鲜肉"的，已经道出了真相：某些年轻女性发现，她们在择偶市场上的竞争对手增加了，不仅有年轻女孩，甚至比她们大得多的女性也能插足进来，也比她们有吸引力。明星的这种示范效应让她们恐慌；因为，这将是以后的现实。

没有人反向考虑过一个问题：一些年龄较大的男演员与比他们年轻十几二十岁的女孩结婚或相恋，如吴奇隆、齐秦、马景涛、TVB艺人郑嘉颖、陈豪等，为什么没有人骂他们"老，不要脸"？很简单，对于女性观众来说，这种男大女小的搭配，相当于拓宽了小女孩们的选择可能，能找到成熟多金男也是一种可供幻想的模式；而对男性观众来说，哪怕他们还没啥钱，总可以寄望于以后有钱，环境改变，到时就可以找妙龄女郎了。他们的偶像是杨振宁：急啥急呢，说不定我的岳母现在还在幼儿园呢。

娱乐圈也不过是现实的升级版；婚恋当中，男性对年龄的困惑远远没有女性的大。这就出现了一种神奇的问题：世俗社会剩女、剩女地叫个不亦乐乎，这么急不可耐地催促女性在二十多岁最好就完成人生的恋爱、结婚、生孩子（甚至二胎）这些过程，那么三十岁以后还有差不多五十年时间（中国女性平均寿命七十七岁），是用来干吗呢，搭积木吗？

这套话语策略，是在打压和贬低女性，是对女性相当不利的。但可惜的是，最爱谩骂"老女人"的网民，从它的ID的情况看来，往往是年轻女性。也许就是十几二十来岁，挥舞起贞操和守节的大棒却特别得心应手，在网上呢，就骂女明星这个"不知羞"那个"太浪"；在生活中，不是说这个是"破鞋"就那个是"二手"。究其原因，主要还是希望通过打压和污名化与自己不一样的女性，保住自己现在或将来的男人不变心。用辱骂别的女性，来表达自己对男权的附庸之忠贞，来向这个社会示好。

当一个人所能拥有的东西很少的时候，那样东西的重要性就会被无限放大。就像《欢乐颂》里曲筱绡说的那样："什么叫局限？局限就是砍柴的以为皇帝都挑金扁担。"以为每个人都得二十岁就找对象，找到以后尽快结婚，结婚以后尽快怀孕，怀了还得保证生儿子，才能换来不被抛弃的承诺。殊不知这个世界上有些人根本不需要考虑这些，她们活到多少岁都可以挑自己喜欢的人挑自己喜欢的活法，人家不需要砍柴，也不需要扁担。而那些喜欢嘲笑和辱骂的人，还在那里百思不得其解：为什么金子做的扁担你还不要？

# 注定是传奇

天后的爱情就是那样，"我要的是家庭，而你却注定是传奇。"

大概布拉德·皮特和安吉丽娜·朱莉这对夫妻，是最多人不看好的一桩婚姻了。最后，他们当真离婚了。

欧美小报长年累月都在用耸人听闻的大号标题、大号惊叹号来八卦"朱皮"夫妻分手、离婚的消息；在媒体上，每年这对情侣都要分手至少十几次。与之相对应的是，布拉德·皮特的前妻詹妮弗·安妮斯顿每年都要传出生孩子的消息十几次；连她自己也无奈说，如果报道都是真的，那么这些年她至少生了几十对双胞胎了。

我猜很多娱乐记者心里想的是，啊，怎么现在才离啊。另一只靴子总算落到地上了。

1

安吉丽娜·朱莉已提交与布拉德·皮特的离婚申请，并要求他们的六个孩子抚养权。十多年里二人生了三个孩子，并领养了三个。而离婚的理由是，两人是因为在孩子的教育方式上产生严重分歧；安吉丽娜·朱莉要求对六位子女拥有抚养权，给予布拉德·皮特探视的权利。

当然，这只是官方口径，不等于就是全部实情。也有爆料说布拉德·皮特出轨，但这个看起来并没有料。孰是孰非？

十二年前，安吉丽娜·朱莉和布拉德·皮特在合作《史密斯夫妇》时擦出火花；第二年皮特就与詹妮弗·安妮斯顿离婚，和朱莉走到了一起。詹妮弗·安妮斯顿是谁？美国甜心。许多人都相当不忿安吉丽娜·朱莉的"小三"行径。虽然这三人都是顶级明星，常年都在全球最性感人物、全球最赚钱明星的榜单上，但当年，安吉丽娜·朱莉比起詹妮弗·安妮斯顿，容貌更性感妖艳，形象更强势更有魄力，也更红。世上最性感的男人先娶了最甜心的邻家女孩，然后又和一个最魅惑的性感女郎在一起；对于喜欢后者的人来说，是佳话；对于喜欢前者的人来说，则是丑闻。

皮特和朱莉，由开始的百般不被看好，随着时间的流逝，终于成了好莱坞的模范（抢钱）夫妇——尽管旧账还时不时被翻出来。

他们两人相恋十年，生了三个孩子，前两年才结婚。没想到，这么快就故事终结了，有中国网民评论：苍天可曾饶过谁？

我是很不喜欢这种论调的。这是把婚姻视为人生唯一的衡量标准。婚姻和感情当中的对错，外人非常难以清楚全貌。大众想象中的"失败者"詹妮弗·安妮斯顿，在离婚后过得一点也不差，桃花运就没有断过，追求她的都是大明星和各路名流，现在也有理想的夫君。这么多年过去了，她仍然在最赚钱明星榜上、在最美人物榜上，有什么可供怜悯的？人家看到你同情她，说不定还嘴角一撇呢。

而那些以为朱莉最后离婚了，就是报应、就是被上天惩罚的人，也很荒谬。就算婚姻结束了，她又悲惨在哪里呢？是她以后要"可怜"地一人独自带六个小孩？是觉得以后再也没有人"敢要"她了？还是被男人抛弃了很凄凉？

据报道，两人在婚前一年既已签订涉及3.2亿美元的婚前协议，其中明确说明，若两人决定离婚，朱莉和皮特将各获得1.44亿美元和1.76亿美元。大概，这两人分手最大的分歧就是孩子如何安置了。

婚姻结束，并不是人生的失败；不能按自己喜欢的方式生活，才是失败。不爱了，不合适了，大步走开，又是一条好汉。至少从公开的信息里，普通人无法得出这三个人的人生失败的信息。尤其是被讥笑为遭到"报应"的女主朱莉。

## 2

朱莉的野心，超越了好莱坞，超越了明星的意义，也超越了普通的家庭生活所能承担的能量。我不认为她的人生失败，但她的婚姻并没存续下去，很可能在她的价值序列当中，有一些更重要的东西。如果她的配偶不能与她的步调一致，婚姻这个联盟，就会破裂。她就宁愿放弃婚姻，选择别的东西。

我们都知道，很多大明星会成立自己的慈善基金，为特定的一项或数项慈善事业奉献力量；同时，偶尔参加一些募捐活动，亲身去非洲或贫困地区关爱儿童；这些都是完善明星形象的必备要素。但出钱容易、出力难。像朱莉那样把大量精力投入到慈善事业当中的，并不多见。

从2001年到现在，朱莉跟随联合国难民署的工作人员走访了坦桑尼亚、纳米比亚等二十多个国家的难民营和收容中心；捐款三百万美元给难民救助工程；另外的一千多万美元捐给了柬埔寨的野生动物保护工程；又向十多个国家捐助各类救灾款项达到几千万美元。她创办了两个基金会；并承诺将她收入的三分之一捐给慈善事业。同时，她还是联合国亲善大使，获得过联合国颁发的全球人道主义奖、世界公民奖，被评为过全球最有影响的二十五位慈善家之一……甚至可以说，朱莉的慈善家的身份，已经超过了她的明星身份的影响力了。

还有，领养三个难民孤儿，朱莉和皮特把家庭建得像个小小联合国，这也是比捐钱要难很多的。

列举这些，并不是为了夸奖朱莉，而是想说明，她的这种价值观，已经远远超越普通人的理解，如果她的丈夫不能充分理解，就无法与她长久地走下去。当然，我们看到新闻当中，皮特做得很好；但也要看到，皮特对慈善事业的热情，是远远不能跟妻子相比的。他接受了，但是否真心喜欢？

另一件事，就是在2013年5月，安吉丽娜·朱莉在《纽约时报》公开撰文宣称自己完成了预防性的双侧乳腺切除术，以降低乳腺癌风险。她切除乳腺组织后，原先的部位用临时填充物填补起来；其罹患乳腺癌的概率从87%降低至5%。这条消息很快轰动全球，有关女性癌症的讨论也随之而来。不久后，安吉丽娜·朱莉再次宣布为预防卵巢癌（她携带了BRCA1的变异基因），进行了卵巢和输卵管摘除手术。这致使她在三十九岁时即进入绝经期。

朱莉鼓励其他受到相同癌症威胁的女性："我们可以通过血液筛查，判定你是否有很高概率罹患乳腺癌和卵巢癌。"她公开自己的隐私，是为了让更多人可以"了解自己的权利""掌控自己的身体"。说得复杂一点，这就是朱莉的一种权利宣言，同样是一种严肃的性别政治。

但世界上最性感的女人，用手术切除了女性特征，而且还向全世界宣告，是否对她的婚姻质量毫无影响？这个问题，得问她的丈夫了。

至于朱莉减少演员工作量，投身于导演工作，导演的两部电影《血与蜜之地》、《坚不可摧》都是战争片。这种完全非女性化的表达，也是在竭力摆脱她性感女星的符号。

如今想起来，与皮特在一起，是朱莉的第三段婚姻。而在年轻的时候，她是以"问题少女"的形象为人所知的：她曾有早恋、性虐、吸毒、双性恋、与父亲绝交的经验；她在接受采访时声称，"破坏性或叛逆性对那个时期的我来说不是与生俱来的。那时的我仅仅是需要发出我的声音，推开四面围堵我的墙。"但这些叛逆，只会为朱莉的性感平添几分神秘和刺激。

遇到皮特之后，朱莉却渐渐变成了今天的圣母。皮特会欣赏一个圣母玛丽亚，就像当初欣赏那个性感的叛逆少女一样吗？

实际上，四十岁时候的朱莉，已经成为她想要的自己。她完全按自己的喜好、自己的逻辑去生活，有名又有利；虽然身体上有了一点残缺，但那也是她主动选择的结果。只不过，另一半，一个她曾经深爱的男人，能否与她步调一致，就不是由她能控制的了。

这让我想起王菲和李亚鹏。天后的爱情就是那样，"我要的是家庭，而你却注定是传奇。"李亚鹏在离婚声明中说。

这个世界的谤和誉，对传奇来说，都是不管用的。

**图书在版编目（CIP）数据**

我不代表真理我只代表你 / 侯虹斌著. -- 北京：
九州出版社，2017.3

ISBN 978-7-5108-5153-7

Ⅰ．①我… Ⅱ．①侯… Ⅲ．①中国文学－当代文学－
作品综合集 Ⅳ．①I217.2

中国版本图书馆CIP数据核字（2017）第061566号

## 我不代表真理我只代表你

| | |
|---|---|
| 作　　者 | 侯虹斌　著 |
| 出版发行 | 九州出版社 |
| 地　　址 | 北京市西城区阜外大街甲35号（100037） |
| 发行电话 | （010）68992190/3/5/6 |
| 网　　址 | www.jiuzhoupress.com |
| 电子信箱 | jiuzhou@jiuzhoupress.com |
| 印　　刷 | 三河市中晟雅豪印务有限公司 |
| 开　　本 | 700毫米×970毫米　16开 |
| 印　　张 | 21 |
| 字　　数 | 280千字 |
| 版　　次 | 2017年5月第1版 |
| 印　　次 | 2017年5月第1次印刷 |
| 书　　号 | ISBN 978-7-5108-5153-7 |
| 定　　价 | 39.80元 |